KB269898

요단 리버사이드 호텔

(Jordan Riverside Hotel)

부제: 마지막 귀향

하창길

요단 리버사이드 호텔

| 하창길 |

마지막 귀향을 앞두고…

1985년도에 서울신문 신춘문예에 희곡 〈옥상에서〉가 당선되어, 문단에 데뷔했으니, 어언 40년이 흘렀다. 그리고 이 책에 수록되어 있는 1995년도에 발표한 〈그 여자의 숲속에는 올빼미가 산다〉(이하 '올빼미..')와 최근에 쓴 다른 세 편 〈바벨론의 포로들을 위한 마지막 연극〉, 〈요한, 세상에 말을 걸다〉, 〈요단 리버사이드 호텔〉 사이에도 약 30년의 시차가 있다. 그럼에도 이것을 함께 묶는 이유는, 먼저 정리된 〈올빼미..〉를 제공하고 싶었고, 또 신앙의 첫 고백적인 작품이며, 기도의 응답으로 쓰여진 작품이 〈올빼미..〉이기 때문이기도 하다. 그리고 최근에 쓴 나머지 세 편은 적극적인 신앙 고백적인 작품이기에 함께 묶었다.

주님을 만나고 나서, 젊은 혈기와 치기가 그대로 묻어 있는 과거의 작품들이 부끄러웠다. 누구의 말처럼 마치 지푸라기와 같았다. 토마스 아퀴나스가 예수 그리스도를 만난 후, 그의 지성을 쏟아부은 방대한 〈신학대전〉을 마치 지푸라기 같았다고 고백한 것과 어찌 감히 비교할 수 있겠느냐마는, 그만큼 예수 그리스도는 어떤 다른 부와 명예, 학문과 예술과도 비교할 수 없는 분이기에 그렇다. 그러니, 복음을 변증하는 이 작품인들 역시 지푸라기에 다를 바가 없을 것이다. 그럼에도 주님께서 주신 은사 중의 하나로, 신앙 시와 더불어, 주님을 변증하는 작품을 쓰게 하신 것에 크게 감사를 올려 드린다.

　더구나 목회 은퇴 후에 짧은 시는 쓰도, 긴 글은 쓰는 것은 무리라고 생각하고 있던 터였다. 그렇지 않아도 못난 체력과 지성이 나이 탓인지 현저하게 감퇴되었기 때문이었다. 그럼에도 생애의 황혼 녘에 주님의 은혜로 세 편의 희곡으로 주님을 증거하는 글을 쓰게 허락하신 주님께 감사할 따름이다.

　아무쪼록 이 작품들을 통해서 그리스도의 영광을 드러낼 좋은 연출과 배우들을 만나, 마지막 시대를 지나가는 바벨론 같이 참 생명이 없이 죽어가는 세상에 그리스도의 사랑과 생명의 향기만이 울려 퍼지는 계기가 되길 기도한다.

수록 작품

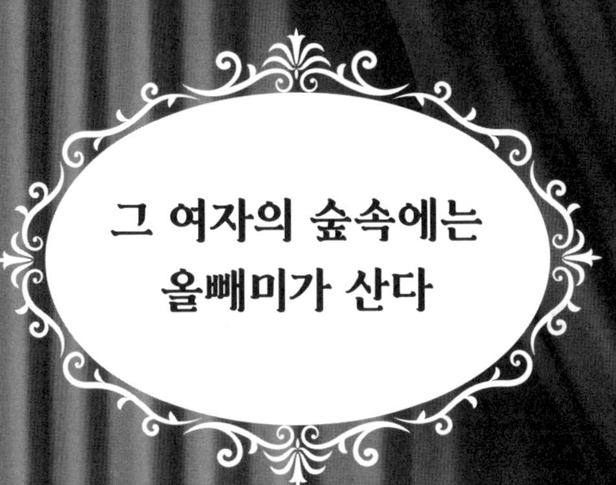

그 여자의 숲속에는
올빼미가 산다

1) 초연: 허영길 연출, 〈세이〉 소극장 공연 (1995.12.15.~12.31.)

   문화예술진흥원 지원 작품

2) 제15회 부산연극제 대상 수상, 희곡상 수상

3) 강순원 연출로 포항극단 〈형영〉에서 〈포항아트센터〉 공연

   (2007.11.21~25.)

4) 서울직장인극단 〈틈새〉 제15회 정기 공연 (2004)

❖ 등장인물

– 마리아

– 의사 겸 변호인 (서기 역도 맡는다.)

– 신부

– 검사

– 김옥자

– 김말분

– 재판장

– 데레사 수녀

– 코러스들(마리아의 상대역인 남자 배우들 및 데레사 수녀, 김옥
  자, 김말분도 함께 코러스 역을 맡는다.)

❖ 때: 현대

❖ 곳: 소극장의 무대

무대는 소극장을 개조하여 임시 법정처럼 꾸몄다. 무대 좌측 약간 높은 곳에 재판장석이 있고, 그 옆 측면에 몇 개의 의자가 놓여 있어, 의사 혹은 검사 역이 앉을 수 있는 자리가 마련되어 있다. 반대편에는 마리아, 김옥자 등과 코러스들이 앉는 자리가 마련되어 있다.

증인들은 아예 애초부터 드러내어 따로 무대 중앙 뒤쪽에 앉혀두어도 좋겠고, 실제 법정처럼 증인 대기석을 극장의 관객석 등을 이용해도 좋겠다. (실제로 부산의 〈세이 극단〉이 세이 소극장에서 허영길 연출로 공연했을 때에는 조명이 켜진 상태로 객석을 통해서 들어오는 증인들을 맞이하고 또 의사를 맞이하면서 극을 출발시켰다. 그들은 서로에게 인사를 나누기도 하고, 대사를 잘 외었느냐는 등의 대사를 나누기도 했다.)

의사 겸 변호인은 맨 마지막에 등장시켰다. 의사의 경우, 그의 배역에 따라 호칭을 달리 사용했음을 밝힌다. 그리고 극장의 크기에 따라 무대 구성은 달라질 수도 있겠다.

그러나 증인심문을 하는 곳은 무대 중앙을 이용하여 무대 집중도를 높이는 것이 좋겠다. 이 극은 변호사와 검사의 치열한 공방전을 목적으로

하는 것이 아니고, 마리아의 다중 인격과 증인들에게 초점이 맞추어진
다. 극을 상징적으로 표현하기 위해 무대를 고안해도 좋겠다. 그렇다고
너무 복잡하여 극의 집중을 흐리게 하는 무대는 피해야겠다. 그런데 극
전개 중에 마리아는 객석 쪽으로 약간 등을 돌리고 앉아서 다른 증인
들을 외면하고 있다는 느낌을 들게 해야 한다.

이 극은 서사극 형식이므로, 애초에 막을 열어 두어도 상관없다. 어쨌
든 극이 시작하면 실루엣으로 드러나는 무대, 모두 제자리에 앉아 있
다. 잠시 사이. 조명 하나가 객석 가까운 무대 우측에 떨어진다. 의사,
그 속으로 들어선다.

의 사: 저는 정신과 의사 미스터 박입니다. 저는 범죄 심리에 관심이 많
　　　 습니다. 오늘 저는 한 여자를 위하여, 아니 다중 인격 질환이라
　　　 는 무섭고도 놀라운 질환을 앓고 있는 한 여인을 여러분에게
　　　 소개하기 위하여 이 극단에 부탁하여 이제 그 막을 올리게 되었
　　　 습니다. 이 연극의 주인공인 마리아는 살인 혐의를 받았던 여자
　　　 입니다. 저는 수사 기관의 의뢰를 받아 그녀를 만나보면서 그녀
　　　 가 다중 인격이라는 희귀한 질병과 살인이라는 이중고에 시달리
　　　 고 있는 여인이라는 사실을 알았습니다.
　　　 저는 마리아를 치료하면서 그녀 속에 숨어 있던… 전혀 다른 모
　　　 습의 그녀를 만났습니다. 다중인격이 무엇인 줄 알고는 있었지
　　　 만, 마리아의 경우는 사실 저에게도 무척이나 충격적이었습니
　　　 다….

어쨌든 이 연극에 출연하는 남자 배우들과 마리아는 이 극단에 소속된 배우입니다. (관객들에게 잠시 소개하고, 배우들은 가볍게 목례로 관객들에게 인사한다.)

그리고 여기 증인 네 분은 실제 살인 사건과 직·간접적으로 연관이 있는 분들입니다. 저는 재판 기록과 마리아에 대한 병상 일지를 몇 번이고 검토했습니다. 그리고 저는 그것을 토대로 이 연극을 꾸몄습니다. 물론 저도 자청하여 이 극에서 이렇게 의사 역과 변호인 역, 그리고 법정 서기 역도 맡았습니다. 그리고 이 연극은 편의상 서구의 배심원 제도를 도입했음을 알려드립니다. 관객 여러분들도 배심원이 되어서 이 극의 주인공인 마리아가 유죄인지, 무죄인지 한번 판단해 주시기 바랍니다.

여러분은 오늘 자신을 잃어버린, 아니, 다양한 모습으로 자신을 변신케 한 한 여자를 보시게 될 것입니다. 그 여자는 우리들 자신의 모습일 수도 있고, 또 인간의 마음이 얼마나 근원적으로 불가해하며 다양한가를 보여주는 하나의 좋은 실례가 되기도 할 것입니다…. 우리는 그 여자의 이름을 한 마디로 부를 수가 없었습니다…. 마리아…. 모짜르트, 반 고흐, 김나리… 올빼미… 그리고 신의 딸… 황진이… (마리아를 쳐다보며) 그리고 창녀. (그녀에게 비추던 조명이 밝아진다.)

코러스: 성모 마리아

모차르트… 반 고흐

올빼미…

신의 딸

그리고 창녀

그녀가 법정에 섰다.

우리의 아픔을 가지고

온몸에 피를 흘리며

자기를 잃어버린 그녀가

우리를 대신하여

우리의 이름과 고통을 대신하여

인간의 법정

이성의 법 앞에 발가벗기운

그녀가 섰다.

(코러스 후, 암전. 잠시 후 조명이 들어오면 재판이 시작된다.)

재판장: 바쁘신 중에도 기꺼이 이 법정에 나와 주신 여러분들께 감사를
　　　드립니다. 그러면 사건 경위를 검사로부터 듣겠습니다.

검　사: 존경하는 배심원 여러분, 여러분은 지난해 백합성당의 '사랑의
　　　집'에 소속된 한 어린 정신 박약아의 살인 사건을 기억하실 것입
　　　니다. 그 사건은 성당에서 일어난 사건이기에 더욱 사회적인 관
　　　심을 끌었던 사건이었습니다…. 그 사건은 저 여자, 마리아라고
　　　불리는… 저 여자가 저질렀던 끔찍한 일입니다. 백합성당에 소
　　　속된 '사랑의 집'은 정신 박약한 고아들을 위해 특별히 설립된
　　　기관입니다…. 저 여인 마리아는 그 '사랑의 집'에서 자원봉사를
　　　해 오던 터였습니다…. 그녀는 아이들을 '어린 양'이라고 불렀습

니다. 때로는 '아기 예수'라고 부르기도 했습니다…. 그런데 그녀
가 기거하는 여관에서 요셉이라고 불리는 한 아이의 시체가 발
견되었습니다. 그 아이는 수건으로 목이 졸려 질식된 채, 시체
로 발견되었습니다…. 저는 저 여자에게 방을 빌려주고 있었던
여관 주인인 김말분 씨를 증인으로 채택하겠습니다…. 김말분
씨!

서 기: 김말분 씨!

*(여관 주인인 김말분이 배심원석에서 일어나, 증언석에 가 선다. 서기(의
사)가 증인 선서를 받으러 그녀에게 간다.)*

재판장: 당신은 진실만을 말하며 진실이 아닌 것은 절대 진술하지 않겠
        다고 하나님 앞에서 엄숙히 선언합니까?

김말분: 아뇨, 저는 하나님을 믿지 않아요.

재판장: (웃으며) 좋습니다. 하나님은 빼지요. 어쨌든 진실만을 말할 것
        을 서약하십시오.

김말분: 그래서 여기 왔잖아요.

재판장: 그 점은 무척 감사하게 생각하고 있습니다. (검사에게) 시작하십
        시오.

검 사: 네… 이름은?

김말분: 다 아시잖아요.

검 사: 재판 과정상 확인하는 절차일 뿐입니다.

김말분: 김… 말분입니다.

검 사: 직업은 무엇입니까?

김말분: … 여관업을 하고 있습니다.

검 사: (마리아를 가리키며)… 저 여자를 기억하십니까?

김말분: … 예.

검 사: 어떻게 저 여자를 알고 있죠?

김말분: 마리안, 저의 여관에 장기 투숙하고 있는 여자입니다.

검 사: (사진을 보여주며)… 이 아이를 본 적이 있습니까?

김말분: …예.

검 사: 어디서 보았습니까?

김말분: 마리아가 가끔 여관에 데리고 왔습니다.

검 사: 몇 번이나 데리고 왔습니까?

김말분: 세 번인가…? 제가 그 아이를 데리고 오는 것을 싫어했으니…
　　　　 몇 번 더 있었는지도 모르겠군요.

검 사: 좋습니다. 그 아이를 마지막으로 본 때는 언제였습니까?

김말분: 그 사건이 있기 전… 4월 7일 목요일이었습니다.

검 사: 4월 7일 목요일. 감사합니다. (재판장에게) 이 사진을 증거물로 제
　　　　 출합니다.

재판장: 좋습니다. (사진을 받아보며)… 검찰 측의 증거물로 이 사진을 받
　　　　 아두겠습니다. 변호인 반대 심문하시겠습니까? (서기 겸 변호인
　　　　 에게 건네준다.)

변호인: (사진을 받아들고)… 흠, 눈매가 곱게 생긴 소년이군요…. (사진을
　　　　 들고, 김말분에게 간다.)… 마리아가 이 아이를… 무어라고 불렀
　　　　 습니까?

김말분: …?

변호인: 아, 피고인인 마리아가 이 아이의 이름을 부르는 것을 본 적이

있습니까?

김말분: 잘⋯ 기억이 나질 않는군요.

변호인: 이 아이는 통 말이 없었나요?

김말분: 저하고 이야기한 적은 없습니다.

변호인: 마리아가 이 아이를 소개하지 않았습니까?

김말분: 소개는 했지만⋯ 저는 원래 아이에게는 관심이 없는 편입니다.

변호인: 관심이 없는 게 아니라, 이런 정신박약아를 싫어하시죠?

검 사: 이의 있습니다. 변호인은 본 사건과 관계없는 질문을 하고 있습
니다.

재판장: 이의를 인정합니다. 변호인은 본 사건과 관계있는 질문만 해 주
시기를 바랍니다.

변호인: 좋습니다⋯. 마리아가 당신의 여관에서 장기 투숙을 하고 있다
는데⋯ 그게 무슨 뜻이죠?

김말분: ⋯

변호인: 마리아는 그 여관에서 당신이 소개해 주는 손님을 받았지요⋯?
그렇지 않나요?

김말분: (재판장을 바라본다. 재판장, 대답하라는 뜻으로 고개를 끄덕이
자)⋯ 그렇습니다.

변호인: 때론 마리아가 직접 손님을 데리고 오기도 했나요⋯?

김말분: 그렇습니다.

변호인: 당신은 주인으로서 마리아의 수입금을 나누어 가졌지요?

김말분: (약간 불쾌한 듯)⋯ 그렇습니다.

변호인: 그런데 언제부턴가 마리아가 손님을 받지 않았습니다⋯. 그게
언제부터였나요?

김말분: …?

변호인: 그게 (사진을 들어 보이며)… 이 아이를 데리고 오고나서부터가
　　　아닙니까?

김말분: … 그런 것 같군요.

변호인: 그래서 당신의 수입이 줄었습니다. 물론 마리아의 수입도 줄었
　　　습니다…. 당신은 마리아에게 아이를 데리고 오지 말라고 말한
　　　적이 있나요?

김말분: 그렇습니다…. 그러나 마리아는 가끔 아이를 데리고 왔습니다.

변호인: 그리고 당신의 말을 듣지 않자… 마리아를 꾸짖고… 구타한 적
　　　도 있지요?

김말분: … 저도 처음엔 잘 대해주었습니다.

변호인: 그건… 뒤엔 나쁘게 대해주었다는 뜻이군요…. 그럼, 뒤엔 왜 나
　　　쁘게 대했죠?

김말분: … 그건…

변호인: (다그치듯) 그건 당신의 남편이 마리아를 강간한 사실을 알고 난
　　　뒤부터가 아닙니까?

김말분: …!

검　사: 이의 있습니다. (재판장, 검사의 이의를 손으로 제지한다.)

변호인: 당신은 그때부터 마리아를 매우 증오했습니다…. 그렇지 않나요?

김말분: …

변호인: 그리고 당신은 마리아가 그 아이를 데리고 오는 게 매우 싫었습
　　　니다…. 마리아가 그 아이를 데리고 온 날은 손님을 받지 않았으
　　　니까요….

김말분: 이제 보니, 절 의심하고 있군요….

변호인: 그렇습니다. 마리아가 죽이지 않았다면,… 아마 당신이 죽였을
가능성이 매우 큽니다. … 이상입니다.

검 사: 이의 있습니다! (재판장은 묵살한다.)

변호인: 이상입니다…. (사진을 한 번 쳐다보고는 서기 자리에 앉는다.)

재판장: 증인은 자리에 들어가도 좋습니다. (김말분, 변호인을 힐끗 쳐다보
고는 자기 자리로 돌아간다.)

검 사: 김옥자 씨!

서 기: 김옥자 씨! (김옥자가 나오자, 서기는 증인 선서를 받는다.)…. 당신
은 진실만을 말하며, 진실이 아닌 것은 절대 진술하지 않겠다는
것을 하나님 앞에 엄숙히 맹세합니까?

김옥자: 맹세합니다…! (그녀의 목소리는 매우 차갑고 매우 침착하다. 그리
고 그녀는 증언석에 서 정성스럽게 성호를 긋고 짧은 기도를 올린다.)

검 사: 이름이… 어떻게 되시죠?

김옥자: … 알고 계실 텐데요.

검 사: 묻는 말에 대답이나 해요…. 이름이 뭐죠?

김옥자: 전 진지하지 않은 질문엔 대답할 수 없습니다.

검 사: (어이없다는 듯이 그녀를 빤히 쳐다보다가)…. 좋습니다. 진지하게
묻겠습니다…. 이름이 김, 옥, 자…. 맞습니까?

김옥자: 그렇습니다.

검 사: 직업은 뭡니까?

김옥자: 여관에서 일하고 있습니다…. 청소 등 잡일을 하고 있습니다.

검 사: 그 여관 이름이… 장미여관 맞나요?

김옥자: 그렇습니다.

검 사: 그곳에서 일한 지는 얼마나 됐습니까?

김옥자: 4년 하고 한 달이 됐습니다.

검 사: 그곳에서 주로 당신이 하는 일이 뭐죠?

김옥자: 주로 여관의 청소와 이부자리를 세탁하고 있습니다….

검 사: 그러면 금번 부활절 기간에도 그 여관에서 일했습니까?

김옥자: 그렇습니다.

검 사: 마리아가 그 아이를 마지막으로 데리고 온 날을 기억합니까?

김옥자: 물론입니다.

검 사: 그게 언제였죠?

김옥자: …

검 사: 그게 언제였죠?

김옥자: 그게… 부활절 이틀 전이었습니다.

서 기: (가볍게 놀라며 자신의 기록 일지와 그녀를 번갈아 보며)… 부활절
　　　 사흘 전이 아니었나요?

김옥자: 아닙니다. (단호하게)… 이틀 전날입니다! 4월 8일, 금요일입니다.

검 사: … 그때가 몇 시나 됐죠?

김옥자: 낮 12시가… 조금 지나서였습니다.

검 사: 몇 호실에 들어갔나요?

김옥자: (흘낏 마리아를 쳐다보며)… 209호실입니다.

검 사: 확신하십니까?

김옥자: 그렇습니다. 저 여자는 늘 그 방에서 밤을 잤습니다. 그 방은 마
　　　 리아를 위해 비워둔 방이었습니다. 물론 그녀는 자주 방을 비우
　　　 긴 했지만 말입니다.

검 사: 그러면… (아이의 사진을 서기로부터 받아서… 그녀에게 보여주며)
　　　 그날, 이 아이랑 들어온 게 틀림없습니까?

김옥자: (사진을 흘낏 보며) 틀림없습니다.

검 사: 그럼, 이 아이의 시체를 발견하게 된 과정을 말씀해 주시겠습니까?

김옥자: 그러지요…. 그날따라 손님이 많은 날이었습니다…. 많은 사람들은 부활절의 진정한 의미를 모르고 있지요…. 그러나 부활절 기간을 성스럽게 지내는 사람들도 많다는 걸 알아주시기 바랍니다…. 저는 부활절 전날 조금 늦게… 예전처럼 방 청소를 시작했습니다. 물론 손님이 없는 빈방부터 시작했지요…. 전 항시 4층에서 내려오면서 청소를 했습니다. 3층은 거의 비어 있었습니다. 2층은 마리아의 209호실을 제외하고는 모두 비어 있었습니다. 저는 마리아가 사용하는 그 방을 그냥 지나치려고 했습니다…. 그런데 안에서 노랫소리가 들려오길래, 저는 방문을 열었지요. 마리아는 욕실에서 노래를 부르고 있었습니다. (잠시 감정을 추스르며)… 저는 무심결에 ‘꼬마 손님,… 보냈어?’ 하고 물었습니다. 그녀는 내 목소리를 알아듣고… ‘예’하고 대답했습니다. 그리고 잠시 후… 그녀는 외출했습니다. 물론 저는 아이가 나가는 것을 보지는 못했습니다.

검 사: 즐거운 표정으로 외출하던가요?

김옥자: 그래요…. 저는 마리아가 그렇게 무서운 여자인 줄은 몰랐습니다.

검 사: 흠, 그러니까… 부활절 날 아침에 그 아이의 시체를 발견했다… 그 말이지요?

김옥자: 예, 틀림없는 부활절 날 아침이었습니다.

검 사: 다시 한번 자세히 말씀해 주시겠습니까?

김옥자: 전 그날 아침 여느 때와 같이 성스러운 기분으로, 특히 그날은 부활절이었으니… 저는 더욱 정성스럽게 방 청소를 시작했습니다. 방을 치우는 것은… 마치 성스러운 일과도 같답니다. 우리 주님도 어떻게 보면, 청소부지요…. 청소…. 깨끗하게 하는 것은… 정말로 필요한 일이지요…. 그날 마리아의 방문이 조금 열려 있고… 비어 있길래… 그녀의 방도 청소하기 시작했습니다. 마리아가 없을 때는 그 방도 가끔 청소해 주곤 했지요…. 그러다… 침대 아래에서… (몸서리를 치며)… 정말 끔찍했습니다. 그러다, 209호실… 그 방의 침대 아래에서… 목이 졸려 죽어 있는… (몸서리를 치며)… 정말 끔찍했습니다.

검 사: 거기에 무엇을 발견했나요?

김옥자: 그 아이 요한의 시체를 발견했습니다. (변호인, 그녀의 말에 놀라며, 그녀를 쳐다본다.)

검 사: 감사합니다. 다음 정황은 저희 검찰에서 조사한 그대로입니다.

재판장: (변호인에게) 반대 심문을 하시겠습니까?

변호인: 물론입니다…. 아까 보니… 종교를 가지고 계시는 것 같은데… 하나님을 믿으시나요?

김옥자: 그렇습니다. 저는 하느님을 믿습니다.

변호인: 하나님이나 하느님이나… 일단 하나님으로 통일한 것을 기억해 주시길 바랍니다…. 어쨌든 신을 믿으시는데… 마리아와 같이 몸을 파는 여자가 하나님을 섬긴다는데 대한 불쾌감은 없었습니까?

김옥자: …

변호인: 죄송합니다만, 저는 증인의 직업을 헐뜯으려는 생각은 추호도

없었습니다…. 다만, 독실한 가톨릭 신자가 가장 성스러운 날, 직업적인 관계로 가장 성스러운 그날이 타락되고 여전히 모멸을 받는 날이 된 것을 지켜보아야 하는… 그 심정을 저는 말씀드리고 싶은 것입니다.

김옥자: 전, 그날 오전에 성당을 다녀왔습니다.

변호인: 그러셨겠죠… 그러나 분명히 마음은 무척 착잡하셨으리라 생각되는군요.

검 사: 이의 있습니다. 재판장님, 지금 변호인은 정확한 물증도 없이… 심증만으로 증인의 증언이 허위라는 사실을 은연중에 배심원들에게 심어주려 하고 있습니다.

재판장: 인정합니다. 변호인은 사실에 근거한 심문만 해 주시길 바랍니다.

변호인: 알겠습니다. (증인에게)… 당신은 저 여자의 본명이 무엇인지 알고 있습니까?

김옥자: …

변호인: 그냥 마리아로만 알고 있지요?

김옥자: 예….

변호인: 직업은 뭐로 알고 있습니까?

김옥자: …

변호인: 그냥… 매춘부로만 알고 있지요?

김옥자: 예.

변호인: 당신은 피고와 한때 같은 성당에 다니고 있는 걸로 알고 있는데… 맞습니까?

김옥자: … 예.

변호인: 당신이 성당을 소개했나요?

김옥자: 아닙니다.

김옥자: 그럼, 그녀가 스스로 그 성당에 나왔단 말입니까?

김옥자: 예…

변호인: 그리고 피고가 당신이 다니는 성당에 나온 뒤, 얼마 있지 않
아… 성당을 옮긴 것으로 알고 있는데…. 맞습니까?

김옥자: 전 단지 신부님이 마음에 들지 않아, 성당을 옮긴 것뿐입니다.

변호인: 10년 이상이나 다니던 성당을 옮긴… 진짜 이유를 듣고 싶군요.

검 사: 이의 있습니다.

재판장: 이의를 인정합니다. 변호인은 본 사건과 관계있는 질문만 해주
시기 바랍니다.

변호인: 관계가 있는 질문입니다. 왜냐하면, 피고인에 대한 증인의 시각
이 증언에 매우 중요한 영향을 미치기 때문이고… 증인의 증언
은 배심원들의 판결에 영향을 미치기 때문입니다.

재판장: 좋습니다. 계속하십시오.

변호인: 재판장님의 현명하신 판단에 감사드립니다. (사이, 증인에게) 증인
은 피고, 즉 마리아라고 불리는 저 여자가 성당에 나오고 난 뒤,
약 6개월 뒤에 성당을 옮긴 것을 알고 있는데… 사실입니까?

김옥자: … 그렇습니다….

변호인: 신부님이 그 성당에 계신 지가 5년이 넘었습니다. 그런데 그 5년
동안 증인께는 매우 성실하고 누구보다도 신앙심이 깊은 분이었
다는 걸로 저는 알고 있습니다…. 그런데 피고, 즉 마리아가 그
성당에 나가고부터…. 당신은 한 번도 빠지지 않던 예배에 가끔
불참하기 시작했습니다. (증인이 무엇인가를 말하려 하자 말을 막
으며)… 당신은 피고에 대한 나쁜 소문을 교우들에게 퍼뜨리기

시작했습니다…. 신부님과 마리아가 사이가 좋은 것을 보고, 몇 번이나 당신은 신부님께 피고, 즉 마리아가 나쁜 여자라는 것을 이야기했습니다…. 그렇지 않습니까…? 전 이 사실을 지금 저기 배심원에 앉아 계시는 수녀님께 당장이라도 확인할 수 있습니다.

김옥자: … 그래요! 전 가증스러운 여자가 성당에서 누구보다도 열심히 하나님을 경배하고…. 신부님의 특별한 사랑을 받는 것을 참을 수 없었습니다! (손가락질하며) 저 여자는 자신이 매춘부라는 사실을 감추고, 자신이 마치 하나님의 특별한 은혜를 입고 성당에 나온 것처럼 행동했습니다. 제가 저 여자의 직업이 무엇인지 뻔히 알고 있는데도… 거짓말을 하고 있었습니다…!

변호인: 그래서 참으로 성실하게 성당에 나오고 신앙심 깊은 자신의 말을 듣지 않고, 매춘부에다가 거짓말쟁이인 여자의 말을 믿는 신부님이 싫어졌다는… 거지요?

김옥자: 게다가 이름을 마리아라고 불러 달라더군요…. 자신은 원래 불자였는데… 불가에서 지어준 이름이 자혜… 라고… 하던가… 그 이름을 버렸으니… 이제 마리아라고 불러 달라고 하더군요. 그래서 그녀의 이름이 마리아가 된 것이지요. 그리고 크리스마스 전날 밤엔, 예수님의 흰 손이 나타나, 배를 쓸어 주며. 오랜 위장병이 다 나았다고… 그래서 너무 감사해서 100만 원을 헌금했다고… 자랑하더군요…. 그 년은 때로는 심지어 성 처녀 흉내를 내며 성모님도 우롱하고 있었습니다…. 신부님은 그걸 묵과하고 있었구요…. 그래서 성당을 옮긴 것뿐입니다.

변호인: 좋습니다. 그럼, 평소에도 마리아 방을 치워 주셨나요? 그렇게

　　　도 싫은… 마리아의 방을 말입니다.

김옥자: 그래요, 때로는 치우긴 싫었지만… 앞에서 말씀드린 것처럼, 청
　　　소는 신성한 일입니다. 그리고 제 직업이기도 하고요….

변호인: 마리아가 '사랑의 집'에 나가고부터… 자주 방을 비운 사실을 알
　　　고 있었죠?

김옥자: 그렇습니다.

변호인: 당신은 그날 그 아이 요셉이 그 방에 든 것도 알고 있었죠?

김옥자: 예! (김말분을 돌아보며) 주인 아주머니가 말씀해 주셨어요.

변호인: 그런데… 그 아이가 방에 없는 걸 이상하게 생각하지 않았나요?

김옥자: 마리아가 그 아이를 돌려보냈다고 했어요.

변호인: 그 아이는 혼자서 집을 잘 찾아갈 수 없다는 것을 모르시나요?

김옥자: (침착하게)… 압니다. 그러나 그때는 전 무심코 생각했던 겁니다.

변호인: 좋습니다. 그런데 당신은 침대 아래를 왜 들여다보았죠?

김옥자: (재판장석을 쳐다보며)… 절 의심하고 계시는군요…. 저는 방을 치
　　　울 때, 침대 아래 구석구석까지 다 치우는 습관이 있습니다.

변호인: 부정직하거나 더러운 것을 못 참아 하는 성품이군요…. 그렇게
　　　깔끔한 여자가 어떻게 더러운 창녀의 방을 치울 수가 있었죠?

검　사: 이의 있습니다!

재판장: 변호인은 말씀을 삼가해 주시기 바랍니다.

변호인: 죄송합니다. 이상입니다.

재판장: 증인은 제 자리로 돌아가셔도 좋습니다.

검　사: 재판장님, 방금 말한 신부님을 증인으로 채택하겠습니다. (사이,
　　　신부를 쳐다보며) 박베드로 신부님!

(신부, 증인석으로 나온다. 김옥자 신부를 경멸하는 눈초리로 쳐다보며
제 자리로 돌아간다.)

검 사: 마리아가 당신의 성당에 나온 게 언제부터였습니까?

김옥자: 이의 있습니다. 왜 신부님은 증인 선서를 시키지 않나요?

재판장: 일리가 있습니다…. 서기는 증인 선서를 받으십시오.

서 기: 아… 깜빡했습니다…. (신부에게)… 당신은 진실만을 말하며 진
         실이 아닌 것을 절대로 진술하지 않겠다는 것을 하나님 앞에서
         엄숙히 선서합니까?

신 부: (성호를 그으며) 예.

검 사: … 다시 묻겠습니다. 마리아가 성당에 나온 게 언제부터였습니
         까?

신 부: 5년 전 이맘때쯤이었을 겁니다.

검 사: 교인 수가 많아서 일일이 다 기억하기 힘드셨을 텐데… 정확하게
         그녀를 알아본 게 언제부터였습니까?

신 부: 그녀와의 만남은 성당에서가 아니었습니다.

검 사: 그럼, 어디서 만났습니까?

신 부: 그건… 참으로 우연한 만남이었습니다…. (마리아를 쳐다본다. 마
         리아가 고개를 든다. 조명이 두 사람에게만 남고 모두 꺼진다.)…. 전
         그날, 친구를 만나러 가는 길이었습니다. 그런데 누가 뒤에서
         나를 불렀습니다. 처음엔 무심코 걸었습니다. (걷는다.)

마리아: (나지막하게) 선생님…!

신 부: (고개를 돌린다.)…?

마리아: (일어서며)… 여기에요. 선생님.

신　부: … 절 불렀나요?

마리아: 어머, 선생님, 절 모르시겠어요? 성모여고 23기. 김마리아예요.

신　부: 허어, 이것 참, 난 아가씨를 모르겠군요…. 더구나 저는 선생 노
　　　 릇을 한 적도 없고요.

마리아: 아이 참, 선생님도… 제 이름이 특별하다고… 우리 학교에 잘 어
　　　 울린다고… 절 특별히 귀여워해 주셨잖아요?

신　부: 아마 사람을 잘못 본 모양입니다.

마리아: (유심히 쳐다보다가) 어머, 너무 똑같아서 제가 그만, 실수를 했
　　　 나 봐요…. 미안합니다….

신　부: 하하… 세상에는 닮은 사람도 있는 법이지요.

마리아: 정말 너무 똑같아서… 죄송합니다….

신　부: 괜찮습니다. (돌아서서 가려 한다.)

마리아: 저… 선생님.

신　부: 보시다시피… 저는… 신부입니다.

마리아: 네, 알아요…. 저… (망설이다가)… 저, 주례 좀 서 주시겠어요?

신　부: … 방금 뭐라고 말씀하셨나요?

마리아: … 주례 좀 서 달라고 그랬습니다.

신　부: (웃으며)… 허허… 이 아가씨가… (웃음을 그치며, 검사에게)… 그
　　　 녀는 집안의 반대로 사랑하는 남자와 조용히 결혼식을 올리
　　　 고 싶은데… 마침 여고 시절에 그녀를 좋아해 준 선생님을 닮은
　　　 제가 지나가길래… 너무 반가워 주례를 부탁할 겸 저를 불렀다
　　　 더군요.

검　사: 엉뚱하군요…. 그래서 주례를 서 주었습니까?

신　부: (대답이 없이 마리아 쪽을 바라본다.)…. 이름이…?

마리아: 마리아, 김마리아예요.

신 부: 우리나라에서는 잘 안 쓰는 특별한 이름이 맞군요… 저는 박베드로입니다. … 종교를 가지고 있나요?

마리아: 예전에는 신부님과 같은 종교를 가지고 있었어요. 지금은 아버지 친구분 사무실에서 그분을 믿고 있어요.

신 부: (웃으며) 하하… 농담을 재미있게 하시네요.

마리아: 신부님께서 주례를 서 주시면… 성당에 나갈 것도 한 번 고려해 볼게요.

신 부: 그럼, 우선 성당부터 나와야겠군요.

마리아: 주례를 서 주시면, 약속을 지키겠어요. (원래의 자리로 돌아간다.)

검 사: 그래 주례를 서 주었습니까?

신 부: (객석 쪽으로 바라보며)… 아니오…. 그녀는 며칠 뒤, 성당으로 저를 찾아왔습니다. 그 철수라고 하던 약혼자가… 부모의 완강한 반대로 약을 먹고 죽었다더군요.

검 사: 그래요? 이상한 점은 없던가요? 사랑하는 사람과의 결혼을 앞둔 사람이 자살을 한다…?

신 부: 그녀는 참으로 크게 슬퍼했습니다…. 믿지 않을 수가 없었습니다…. 잘 생겼다는 그가 자기 때문에 죽었다고… 참으로 슬퍼했습니다.

검 사: 완전한 연기라는 생각은 전혀 들지 않던가요?

신 부: 그녀의 다중 인격은 이미 증명이 된 것입니다.

검 사: … 사사로운 몇 가지만 더 물어 보겠습니다…. 신부님은 그녀가 몸을 파는 여자라는 것을 언제 알았습니까?

신 부: 그녀의 집에 초대를 받아… 그녀의 집을 찾아갔을 때… 소문이

사실이겠구나… 대충 짐작이 갔습니다.

검　사: 집이 아니라 방이었겠죠… 그런데 왜 자신의 부끄러운 직업이 탄
　　　 로 날지도 모르는 여관방으로 초대했다고 생각하십니까?

신　부: 전 조금도 그녀를 부끄럽게 생각한 적이 없습니다.

검　사: (약간 당황해하며) 아… 신부님… 전, 지금….

신　부: 그래, 알아요. 당신이 이 연극에서… 검사 역을 맡았다는 것
　　　 을… 그렇다고 나까지 의심할 필요는 없지 않습니까…?

검　사: 압니다. 신부님이 마리아를 위해서 이 연극에 기꺼이 협조하신
　　　 걸 압니다…. 아니, 우리 모두가 다 마리아를 위해서 이 연극에
　　　 참여했다는 것을 압니다.

신　부: 어쨌든 저는 마리아를 부끄럽게 생각한 적이 없습니다.

검　사: 죄송합니다. 그녀가 정신질환자라는 걸 제가 깜빡했군요. 어쨌
　　　 든 신부님은 그녀의 집을 방문하고서야 소문이 사실인 것을 알
　　　 았겠군요.

신　부: 그렇습니다.

검　사: 신부님은 마리아를 특별히 사랑하신 걸로 알고 있는데… 무슨
　　　 이유라도 있습니까? 그리고 그녀의 직업을 알고 난 뒤에도… 그
　　　 녀를 예전처럼… 사랑하셨습니까?

신　부: 그렇습니다. 저는 다른 사람들이 그녀를 멀리하면 할수록, 더욱
　　　 그녀를 가까이 했습니다.

검　사: 단순히 성직자의 의무로써… 그랬다는 뜻으로 받아들이면 되겠
　　　 습니까?

신　부: 아닙니다. 저는 한 남자, 아니, 한 인격으로 그녀를 진정으로 사
　　　 랑했습니다. (모두 놀란다. 마리아도 고개를 들고 그를 쳐다본다.)

검 사: 신부님, 또 이러시면… 이야기가…

변호인: (두 사람 사이에 개입한다.)… 방금… 그 말씀 무슨 뜻이시죠?

신 부: 말 그대로의 뜻입니다. 저는 한 인격으로 그녀를 진정으로 사랑했
고 그래서 그녀와 함께 밤늦게까지 함께 있었던 적도 있습니다.

(사람들, 웅성거린다. 재판장이 그들의 웅성거림을 제지한다.)

검 사: 이상입니다. (자기 자리로 돌아간다.)

재판장: 조용히… 조용히 해 주십시오…!

변호인: … 육체관계까지 맺었다는 뜻으로 받아들여도 되겠습니까?

신 부: 마음대로 생각하시오! … 난 고통받고 있는 한 영혼을 사랑했
소. 그리고 그녀의 고통받은 영혼 속에 한 순수한 영혼이 있다
는 것을 알았소!

변호인: 좋습니다. 더 이상 그 점에 관해서는 더 이상 묻지 않겠습니
다…. 그런데 그녀가 그토록 많은 다중 인격을 가지고 있었다는
것을 언제 알았습니까?

신 부: 저는 그녀가 그렇게 많은 다중 인격을 가지고 있다고 믿지 않습
니다. 그녀는 하나입니다….

변호인: 신부님, 그건 이미… 의학적으로 판정 난 것입니다….

신 부: 인간의 본질은 하나입니다. 하나님을 사랑하는, 또 사랑받는 본
질은 하나입니다. 나는 그녀의 영혼 속에서 그것을 보았던 것입
니다. 마치 우물가의 여인처럼 말입니다.

검 사: (앞으로 나서며)… 우물가의 여인…? 그녀는 또 누구요?

신 부: 예수님이 만나주신 우물가의 여인 말입니다. 그 여인을 만나주

신 예수님에게 그녀는 인생의 답을 발견했듯이… 예수님은 그녀를 진정으로 사랑한 한 남자입니다. 그녀는 이미 다섯의 남자를 거쳤고, 당시 그녀와 살고 있는 남자도 진정한 남편이 아니었습니다. 예수님은 그 여인에게 아무것도 바라지 않고 사랑했습니다. 예수님은 그녀를 만나기 위해 먼 길을 왔고, 사람들의 눈을 피해 물을 길으러 왔던 그녀에게는… 더 이상 피하지 않아도 되는 사랑만이 넘치는 분이 있다는 것을 그녀에게 알리고 싶었던 것입니다…. 그날, 그 여인은 예수님으로부터… 진정한 사랑의 면사포를 쓴 것입니다.

검 사: (다시 앉으며) 음… 신부님, 여기서… 종교적인 문제까지 거론하면… 곤란합니다….

신 부: 오직 상대방의 유익을 위해서만 사랑하는… 신적인 사랑을 당신들은 모릅니다. 그런 사랑을 받으면 사람은 변하게 되어 있습니다. 마리아는 그런 사랑이 필요했고, 그런 사랑을 원했고, 그런 사랑을 주님으로부터 조금씩 알아가고 있었던 것입니다.(혼잣말처럼) 그녀가 아이를 돌보고 있는 모습을 보고 있노라면, 비록 잠시 동안이지만… 기쁨에 넘치는 얼굴과 눈빛, 아이들을 안아줄 때 풍겨나는 모성애의 그 따스함… 마치 아기 예수를 안고 있는 듯한 성모님을 보는 것 같았습니다…. 그렇게 그녀는 조금씩 변해갔습니다…. 어쩌면 완벽하게 성모님을 담고 싶은 그녀의 변신의 열망에 주님이 응답하신 것이라는 생각도 들었습니다…. (사이) 여러분 중에 누구든지… 성모님이나, 혹은 예수님을 닮기를 그녀처럼 간절하게 갈망해 보신 분이 있나요…? 그녀의 변해가는 모습을 보는 것은 저의 기쁨이기도 했습니다. 그래

서 자주 사랑의 집에 들러 기도했지요. (사이) 전 이 연극을 더 이상 하고 싶지 않군요.

검 사: 무슨 뜻입니까?

신 부: 당신들은 오직 그 사건에만 관심을 가지는군요. 그러나 저는 마리아의 마음의 상처를 더 생각하고 있습니다. 한 인간 속에 그렇게나 많은 인격이 공존할 수 있는지…. 그런데 어떻게 주님의 빛이 그 안에서 다른 영들과 함께 거하셨는지…. (사이) 물론, 마리아가 요셉을 죽였는지, 안 죽였는지…. 그것도 중요하겠지만 말입니다.

검 사: 저희 같은 무신론자들은 이해하기 힘든 말씀을 하시는군요…. 그녀는 이 연극에서는 그저 피고인일 뿐입니다.

신 부: 그녀는 피고가 아닙니다.

검 사: 그러나 신부님도 아시다시피, 그녀는 무수히 많은 거짓말을 해 왔습니다. 그 결혼한다는 이야기도 거짓말이지 않았습니까?

신 부: 그녀는 변하고 있었어요…. 그것도 아름답고 순결하게요…. 또 정직하게요….

검 사: 그렇게 아름다운 영혼으로 변해가는 여자가 연약하고 정신이 온전치 못한 어린아이를 목 졸라 살해합니까? 그것도 정신이 미약한 아이를요…?

신 부: 마리아는 결코 사람을 죽일 그런 여자는 아닙니다.

검 사: 그걸 무엇으로 증명하지요?

신 부: 제가… 제 영혼이… 증명하지요.

검 사: 신부님, 이건 그런 종교적인… 신념의 문제가 아닙니다.

신 부: 저는 이 재판이 무효라고 생각합니다.

검 사: 어린아이가… 그것도 방어 능력이 없는 정신박약아가 살해되었
      습니다!

신 부: 그래요…. 그러나 마리아는 누구보다 요셉을 사랑했습니다…. 더
      구나 마리아가 요셉을 죽여서 덕을 볼 게 뭐 있습니까?

검 사: 그녀는 다중 인격 환자이지만… 그러나 살인은 살인입니다!

신 부: 저는 마리아가 살인을 했다고 믿지 않습니다.

검 사: 그녀는 법정에서 살인을 인정했습니다!

신 부: 그녀 속의 어느 인격이 살인을 한 것이죠…? 이건 그녀를 한 번
      더 죽이는 행위에 지나지 않습니다!

검 사: 당신같이 법정의 판결을 믿지 못하는 사람들 때문에… 이런 연
      극을 하는 거요!

재판장: (봉을 치며) 그만, 그만! 그만들 하십시오. 약속대로 이 재판은
      계속되어야 합니다. (사이) 검찰 측은 더 이상 심문할 게 없으면
      변호인 측으로 넘기겠습니다.

검 사: 잠시 후에 저에게 증인심문을 허락해 주시는 조건을 들어주셔야
      합니다.

재판장: 허락하겠습니다.

신 부: 전, 허락할 수 없습니다!

재판장: 신부님… 마리아가 요셉이라는 그 소년을 그렇게도 사랑했다면,
      그 아이를 죽일 이유가 없지 않겠습니까? 그렇다면, 신부님은
      그녀의 무죄를 밝힐 의무가 있는 것이 아니겠습니까?

신 부: … 그렇긴 하지요…. 그러나 이 연극이 지금 정신병원에 있는 그
      녀에게 무슨 도움이 되는지…. 전 도무지 이해할 수 없군요.

재판장: 도움이 될지도 모릅니다…. 어쨌든 우리는 최선을 다해야 합니

다…. 허락하시겠습니까?

신 부: 아니요, 허락할 수 없습니다. 난 도대체 이따위 연극을 왜 해야

하는지 이해할 수 없군요…. (퇴장한다.)

김말분: (일어서며) 저도 그렇게 생각해요!

김옥자: (당황해서 일어나며 사람들을 둘러보며)… 아녜요, 연극은 계속되

어야 해요!

변호인(의사): (김옥자가 말하는 것을 듣고, 놀라워하며 재판장에게) 그래요.

재판을 계속 진행해야 합니다.

재판장: (변호인의 말을 알아듣고, 방망이를 두드리며) 자, 모두 제자리에

돌아가요.

(변호인이자 의사가 검사와 귓속말을 하고 재판장에게 가 다시, 귓속말

을 한다. 서로 심각하게 논의하는데 서서히 암전된다. 다시 조명이 들어

오면, 사람들은 첫 장면처럼 앉아 있다.)

의 사: (앞으로 나서며)… 저희들은 재판을 잠시 중단하기로 했습니다.

저희들은 마리아이자 반 고흐의 연인이자 모차르트의 연인, 그

리고 황진이, 그리고 창녀인 그녀를 직접 만나보기로 했습니

다…. 물론 여기서 보여드리는 것은 법정에서 실제로 일어났던

일을 토대로 한 것입니다…. 사람들이 너무 놀란 나머지…. 재

판이 잠시 중지되고…. 모두가 관객이… 되었던 실제로 일어났던

장면을 토대로 한 것입니다. 물론 그것은 제가 그녀를 치료하면

서 만났던 마리아 속에 숨어 있던… 마리아의 다른 얼굴이기도

합니다. 무려 36개의 다른 얼굴 중의 일부입니다.

(무대 서서히 암전. 잠시 후 조명이 들어오면, 마리아에게 핀 하나. 무대 중앙 우측에 그녀, 속살이 비치는 잠옷 차림으로 모델이 되어 앉아 있다. 그녀에게서 조금 떨어져(무대 중앙 뒤쪽에) 이젤을 세우고 스케치를 하고 있는 남자 4. 남자는 열심히 그녀를 목탄으로 재어가며 스케치를 한다.)

마리아: … 저, 이야기를 좀 해도 되나요?

남4 　: (손을 바쁘게 움직이며)… 물론입니다. 그러나 자세를 흐트려서는 안 됩니다.

마리아: 그건 염려 마세요. … 선생님은 아까 고흐를 좋아한다고 하셨죠?

남4 　: 예, 잔 고흐를 정말 좋아합니다.

마리아: 그럼, 고흐 선생님, 저를 고흐처럼 열정적인 여인으로 그려주시겠네요?

남4 　: 아니요…. 고흐를 좋아하지만, 내가 고흐가 되어선 안 되지요.

마리아: 선생님이 절 그리는 모습을 보고 싶군요.

남4 　: 안 됩니다. 지금은 고개를 돌려선 안 됩니다. 조금만 참아요. … 저는 지금 정신을 흐트릴 수가 없어요. (사이)

마리아: … 목이 아파요….

남4 　: 다 돼 갑니다…. 조금만 참아요. 이름이 뭐랬죠?

마리아: … 김나리

남4 　: … 나리… 이름이 예쁘군요.

마리아: … 목이 아파요.

남4 　: 모델이 처음이신가요?

마리아: 그래요.

남4 　: 처음 하시는 것치고는 잘 참으시는군요.

마리아: 조금 쉬었다 하면 안 될까요…? 목도 아프고…

남4 　: 잠깐만요.

마리아: 좀 추워요….

남4 　: (손을 더 빨리 움직이며)… 다 됐습니다. … 조금만요. (남자 계속
　　　　해서 그림을 그린다. 사이)

마리아: … 선생님…

남4 　: … 아, 예…. 미안합니다. 조금만요…. (사이)

마리아: … 선생님…!

남4 　: 아, 예. … 그럼, 조금 쉬었다 하죠….

마리아: (그녀, 고개를 돌리려 하나, 고개가 잘 펴지지 않는다.)… 선생님, 제
　　　　목 좀…

남4 　: (그녀에게 다가가서 담요로 그녀를 덮어주고… 그녀의 목을 마사지해
　　　　준다.)… 잘 참았습니다…. 저는 한 번 집중하면 계속해야 하는
　　　　성미거든요.

마리아: 목만 아픈 게 아니라, 어깻죽지도 아파요.

남4 　: (그녀의 어깨를 마사지하며)… 모델료는 충분히 드리겠습니다.

마리아: (고개를 돌리며) 전 돈 때문에 이런 일을 하는 게 아닙니다…. 아
　　　　까도 말씀드렸다시피…

남4 　: 아, 미안합니다.

마리아: 죽은 그이도 고흐를 좋아했어요…. 그인 가끔 절 모델로 그림을
　　　　그리고 싶어했지요…. 그러나, 난 부끄럽다고 응하지 않았지요….

남4 　: (이젤 쪽으로 가며)… 부군의 성함이 뭡니까?

마리아: 그인 무명의 화가였습니다.

남4 : (그림을 살피며) 몸매가 무척 아름답군요….

마리아: 그이도 그렇게 말했어요. 그이에게 모델이 되어주지 않은 게…
　　　후회가 돼요.

남4 : (그림을 보며) 어깨선이 무척 곱습니다.

마리아: (객석을 향해 앉으며)… 많은 사람들이 그이가 죽고 난 뒤 재혼하
　　　라고 성화였어요…. 특히 부모님이 더 성화였죠…. 그러나 전 그
　　　이와 같은 남자를 만나기 전에는 결혼하지 않을 거라고 생각했
　　　습니다…. 그래서 선생님 같은 분을 만난 게… 저로선 오히려 감
　　　사했습니다.

남4 : 부군께선 참 좋으신 분 같군요.

마리아: (환상에 잠기며)… 그래요, 그인 다정다감한 분이었어요…. 언제
　　　나 거리를 거닐 땐 제 어깨를 포근하게 감싸 주었어요…. 그러면
　　　서 그인 말했어요. 난 지금은 비록 무명의 화가지만, 언젠간 꼭
　　　성공하겠노라고… 그리고 당신을 그린 그림이 영원한 명화가 되
　　　게 하겠노라고… 그러면 아무리 먼 세월이 흘러도 당신은 나의
　　　그림 속에 영원히 살아 있을 거라고… 그리고 그 자신도 나의 그
　　　림 안에 영원히 나와 살아 숨 쉬고 있을 거라고… (흐느끼며 고
　　　개를 숙인다.)

남4 : 미안합니다…. 그런 사연이 있는 줄을… 몰랐습니다.

마리아: 괜찮아요…. 따뜻한 차 한 잔 주시겠어요?

남4 : 예. 물론이지요…. (나간다.)

마리아: (갑자기 배를 움켜쥐며)… 서,… 선생님!

남4 : (돌아서며) 아니, 갑자기 왜 그래요?

마리아: 서,… 선생님… 갑자기 배가… 점심때 먹은 게… 잘못됐나 봐
　　요…. 서, 선생님,… 미, 미안하지만…. 배 좀…. 아악…! (당황하
　　여 어쩔 줄 몰라 하는 화가의 손을 그녀의 아랫배로 밀어 넣으며 그
　　를 감싸고 안고 뒹군다. 급히 암전된다.)

(서서히 그녀에게만 조명이 들어오면, 김말분은 어느새 일어서서 그녀를
멸시하는 듯 쳐다보고 있다. 그녀에게 핀)

김말분: 어느 날, 저년이 벌거벗은 그림을 가지고 와서 우리 남편에게 보
　　여주고 자랑하더니… 저년이 우리 남편을 먼저 유혹했다구요!
김옥자: 아주머니, 앉아요. 이건 연극이에요,… 창피스럽지도 않아요?
김말분: 흥, 까놓자고 이런 것 꾸며대는데…. 내가 거리낄 것이 뭐 있
　　어…! 더러운 년! 어디 남자가 없어, 내 남편을 유혹해?

(김옥자, 그녀를 간신히 말려 다시 자리에 앉힌다. 암전. 사이. 가벼운
목탁 소리와 함께 무대는 스님 방이 된다. 남3이 스님 차림으로 무대 중
앙에 앉아 객석을 쳐다보고 있다. 마리아가 미닫이문을 열고 들어오는
듯, 조심스럽게 들어선다. 그녀는 아주 공손하게 합장하며 스님에게 인
사를 한다.)

데레사: (그녀 일어선다. 그녀에게 부분 조명) 그녀는 자주 스님 이야기를
　　했습니다. 그리고 저에게 아이를 낳아본 적이 있느냐고 물었습
　　니다. 저는 없다고 그랬죠. 그녀는 모든 아기는 버려져서는 안
　　된다고 그랬습니다. 그녀는 모든 아기는 천사라고 그랬습니다.

그런 천사를 버리면 하나님의 벌을 받는다고, 지옥에 간다고 그
랬습니다.

김말분: 흥, 수녀라고 다 천국에 가는 것은 아니라구!

(데레사 수녀는 말없이 앉는다. 김옥자는 김말분이 뭔가 하려는 말을 제
지하며 말린다. 수녀 쪽 조명이 꺼지고, 중앙 무대가 밝아진다.)

남3(스님): (돌아앉으며)… 나무 관세음보살….

마리아: 스님,… 가진 것은 이 몸뚱아리 하나뿐이옵니다.

남3(스님): … 만유가 다 당신 몸 하나에 다 들어 있어….

마리아: 아기 하나 낳지 못하는 몸뚱이에 무슨 만유가 다 들어 있다는
     말씀입니까?

남3(스님): 대자대비… 나무 관세음보살.

마리아: 관세음보살님도 저에게는 전혀 대자대비하지 않아요.

남3(스님): 부처님의 큰 뜻을 우리가 어찌 알겠소.

마리아: 이 작은 소망도 헤아리지 못하는 부처님이 무슨 큰 뜻이 있겠어
     요….

남3(스님): 허어, 그 무슨 소리. 부처님을 욕되게 하다니요.

마리아: 부처님을 욕되게 하여서라도 아기 하나 점지해 주신다면 이 못
     난 보살은 소원이 없겠습니다.

남3(스님): 지성이면 감천.

마리아: 씨가 있어야 싹이 트지요.

남3(스님): 부처님의 원대한 뜻을 믿으십시오. 나무 관세음보살.

마리아: 인이 있어야 과가 있지요.

남3(스님): 인은 이미 당신 몸속에 있지 않소.

마리아: 그건 내 몸일 뿐, 아기를 위해 스님이 자비를 베풀어 주십시오.

남3(스님): …

마리아: 그것도 중생의 고통을 들어주시는 보시가 아니겠습니까?

남3(스님): 내 마음을 흐리게 하지 마십시오. 나무 관세음보살….

마리아: 원효 스님께서는 설총을 낳기 위해 요석공주와 합방을 하셨다
　　　는데… 어이 그리 스님의 도량은 좁으신가요?

남3(스님): 육신은 껍질일 뿐이요.

마리아: (유혹하며)… 어차피 껍질인 몸, 육신 때문에 마음이 흐릴 지경이
　　　면, 스님의 득도도 요원할 것입니다.

남3(스님): (눈을 감고 피하며)… 나무 관세음보살….

(조명 푸른빛으로 변하며 어두워진다. 빗소리가 들린다.)

마리아: 스님. 비처럼, 비처럼… 단비를 내려주시옵소서… 목마른 중생입
　　　니다.

남3(스님): … 나무 관세음보살! 내 귀엔 헛된 바람소리밖에 들리지 않소.

마리아: 마음만 가지고 가면 될 일…. 전 따스한 온기가 그립습니다.

남3(스님): (벌떡 일어선다.) 빈승은 이 몸마저 비웠습니다! (단호히 합장하
　　　고 나간다.)

마리아: 스님은… 제 마음은 보지 않고,… 육신만 보는군요.

(깊은 빗소리. 서서히 암전. 잠시 후, 피가로의 결혼 서곡이 흐른다. 다
시 조명이 들어오면, 카페. 화사하고 밝은 차림의 마리아가 등장한다.)

마리아: 저는 볼프강 아마데우스 모차르트를 좋아합니다. 전 그의 가벼움, 천재성을 좋아합니다. 저는 그에게서 생명이 가지고 있는 특권이 무엇인지 발견하곤 합니다. 저는 그의 음악성이 그의 천진난만함에서 나왔다는 것을 믿습니다. 그는 비엔나의 숲속에서 새들과 함께 삽니다. 새 중에 올빼미만 빼구요! 당신도 그렇게 생각하지 않나요? (의자에 앉는다.)

남2 　: (코러스에서 걸어 나오며) 물론 나도 그렇게 생각하고 있소. 마리아.

마리아: 어머, 볼프강, 당신이군요.

남2 　: (곁에 앉으며) 모차르트가 흘러나오길래 당신이 미리 와 있는 줄 알았어요.

마리아: 당신에게 바치는 제 음악이에요. 볼프강.

남2 　: 고맙소, 오래 기다렸소?

마리아: 아뇨, 당신을 조금이라도 빨리 보고 싶은 마음에 일찍 나왔어요. 연습은 끝났나요?

남2 　: 나도, 당신이 보고 싶어 조금 일찍 달려왔답니다.

마리아: 당신의 연습을 조금도 방해하고 싶지 않았는데… 미안해요.

남2 　: 무슨 소릴 하는 거요…. 당신은 내 음악이요.

마리아: 당신은 내 그리움이에요.

남2 　: 고맙소.

마리아: 아니요, 제가 오히려 더 고마워요…. 그리고 당신을 만나게 해준 하나님도 고맙구요.

남2 　: (그녀의 손을 잡으며) 이 귀여운 천사를 나에게 보내주신 하나님께 물론 나도 고마워하고 있소.

마리아: 쉿, 사람들이 봐요.

남2 : 사랑하는 연인끼리 손을 잡는데… 누가 보면 어떻소.

마리야: (고개를 숙이며)… 연주회 언제라고 했죠?

남2 : 왜, 그날 무슨 일이 있소?

마리야: 5월 24일 맞죠?

남2 : 그래요, 그날 꼭 참석해야 해요. 부모님이 당신을 무척 만나고
      싶어 하고 있어요.

마리야: …

남2 : 왜 그래요? 무슨 일이 있어요?

마리야: … 아뇨.

남2 : 난 당신이 꼭 와 줄 것을 믿어요…. 마리아 당신을 사랑해요…!

마리야: 저도 당신을 사랑해요.

남2 : 내 음악보다 더.

마리야: 내 그리움보다 더.

(두 사람, 일어서서 손을 마주 잡고 서로를 마주 본다. 음악 소리 높아지
   면, 두 사람 격렬히 포옹한다.)

마리야: (그의 품에서 빠져나오며)… 저 볼프강, 드릴 말씀이 있어요.

남2 : 당신의 말이라면… 뭐든… 내겐… 모두 음악처럼 들려요.

마리야: (고개를 숙이며)… 제 말을 잘 들으셔야 해요.

남2 : 오늘따라 당신이 좀 이상하군요….

마리야: … 더 이상 망설이지 말고 솔직히 말씀드릴게요. … 절 용서해
      주세요. (그의 품에 안긴다.)

남2 : 당신은 아무 잘못한 게 없어요. 비록 무슨 일이 있더라도 난 당

신을 용서할 거요.

마리야: 난 지금 당장 당신과 결혼하고 싶어요.

남2 : 난 또, 무슨 소리라구… 그래서 피가로의 결혼 서곡을 신청해 놓았군요…. 사실 나도 당장 결혼식을 올리고 싶어요….

마리야: 그래요, 그럼 우리 당장 결혼해요. (그의 팔을 잡아 이끌며)… 어서 가요….

남2 : … 어디서, 주례는 누가 서고?

마리야: 그까짓 주례가 무슨 상관이에요…. 내가 있고… 당신이 있고… 그리고 음악만 있으면 되잖아요?

남2 : (그녀를 한참 바라보다가)… 당신, 정말이군요.

마리야: 그래요. 전 진정이에요…. 당신은 제 말을 거짓으로 알았나요?

남2 : …

마리야: … 절 사랑하지 않는군요.

남2 : 아니요, 난 누구보다 당신을 사랑하고 있소.

마리야: 당신은 절차를 생각하고 있군요…. 당신은 나보다 체면을 더 생각하고 있군요.

남2 : 아니요…. 당신이 갑자기 그러기에… 잠시 놀랐을 뿐이오.

마리야: 절 사랑한다면, 지금 당장 저랑 결혼해 주세요.

남2 : 당장…? 둘이서만?

마리야: 둘이만이 아니지요. 하나님도 우리와 함께하시는 거죠.

남2 : 좋소…. 그럼, 당장 결혼합시다. 정식 결혼식은 뒤에 올리기로 하고.

마리야: 영혼이 통하면 그만이죠…. 다음에 당신이 원하는 식을 올려도 상관없어요.

남2 : (일어서며) 자, 그럼, 신부는 내 팔짱을 껴요.

마리아: (팔짱을 끼며) 당신은 하나님이 점지하신 내 신랑이에요.

남2　: … 신부는 신랑을 사랑하는가?

마리아: 예.

남2　: 그럼, 신랑은 신부를 사랑하는가…? 예. 그녀를 죽도록 사랑합
　　　 니다. (두 사람, 마주 보고 웃는다.)… 그럼, 하나님의 주례사가 있
　　　 겠습니다…. 두 사람은… 나의 이름으로 오늘 이 시간부터… 한
　　　 마음 한 몸이 된 것이니… 어느 누구도 이 두 사람을 떼어놓지
　　　 못하리라.

마리아: 우리가 가난하거나, 병들거나… 고통스러운 일이 있을지라도…
　　　 우리를 떼어놓지 못하리라.

남2　: 비록 우리가 멀리 떨어져 있더라도… 그 마음은 누구도 떼어놓
　　　 지 못하리라….

마리아: 비록 하나님일지라도… 우리를 떼어놓지 못하리라.

　　　 (두 사람, 포옹한다. 조명 서서히 어두워진다.)

김옥자: (그녀에게 조명, 그녀 일어선다.)… 마리아는 사랑하는 남자, 볼프
　　　 강 모차르트를 좋아하는 남자가 있다고 했습니다. 결혼까지 약
　　　 속했다더군요…. 처음에는 저도 믿었죠… 그러나 그것은 거짓말
　　　 이었습니다. 거짓말하는 아이. 아니, 거짓말하는 창녀… 그게
　　　 마리아입니다.

김말분: (일어서며) 그래, 창녀인 저년만 거룩하고… 우린 쓰레기지…! 당
　　　 신과 난 조바고, 포주지!

김옥자: (앉으며) 그래요, 우리 같은 인생은 항상 조연이지.

김말분: 맞아, 여기서도 저년은 주연이고, 우린 조연이잖아.

김옥자: (비웃듯이) 그래요…. 그래도 출연료는 공평하게 주시겠대요.

김말분: (앉으며 수녀에게)… 당신도 돈 때문에 왔수?

수　녀: (웃으며) 저라고 왜 돈이 필요하지 않겠어요?

김말분: 당신 입에서 오랜만에 참말하는 소릴 듣는구랴….

수　녀: … 무슨 말씀이세요?

김말분: 흥, 믿을 게 따로 있지.

수　녀: 제가 무슨 거짓말을 했다고 그래요…?

김말분: 흥, 뻔뻔스럽긴!

재판장: (어둠 속에서) 거기 좀 조용히 합시다.

(김옥자, 김말분을 제지한다. 암전, 다시 조명이 들어오면, 창녀 마리아의 방. 웃통을 벗은 남자1이 벌렁 드러누워 미묘한 미소를 지으며 마리아를 기다리고 있다. 그는 지겨워하다가 벌떡 일어선다. 잠시 사이.)

남1　: (욕실 쪽을 바라보며)… 씨팔 뭐 하는 거야! (다시 벌렁 드러눕는다.)

(잠시 후, 마리아가 등장한다. 손에 노트와 볼펜을 들었다. 잠옷 차림의 그녀를 황홀하게 바라보는 남자, 그녀를 뒤에서 껴안으려 한다. 마리아는 그를 제치고, 바닥에 대고 노트에 글을 쓴다.)

남1　: 야…, 뭐 하는 거야?

마리아: 질문 하나 해도 돼?

남1 ：… 뭘?

마리아: 서비스 잘해 줄게… 리포트야.

남1 ：리포트, 그게 뭔데?

마리아: 알 거 없어.

남1 ：씨팔… 이런 데 와서도 괄시를 받아… (다시 벌렁 누우며) 그래?
　　　뭘 알고 싶어?

마리아: 나이가 몇이지?

남1 ：스물다섯.

마리아: 거짓말 말고…?

남1 ：스물둘.

마리아: 이런 데 자주 와?

남1 ：(몸을 반쯤 일으키며) 씨팔… 별걸 다 묻네….

마리아: 진지하게 대답해야 서비스 잘해주지.

남1 ：(웃으며) 정말 서비스 잘해 줄 거야?

마리아: 물론이지. 이런 데 자주 와?

남1 ：가끔 와. 월급날에.

마리아: 보너스 받으면?

남1 ：응.

마리아: 오늘 월급날이야?

남1 ：응.

마리아: 뭘 해, 공장에서 일해?

남1 ：그래, 씨팔.

마리아: 진지하게 대답해. 부모는 있어?

남1 ：엄마만 있어.

마리아: 여동생은 있어?

남1 : 별걸 다 묻는군… 가출한 여동생 하나 있어.

마리아: 그 여동생 찾는다는 명목으로 이런 델 들락거리는 거야?

남1 : 잘 아시는군. (쳐다본다.)

마리아: 왜, 내가 네 여동생 닮았어?

남1 : (웃으며) 응.

마리아: (돌아앉으며, 잠시 침묵한다.)

남1 : (다가가며) 왜, 그래? 화났어?

마리아: (낮게)… 개새끼…!

남1 : (잘못 들은 듯)… 뭐라고?

마리아: 개새끼… 넌 개새끼야…!

남1 : 이년이 갑자기 왜 이래?

마리아: (방구석에 있는 과일칼을 집어, 획 돌아서며) 개새끼… 죽일 거야!

남1 : (당황하며) 아니, 왜 그래?

마리아: 넌 누구야?

남1 : 나, 나 손님…!

마리아: 누굴 찾아 여길 왔지?

남1 : 아, 아무도….

마리아: 네가 내 여동생을 팔아먹었지?

남1 : 네 동생이… 누군데?

마리아: 마리아…

남1 : 마리아…? 마리아가 누군데?

마리아: 바보 같은 놈, 성모 마리아지! (칼로 찌르려 한다. 황급하게 피하
　　　며, 옷을 주섬주섬 챙겨 나간다.)… 미～ 미친 년이야!

(무대 암전된다. 어느새 등장한 신부 쪽에 조명이 들어온다.)

신 부: (등장하며) 그렇습니다. 마리아는 창녀였습니다. 그러나 몸을 파
　　　는 창녀가 아니라, 사랑받고 싶은 창녀였습니다.

(모두 놀라 신부 쪽을 돌아본다.)

재판장: 아, 신부님.

의 사: 신부님 돌아와 주셔서 감사합니다…. 재판을 계속해도 되겠군
　　　요.

김말분: 흥, 신부라고 고상한 척하기는! 사내는 다 똑같애…

김옥자: (김말분을 말리며)… 왜 아까부터… 엉뚱한 말을 해요?

김말분: 너도 아까 대사에 없는 말 하지 않았어?

(김옥자, 신부를 아니꼬운 듯 쳐다보는 김말분을 데리고 나간다. 수녀도
따라 나간다. 암전된다.)

1막과 같은 무대.

재판장: 정말 놀라운 일입니다. (의사에게) 이런 일이 실제로 일어날 수 있습니까?

의 사: (객석으로 나서며) 그렇습니다. 이 일은 지난 2월 부산지방법원에서 실제로 일어난 일입니다. 이런 일은 아주 드물긴 하지만 외국에서도 일어난 적이 있습니다. 정신병리학에선 이런 병을 다중인격질환이라고 부르고 있습니다. 한 사람이 자신의 동일성을 잃어버리고 완전히 다른 인격체로 행동하고 사고하는 병입니다…. 완전히 다른 사람이 되는 것이지요.

검 사: 거짓말을 하는 것은 아닐까요…? 이를테면 살인을 했기에 일부러 형벌을 피하기 위해서… 미친 척하는 건 아닐까요?

의 사: 아닙니다. 결코 일부러 그러는 것은 아닙니다. 완전한 인격의 변신… 자신의 영혼까지도 바꾸어 버리는 그런 완전한 탈바꿈이 그녀에게 일어났던 것입니다.

재판장: 애벌레에서 나비로의 완전한 변신… 영혼 속에서도 그런 일이 일어난단 말입니까?

의 사: 그렇습니다.

검 사: 그럼, 이 재판은 무효가 아닙니까?

의 사: 그렇습니다. 실제로 법정에는 그녀의 정신병을 인정하여 무죄 판
결을 내렸습니다.

재판장: 그러면, 우리가 이런 연극을 할 필요가 있을까요?

의 사: 제가 이 연극을 꾸민 데는 두 가지 중요한 이유가 있습니다. 그
녀가 실제로 법정에서 어린 요셉을 목 졸라 죽였다고 자백한 그
인격이 실제의 순수한 영혼의 마리아가 아닌 다른 인격의 마리
아가 자백했을 수도 있다는 점입니다. 그래서 법정에서의 그녀
의 진술은 진실이 아닐 수도 있다는 것입니다. 즉 마리아 속에
숨어 있는 다른 거짓 인격일 수 있다는 것입니다. 더욱이 저는
마리아의 무의식을 분석하는 과정에서 그녀의 결백을 더욱 확
신하게 되었습니다…. 그리고 다른 중요한 이유는… 저는 한 인
간이 자신의 인간됨을, 자신의 영혼을 포기해 버리는 그런 일이
있다는 사실을 참을 수가 없었습니다. 전, 인간의 인간됨을 아
니, 한 인간의 영혼을 포기할 수 없었습니다. (신부에게) 신부님
도 저와 동감하시리라 믿습니다.

신 부: 물론입니다. (사람들을 돌아보며) 그래서 돌아온 것입니다. 그래
요, 연극을 계속합시다.

의 사: 감사합니다. 신부님. (모두 수긍하며 자기 자리로 돌아간다.)

재판장: 자 다들 나와요…. 연극을, 아니 재판을 다시 시작합시다. (사람
들, 약간 웅성대며 다시 등장하여 자리를 잡는다.)

남자1: 대사나 잊지 말아요…. 엉뚱한 대사 치지 말고….

재판장: 조용히, 조용히 해 주십시오.

검 사: 그럼, 데레사 수녀님을 증인으로 채택하겠습니다. 그리고 관계되
　　는 분들에게도 질문을 하겠습니다…. 데레사 수녀님.

재판장: 이제부터 증인선서 없이… 바로 시작하겠습니다. (수녀는 검사가
　　가리키는 앞쪽 걸상에 앉는다.)

김말분: … (낮은 목소리로) 여기서도 사람 차별한다니까…

김옥자: … 쉿… 요.

검 사: 증인께서는 백합성당에 소속된 수녀님으로 알고 있는데… 맞습
　　니까?

데레사: 그렇습니다.

검 사: 요셉을 마지막으로 본 날이 언제였습니까?

데레사: 부활절 그날 이후 요셉을 만나지 못했습니다.

검 사: 요셉이 마리아를 따랐나요?

데레사: 그녀는 아이들을 무척 사랑했습니다. 그래서 아이들도 그녀를
　　잘 따랐습니다.

검 사: 마리아는 자신이 돌보는 아이들을 아기 예수라고 부른 줄 아는
　　데, 혹 과대망상 증세는 보이지 않았나요?

데레사: 그녀는 워낙 열심이어서… 수녀인 우리들이 부끄러워했을 정도
　　였습니다. 우리는 그저 그녀를 좋아했지요…. 우린 단지 그녀가
　　한때 수녀가 되기로 마음먹은 적이 있는 헌신적이고 착한 여자
　　로만 알았습니다.

검 사: 그녀가 특히 요셉을 좋아한 것으로 아는데, 무슨 이유라도 있습
　　니까?

데레사: 잘 모르겠군요…. 그녀는 아이들을 다 좋아했으니까요….

검 사: 그녀가 왜 요셉을 죽였는지…. 나름대로 짐작되는 게 있으면…

이 자리를 빌어 말씀해 주시기 바랍니다.

데레샤: 그 사건은 저에게도 아직 큰 충격으로 남아 있습니다…. 신부님
이 마리아를 위한 연극을 한다길래… 협조했을 뿐입니다…. 그
런데… 이게 마리아를 위한 연극인지…. 전 잘 모르겠군요….

변호인(의사): … 마리아를 좋아하셨나요?

데레샤: …

변호인: 마리아를 진정으로 사랑하셨나요?

데레샤: (잠시 생각하다가)… 아뇨.

변호인: 그럼 마리아를 미워하셨나요?

데레샤: 솔직히 말씀드리면… 그녀는 이중인격자입니다…. 아니, 알고 보
니 수많은 다른 인격을 가지고 있더군요. 그녀는 나쁜 소문을
(신부를 외면하며)… 성당에 퍼뜨리고 다녔어요….

변호인: 신부님 말씀에 의하면, 그녀처럼 헌신적이고 아름다운 영혼이
없다고 했는데… 신부님의 말씀이 틀렸다는 뜻입니까?

데레샤: 저도 처음엔 그녀를 좋아했습니다…. 그러나 그녀가 몸을 파는
여자라는 소문이 사실인 걸 알고… 그녀를 믿지 않았습니다.

변호인: 그 사실을 누가 알려주었나요?

데레샤: …

김옥자: (나서며) 그래요, 제가 알려주었어요.

변호인: 당신은 그녀를 매우 혐오하는 것 같은데…

김옥자: 그렇습니다.

변호인: 왜, 미워하시죠?

김옥자: 그녀의 영혼은 결코 구제받을 수 없어요…! … 하나님은 저를 용
서하실 겁니다.

변호인: 당신이 뭐 잘못한 게 있나요?

김옥자: 네, 저도 잘못한 게 많지요. 남을 미워하는 이런 마음도 잘못이
　　　지요….

변호인: 그런데 마리아가 왜 구원받지 못한다고 생각하십니까?

김옥자: 그녀는 철저히 자기를 속였으니까요.

변호인: 사람을 죽여서 구원받지 못하는 게 아니고요?

김옥자: 저는 살인보다…. 자신의 내부를 죽이는 게 더 큰 죄라고 생각
　　　합니다.

변호인: 그녀는 다중인격 환자입니다.

김옥자: 영혼이 분리될 수 있다는 사실을 저는 믿지 않습니다. 그녀는
　　　악마의 영혼을 가지고 있습니다…. (사람들을 둘러보며)… 전 이
　　　해할 수 없군요. 왜 마리아 같은 여자를 위하여 우리가 이런 연
　　　극을 해야 하는지…. 왜 이토록 마리아를 미화시키려 하는지….
　　　전 도무지 이해할 수 없군요.

변호인: 불쌍한 영혼이니까요….

김옥자: 불쌍하다구요…? 그 어린 요셉을 죽였는데… 불쌍하다구요….
　　　그 어린 요셉이 집에 갔다구요? 그 앤 혼자서는 집을 찾아가지
　　　도 못해요. (신부에게) 그런 애를 죽여서… 침대 아래에다 숨겨
　　　놓고… 욕실에서 노래를 부르며… 목욕을 하는 여자의 영혼이
　　　아름답다구요?

변호인: 물론 저희도 가끔 쓸데없는 일을 벌였다는 생각이 들기도 했습
　　　니다…. 한 번만 더 부탁하겠습니다…. 당신이 그날 마리아 방에
　　　서 목격했던 일을 다시 한번 자세히 이야기해 주시겠습니까?

김옥자: 못할 것도 없지요…. 그날 제가 그녀의 방에서 목욕하는 소리와

노랫소리가 들리길래… 그녀에게 물었습니다. ‘마리아, 꼬마 손님, 보냈어?’ 그러자 마리아가 욕실에서, ‘예’하고 대답을 했죠. 그리고 그녀가 외출을 한 후, 그녀의 방을 치웠습니다. 그러다가… 침대 아래에서… 그 아이 요셉의 시체를 발견하게 된 것입니다….

변호인: 그 아이, 요셉이 혼자 집을 찾아갈 수 없는 아이인데도… 마리아에게 ‘꼬마 손님 보냈어.’ 하고 물었을 때, 그녀의 대답이 이상하게 생각되지 않던가요?

김옥자: … 어쩌면… 그 대답 때문에… 방에 들어가게 된 건지도 모르겠군요.

변호인: (웃으며) 말씀 감사합니다…. 당신의 생각이 옳을지도 모르겠군요…. 그래도 이 연극은 아직은 끝낼 때는… 아닌 것 같군요. (검사에게) 계속하시죠….

검 사: (수녀에게) 질문을 계속하겠습니다…. 신부님과의 그 소문 말고 다른 소문은 없었습니까?

데레샤: 다른 소문도 있었지만, 특히 그 소문이 컸습니다….

검 사: 아까… 신부님도 한 남자로서 마리아를 사랑한다고 했는데… 그 말씀을 믿으시나요?

데레샤: …

검 사: 믿으시는군요….

데레샤: 그 소문이 워낙 컸으니까요….

검 사: 육체관계를 가졌다는 소문도 말입니까? (사람들, 놀란 듯이 서로 얼굴을 마주보며 웅성된다.)

데레샤: … 분명하지 않지만… 모든 정황으로 보아 사실일 수도 있겠

다…. 생각했습니다.

검　사: 신부님을 그런 여자에게서 구해내고 싶었겠군요?

데레사: 그런 소문에 대한 충고를 드린 적도 있습니다.

검　사: 물론, 신부님은 그 충고를 일축했겠지요.

데레사: 예, 전 그게 무척 안타까웠습니다….

검　사: 그래서 그녀를 제거할 마음을 먹은 적은 없었나요?

데레사: (놀라며)… 절 의심하고 계시는군요….

검　사: 물론입니다…. 전 수녀님이라고… 무슨 하늘에서 떨어진 사람처
럼 생각하지 않으니까요. … 당신은 마리아를 특별히 싫어했습
니다…. 당신보다 훨씬 헌신적인 마리아를 질투했다고 알고 있
습니다…. 그리고 마리아가 요셉을 데리고 나간 것을 아는 건 당
신뿐이었으니까요…. 그리고 당신은 그런 정신박약아를 하나님
의 저주받은 인간은 아닐까… 그렇게 생각하고 있지 않습니까?

데레사: 신부님, 도대체 이게 무슨 연극이죠…?

검　사: 연극은 당신이 하고 있는지도 모르지요,… 당신은 그날 왜 마리
아를 미행했죠?

데레사: 오, 하느님…!

검　사: 당신은 그날, 여관 뒷문까지…. 마리아를 미행했습니다…. 아닙
니까?

데레사: (당황하며)… 그건 사실입니다…. 그러나…

검　사: 그러나 살인은 하지 않았다…?

데레사: 저는 단지 마리아가 무엇을 하는 여자인지…. 소문을 확인하고
싶었을 뿐입니다.

검　사: 좋습니다. 이건 이쯤 해 두죠…. (신부에게)… 마리아를 사랑한

건 사실입니까?

신　부: 사랑도 여러 종류가 있지요.

검　사: 육체관계는 맺지 않았다고 했는데… 사실입니까?

신　부: … 그렇소.

검　사: 수녀님은 두 사람이 함께 있는 걸 본 적이 있나요?

데레샤: …

검　사: 의심을 받아 마음이 상하셨나 보군요.

데레샤: 그래요, 제가 본 적이 있어요.

검　사: 두 사람을 감시하셨나요?

데레샤: 감시는 하지 않았지만… 소문도 있고 해서… 신부님과 그녀가
　　　　사제실에 함께 있는 것을 몇 번 본 적이 있습니다.

검　사: (신부에게) 신부님은 그때 마리아랑 뭘 하고 있었습니까?

신　부: 난 마리아의 아름다운 노랫소리와 그녀의 맑은 영혼이 말하는
　　　　소리를 듣고 있었습니다…. 〈여호와는 나의 목자시니〉를 그녀처
　　　　럼 아름답게 부르는 사람은 많지 않을 겁니다.

검　사: 믿기지가 않는군요…. 그녀의 영혼이 정말 그렇게 맑고 아름다웠
　　　　나요?

신　부: 그렇습니다.

검　사: 놀랍군요…. 그토록 많은 인격 가운데… 그토록 아름다운 영혼
　　　　도 함께 있다는 것이….

변호인: 신부님께선 그땐, 다중인격 질환이 있다는 것을 몰랐습니까?

신　부: 몰랐습니다…. 그러나, 그녀가 자신의 여관으로 나를 초대했을
　　　　때, 비로소…. 그녀에 관한 소문이 사실일지도 모른다고 생각했
　　　　습니다.

검　사: … 동침을 요구하던가요?

신　부: …

검　사: 물론 거부하셨겠군요.

신　부: … 예.

검　사: 당연히 나무라기도 했겠군요….

신　부: 떠도는 소문이 사실인 걸 알았습니다. 그녀의 맑은 영혼을 사랑
　　　했지만… 잠자리를 같이할 순 없었습니다…. 그런데… 그게 실
　　　수였습니다.

검　사: 무슨 뜻입니까?

신　부: 자신의 영혼을 사랑하는 사람이… 자신의 육체는 더럽다고… 사
　　　랑하지 않은 것을 알았을 때… 그녀는 육체가 영혼을 배신한다
　　　는 것을 알았을 겁니다. 아니, 어쩌면 영혼의 사랑이라는 것이
　　　다 거짓일지도 모른다고 생각했을지도 모릅니다…. 그녀는 진실
　　　로 사랑받고 있다는 기쁨에서 그녀는 자기의 참모습으로 돌아오
　　　고 싶어했을지도 모릅니다.

　　(조명이 바뀌고, 무대는 마리아의 방이 된다. 신부는 마리아의 방을 둘
　　러보며 앉는다. 마리아는 차를 내어온다.)

마리아: 신부님, 오래 기다리셨지요?

신　부: 별말씀을… 이렇게 초대해 주셔서 정말 기쁩니다.

마리아: 저도 신부님을 모시게 되어 정말 기뻐요…. 그런데 방이 누추해
　　　요….

신　부: 하하… 방이 문제가 아니라… 그 안에 누가 사느냐가 중요하지요….

마리아: 신부님을 초대해 놓고… 무척 후회했습니다.

신 부: 별말씀을 다 하시는군요…. (웃으며) 차를 마셔도 될까요?

마리아: 어머… 내 정신 좀 봐… 어서 드세요.

신 부: (차를 한 모금 한다.)… 흠… 커피가 향도 좋고… 맛도 좋군요….

마리아: 감사합니다. (사이)… 저는 고아원에서 나온 뒤 공장을 다니다가… 자취 생활을 해본 것 말고는… 늘 이런 여관에서 생활해 왔습니다.

신 부: 여관이면 어떻고… 자취방이면 어떻습니까…. 어차피 인생이 나그넨데요…. (웃으며) 나그네에겐 여관은 좋은 휴식처이기도 하지요….

마리아: 정말… 감사합니다.

신 부: 제가 오히려 감사하지요…. (찻잔을 놓으며) 마리아… 왜 차를 안 드시죠?

마리아: 신부님 같은 분을 제 집에 모시게 되어 정말 기뻐요….

신 부: 저를 믿고, 초대해 주셔서 저도 정말 기쁩니다….

마리아: 신부님, 신부님께 드릴 말씀이 있어요….

(신부, 차를 마시려다 고개를 드는데, 여관주인 김말분의 목소리가 들린다.)

김말분: 아니, 이 년이 요즘 통 손님 받을 생각은 안 하고,… 목사인가 신부하고 연애할 생각만 해? (들어서며)… 오라, 두 분께서 오붓한 시간을 즐기고 계시는군. (뒤따라 들어서는 김옥자에게)… 저 신부야?

김옥자: (경멸스런 눈빛으로 신부를 째려보며, 고개를 끄덕인다.)

김말분: (신부에게) 흥, 창녀와 신부라… 무슨 영화 제목 같군…. (마리아에게) 이 년아, 밀린 방값하고 밥값이나 벌 생각을 해…! 네 같은 년이 무슨 연애야…? 네 년이 하는 연애는 손님이나 받는 거야. (마리아 고개를 숙인다.)… 흥! 네 년이 성당에 나간다고 더러운 몸뚱아리가 깨끗한 비단이 되지는 않아! 저년, 그렇잖아도 요즘 어딘가 모르게 실성한 것 같더니… 이젠 집 안까지 예수쟁이를 끌어들여…? (신부에게) 여보슈, 일단 이 방에 들어왔다 하면, 5만 원이요…. 알겠소?

*이 작품은 1995년도 3월 10일 도서출판해성에서 처음 출간되었으므로, 이 글을 다시 정리하여 쓰는 시기는 2024년도 12월이니 약 30년간의 시간 차이가 있다.***

신 부: 알겠습니다…. 원하신다면, 5만 원을 드리겠습니다.

마리아: 신부님, 안 돼요.

신 부: (돈을 꺼내 김말분에게 주며) 이젠 됐소?

김말분: (조금 놀라며)… 예의는 있구랴… (돈을 헤아리며)… 돈만 주면 자주 와도 상관은 없지만… 당신 같은 사람들이 이런 곳에 드나들면 손님이 떨어진단 말이요. 오늘만 특별히 봐 드리겠소. (그녀와 김옥자 나간다.)

마리아: 신부님, 전 이런 비천한 여자예요.

신 부: 솔직하게 말해 놀란 건 사실이요…. 그러나 마리아의 직업이 무엇이든 그게 내겐 중요하지 않소.

마리아: 신부님, 전 창녀란 말이에요!

신 부: 네겐 그게 중요하지 않아요.

마리아: (일어나 거닐며)… 그래요. 내가 무엇을 하건…. 내 직업이 무엇이
든 신부님께선 아무 상관도 없으시겠죠…. 제가 누구건, 부모로
부터 버림받은 고아로 자랐건 아무 상관이 없으시겠죠.

신 부: (일어나며) 마리아, 난 그런 뜻으로 말한 건 아니요….

마리아: 아무래도 좋아요. 제가 신부님을 여기로 모신 건, 제 참모습을
보여드리고 싶어서였으니까요….

신 부: (그녀의 어깨를 가볍게 감싸며)… 마리아. 당신은 누구보다 아름다
운 마음씨를 가지고 있소…. 난… 그런 당신의 마음을 사랑하오.

마리아: 제 몸은… 사랑하지 않나요?

신 부: … 물론 사랑하오.

마리아: (빠져나오며) 거짓말 마세요! 절 위로한다고 일부러 마음에도 없
는 말을 하시는군요…. 제가 고아고 창녀라고 위로하실 필욘 없
어요.

신 부: 마리아…!

마리아: 전 창녀예요! 몸을 파는 창녀란 말이에요…!

신 부: (큰 소리로) 그만, 그만해요! … (사이) 창녀면 어떻고, 신부면 또
어떻소? 당신이 무엇이건 네겐 아무 상관 없소…. 당신은 그런
말을 하려고… 나를 불렀소…? 아니면, 나를 사랑하기 때문이
요?

마리아: (잠시 충격을 받은 듯 서 있다가 그의 품에 뛰어들며)… 신부님…!
(그녀, 흐느낀다.)

신 부: (그녀를 토닥거리며)… 울지 말아요…. 난 당신이 날 사랑하고 있
다는 걸 알고 있소. (그녀를 앉히며)… 자, 눈물을 닦고… (손수건
을 건네준다. 그녀, 손수건을 받아 눈물을 닦는다.)

마리아: 신부님,… 제가 계속해서 아이들을 돌볼 수 있을까요?

신　부: 물론이고말고요…. 아이들은 당신의 사랑을 기다리고 있어요….
　　　　자, 손님을 불러다 놓고, 울기만 하면 손님이 너무 무안하지 않
　　　　겠소?

마리아: 죄송해요, 신부님….

신　부: 아니요, 오늘 정말 귀한 초대를 받았소.

마리아: 신부님… (그를 바라보며) 전….

신　부: 아무 말도 말아요…. 나도 당신을 사랑하고 주님도 당신을 사랑
　　　　한다는 것을 잘 알잖소?

마리아: (울먹이며)… 신부님!

신　부: 자, 그만,… 나를 위해 준비한 게 있다지 않았소?

(마리아, 조용히 무대 앞으로 나선다.)

마리아: (노래한다.)

　　　… 여호와는 나의 목자시니
　　　내게 부족함이 없으리로다.
　　　나로 하여금 푸른 초장에 눕게 하시며
　　　잔잔한 물가로 인도하시도다

(신부, 그녀를 따라 노래한다. 그녀는 노래를 다 부르지 못하고 흐느낀
다. 신부는 그녀를 감싸며 다시 자리에 앉힌다.)

신　부: … 마리아, 내 여태 많은 사람들의 초대를 받아 가 보았으나…

오늘처럼 기쁘고 즐거운 시간은 처음이었습니다…. 이제 그만 돌아갈 때가 된 것 같군요.

마리아: 여기 함께 더 계시면 안 될까요?

신 부: 시간이 늦었습니다.

마리아: 절 두고 가지 마세요.

신 부: 주님과 제 마음은 항상 여기 당신과 함께 있을 겁니다.

마리아: … 싫어요.

신 부: 전 그만 가야 합니다…. 원하신다면… '사랑의 집'에 당신이 기거할 방을 하나 마련하도록 해보겠습니다.

마리아: … 여기 주무시고 가면… 안 되나요?

신 부: … 미안하오. (일어선다.)

마리아: 제발 가지 마세요!

신 부: …

마리아: 신부님께선… 제 몸이 더러워서 그러시는군요.

신 부: 마리아!

마리아: 절 사랑하신다면… 제 몸도 함께 사랑해 주세요….

신 부: 마리아, 이러지 말아요.

마리아: (그의 팔을 붙잡으며) 절 혼자 두지 마세요…. 무서워요….

신 부: (조용히 그녀의 팔을 떼어내며)… 마리아, 이러시면 안 됩니다….

마리아: (울먹이며)… 제 몸이 더럽다면… 목욕을 하라면 몇 번이고 하겠어요…. 다시 태어나라면… 그러겠어요…. 그러니 제발 가지 마세요…. 절 사랑한다면… 제 몸도 함께 사랑해 주세요….

신 부: 난 이미 하느님과 결혼한 몸이오.

마리아: 이 더러운 몸은 주님의 피로도 씻을 수 없나요?

신 부: 마리아, 주님이 이미 다 씻었다는 것을 알지 않소?

마리아: 거짓말! 거짓말 마세요…. 그렇다면, 제 몸은 왜 사랑하지 않나요? 절 사랑한다는 말, 다 거짓말이죠?

신 부: 당신의 맑은 영혼을 사랑한답니다.

마리아: 제 더러운 육신은요?

신 부: 그만, 가야겠소. (돌아서서 나간다.)

마리아: 이 한 여자의 몸도 사랑하지 않으면서… 어떻게 하나님을 사랑하시나요?

신 부: … (발걸음을 멈춘다.)

마리아: 신부님, 전 고아로 자랐습니다…. 그래서인지…. 밤마다 많은 꿈을 꾼답니다…. 전 제가 부잣집 딸로, 그림을 그리는 대학생으로… 음악을 좋아하는 음악가로… 더러는 시인으로… 때론 영화배우가 되는 꿈을 꾼답니다…. 그러나, 지금은 아닙니다…. 저는 지금은 저와 같이 버림을 받은 아이들을 위해 땀을 흘리는 기쁨속에서 신부님을 만났습니다…. 전 이제 더 이상 꿈꾸지 않겠습니다. 신부님을 사랑하기에… 더 이상 꿈을 꾸지 않아도 될 것 같았습니다…. 오, 하나님, 이 더러운 육신 속에… 왜 이리 고통스런 사랑을 주셨나요…? 신부님, 차라리… 제게 침이라도 뱉고 가세요…. 그게 절 위하는 길이에요…. 그게 제 영혼을 사랑하는 길이에요…. 제가 고통받지 않고 살아가는 길이에요….

신 부: 미안하오… 난 사제요. (나간다.)

마리아: 신부님…! (그녀, 쓰러진다. 긴 침묵 후, 조용히 몸을 일으키며 노래한다.)

… 마리아.

현실은 널 버렸다.

신부님도 널 버렸다.

넌 다시 꿈속으로 돌아가야 해

넌 이제 영원히 꿈만 꾸는 거다.

모든 사람들의 연인이 되어 사랑받는 꿈을

코러스: 그래, 마리아,

다시 꿈을 꾸자.

다시 너만의 아름다운 꿈,

너를 배반하지 않는 꿈,

꿈속에서 이 현실을 비웃어 주는 거다.

비웃어 주는 거다.

마리아: (그녀, 서서히 표정을 바꾸며 다른 사람이 되어 미친 듯이 깔깔거리
고 웃는다. 웃음소리 커지는 가운데 암전된다.)

(다시 조명이 밝아지면 법정, 신부가 의자에 앉아 있고 마리아는 앞 장
면 그대로 쪼그려 앉아 있다.)

검 사: (신부에게) 그러니까, 그날 이후 마리아가 또 다른 인격으로 변했
다는 겁니까?

신 부: … 처음엔 저도 몰랐습니다. 저는 며칠 후, '사랑의 집'으로 마리
아를 만나러 갔습니다. 그런데 거기서 마리아가 아이들을 때리
는 것을 보았습니다…. 여태까지 한 번도 아이들에게 손은 댄

적이 없는 마리아였습니다. 그녀는 나를 보더니, 그동안 아이들
이 버릇이 나빠졌다는 말을 했습니다. 평소의 부드럽고 평화로
운 얼굴이 아니었습니다. 아이들을 좀 엄하게 다루더라도 이해
해 달라고 했습니다. 저는⋯ 그녀를 믿기로 했습니다. 그녀가 예
전처럼 돌아올 것이라고 믿었습니다. (마리아에게 시선을 준다.)

마리아: (일어나며)

　　　부⋯ 엉,

　　　부⋯ 우엉

　　　(조명 푸른빛으로 서서히 어두어진다.)

　　　부⋯ 어⋯ 엉,

코러스: (몸을 움츠리며 아이들이 된다.)

　　　무서워요⋯. 마리아 아주머니⋯

마리아: 너희들은 어둠의 자식들이다.

　　　그러니 밤을 새워 울어라

　　　부어엉, 부⋯ 어엉

　　　너희들을 둘러싸고 있는

　　　이 어둠,

　　　그 울음소리로

　　　부⋯ 어엉, 부⋯ 어엉

　　　이 어둠

　　　그 울음소리로 울어라.

코러스: 부⋯ 어엉, 부⋯ 어엉

　　　무서워요.

　　마리아 아주머니…

마리아: 부… 어엉, 부… 어엉 하고 울어라.

　　버림받은 자식들아,

　　너희들에겐 영혼이 없다.

　　사랑이 없다.

　　너희들 영혼 속엔

　　사랑이 깃들지 않는다.

(그녀는 아이들 사이를 돌아다니며, 부엉! 부엉! 그러면서 아이들을 독려한다.)

코러스: (두려워하며) 부엉, 부엉,…

마리아: (한참을 독려한 뒤, 근엄한 목소리로)

　　너희들은 모두 부엉이다, 올빼미다.

　　올빼미는 노래하지 않는다.

　　울기만 할 뿐이다.

　　앞으론 노래하는 자는 용서하지 않는다.

　　왜냐하면, 너희들은 올빼미, 올빼미 같은 놈들이니까!

코러스: 마리아 아주머니가

　　변했다. 무서워졌다.

　　우리를 사랑하던 마리아 아주머니가

　　변했다. 무서워졌다.

　　올빼미처럼 무서워졌다.

데레사: (일어나며)… 그녀는 아이들에게 노래도 금지시켰습니다. 그리고

이상한 울음소리를 내게 했습니다. 부엉인지 올빼미인지 몰라도… 그런 울음소리를 내게 했습니다. 그리고 말을 잘 듣지 않는 아이들을 회초리로 때리기도 했습니다…. 전 그녀가 그렇게 변한 게 신부님의 잘못도 있다고 생각합니다…. 신부님은 무얼 해도 그녀를 두둔했으니까요…. 어쨌든 정말 무섭더군요…. 어쩌면 한 사람이 저렇게 전혀 다른 모습의 사람이 될 수 있다는 사실이… 정말 무섭더군요. (낮게) 오, 하나님, 전 그런 마리아가 무섭습니다.

검　사: 그래서 그녀가 다른 인격으로 변하여 요셉이라는 아이를 죽였다고 믿으시는군요.

데레사: … 그럴 수도 있다는 생각을 한 적이 있긴 합니다.

검　사: 그럼, 신부님은 어떻게 생각하십니까?

신　부: 전 아직도 그녀의 영혼의 동일성을 믿습니다. 그녀는 다른 여러 가지 모습을 우리에게 보여주었지만, 한 가지 공통점은… 그녀가 누구에겐가 사랑받고 싶어 했으며, 또 누군가를 사랑하고자 했다는 사실입니다. 그 사랑에 대한 절실한 갈구가… 그녀를 그렇게 다양한 모습으로 변모시켰다고… 저는 확신합니다.

검　사: 그렇다면, 왜 요셉을 자기의 여관방까지 데려가 죽였을까요?

의　사: (앞으로 나서며) 그건, 제가 이야기하는 게 좋겠군요. 그녀… 자신도 고아였습니다…. 아마 그녀의 돈을 훔친 요셉을 그녀는 처벌하고자 했을 겁니다…. 불쌍한 마리아… 그녀는 자신이 고아원에 있을 때, 원장님의 돈을 훔쳤다가… 크게 혼난 일이 있었습니다. 그녀의 치료 과정에서 밝혀진 사실입니다…. 그녀는 '난, 나쁜 아이다.'를 밤새도록 반복하는 벌을 받았습니다. 그리고 올빼미라는 별명을 얻었다고 했습니다. 밤에 눈을 부릅뜨고 남의 물건을 훔치는 올빼미 같은 아이… 그게 바로 마리아입니다. (마리아를 쳐다본다.)

(마리아, 일어선다. 그녀에게 조명)

코러스: (허리를 펴며 안경 너머로 마리아를 보듯이)

마리아, 넌 나쁜 아이다.

넌 남의 돈을 훔치는 올빼미다.

마리아: (벌을 서듯 두 손을 들고) 난 나쁜 아이다. 난 나쁜 아이다.

난 남의 돈을 훔치는 나쁜 아이다. 난, 올빼미다.

남들이 다 잠을 잘 때

혼자, (목소리가 젖는다.)

혼자, 눈을 떠서

혼자, 눈을 떠서

코러스: 나쁜 짓을 하는 아이다. 넌 올빼미다.

넌 올빼미다.

부엉부엉, 부엉이처럼, 올빼미처럼 울어라.

의 사: (어둠 속에서)… 어린 마리안, 마당 한가운데 두 손을 들고 밤새 도록 혼자서 서 있었다고 했습니다. 처음엔 부끄러웠지만… 시간이 갈수록… 정말 자신이 올빼미가 되는 게 아닌지…. 무서웠다고 했습니다.

마리아: (울면서)… 부~ 어엉…. 부어엉…. 부어엉…. 원장님이 죽어버렸으면 좋겠어! 원장님이 죽어버렸으면 좋겠어…!

의 사: 그녀는 그렇게 부엉부엉 밤새 울면서… 원장님이 죽어버렸으면
       좋겠다고 생각했다고 합니다…. 그런데…!

(갑자기 급브레이크 밟는 소리. 급히 암전. 긴 사이. 조명이 밝아지면,
법정 처음 그대로의 신부와 변호인인 의사, 수녀는 코러스석에 가 앉아
있고, 마리아는 멍하니 그대로 앉아 있다.)

의 사: 그 다음 날, 원장님은 정말로 교통사고로 죽었습니다.
검 사: 우연치고는 놀랍군요…. 그렇다고 그것이 살인의 계기가 될 수
       있을 것 같지는 않은데…
의 사: 마리안 자신의 기도대로… 원장님이 교통사고로 죽었다는 사실
       을 안 순간…. 그녀는 그녀가 원장님을 죽였다는 생각에서 벗어
       날 수 없었을 겁니다…. 아마 그래서 요셉을 죽였다는 자백도
       순순히 했던 것이라는 생각이 드는군요…. 그리고 자신의 소원
       대로 원장님의 죽음… 그 죽음이… 그녀를 다른 여러 가지 모습
       으로 바뀌게 된 직접적인 원인이 되었을 거라는 생각이 듭니다.
검 사: … 어쩌면 요셉을 자신의 분신으로 생각하고 죽였는지도 모르겠
       군요. 정박아에다가 손버릇 나쁜 아이… 고아인 자신을 그대로
       닮은 아이를 말입니다.
신 부: (성호를 그으며) 불쌍한 마리아… 불쌍한 요셉…
의 사: 마리안, 원장님이 돌아가시고 난 뒤, 며칠 동안 통 말이 없다
       가… 어느 날부턴가 고아원 마당을 빙빙 돌며, 부엉이 울음소리
       를 내며 돌아다녔다고 합니다. 물론 그녀는 올빼미와 부엉이 울
       음소리를 구별하지 못했습니다…. 우리도 잘 구별 못하듯이…

그녀는 부엉부엉 그러면서… 자신을 올빼미라고 불렀습니다. 그
때부터 그녀의 가슴속엔… 노래할 줄 모르는 슬픈 올빼미 한
마리가 살기 시작했던 것입니다…. 그리고 그녀는 그녀만이 아
는 사람들을 불러 모았습니다…. 모차르트, 반 고흐, 황진이…
시인, 탤런트… 그리고 성모 마리아까지…. 아마… 그녀의 마음
깊이 숨어 있던 성모 마리아의 기억이… 다중 인격의 하나로 나
타난 것은… 아마 신부님을 만나고 나서부터였을 것입니다.

신　부: … 그건 틀렸소…. 그건 그녀의 마음속 깊이 숨어 있던 인간다
움, 순수를 지향하는 한 영혼이 그녀의 타락을 더 이상 두고 보
지 않았기 때문이요…. 그 순수한 영혼이 살아난 것입니다. 하나
님의 도움으로 말입니다.

의　사: 저도 그러길 바랍니다…. 어쨌든 신부님의 도움으로 그녀는 순
수한 자신으로 돌아오고자 했던 것 같습니다…. 〈여호와는 나
의 목자시니〉를 부르는 모습이 그토록 아름다웠다고 하니… 신
부님의 큰 사랑 덕분이라 생각합니다….

신　부: 아니요. 내 사랑은 너무 작았습니다.

검　사: … 그게 무슨 뜻이죠?

신　부: 무슨 뜻이라뇨?

검　사: 그건 마리아와 육체관계를 맺지 않았다는 말로 들리는데… 정말
마리아와 육체관계를 맺지 않았다고… 하나님 앞에 맹세할 수
있습니까?

신　부: (놀라 주의를 둘러보며)… 이제 보니, 이게 연극이 아니라… 저도
의심받고 있군요….

검　사: 그렇습니다. 죄송하지만… 제겐 예외가 없습니다…. 혹, 아까…

신부님이 연극을 그만두고자 한 것도 이런 질문을 피하고 싶어
서가 아니었나요?

의 사: 제가 치료하던 마리아는 신부님과 많은 관계를 맺고 있었습니
다. (신부가 쳐다보자) 아, 물론 정신적으로 말입니다. 전 의사로
서 판단컨대 그녀는 자신의 수많은 상상 속에서… 신부님이 원
하는 성모 마리아에 대한 변신을 마지막으로 시도하지 않았나
생각합니다…. 그러니… 혹 두 분이 지고지순한 사랑을 나누는
데… 그 아이 요셉이 방해가 된 것은 아닌가… 지금 검사님께서
묻고 계신 것입니다.

신 부: 오, 하나님!

검 사: 그래요, 오직 하나님만이 아는 일일 수도 있겠죠.

신 부: …

의 사: 마리아가 성모 마리아의 인격을 마음속에 품었던 건… 마리아가
신부님의 요구에 응했다는 사실을 보여줍니다.

신 부: … 다른 건 몰라도… 마음속 깊은 진실까지…. 속일 수는 없습니
다.

의 사: 마리아가 그 진실까지 속였다면요?

신 부: 그건 불가능하오.

의 사: 그녀는 자신의 내적 근원이 인격까지 죽은 여자입니다.

신 부: 죽은 게 아니라, 변하게 한 것이지요…. 그녀가 다른 인격으로 변
할 때마다… 그녀의 내부에 숨어 있던 하나님이… 오. 하나님,
이런 말을 하는 저를 용서하소서…. 그녀의 내부에서 그녀를 부
르고 있던… 하나님이 부르는 소리를… 그녀는 끝끝내 거절하
지 못했던 거요…. 그녀는 음성에 서투르게나마 응답하려 했습

니다…. 그러나 변신을 통해서는 그 음성, 그 진실에 닿을 수 없었습니다…. 그때가 가장 힘들었을 겁니다…. 그러나 당신들은 모릅니다…. 오, 주님, 마리아가 서툰 목소리로… 주님을 불렀을 때… 주님께서 그 목소리에 응답하고 계셨음을 저는 믿습니다….

의 사: 물론, 그녀는 자신을 죽인 게 아니라, 변하게 한 것이지요…. 그것도 완벽하게… 그러나 제가 치료한 마리아의 마음속엔… 다양한 인격 외에도 신부님과 신부님의 아기가 살고 있었습니다.

(신부, 힘없이 자리로 가 앉는다. 조명은 마리아에게만 떨어진다. 의사는 마리아에게 다가가 그녀의 어깨를 집는다. 마리아, 흠칫 놀란다.)

의 사: 마리아.

마리아: … 응.

의 사: 당신은 누구죠?

마리아: … 무얼 원하세요? 전 모든 것이에요…. 전 당신이 원하는 모든 것이 될 수 있어요.

의 사: (신부에게) 마리안, 대개 남자들이 자기의 몸을 원한다고 믿었습니다…. 신부님은 뭘 원했지?

마리아: 성모.

의 사: 성모 마리아?

마리아: 응.

의 사: 그래서 성모 마리아가 되었군.

마리아: 응.

의 사: 신부님이 원한 게 그것뿐이었어?

마리아: …

의 사: 왜 대답을 못하지?

마리아: … 답답해.

의 사: 뭐가?

마리아: 옷.

의 사: 옷? 어떤 옷?

마리아: 속옷.

의 사: 브래지어와 팬티?

마리아: 아니, 바지.

의 사: 바지?

마리아: 아냐, 치마.

의 사: 치마?

마리아: 아냐, 그것도 아냐.

의 사: 그럼?

마리아: …

의 사: 그녀는 신부님의 이야기가 나오면, 잘 나가다가 어떤 부분에선 심한 자폐 증상을 보였습니다…. 바지와 치마, 그건 신부님의 상징이죠… 그녀에겐 신부님과 같은 사람은 이해할 수 없는 존재죠…. 인간이면서 신성에 머물고 있는 남자, 여자나 다름없는 남자… 사랑하지만 어떻게 사랑해야 할 방법이 없는 남자… 그래서 마리아는 두 가지 방법을 다 사용해 보았을 겁니다…. 그러다 그녀는 신부님이 진실로 원하시는 게 바로 자기 자신이었음을 깨닫기 시작했습니다…. 다른 수식이 필요 없는… 오직 있는

그대로의 자기 자신을 말입니다. 그녀의 더러운 몸까지 포함해서 말입니다…. 그런데 그게 실수였다는 것을 그녀는 깨달은 겁니다. 그래서 또다시 변신해야 했습니다…. 그런데 이번에는 변할 게 그녀에게 남아 있지 않았습니다. 왜냐하면, 그녀가 육체가 아닌, 영혼으로 신부님을 사랑하고 있었기 때문입니다…. 그녀에게 진실한 사랑을 가르쳐 준 남자는 당신뿐이었습니다…. 그래서 그녀는 신부님의 아기를 진실로 가지기를 원했습니다.

신　부: … (외면한 채 벌떡 일어선다.)

의　사: 마리아.

마리아: 응.

의　사: 나랑 소꿉놀이 할까?

마리아: 응.

의　사: 난, 아빠.

마리아: 난, 엄마.

의　사: 여보, 사랑해.

마리아: 나도 사랑해.

의　사: 밥 먹어야지.

마리아: 아, 해… (밥 먹이는 흉내를 내며) 자, 이건 반찬.

의　사: 냠냠… 아, 정말 맛있어. 자 당신도 먹어 봐… 어때, 맛있지?

마리아: 응.

의　사: 배불러, 이제 그만 잘까?

마리아: 싫어.

의　사: 왜?

마리아: 아긴 싫어.

의 사: 왜 싫지? 신부님이 싫어해?

마리아: 응.

의 사: 그럼, 아기를 안 낳으면 되지.

마리아: 싫어.

의 사: 왜?

마리아: 착한 아이만 낳고 싶어.

의 사: 착한 아이?

마리아: 응.

의 사: 아긴 다 착해.

마리아: 아냐, 아냐… 나빠.

의 사: 신부님 아긴 어때?

마리아: (웃으며) 예쁜 아기.

의 사: 아기 예수 말이지?

마리아: 응.

의 사: (신부에게)… 그녀는 진실로 신부님의 아기를 원했습니다. 물론 당신은 원하지 않았죠…. 그녀는 그게 혼돈스러웠던 겁니다.

신 부: 있을 수 없는 이야기요!

의 사: 있을 수도 있는 이야기지요. 당신은 진실로 그녀를 사랑했다고 말하지 않았소?

신 부: 이런, 사랑이 뭔지도 모르는 주제에…!

의 사: 신부님도 인간입니다. 그녀가 진실로 당신을 요구했을 때, 당신도 예외는 아니었을 겁니다…. 마리아에게 물어볼까요? (마리아에게) 마리아, 왜 아이를 죽였지?

마리아: 응…, 아기… 내가 죽였어…

의 사: 왜 죽였냐니까!

마리아: 신부님이 원했다고 했어…

의 사: 신부님이… 왜?

마리아: 나쁜 아이니까…

의 사: 신부님이 아기를 죽이라고 했어?

마리아: 응.

(사람들 서로를 마주보며 웅성거리며 일어난다.)

김말분: … 원, 세상에!

김옥자: (성호를 긋는다.)

데레사: (고개를 돌린다.)

의 사: 요셉을 죽이라고 시켰어?

마리아: 응.

의 사: 마리아는 당신이 아기를 죽이기 원한다고 믿었던 같습니다만…

신 부: 이런…! 자아를 깨고 나오려고… 힘들어하는 마리아에게 자기
    십자가를 지라고 했소.

의 사: 십자가…! 그건 죽음을 상징하죠?

신 부: 그렇소. 그러나 그건 부활의 상징이기도 한 것이요!

의 사: 당신들 같은 성직자에게나 그렇겠죠…. 마리안, 당신들 같은 성
    직자에게는 부정적이었소…. 마리아, 수녀님은 마리아에게 뭘
    원했지?

마리아: … 청소부. (데레사 수녀, 다시 고개를 돌린다.)

의 사: 주인 아주머닌?

마리아: 창녀. (김말분, 힐끗 그녀를 쏘아본다.)

의 사: … 청소하는 조바 아주머니는…?

마리아: 메뚜기, 바퀴벌레, 지렁이, 도마뱀… 베… 베로니카!

의 사: 무슨 소리지?

마리아: 난 버러지야.

의 사: 원장님은?

마리아: 올빼미.

의 사: 원장님을 누가 죽였지?

마리아: 나쁜 올빼미가 죽였어.

의 사: 나쁜 올빼미가 누구지?

마리아: 메뚜기, 바퀴벌레, 지렁이, 도마뱀, 베로니카!

의 사: 베로니카?

마리아: 응.

의 사: 베로니카가 누구지?

마리아: 베로니카 아주머니.

의 사: 베로니카 아주머니가 누구지?

마리아: 모, 몰라. 아, 아냐… 나, 나야… 메… 메뚜기. 바퀴벌레. 지렁
　　　 이. 도마뱀. 베, 베로니카…! 모, 몰라. 난 아냐, 아니, 나야…
　　　 (혼돈스러워하다가)… 베로니칸 바로 나야!

의 사: 베로니카!

마리아: (음성이 거칠어진다.) 응!

의 사: 왜 남편과 헤어졌지?

마리아: 잠자리와 아기를 더럽혔어!

의　사: 아기라니, 누구 아기?

마리아: 우리 아기… 예쁜 우리 아기… (아기를 감싸고 있는 흉내를 내다가 갑자기 아기를 보고 놀란다.)… 우리 아기가… 아기가 이상해! (뒤를 돌아보며, 매를 피하듯이)… 여보 잘못했어요…! 악, 때리지 마세요…! 아긴 내 탓이 아니에요…. 때리지 마세요.

의　사: 베로니카… 첫 아긴 남편이 때려 유산했지?

마리아: (두려워하며) 응.

의　사: 하나 있는… 아긴 이상하지?

마리아: 응, 난 잘못한 게 없어…!

의　사: 베로니카… 마리안 누구지?

마리아: 나쁜 년이야. 그런 년은 죽어야 해… 그년도 아기를 죽였어!

의　사: 마리아도 아기를 유산했지? 베로니카, 당신이 유산시키라고 시켰지?

마리아: (비웃으며) 응, 내가 죽이라고 시켰어!

의　사: 그런데 베로니카, 요한은 왜 죽였지?

마리아: 그런 아인 빨리 죽는 게 나아.

의　사: 왜?

마리아: 그런 아인 하나님의 아들이 아냐… 마귀의 자식이라구! 마리아, 나쁜 요한을 목 졸라 죽이라구… 어서, 어서…! 그 아이 속에 있는 마귀를 목 졸라 죽여야 해… 어서! (그녀는 격렬하게 목 졸라 죽이는 흉내를 낸다.)

의　사: 됐어! 베로니카, 잘 죽였어. 이젠 어떡하지?

마리아: 미친 마리아에게 덮어씌워야지…!

의　사: 왜 하필 마리아지?

마리아: 그런 년은 빨리 죽는 게 나아… 그년 속엔 마귀가 득실거려…
　　　　미친년. 그년도 아길 죽였어!

　　(이때, 김옥자가 나선다.)

김옥자: 선생님, 이젠 연극 그만하시죠.

의　사: … (조용히 그녀를 쳐다본다.)

김옥자: (마리아에게 다가가서)… 메뚜기, 나야 베로니카.

마리아: …!

김옥자: 다른 사람은 다 속여도… 바퀴벌레… 넌 나를 속일 수 없어!

신　부: …!

김옥자: (비웃으며)… 바보 같은 신부님. 그러니까 인간을 제대로 구별 못
　　　　하지…. 바로 이 여자가 마리아야… 메뚜기 이년, 가발을 벗으라
　　　　구! (그녀의 가발을 가로챈다. 놀라는 사람들)… 목소리를 바꾸라
　　　　구! 다른 사람은 다 속여도 넌 나를 속이진 못해! 바퀴벌레, 넌
　　　　나를 속이진 못해.

마리아: (그녀를 바라보며) 베로니카 아주머니… 잘못했어요.

김옥자: 지렁이! 다른 사람은 몰라도, 넌 날 속일 수는 없어!

마리아: 신부님… (신부에게 간다.)

신　부: 마리아… (그녀의 손을 잡는다. 김옥자는 비웃으며 쳐다보고 있다.)

의　사: 마리안 줄… 어떻게 알았소?

김옥자: 이따위 연극 이제 끝냈시다. (마리아를 쳐다보며) 미친년. 정신병
　　　　원에 있는 줄 알았더니… 이젠 연극까지 꾸미는군!

마리아: 베로니카 아주머니… 이젠 다 나았어요….

김옥자: 넌, 영원히 정신병자야…. 네 병은 아무도 고칠 수가 없어!

마리아: 신부님, 저 다 나았죠? (신부, 고개를 끄덕인다. 의사에게) 그렇죠? 선생님…? (의사도 고개를 끄덕인다.)

김옥자: 흥, 이젠 연극 배우라? 이젠 진짜 다른 모습으로 바꿀 수 있는 직업을 가졌으니… 정말 신나겠군!

마리아: 절 용서해 주세요….

김옥자: 흥, 넌 용서받을 너 자신이 없어…! 하느님께서 누굴 용서해 주지? (웃으며) 창녀 마리아? 올빼미 마리아? 살인자 마리아…? 아하…. 하느님이 어느 누굴 용서해 주지?

마리아: 모두 다요…. (신부에게) 그렇죠? 신부님?

신 부: 그래요…. 모두 다 말입니다.

김옥자: 용서? 웃기지 마! 넌, 용서받지 못해.

마리아: … 베로니카 아주머니.

김옥자: 이 따위 연극, 여기서 끝내시죠.

의 사: 하긴 이젠 이 연극을 끝낼 때가 된 것 같군요. (신부에게) 그동안 협조해 주셔서 감사합니다.

신 부: (목례로 의사와 다른 배우들에게 답례를 한다.)… 마리아도 수고했어요.

마리아: (그의 품에 얼굴을 파묻으며)… 신부님…

김옥자: (두 사람을 쳐다보다가 의사에게)… 우린, 저 연인에게 자리를 비켜드려야 하지 않을까요?

의 사: 아니, 아직 우리가 할 일이 하나 남아 있소.

김옥자: …? (그를 쳐다본다.)

의 사: 당신 세례명이 베로니카죠…? 예수님의 얼굴에서 흐르는 피를

수건으로 닦아 주었다는… 성녀 베로니카… 이젠 그만 고백하시
죠…

김옥자: … 무슨 소릴 하는 거죠?

검 사: … 베로니카… 요한을 죽인 게 당신이죠?

김옥자: (두 사람을 번갈아 보며) 무슨 소리야?

의 사: 당신은 마리아의 내면에 숨어 있는 악마성을 보고 멸시할수
록… 또 다른 인격이… 숭고한 한 인격이 있다는 것을 알고는…
치를 떨었소…. 그렇지 않나요?

김옥자: 그래, 나는 저런 년을 이해할 수 없어. 그리고 당신들도 이해할
수 없소…. 마리아가 정신병원에 있다고… 다 죽어간다구…? 그
런 불쌍한 한 영혼을 위해서 하는 연극이라고? (김말분에게) 당
신은 왜 이 연극에 참여했나요? 나처럼 돈이 탐나서?

김말분: …

재판장: 아닙니다. 저분은 당신에게 기회를 주기 위해서 기꺼이 이 연극
에 협조해 주셨습니다.

김옥자: 기회? 무슨 기회 말이요?

재판장: 고백의 기회 말입니다.

김옥자: 난 고백할 것 없어!

신 부: 베로니카!

김옥자: 그러고 보니, 모두 짜고 한 짓이었군. 나만 몰랐어… (데레사에
게) 수녀가 거짓말을 하다니…!

데레사: 베로니카… 미안해요.

김옥자: 그럼, 이게 모두…? 신부도 짜고 한 짓이었군… (뒤로 물러서
며)… 나만 몰랐어… 어쩐지 마리아 저년을 몰라보는 게 이상하

다 생각했어… 그래서 따로 연습시켰다고 했나? 하긴 다 죽어간
다고 했으니… 마음을 놓은 게지…. (마리아에게)… 네 년이, 나
를 또 속였군. 도마뱀 같은 년…!

김말분: 이제, 그만… 다 털어놓고 편히 쉬라구…

김옥자: 뭔 말이야? 내가 뭘 어쨌다구?

재판장: 다시 한번 묻죠? 그 아이를 마지막으로 본 게 언제죠?

김옥자: 그 아이라니, 요한 말인가?

재판장: 그래요…. 그 아인, 요셉이 아니고, 요한이죠… 대본엔 요셉이
라고 되어 있는데… 더구나 연습 때도 틀리지 않던 당신이… 왜
갑자기 오늘 요한으로 바꾸었죠?

김옥자: 그건…

의 사: …?

김옥자: 실수할 수도 있는 거예요!

의 사: 물론입니다…. 실수할 수도 있죠… 그러나 당신은 의도적으로 그
렇게 말한 겁니다. 사실, 전 당신 외에는 아무 관심이 없었습니
다. 이 연극은 마리아를 위한 연극일 뿐 아니라, 당신을 위한 연
극이기도 합니다.

김옥자: … 무슨 소리야?

의 사: 다시 한번 묻죠. 당신이 그 아이를 마지막 본 게 언제죠?

김옥자: …

의 사: 언제죠?

김옥자: 난 너희들이 써준 대로 대답했을 뿐이야… 그 아이 죽기 이틀
전날 마지막으로 봤어.

검 사: (대본을 들어 보이며) 유감스럽게도 그런 질문은 대본에 없습니다.

김옥자: …!

의 사: 당신은 그래서 그 질문에 잠시 당황했던 겁니다. 실제로 당신
은 법정에서 사흘 전에 그 아이를 마지막으로 보았다고 했습니
다…. 사흘 전에 말입니다…. 그런데 당신은 무의식 중에 실제로
살인한 날을 말한 것입니다. 시체 부검 결과 그 아이는 이틀 전
에 살해되었습니다…. 이 부분에서… 당신은 진실을 밝힌 것입
니다. 당신이 살인자라구요.

김옥자: 엉터리야! 대본! 대본 어디 갔어? (대본을 찾는다.)

재판장: 대본을 보셔도 소용없습니다…. 당신의 대본과 우리의 대본은
다릅니다.

의 사: 그리고 당신은 또 하나의 실수를 했습니다. 그 아이의 이름이 뭡
니까? 요한입니까? 요셉입니까?

김옥자: …

의 사: 우리는 당신의 긴장을 풀어주기 위해… 일부러 아이의 이름을
바꾸었습니다. 완전히 다른 이름으로 바꾸자는 의견도 있었습
니다만,… 데레사 수녀님이 요셉으로 하자더군요…. 천주교인들
은… 아니, 사람들은 어떤 형식으로로든 죄를 고백하지 않고는 못
견뎌 한다더군요…. 그래서 요한을 요셉으로 바꾸었죠…. 그리고
수녀님 말씀처럼 당신은 작지만… 진실을 고백했던 겁니다.

김옥자: 흥, 다 짜고 한 짓이었다고…? 이게 법적으로 무슨 효과가 있을까?

의 사: 제가 당신을 이 연극으로 끌어들여야겠다고 생각한 것은 (김말분
을 쳐다보며)… 당신이 이 사건 이후, 불면증에 시달리고 있다는
소문을 들었을 때부터였습니다…. 당신은 처음엔 주저했죠… 불
안했습니다. 그러나 한편으로 당신은 이 연극을 통해서 당신의

완전범죄를 확인하고 싶었는지도 모르죠… 그런데 평소엔 대사
하나 틀리지 않던 당신이… 오늘은 왜 그랬죠?

검 사: 왜 대본과 다르게 말했을까요?

재판장: 그래요…. 평소엔 실수를 하지 않던 당신이… 왜 그런 실수를 했
을까요?

데레샤: … 불쌍한… 베로니카!

김옥자: …

의 사: (의자에 앉으며)… 당신은 이 연극에서 몇 가지 실수를 했습니
다. 치밀한 당신이 왜 그랬는지 궁금했습니다…. 당신은 요한이
혼자 집을 찾아갈 수 없는 아이란 것을 알고도 왜 '마리아, 꼬
마 손님, 보냈어?'라고 물었을까요…? 마리안 뒷문으로 그 아이
를 혼자 보냈다고 기억했습니다…. 혼자서 가라. 혼자서… 너도
혼자 갈 수 있어… 가다가 차에 치어도 어쩔 수 없는 노릇이라
고… 그러나 죽기라도 한다면, 남의 돈을 훔친 죄 때문이라고…
그런데… 베로니카, 당신은… 그 아이가 혼자 가는 것을 보았습
니다. 그리고 당신은 그 아이를 데리고 당신의 방, 당신이 가끔
쉬는 방으로 돌아왔습니다…. 아마 그때까지는 그 아이를 죽일
생각은 없었는지도 모릅니다…. (일어서며)… 그런데 방 안에서
무슨 일이 있었죠…? 당신은 그 아이 요한을 기억할 때, 아주
증오스런 눈빛이 되었던 걸 전 가끔 보았습니다.

김옥자: 흥, 병신 주제에 음란했어!

의 사: 음란한 게 아니라, 마리아에게 하듯이… 당신에게 안기고 가슴
도 만지고 그랬겠죠…? 당신은 그 아이와 마리아가 일치되는 느
낌을 받았겠죠… 필요 없는 존재… 구원받지 못할 존재… 악마

에게 사로잡힌 영혼… 당신은 마리아의 그 많은 인격을 보아왔으므로… 그렇게 생각하는 게 당연했을 겁니다…. 아마 당신은 마리아가 아닌, 마리아의 몸속에 살고 있는… 그토록 많은 얼굴을 한 악마를 죽이고 싶어했는지도 모르죠… 그리고 요한에게도 그런 악마성이 있다고 믿었죠… 그런 악마성을 떼어내고자…. 침착하게 수건을 얼굴에 덮고… 베로니카의… 수건으로… 질식시켜 죽였습니다. 어쩌면 당신은… 예수님의 피로 그 아이를 덮어주고 있다고 자위한 것인지도 모르죠… 어쨌든 아이를 목 졸라 죽이곤… 마리아의 빈방 침대 아래에 밀어 넣은 것입니다.

김옥자: 흥, 그래서?

의 사: 당신은 알고 있었습니다. 마리아가 다양한 모습으로 바뀌는 여자라는 것을 당신은 알고 있었습니다.

김옥자: 그게 어쨌다는 거지?

의 사: 당신만이… 그녀를 다양하게 불렀습니다…. 메뚜기… 바퀴벌레… 지렁이, 도마뱀,… 그런데 당신은 법정에서 마리아가 그런 병이 있는 줄 전혀 몰랐다고 진술했습니다.

재판장: … 여기… (법정 장부의 복사본을 들어 보인다.)

김옥자: … 이름을 어떻게 부르든… 그게 무슨 상관이지?

의 사: 당신만이 그녀의 상태를 정확하게 인식하고 있었습니다…. 더구나 당시에는 마리아가 아이들을 때린다는 소문도 나고 있었습니다. 당신은 손쉽게 마리아에게 죄를 뒤집어씌울 수 있다고 생각했을 겁니다…. 미친 마리아니까… 그리고 그녀도 낙태한 사실이 있고… 뱃속의 아기를 죽인 일이… 실제 아기를 죽인 일과 같

다는 죄의식을 그녀에게 심어주기 시작했습니다…. 그건 성공했습니다…. 마리아는 모든 죄를 다 뒤집어썼습니다…. 그녀는 사건들을 혼동했고, 죄를 혼동했습니다…. 다중인격 질환을 앓고 있었으니… 그런 혼돈은 너무도 당연했습니다.

김옥자: 그년은 미친~년이야…! 무슨 소릴 해도 받아들여지지 않을 걸!

의 사: 마리아가 베로니카 당신을 말할 때마다…. 나타나는 새로운 또 하나의 인격이 있었습니다. 마리아는 당신의 인격을 나타내고 있었습니다! (사이)… 전 마리아를 치료하면서… 그토록 자신을 변화시키면서까지 지키고 싶어 한 것이 있다는 것을 알았습니다. 아니, 그녀에겐 본질적으로 변화되지 않는 부분이 있다는 것을 알았습니다…. 그녀가 방어벽을 완전히 허물고… 자신의 깊은 곳에 숨어 있던 그녀의 본질 속에는 살인한 마리아의 모습은 보이지 않았습니다…. 그녀는 살인자가 아니었습니다. 특히 그땐 신부님과의 만남으로 자신의 본래 모습으로 찾아가고 있을 때였습니다…. 그런데… 그녀는 베로니카… 당신의 인격을 가졌을 때만… 살인의지를 드러내 보였습니다…!

김옥자: 마리아가 베로니카를 연기할 때만 살인 의지가 나타났다…. (웃으며) 베로니카의 다른 특별한 점은 없던가요?

의 사: 당신은 그녀를 철저히 훈련하였소!

김옥자: 그 훈련은 성공적이었나요?

의 사: 그렇소. 인간적으로는 실패지만 말이요!

김옥자: 저 앤, 나의 노래도 훔쳤어!

신 부: 베로니카, 그건 훔친 게 아니오….

김옥자: 흥, 나의 좋은 것은 다 훔쳐갔어…. 그래서 나의 어두운 것을 그

녀에게 심어주었지…. 그래야 완전한 내가 될 게 아니겠어…? 신부님, 이 더러운 마리아를 진실로 사랑했나요?

신 부: … 그렇소.

김옥자: 그럼, 그녀와 결혼할 건가요?

신 부: 나는 이미 주님과 결혼한 몸이라는 것을… 당신도 잘 알지 않소?

김옥자: 마리아, 신부님이 말하는 소리 들었니?

마리아: …

김옥자: 신부님은 널 결코 사랑하지 않아!

마리아: 아녜요. 진실로 나를 사랑한 유일한 분이에요….

김옥자: 오, 그 이상한 사랑타령, 지긋지긋해!

마리아: 이제 그만… 절 용서해 주세요.

김옥자: 고상한 척 말어…! 도마뱀, 사실대로 말해… 넌 꼬리가 어디 있지? 넌 누구지? (그녀를 팽개친다. 마리아 쓰러진다.)

마리아: 베로니카 아주머니… 제발…

김옥자: 오, 다 속여도 난 안 돼…! 난 네가 성모 마리아 흉내 내는 건 참을 수 없어…! 그 아이들이… 아기 예수라구…? 메뚜기, 넌 도대체 누구니? 어느 것이 너의 진짜 모습이지…? 넌 누굴 용서하지? 넌 나를 훔쳐다 어디에다 써먹었니…? 지금의 넌 또 누구니?

마리아: 그래요, 그 앤 제가 죽인 거나 다름없어요….

김옥자: 오, 거룩한 용서… 이젠 예수님 흉내까지 내고 싶으셨군…. 정말 성모 마리아처럼 행동하고 싶으셨군…. (조용히) 도마뱀, 어느 것이 너의 참 모습이지? 남아 있는 꼬리? 달아난 몸뚱아리? 어느 것이지?

마리아: 제발 이젠 그만해요…. 제발 절 용서해 주세요….

김옥자: 나도 용서하고 싶어. 그러나 넌 아냐. 난 너의 무엇을 용서해야
할지 모르겠어!

마리아: …

김옥자: 메뚜기,… 아깐 올빼미라고 했나?

마리아: …

김옥자: 올빼민 어떻게… 울지…? 메뚜기가 도마뱀이 되더니… 이젠 올
빼미가 되었군…. 올빼민 어떻게 울지…. 언제 우니…? 어두운
밤에만 우니? 오, 넌 변신할 게 많아서 좋겠다…. 난 없어. 난
언제나 혼자였어. 난 울어도 늘 혼자 울었어…. (의자에 털썩 주
저앉는다.)… 신부님, 용서하지 못하는 저는 누구죠? 미워하고
싶지 않았지만… 미워지는 걸 어떡하죠? 마리아가 이 사람인가
하고 용서하면 이게 아니고, 저 사람인가 하고 용서하면, 그것
도 아니고… 드디어 성모 마리아 같은 그녀를 제가 어떻게 용서
하죠…? 마리아는 제게 인간이 아니었어요…. (흐느껴 운다.)

신 부: 베로니카…

의 사: 마리아를 이해하고 용서하려고 무던히도 애썼던 사람이 여기 또
한 사람 있군요. 신부님과 저와는 방법이 다르긴 했지만… 말입
니다.

김옥자: 오, 하나님… 왜 제겐 모든 걸 빼앗아 갔나요…? 전 울어도 늘
혼자 울게 하셨나요? 전 항상 추웠습니다…. 그 아이 요한도 손
발이 얼마나… 차가운지…. 그놈은 혼자서 울 줄도 몰랐습니다.
그 아인 죽으면서도, 울 줄도 모르고, 살려달라고 하지도 않았
습니다…. 그래서 내가 대신 마음을 찢으며 통곡했습니다…. 그

아이 대신 내가 노래를 불렀습니다….

(그녀, 실성한 듯, '여호와는 나의 목자시니'를 부르며 천천히 일어선다. 그녀, 천천히 나간다. 모두 안타까운 눈빛으로 그녀를 바라본다. 마리아가 그녀를 뒤따라 나간다. 김말분, 눈시울을 적시며 외면한다. 데레사 수녀와 배우들 모두 나간다.)

의 사: (검사에게)… 이젠 그녀를 어떡하면 좋겠소?

검 사: 아마, 나보다는 당신이 그녀를 맡아야 될 것 같군요.

의 사: (고개를 끄덕이며)… 그래야 할 것 같군요…. 저 여자도 제가 맡아야 할 것 같군요…. 아니, 신부님이 베로니카를 맡아야 한다는 생각이 드는군요…. (나가려 하다가 무엇인가 생각난 듯이 돌아서며)… 그런데 제가 마리아를 치료하면서… 이 연극을 꾸미면서… 계속해서 떠오르는 느낌이 하나 있었습니다…. 누군가가 제 마음을 계속해서 두드리고 있다는 느낌 말입니다…. 그 문을 열지 않는 한,… 나도 사실은 다중인격 질환을 앓고 있는 환자에 지나지 않는다는 느낌 말입니다….

(김옥자의 노래가 크게 고조된다…. 모두 그 노래에 귀를 기울이며 고개를 든다. 암전된다.)

-막이 내린다.

바벨론의 포로들을 위한 마지막 연극

부제: 폴과 폴의 전쟁

·공연정보·

이 작품을 공연하게 되면, 기도하면서 이 연극을 준비하길 바라며, 바울과 오네시모는 성령으로 거듭난 성도가 역을 맡았으면 좋겠다. 작품의 내용에는 기독교 변증이 많아, 구도자들에게 도움이 되는 것이 있으니 '레제드라마'로도 묵상하며 읽기를 권하고 싶다. 그리고 비성경적인 것 (하늘나라에서 연극을 공연한다는 설정 자체)도 있으니, 문학적인 장치로 그러한 것이니 부디 오해가 없기를 바란다.

〈등장인물〉

-바울 : 연출가도 겸한다. 수염이 긴 노인, 유대인의 제사장 같은 흰옷을 입었다.

-장폴 : 현대인, 온통 검은 정장의 옷, 검은 뿔테 안경을 쓴 지성인, 중년.

-오네시모 : 무대 감독, 유대인의 흰옷을 입은 젊은이.

-코러스 12명 : 코러스는 코러스 외에도 배우 1, 2, 3 그리고 다니엘, 느부갓네살 왕, 근위대장, 음악가 등 극중극에서 다양한 역을 맡는다. 코러스의 의상은 긴 통옷으로 된 옷이면 좋겠다. 그리고 어떤 역을 맡을 때에는 간단하게 그 역을 상징하는 의상, 도구를 사용하여 맡은 역을 나타낸다.)

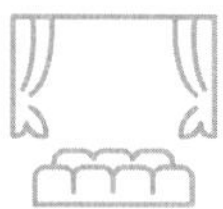

무대는 느부갓네살 왕의 공중정원처럼, 테라스가 있는 공중정원을 상상하며 꾸미면 좋겠다. 무대 정면에는 뒤편에 한 사람 키 높이의 위로 주름 없는 큰 흰 막이 있다. 이 막은 자동 커튼이다. 자동 커튼은 공중정원의 그림처럼 보이게끔 나무 넝쿨들이 늘어져 있다. 그리고 이것은 개폐식이다. 왜냐하면 이 막은 영사막으로 이용되기도 하기 때문이다. 그러니까 영사막에 영상이 뜰 때는 커튼이 열리게 해야 한다. 그 앞으로는 약간 객석을 향해 있기도 한, 2층으로 올라가는 몇 개의 계단이 놓여 있다. 계단 끝에는 왕의 보좌를 상징하는 의자가 놓여 있는데, 의자에는 마치 파라오의 보좌임을 상징하는 간단한 코브라 뱀의 형상이 상징적으로 의자 위로 조금 높이 솟아 있다.

그리고 중앙 무대는 크게 두 구역으로 나뉜다. 거실 쪽의 빈 공간은 극중극의 공간이고, 다른 쪽은 극중극을 하는 거실을 바라보며 담소를 나눌 수 있는 서재의 공간이다. 서재 쪽은 조금 높다. 서재에는 개인용 책상과 의자, 책상 위에는 학자의 거실답게 책이 놓여 있다. 담소를 나눌 소파도 놓여 있다. 그의 방에는 책으로 가득한 책장과 함께 듬성듬성한 책장도 하나 있다. 책상 위에는 간단한 커피 기구도 하나. 무대는 공중정원처럼 식물로 치장했다. 책상 위에는 꽃이 있는 꽃병 하나. 이 무대 우측 코러스석은 코러스석인데… 무대 정면과 계단 쪽을 바라보기

쉽게 약간 ㄱ자 형태로 되어 있고, 바닥보다 약간 높다. 코러스는 단에 앉기도 하고, 단에서 일어나서 단 위에서 노래하기도 한다. 물론 극중극을 할 때는 극중극의 무대를 둘러싸며 노래하기도 한다. 코러스 중 몇몇은 극중극의 배역으로 등장하기도 한다.

배역에 따라 배역을 상징하는 간단한 도구를 사용하여 그 배역임을 나타낸다. 배우 1, 2, 3과 그리고 지하에서 장폴을 데리고 온 감시관도 모두 코러스에 합류한다.

막이 오르면, 옅은 어둠 속이다. 옅은 어둠이 서서히 걷히면서 무대 전체가 황혼처럼 붉그스레하다. 황혼이 사라지면서 베르디의 〈히브리 노예들의 합창〉이 멀리서인 듯이 들려온다. 영상 막에는 희미하게 먼저 느부갓네살 왕의 공중정원의 그림이 뜬다. 그리고 뒤이어 노예들의 모습들이 반영된다. 이 노래가 흘러나올 때는 무대 위의 코러스도 모두 일어서서 영상 속의 코러스와 함께 노래를 부른다. 잠시 후 합창이 낮아지며, 전체 무대 조명이 서서히 밝아지면서, 막의 영상에는 히브리 노예들의 영상이 사라지고, 코러스는 모두 출구 문을 바라본다.

그리고 그들은 서서히 시선을 돌려 무대 위에 엎드려 있는 세 명의 배우를 향한다. 잠시 사이. 코러스의 배우들의 박수 소리와 함께 출구 쪽을 향해 바라보고 엎드려 있던 3명의 배우들이 일어난다. 그리고 그들은 돌아서서 무대 인사를 한다. 코러스도 그들을 향해 요란한 박수를 보낸다. 그리고 배우 3인도 객석을 향해, 관객석과 코러스를 향해서 인사를 하며 박수를 친다. 그들은 방금 장폴 사르트르의 〈출구 없는 방〉의 마지막 장면을 공연한 세 명의 배우다.

배 우1: (무대 뒤를 향해 박수를 치면서) 연출가 선생님입니다.

(배우 세 명과 코러스는 모두 큰 박수로 그를 맞이한다.)

연출가: (등장하며 객석을 향해 인사를 한다. 그들은 서로 '다들 수고했다'고 인사를 한다.) 방금 한 편의 연극이 끝났습니다. 〈출구 없는 방〉, 그게 방금 끝난 연극의 제목입니다. 유명한 극작가요 소설가요, 철학자의 연극이지요. 물론 이제부터 새로운 연극이 시작될 겁니다. (웃으며) 만약 이렇게 연극이 끝났다고 하면, 누가 가만히 있겠습니까? (과장된 몸짓을 하며)… 사기라고… 고함을 치고… 팜플렛을 던지고, 야유를 보내고, 무대 위로 올라와 멱살을 잡고… 경찰에… 고발을 하겠지요. 며칠 후에 저는 유치장에 가 있을지도 모르죠…. 관객을 사기 친 연극이라고 뉴스에도 떠들썩하겠죠. (사이) 물론 관객을 모독한 연극도 있었는데… 관객들은 잘 참고 웃으며, 물세례를 맞으며 연극을 즐기더라구요. (사이)

어쨌든… 여러분이 1.5층에 오신 것을 환영합니다. 한 편의 연극이 끝난 후에 다시 시작하는 연극에 참여하게 되신 것을 환영합니다…. 그런데 여기가 왜 1.5층이냐고 묻지 마십시오. 단지 여러분은 여기가 어중간한 층이라는 것을 기억하시면 됩니다. 그리고 1.5층이라는 말은 여러분이 1층을 지나왔다는 것을 의미하지요. 물론 잠시 후에… 저기… 막 뒤에서 지하에서 올라오는 분도 있을 것입니다. 지하… 음부… 죽은 자들이 있는 곳이죠.

그러니까… 이 연극은 한 편의 연극이 끝나면서 새롭게 진행되는 형식의 연극이라는 컨셉을 가지고 있죠…. 한 편의 연극이 끝난 것을 다시 새로운 연극의 시작으로 삼았다…. 그래서 연극과 연극의 대화라고 할 수 있습니다. 물론 우리는 앞에서 끝난 연극을 반복하지는 않을 것입니다. 그러나 그 작가와 대화는 할 겁니다. 그리고 이 연극은 서사극의 형태에 약간의 재판극적인 요소에다 조금은 제의극적인 특성을 포함하고 있습니다. 그리고 극중극이기도 합니다. 제의극은 예배극이라고 할 수 있습니다. 그래서 누군가는 이렇게 말할 것입니다. 여기가 예배당이냐, 우리는 연극을 보러 왔을 뿐이다. (사이)

그러나 아무것도 예배하지 않고 사는 사람은 없지요. 물론 바벨론의 현대인들은 바벨론의 신들인 쾌락과 돈과 명예, 권력을… 우상으로 예배하고 섬기지요. 게다가 자신이 바벨론에 살고 있다는 것도 모르죠.

코러스: 바벨론의 신민들 중에
신을 섬기지 않는 사람은 아무도 없도다.
돈과 재물이 신이 아니면
권력이 신이지.
그것도 아니면 명예가 신이지
그것도 아니면 자아가 신이지….

연출가: (사이) 그런 면에서 저는 이 연극이야말로 이 글을 쓴 작가

의 어느 작품보다 삶과 죽음. 즉, 인생을 참으로 많이 구현해 낸 연극이라고 생각합니다. 끝이 있어야… 새로운 시작이 있고, 오늘이 오려면 어제라는 끝이 있듯이 말입니다…. 그러니까 이 연극은 마치 한 생애가 끝나고 나면, 새로운 세상이 기다리고 있다는 것을 보여주려고 만든 연극입니다. 그것을 이 글을 쓴 작가는 그것을 1.5층이라는 말로 표현한 것입니다. 그런 면에서 이 연극은 상징적인 측면도 많이 있습니다. 앞의 연극에서 〈출구 없는 방〉이 지옥을 상징했다면, 이 연극은 심판을 상징합니다. 3층인 천국으로 갈 것이냐… 지하인 음부로 다시 돌아갈 것이냐… 물론 바벨론의 신민들인 여러분은 다시 1층으로 돌아가게 될 것입니다. 바벨론의 불빛 거리를 걸어… 무사히 귀가하게 될 것입니다. (사이)

그러나, 언젠가는 1층으로 돌아가지 못하고… 저 지하로 내려가는 분도 있을 것입니다. 물론 3층으로… 영원한 하늘 본향의 공중정원으로 돌아가시는 분도 있을 것입니다…. (사이) 그런데… 사실 이 멘트를 두고 작가와 많이 다투었습니다. 작가도 죽어 보지도 않았으면서… 어떻게 이런 대사를 써 놓았는지…. 그래서 다투기도 했지요. 그러나 배우가 별수 있습니까? 대본대로 해야죠…. 참, 저를 소개해야겠군요. 저는 이 연극에서 해설가이자, 또 매우 중요한 역을 맡았습니다. 그의 유럽 여행을 두고 역사가 토인비는 유럽에다 문명을 싣고 왔다고 평가했던… 성경에도 나오는 사도 바울 역입니다. 물론 이 역은 저에게 매우 큰 부담으로 다가왔습니다…. 성경에 나오는 사도 바울

역이니… 어찌 부담이 안 되겠습니까…?

(객석에다 인사를 하고, 서재 안으로 들어간다. 세 명의 배우는 무대의 바닥에 앉는다. 바울 역의 배우는 근엄해 보이는 안경을 낀다. 그리고 성경책을 펴서 읽는다. 무대 감독을 맡은 오네시모가 등장하며, 세 명의 배우가 앉아 있는 곳으로 다가간다. 배우는 그에게 목례를 한다.)

오네시모: 다들 수고했습니다. 목들 마를 텐데… 물이라도 한잔하시지요…. (작은 물병을 건네준다.)

배 우2: 저… 선생님. 화장실에 좀 다녀오면 안 될까요…?. 좀 많이 긴장했나 봐요….

오네시모: 그러세요…. 그러나, 다른 곳으로 가면 안 돼요. 1층은 안 됩니다. 지하실은 더더욱 안 됩니다. (웃으며) 여기로 못 찾아올 수도 있어요.

배 우2: (웃으며) 그럴 리가요…. 어쨌든… 좀 다녀올게요. (나간다.)

배 우1: (망설이며)… 그런데… 저… 선생님, 오늘 연극을 망쳐서… 죄송해요.

오네시모: 음… 실수가 좀 있었지요…. 대본을 다 아는 관객이 없으니… 다행이긴 하지만… 자꾸 딴 데… 생각이 가 있는 것 같던데….

배 우1: (주저하며) 저… 선생님.

오네시모: 참,… 아까부터 뭔가 보인다고 하더니… 지금은 어때요?

배 우1: 저… 저기, 뱀요…. (망설이며) 자꾸 뱀이 보였어요.

오네시모: 연극하기 전부터 뭔가 헛것이 보였다고 했는데…. 지금 뱀이라고 했나요?

배　우1: (일어서며) 믿지 않으시겠지만… 극장으로 오는 도중에 전철을

　　　　타고 자리에 앉아서 휴대폰을 만지작거리고 있었죠…. 그러다가

　　　　우연히 고개를 드는데… 사람들이 옷을 입고 있는데… 그 옷 안

　　　　에… (잠시 몸이 굳는다.)

오네시모: …?

배　우1: … 옷 안에… 사람은 없고….

오네시모: 옷 안에 사람이 없다니… 사람들이 헐렁한 옷을 입고, (웃으

　　　　며) 그 안에서 알몸이라도 보였나요?

배　우1: … 뱀, 뱀이 머리를 내밀고 있었어요…!

오네시모: (어이없다는 듯이)… 뭐라고요?

배　우1: 사람들의 양복이나 코트 안에….

오네시모: … 사람들은 없고… 뱀이 있었다…. 누가 옷 안에서 뱀을 숨기

　　　　고 들어왔나 보죠?

배　우1: 옷 안에 사람들의 머리 대신… 뱀의 머리가… 쑥… 솟아 있었어

　　　　요. (사이) 그리고 나를 보고 혀를 날름거리며 웃고 있는 놈도 있

　　　　었어요!

오네시모: … 그게… 무슨 소리요…?

(방에 있던 바울도 관심을 가지고, 그들의 대화를 듣고 있다.)

배　우1: 예, … 뱀이 가득했어요! 전철 안에 사람들이 아니라… 뱀이 가

　　　　득했어요.

오네시모: (약간 비웃듯이) 우리나라에 뱀만 타는 전용 전철이 있었나…?

　　　　헛것을 본 게지.

배 우1: 물론, 잠시였어요…. 다시 사람들로 보였지만, 무서워서… 중간
에 내려 걸어서 왔어요…! 다행히 여기까지 거리가 멀지 않아
서… 늦진 않았지만….

오네시모: 혹, 언제부터 그런 증상이 있었나요? 병원엔 가 보았나요?

배 우1: 아뇨…. 아니, 며칠 전부터… 가끔 그런 게 보였어요. 이 연극을 준
비하고부터… 조금씩 보이더니… 이제 더 자주, 더 많이 보여요.

오네시모: 이 연극에 뱀 이야기가 자주 나오니… 사람 안에는 뱀이 산다
는 내용이 있는데… 그 말 때문에 그런가요…? 물론 사람 안에
뱀이 산다는… 그 말에 유달리 충격을 받은 것 같더니… 하긴
연극 내용도 소화하기 쉬운 내용은 아니지만…. 어쨌든 공연 연
습하랴… 많이 지쳤나 보군요….

배 우1: (낮고 단호하게)… 절대로, 절대로… 헛것을 본 게… 아니에요!

오네시모: (배우3에게) 그럼, 혹시 서진 씨도 보았나요? 같은 전철을 타고
오지 않나요?

배 우3: 아뇨…. 전 아무것도 못 보았어요. 누가 전철 안에다 뱀을 풀었
나 보죠.

오네시모: (웃으며) 누가 전철에 뱀을 푼다고? 뱀 장사가 상자 뚜껑을 잘
못 닫았나?

배 우1: 한두 마리가 아니었어요…!

오네시모: 무슨 뱀이든가요? 독사, 살모사, 구렁이… 아니면… 꽃뱀이었
나요?

배 우1: 모르겠어요…. 워낙 많아서….

오네시모: … (웃으며) 뱀들이 엉켜 있었나요?

배 우3: (약간 비웃듯이)… 하긴 세상에… 뱀들이 많이 있죠…. 능구렁이

들… 또 꽃뱀들이 득실하긴 하죠.

배 우1: … 그런 뱀이 아니라니까요…! 진짜 뱀을 보았다니까!

오네시모: 그럼, … 지금 우리는 어떻게 보여요…? 뱀으로 보이나요?

배 우1: … 아뇨.

오네시모: 저 친구는… 어때?

배 우1: 다 뱀으로 보이는 것은 아니지만…. 가끔… 뱀처럼 보일 때가
  있어요.

배 우3: 누가…? 내가?

배 우1: …

배 우3: 사실, 요즘 너 조금 좀 이상했어…. 그런 정신 상태에서 연극을
  무사히 마쳤다는 게… 신기하긴 하지만….

(바울이 일어나 성경을 들고 그들에게 다가오며)

바 울: 안나 양이 거짓말을 할 사람은 아닌데…. 너무 피곤하면 그럴 수
  있지 않을까… 그런데 그런 비슷한 증상이 있어. 조금 다른 형
  태이긴 하지만… 여기 성경 다니엘서를 보면… 자신이 소라고 생
  각한 왕이 있었어.

배 우1: 저는 제 자신을 소라고 생각한 적이 없는데…

바 울: 아, 오해하지 말아요. 느부갓네살 왕이라고, 하나님의 저주를 받
  아, 자신을 소라고 여기고 네 발로 걸으며… 풀을 뜯어 먹은 왕
  이 있었어요.

배 우3: … 미친 왕이군요. 하긴, 왕이라고 정신병에 안 걸린다는 보장
  은 없지만….

배 우1: 하나님의 저주를 받았다고 했나요?

바 울: 성경에는 그렇게 기록되어 있어요…. 작가 선생이 그렇게 다니엘
서를 읽으라고 하더니… 아, 여기 있군… 느부갓네살 왕이 바벨
론 왕궁 지붕 위를 거닐면서… 자신의 능력과 권세로 건설한 큰
바벨론을 보면서, 자신의 위엄과 영광을 자랑스러워할 때… 그
의 말이 입에서 떨어지기도 전에 하늘에서 소리가 내려왔어. 그
소리가 이르되, "느부갓네살 왕아, 네게 말하노니 나라의 왕위
가 네게서 떠났느니라."

오네시모: 왕위가 떠났을 뿐 아니라, 쫓겨나서 들짐승과 함께 살면서 소
처럼 풀을 먹었다고 기록되어 있지….

바 울: 그것도 무려 일곱 해를…! 산해진미 대신 소처럼 풀을 먹으며,
왕궁의 호화로운 침실이 아닌, 하늘 이슬에 몸이 젖었고, 영광
의 관 대신에 머리털은 독수리 털처럼 자랐고, 단장하던 손톱은
새 발톱처럼 되었다고….

배 우1: 왕이 미친 원인이… 하나님의 저주라구요?

바 울: … 엄밀하게 말하면 그의 교만이 저주받은 거지. 교만의 대가였
지요….

배 우3: 왕이 된 사람치고… 그 정도로 교만하지 않은 사람이 어디 있
겠어요?

바 울: 어쨌든 왕 스스로도 자신이 교만으로 그런 저주를 받은 것을 알
았지요…. 그것도 기록되어 있어… 여기 있군…. (성경을 배우1에
게 건네주며) 여기… 이 부분이지…. 읽어 보시겠나?

배 우1: (읽는다.) 그 기한이 차매… 나, 느부갓네살이 하늘을 우러러보
았더니 내 총명이 다시 내게로 돌아온지라… 이에 내가 지극히

높으신 이에게 감사하며 영생하시는 이를 찬양하고 경배하였더니 그 권세는 영원한 권세요, 그 나라는 대대에 이르리로다….

배 우3: 나 같으면 하나님을 저주했을 것 같은데….

바 울: 그가 겸손해지자… 그에게 총명이 돌아왔고, 그의 나라의 영광도 그에게로 다시 돌아왔지…. 그는 우주의 참된 왕을 발견한 거지….

배 우1: 우주의 참된 왕 … 창조주 하나님 말인가요?

오네시모: 지금 느부갓네살 왕이 문제가 아니라… 사람이 뱀으로 보이는 게 문제지….

배 우1: … 그래요. 잠시 잊고 있었군요…. 내 눈에 사람들이 뱀처럼 보이는 게 문제지요…. 혹, … 혹시… 아니, 그럴 리가 없어!

오네시모: 혹시 그 왕처럼… 하나님의 저주를 받았다고 생각하는 것은 아니겠지….

배 우3: 설마…?

바 울: 현대 정신의학에는… 보안드로피 증후군이라고 하더군. 자신을 소라고 생각하는 정신병을 보안드로피 증후군이라 한다네…. 카우보이 증후군이라고도 한다지.

배 우3: … 보안드로피라… 드로피라… 무슨 상을 받은 것도 아닌데 트로피와 비슷한 이름을 붙이다니…

오네시모: 저도 들은 적이 있는 것 같아요…. 자신을 개라고 생각하는 사람, 늑대라고 생각하는 사람도 있다고… 들었어요.

배 우1: 나는 나를 뱀으로 생각한 적이 없어요! 다른 사람들이… 뱀으로 보인 것이지!

오네시모: 너무 피곤해서 환각을 보는 경우도 있지 않을까요? 전철에서

졸다가… 이 연극 내용에 너무 집중해서… 그런 것은 아닐까?

바　울: 그럴 수도 있겠지…. 만약 안나 양이 계속해서 그런 광경을 본다
　　　면 어떻게 일상생활을 할 수 있겠어…? (사이)

오네시모: … 그런데 궁금하긴 해…. 하나 물어볼까…? 지금 우리는 어
　　　떻게 보여?

배　우1: (돌발적으로)… 소! 들소!

오네시모: (놀라 뒤로 물러나다가 웃는다.) 내가 무슨 느부갓네살 왕인가?

배　우1: 가끔… 가끔 전철에서만… 가끔 그렇게 보여요….

오네시모: 그럼 저기 관객들은?

배　우1: … 솔직하게 말씀드릴까요….

바　울: 궁금하군…. 그렇다면, 가끔 뱀들로 보이는 사람도… 있다….

오네시모: … 있다…? 없다? (사이)

배　우1: … 가끔… 있어요…!

오네시모: 이거 원, 관객 모독도 아니고… 돈 주고 연극 보러 왔다가 뱀
　　　취급을 받다니… (관객들에게) 죄송합니다…. 여러분을 모독할
　　　생각은 전혀 없습니다.

(이때 갑자기 무대 뒤에서 비명 소리가 들려온다. 여배우2의 목소리다.
모두 그쪽으로 돌아본다. 여배우2가 튀어나온다.)

배　우2: 선생님, 뱀, 뱀이요…!

오네시모: 뱀… 무슨 뱀…? (배우1을 돌아보며)… 이건 또 무슨 소리야?
　　　극장에 무슨 뱀이야?

배　우3: (배우1을 보며)… 누가 뱀을 풀었나?

배 우2: … 아주 큰 구렁이 같았어요, TV에서 많이 보던 놈 같았어요.

오네시모: … 아나콘다…? 그런 큰 뱀이 있지….

배 우3: 우리나라에 아나콘다가 어디 있어요? 보아뱀도 매우 크죠….
　　　　어린 왕자라는 소설에 나오나?

배 우2: … 볼일을 마치고 손을 씻고… 거울 보는데… 큰 구렁이가… 내
　　　　뒤에 서 있었어요.

오네시모: (일어서며)… 구렁이가 서 있었다고? 무슨 말이 되는 소릴 해
　　　　야지…. 뱀은 기어다니지. 서 있는 뱀이 어디 있어…? 다들 며칠
　　　　전부터 이상한 소릴 해대니… 내가 들어가 볼게….

배 우2: (그를 막으며)… 안 돼요…. 경찰이나 119를 불러야 할 것 같아
　　　　요…. 너무 컸어요….

바 울: 호들갑들이군… 마치 진짜 뱀을 처음 본 것처럼….

오네시모: 선생님, 뱀이 문제가 아니라… 장소가 문제죠…. 동물원이나,
　　　　아프리카나 아마존에 있어야 할 뱀이… 이런 도시의 극장에 출
　　　　몰한다는 것이 문제죠… 119를 불러야겠어요.

배 우2: 정말이에요…. 뱀이 서 있었어요!

오네시모: 뱀이 또아리를 틀고 서 있는 경우도 있지…. 코브라는 심지어
　　　　서서 춤까지 추지. 119에 신고하기 전에… 가서 먼저 확인해야겠
　　　　어요…. (그는 종종걸음으로 무대 뒤로 돌아나간다.)

바 울: 음…. 그것 참… (배우2에게) 혹, 아침에 출근할 때, 전철 같은 데
　　　　서 뱀을 본 적은 있었나요?

배 우2: 아뇨… 없어요…. 오늘 처음 보았어요…. (화장실 쪽을 보며)… 서
　　　　있는 뱀이었어요!

바 울: … 흠…. 그런데… 그 뱀이 왜 따라 나오지 않았지? 어떻게 뱀을

피해 도망했지?

배 우2: … 돌아보면… 뱀이 안 보였어요….

바 울: 헛것을 본 거 아닐까? 안나 양처럼…

배 우1: 헛것이 아니라니까요…! 하긴 누가 그런 것을 보았다고 하면 믿겠나… 싶어서… 말을 하지 않으려 했는데….

배 우2: (배우1에게) 혹 안나 양도 화장실에서 뱀을 보았나요?

배 우3: (비웃듯이) 화장실이 아니고 전철이라서… 더 큰 문제지….

오네시모: (무대 뒤에서 나오며)… 대체 뭐가 있다는 거야…? 아무것도 없는데….

배 우2: … 칸마다 다 찾아보았나요?

오네시모: 그럼요 … 아무것도 없었어요….

배 우2: 그동안 어디로 도망갔나 봐요….

배 우1: … 혹, 객석에 숨어든 것은 아닐까요?

오네시모: 이 연극을 망칠 일이 있나? 객석에 뱀이 있다는 것이 소문이 나면… 누가 연극을 보러 오겠어…! 연극을… 제대로 시작하기도 전에 재수 없게….

배 우3: 호기심으로 더 많이 올지도 모르죠.

오네시모: 무슨 오컬트 연극도 아니고… 우리 모두 다 같이 가서 확인해볼까요? 그래야 안심하고 연극을 공연할 수 있지…. 않을까요?

바 울: 사실, 연극 시작하기 전에… 다들 한 번씩 화장실에 들르지 않나…? 그때 아무도 뱀을 본 적이 없는데… 누가 보았다면… 벌써 이야기했겠지…. 물론 나도 화장실에 갔었지만… (사이, 무대를 천천히 걷는다.)… 그런데… 사실 나도 흘끗 보았어… 그런데 고개를 돌리니 없더군… 아무리 찾아도 없더군… 그래서 헛것

을 본 줄 알았는데… (오네시모에게)… 정말 아무것도 못 보았어
요?

오네시모: … 정직하게 말씀드릴까요?

바 울: … 자네도 보았군!

오네시모: 사실… 저도 헛것을 보았나 했죠…. 그런데 저의 경우에는 모
자를 쓰고 있었어요…. 혀를 날름거리며…

배 우1: (놀라며) 저만 본 게 아니군요!

(모두 놀란다… 서로를 바라보는데… 매우 천천히 암전되는 가운데…)

배 우2: (역시 놀라며)… 그럼, 제가 본 것이 환영이 아니라…

배 우3: 혹 우리가 집단 최면에 걸린 것은 아닐까요…?

배 우1: 느부갓네살 왕처럼 저주받았는지도…!

오네시모: 재수 없는 소리…! 이러다 연극 망치겠어.

배 우1: 선생님, 우선 뱀부터 찾아서… 죽이든지 동물원에 보내든지 해
야 하지 않을까요?

바 울: 만약 우리가 본 것이 사실이라면… 그게 순서겠지….

(조명이 조금 어두워진다. 무대 뒤, 지하에서 쇠사슬을 끄는 소리와 함
께 사람이 올라오는 소리가 난다. 극중극이 시작된 것이다. 감시원의 배
역을 맡은 배우가 그를 호위하여 등장한다. '여기 왜 이리 어두워… 여
긴 좀 밝을 줄 알았는데'… 투덜대는 인기척 소리가 난다. 조명은 더 어
두워진다. 그러나 완전히 암전되지는 않는다. 지하에서 올라온 사람에
게 모두 시선이 간다. 그는 검은 옷을 입고, 검은 뿔테 안경을 끼고 있

다. 약간 어두운 상태에서 대화가 이어진다. 두 명의 감시원은 그의 발에 차여 있는 쇠사슬을 풀어주고 감시원은 코러스에 합류한다.)

장 폴: (발목을 만지며, 주위를 둘러보며) 아, 그래도 여기가 좋아… 여기가 좋다구… (돌아보며)… 저 백작인가 하는 영국 놈은 비굴하게 굴기 싫다나… 지하에서도 잘난 척하다니… 나처럼 좀 솔직해지라구!

오네시모: 장폴 선생이시군. (서류를 보며) 두 분을 초대한 것 같은데… 오늘도 혼자시군요.

장 폴: 혼자가 아니지…. 어디를 가나… 감시원 투성이지…. 타인의 시선은 지옥이지…. 그러나 나는 쇠사슬이 필요 없다구! 몇 번을 말해야 알아듣나…? 나는 죄인이 아니라구!

오네시모: 그래도, 여기 오시는 것… 아주 큰 특혜 아닌가요?

장 폴: 이렇게라도 기회를 주어서 고맙긴 해… 저 지하는 너무 어둡고 칙칙해.

오네시모: 캄캄한 곳이 밤바다인 줄 알고… 늘 고함을 친다는 그 영국 신사 분은… 여기가 싫은가 보죠?

장 폴: 자신만 홀로 초청을 받고 싶다고… 자신은 귀족이라나? 게다가 내가 자랑하는 소리는 듣기도 싫다나… (다시 돌아보며) 자신이 교만한 줄은 모르고… (바울을 보며) 그나저나 언제나를 3층으로… 올려주시겠소?

바 울: 누구나 원하면 3층에 올라갈 수 있답니다.

장 폴: 원해… 원한다구… 그래서 여기 왔지…. (사이) 저긴 어둡고 딱딱하고 축축해… 여기 푹신해 보이는데… 좀 앉아도 되겠소?

바　울: 물론입니다. 언제든지…. (장폴은 소파에 앉는다. 바울도 그 앞에 앉는다. 오네시모에게) 문제가 뭐였나?

오네시모: 2019년, 8월 5일 자, 뉴스입니다.

바　울: 아, 17세 소년이 어린 남자아이를 10층에서 던진 사건을 말하는군. (사이) 당신은 이 사건을 어떻게 생각하나요?

장　폴: 나같이 위대한 사상가에게… 시답잖은 질문을 던지다니… 나치의 대학살 같은 문제도 아니고… 인류의 미래에 대한 문제도 아니고… 당신들이 보여준 대로 그건 영국 BBC 방송에 나왔던 이야기지. 일면식도 없는 6세 남자아이를 전망대 아래로 밀쳐낸 사건이 있었지. 영국 런던의 테이트 모던 미술관 10층 전망대… 17세 소년은 살인미수 혐의로 체포됐고… 경찰은 '구급대원이 즉시 출동해 5층 지붕으로 추락한 남아를 병원으로 옮겼다'고 구조 과정을 설명했고 하지만 남아는 중태에 빠진 것으로 알려졌지…. 당신들이 낸 문제는… 왜 이 소년이 유죄인가? 하는 것이지….

바　울: 소년은 뭐라고 주장했나요?

장　폴: 자신의 죄를 사회의 잘못으로 돌렸지. 사회 서비스의 잘못이랬나?

바　울: … 그런데 어린아이를 던진 게… 왜 죄가 된다고 생각하시나요?

장　폴: 이런…! 이런 흔해 빠진 이야기를… 하려고 여기 온 게 아니요…. 어쨌든 사람을 함부로 죽이면 안 되지…. 나도 전쟁에도 참전해 보았지만… 전쟁은 끔찍해…! 독일 놈들도 문제가 많지만, 영국 놈들도 문제가 많다구!

바　울: 그 소년이 당신을 닮았다고 생각하지 않나요?

장 폴: 그 무슨 끔찍한 소리요?

바 울: 소년도 당신처럼, 자신이 자신의 존재를 스스로 결정했지. 당신
처럼 아무 목적 없이 태어난 것을 깨달은 그 소년이 자신의 스
스로의 실존적 선택으로 자신의 본질을 증명했어…. 자신은 사
람을 죽일 수 있는 무한한 자유자라고… 그런데 핑계는 사회 탓
으로 돌렸지….

장 폴: 인간은 자유라는 형벌에 처해 있지…. 그러나 무한한 자유라고
해서 책임이 없는 건 아니지. 그건 거짓말이야… 자유에는 반드
시 책임이 따르게 되어 있어…!

바 울: 그런 당신은 왜 수많은 사람을 학살한 공산주의는 왜 옹호했나
요? 공산주의자들에게는 자본가들만 당신의 주장대로 모두 타
인인가 보죠…? 당신 말대로 타인이 지옥이라고 생각되어 그랬
나요? 지옥을 없애려고 공산주의를 옹호했나요?

장 폴: 작가의 창작품을 가지고, 그것으로 죄를 묻는 것은 유치해… 창
작의 자유가 있지….

바 울: 만약 그 소년이 '나는 물질에 지나지 않는다. 조금 큰 덩치의 물
질이 작은 덩치의 물질을 던졌다고 해서 그게 무슨 문제가 되는
가?'라고 법정에서 주장한다면 당신은 뭐라고 대답하겠소?

장 폴: 그 소년의 생각이… 나와 무슨 상관이지?

바 울: 그 소년이 '나는 진화가 잘못되어 그런 행동을 했다. 그러므로
그것은 진화가 잘못된 것이지, 내가 책임을 질 문제인가? 굳이
책임을 묻는다면, 자연에게 물어야 할 것이다.' … 그렇게 주장
한다면 당신은 뭐라고 대답하겠소?

장 폴: 그건 변명에 지나지 않아요.

바　울: 소년이 말한 '사회 서비스'인 교육제도나, 진화론을 가르친 교육
　　　 제도인 환경 탓이라고 주장하면 당신은 어떻게 그 소년에게 죄
　　　 를 물을 것이요?

장　폴: 그건 나치들에게나 물으시오. 그들이야말로 극단적인 진화론을
　　　 주장하는 인종들이니까….

바　울: 정말로 진화론을 믿는다면, 나치나 그 소년에게는 죄가 없지 않
　　　 겠소? 진화가 잘못된 게 무슨 죄이겠소. 오히려 진화가 잘못된
　　　 그들을 불쌍하게 여겨야 하지 않겠소?

장　폴: 흠… 그럴 수도 있겠군요. 죄는… 선과 악을 선택할 자유를 가
　　　 진 존재, 인격적인 존재에게만 물을 수 있는 것이 아니겠소?

바　울: 당연히 그렇습니다.

장　폴: 아직, 인격이 성숙하지 않은 아이니… 그럴 수도 있지 않겠소?

오네시모: 성숙하지 않은 모든 아이들이 사람을 죽여도 괜찮은 건 아닐
　　　 텐데요….

바　울: 모든 살인자들이… 모두 다. "내가 성숙하지 않아 사람을 죽였
　　　 다"고 주장한다면… 그럼 그는 무죄일까요?

장　폴: … 그렇게 주장하면 안 되긴 하오만… (일어서며) 그런데 도대
　　　 체… 도대체… 죄가 뭐요…? 죄가 과연 있는 것이긴 한가, 모르
　　　 겠군요. 종교가 사람들을 억압하려고 만들어낸 허상 아니요?

오네시모: … 여기서도 아직 깨닫지 못했나 보군요.

바　울: 당신이 저 지하에 있는 이유가… 무엇 때문이라고 생각합니까?

장　폴: 나는 지하를 원한 적이 없소.

바　울: 당신이 죽을 때를 기억해 봅시다…. 그토록 성숙한 당신은 왜 그
　　　 토록 죽음을 두려워했나요? 흙으로 돌아가는 일이 그렇게 두려

운 일이었나요?

장　폴: 예전의… 나쁜 추억을 떠올리게 하는군…. 여긴 오고 싶지만…
　　　불쾌해…!

바　울: 당신이 유명한 만큼 신문에도 크게 났지요…. 하긴 그 유명한 노
　　　벨상도 거부한 분이시니, 당신이 죽음을 어떻게 대하는가… 관
　　　심을 가지고 있는 사람들이 많았을 터이긴 하지만….

장　폴: 나는 다른 사람의 시선을… 지옥이라고, 경멸한 사람이요. 특히
　　　나치 같은 사람들 말이요!

바　울: 병원에서는 당신 혼자일 때가 많았을 텐데…

장　폴: 의사, 간호사… 다른 환자들도 있었어…! 가끔 기자들도 찾아왔
　　　었고! … 그놈들 내가 어떻게 죽는가 구경하려고 온 놈들 같았
　　　어…! 물론 마누라도 있었지….

오네시모: 그 동성연애도 하는 잘난 마누라 말이요?

장　폴: 내 아내를 폄하하지 마시오. 그녀만한 지성인도 없어요.

오네시모: 그렇군. 정확하게는 양성애자지…. 당신 같은 남자와도 결혼을
　　　했으니까….

바　울: 하긴… 타인이 없는 곳이 어디 있겠소? 저기 지하에도 영혼들이
　　　있는데….

장　폴: 그날들을 잘 기억하고 있소…. 내가 사라진다는데… 흙이 나의
　　　전부일 리가 없어! 그렇지 않소…? 내가 죽음으로 내가 사라지
　　　는데… 그냥 있을 수만은 없지 않소? 고함이라도 질러야 하지
　　　않겠소? 물론 당신들도 당장 이름도 모르는 병으로 죽었을 때
　　　에… 당신들도 나처럼 별 수 없었을 것이요.

바　울: 그렇지요. 누구에게나 죽음은 두려운 것이긴 하지요….

장 폴: 그렇소! 인간은 단순한 흙이 아니요!

바 울: 물론입니다. 인간은 단순히 흙으로만 이루어진 존재가 아니지요.

장 폴: 그렇지, 흙이 말을 하고, 흙이 생각을 하고, 흙이 사랑을 하고, 미워도 하고, 흙이 정의를 외치고, 자유를 사랑하고, 악을 미워하고… 세상에 그런 흙이 어디 있어…? 흙은 영혼의 도구지. 그래… 그래, 그놈의 영혼… 그러니 내가 지금 여기 있지…. 좋아. 그래, 내가 죄가 있다고 치자…. 나를… 저 아래 지하 칙칙한 감옥에 기분 나쁜 저 영국 놈과 함께 있게 한… 나의 죄는 무엇인가?

바 울: (웃으며) 당신 말처럼, 그 사람은 당신의 지옥이지. 그에겐 당신이 지옥이고….

장 폴: 그건 연극에 쓴 글이었을 뿐이요.

바 울: 당신의 말에도 일리는 있소…. 일부만 맞는 게 문제지만….

오네시모: … 당신 자신이 죄 덩어리요. 당신 스스로가 지옥이지요.

장 폴: 스스로가 지옥이라니… 원죄를 말하는 거요…? 그놈의 원죄… 원죄 타령… 태어날 때부터 죄인인데… 그럼, 나에게 무슨 책임을 물을 수 있나?

배 우1: 지하에서 올라오는 당신에게서… 뱀을 보았어요.

장 폴: (돌아보며) 뭐라고…? 당신은 누구요?

배 우2: 우린 당신이 만든 연극에서 역할을 맡았던 배우들이랍니다.

배 우2: 나는 이네스, 저 사람은 가르생, 여긴 에스텔이랍니다.

장 폴: 아, 내 작품의 등장인물들의 이름이군…. 당신들은 내 작품 속의 인물의 역을 맡은 배우들이라니… 반갑군요…. 여기서도 내 작품이 연극으로 만들어지다니. (둘러보다가 일어서 책장으로 간

다.) 책장에 책이 많군… 책을 보면, 안심이 돼…. 외할아버지 서재가 생각나는군…. 거긴 나의 성스러운 장소였지…. '라브라리 릴리지에' 서점도 생각나는군…. 서점은 지성이 작동하는 곳이지…. 그런데… 내 책도 여기도 있나? 책이 듬성듬성한 곳도 있군…. (책을 훑어본다.)… 백작 놈 책도 보이지 않는군….

배 우3: 당신의 연극은 끝났습니다. 곧 새 연극이 시작될 겁니다. 우리는 많은 것을 당신에게 보여줄 것입니다. (배우 3명, 돌아서서 코러스에 합류한다.)

장 폴: (돌아보며) 그래요? 기다려지는군요…. (코러스를 가리키며) 저분들은… 새 연극을 위한 코러스인가?

오네시모: 그렇습니다. 금방 알아보시는군요.

장 폴: 그리스극에도… 코러스가 많이 나오지. (사이)… 내 책은 여기 없는 것 같은데… 〈출구 없는 방〉도 없는 것 같은데… 여긴 대본도 없이 연극하나?

오네시모: 여긴 사람을 살리는 글만 있답니다.

장 폴: 그럼… 내 글은 죽은 글이란 말이요?

오네시모: 당신의 철학으로… 죽은 사람이 한 사람이라도 살아난 적이 있나요?

장 폴: 철학? 철학은 사람을 살리는 학문이 아니요…. 굳이 말하면 세상을 해석하는 학문이랄까… 그러나 사람들을 깨우치려고 노력은 했소…. (다시 자리에 와 앉으며)… 그만둡시다. 죽고 나니… 다 부질없었소…. 그러나 한 가지…. 한 가지는 알아야겠소. (바울에게)… 조금 전에 우리는 죄에 대하여 말했소…. 죄, 죄… 그러지 말고… 나에게 죄를 보여주시오…. 내가 저기 지하에 있는

이유를 알려주시오….

바 울: 당신은 저 지하 감옥에서… 당신과 함께 있는 사람이 회개하는 것을 본 적이 있소?

장 폴: … 없었소…. 그 영국 귀족 놈은 고래고래 고함만 질러대었소…. 남 탓만 했댔소…. 심지어 내 탓까지 해댔소…. 내가 지옥이라서 자신도 지옥에 있다고… 나쁜 자식 같으니라구!

바 울: 런던 타워의 그 소년도… 자신의 죄를 남 탓으로 돌렸지요.

장 폴: 그 소년, 정직하지 못한 아이요.

바 울: 그렇소…. 그 소년이 정직했다면… '아이가 미워서, 보기 싫어서 그랬다'… 그런 식으로 말했을 거요….

장 폴: (놀란 듯)… 그럼 정직하지 않는 게… 내가 저 지하에 있는 이유 요?

오네시모: 그게 죄인들의 특징 중의 하나지만, 그것이 전부는 아니랍니다.

장 폴: … 그럼 저 3층엔… 거긴 누가 가는데?

오네시모: 자신이 죄인인 줄 아는 영혼들이 가는 곳이지요. 용서받은 죄 인들 말이요….

장 폴: 그럼, 그들의 죄와 용서를… 내게 보여줄 수 있겠소?

오네시모: …?

장 폴: 용서는 차치하고 죄인 말이요…. 자신이 죄인이라고 생각하는 죄 인… 말로만 죄인이 아니라… 정말로 죄인이라고 생각하는… 그 런 죄인… (웃으며)… 그런 사람이 있기나 하나?

바 울: (해설역으로 무대에 나서며) 우리는 잠시 죄인을 찾아… 저 장 폴 에게, 아니, 여러분에게도 보여줄 것입니다. 이 연극은 오래전에 죽은… 음부에서 올라온 저 장 폴을 위한 연극이라기보다, 여러

분을 위한 연극이라는 것이 더… 옳을 것입니다. 먼저 성경에서 찾은 죄인 중에 한 사람입니다.

장 폴: 사람의 영혼은 죽지 않아… 죽음을 겁낼 것 없어… 죽고 나면 별거 없어. (사이)… 사실 두려운 것은 심판이지…!

코러스(합창): 기록된바, 의인은 없나니 하나도 없으며 깨닫는 자도 없고….

코러스1: 하나님을 찾는 자도 없고….

코러스2: 다 치우쳐 함께 무익하게 되고 선을 행하는 자는 없으니 하나도 없도다.

코러스(합창): 하나도 없도다, 하나도 없도다….

코러스1: 죄의 삯은 사망이요.

코러스(합창): 죄의 삯은 사망이요.

장 폴: 그래, 그래. 나도 안다. 잘 안다구! (일어서며) '사람이 죽는 것은 사람에게 정한 이치요. 그 후에는 심판이 있으리니…' 히브리서 9장 27절…! 살아 있는 놈들만 모르지…. 죽은 자는 다 알아… 다 안다구! 저 지하 감옥 입구에 적혀 있지…. 그런데 그 어두운 곳에서도 그 글씨는 그렇게도 잘 보인다니까…!

(이들의 대화 중에 코러스석에 있던 느부갓네살 왕의 역을 맡은 배우는 다른 코러스의 정중한 도움을 받아서 작은 왕관을 쓰고, 왕의 홀(지팡이)을 들고, 계단을 올라가 보좌에 앉는다. 그가 앉자…. 영사막에는 공중정원 풍경이 뜬다. 그는 잠시 후, 졸다가 잠을 자며 몸을 뒤챈다. 근위대장 아리옥과 한 사람만 왕의 호위병으로 따로 계단 아래에서 좌우에 선다.)

바 울: (왕을 쳐다보며) 왕이 꿈을 꾸시는군요….

오네시모: (올려다보며) 저기 꿈을 꾸시는 분은… 바벨론 대제국을 건설
한 느부갓네살 왕이십니다.

(영사막에는 공중정원이 잠시 뜬다. 그리고 영사막의 화면은 흐려진 채
머문다. 코러스가 계단 앞에 모두 나선다. 왕은 소스라치듯이… 잠에서
깨어난다. 코러스(신하들)은 단위에 앉은 그에게 절을 한다.)

왕　　: (코러스를 상대로) 다들 모였소? 내가 이상한 꿈을 꾸었는데… 통
생각이 나지 않아… 다시 그 꿈을 꾸려고 해도 안 돼…. 거기 박
수와 술객과 점쟁이와 갈대아 술사들… 모두 다 모였는가?

코러스1: 그러하옵니다.

왕　　: 충성스런 나의 신하들이여… 나는 얼마 전에 이상한 꿈을 꾸었
소…. 나는 그 꿈 때문에 제대로 잠을 자지 못하고 번민하고 있소.

코러스2: 폐하, 만수무강하옵소서… 우리에게 꿈을 알려주시면… 우리
가 그 꿈을 해석하여 드리겠나이다.

왕　　: 그러면 좋겠소만… 나는 꿈을 잊었소. 이상한 꿈을 꾸었는데…
통 기억이 나지 않는단 말이요…. 다시 꿈을 꾸려고 해도… 그것
도 안 되오…. 그러므로 그대들은 나, 바벨론의 왕의 꿈까지 맞
추고… 그대들이 그 꿈을 해석하시오.

코러스: (모두 놀라 웅성거린다.)

코러스2: … 폐하, 고금에 그런 일은 없었나이다. 저희들을 죽이기로 작
정하셨나이까?

왕　　: 시끄럽다…! 만일 그렇게 하지 못하면, 너희 몸을 쪼갤 것이며,

너희 집을 거름더미로 만들 것이다. (모두 다시 놀란다. 사이) 그러나 만약 너희가 꿈과 그 해석을 내게 보이면 너희에게 큰 상과 선물을 내리리라.

코러스2: 폐하, 부디, 꿈을 저희 종들에게 말씀하여 주소서. (절을 한다.)

코러스(일동, 절을 하며): 폐하, 꿈을 저희 종들에게 말씀하여 주옵소서.

왕　　: … 내가 명령을 이미 내렸노라. 만약 내가 꾼 꿈을 내게 알려주지 않으면… 내가 너희에게 재앙을 내리리라. 내 꿈을 내게 알게 하면, 너희의 그 꿈 해석도 내가 믿겠노라.

코러스1: 폐하, 세상에 어느 누가 자신이 꾸지 않은, 다른 사람의 꿈을 말할 수 있겠습니까? 여태 아무리 큰 권력이 있는 왕이라고 할지라도 이런 것을… 물은 적은 없었습니다…. 만약 있다면 육체와 함께 살지 않는 하나님 외에는 그것을 알려줄 자가 없을 것입니다.

왕　　: 감히 내 말을 업신여기다니…! (자리를 박차고 일어나며) 이들을 다 끌어내어 죽이고, 바벨론의 자칭 모든 술객과 지혜자를 찾아내어 내 꿈을 나에게 알려주지 못하고… 또 해석하지 못하면 다 죽이라…!

(왕의 자리를 박차고 내려오다 중간에서 공중정원의 영상을 보고, 잠시 머물다가 다시 왕의 보좌로 가 앉는다. 모두 경악하고 수군거리는 가운데 암전. 멀리서 들려오는 〈히브리 노예들의 합창〉 소리… 그 소리가 가라앉고… 잠시 후 조명이 들어오면, 한 사람 다니엘이 계단 아래에서 떨어진 곳에서 계단 반대편의 하늘을 우러러 기도하고 있다. 코러스 중의 한 사람인 근위대장 아리옥이 그 옆에 선다.)

근위대장: 시간이 다 되었소. 폐하께서 기다리고 있소.

다니엘: 근위대장 아리옥님, 나를 왕 앞으로 인도하소서. (하늘을 우러러) 영원부터 영원까지 하나님의 이름을 찬송하라…. 지혜와 모든 능력이 그분에게 있음이로다…. 그분은 때와 계절을 바꾸시고, 왕들을 폐하시고, 왕들을 세우시며…. 어두운 데 있는 일을 아시며… 또 영원한 빛이 그분과 함께 하시도다!

코러스(A집단): 하나님의 신이 함께 하는 벨사살이라 이름하는 다니엘이로다!

코러스(B집단): 그는 다니엘, 그의 몸은 바벨론의 포로이지만… 그는 히브리의 노예지만… 그의 영은 하나님과 교제하는도다…. 그는 참 자유하도다!

코러스(합창): 그는 여호와 하나님이 함께 하는 사람이로다! (그들은 높은 보좌 위에 앉은 왕 앞에 나아간다.)

근위대장: 폐하, 여기 히브리 노예들 중에… 하나님이 함께 한다는 한 지혜자를 찾았나이다.

왕　　: 그래? 어떤 술객도 맞추지 못한 일을 네가 할 수 있겠느냐…? 네가 나의 꿈과 그 해석을 내게 알게 하겠느냐?

다니엘: 폐하께서 물으신 은밀한 것을… 이 세상의 술객들은 그것을 알 수 없사오나… 하늘에 계신 하나님은 능히 알 수 있나이다…. 폐하께서 침상에서 받으신 꿈은 이러하나이다.

왕　　: 호, 그래…? 어서 말해 보아라.

다니엘: 폐하께서는 한 큰 신상을 보셨나이다. 그 신상이 폐하 앞에 섰는데… 크고 매우 광채가 찬란하여 그 모양이 심히 두려웠나이다.

왕　　: 오, 맞아. 이제 생각이 나는군…

다니엘: 그 우상의 머리는 순금이었습니다.

왕　　: (보좌에서 벌떡 일어선다.) 맞아… 분명해…! 놀랍기도 하구나.

코러스(A): 가슴과 두 팔은 은이요

코러스(B): 배와 넓적다리는 놋이요

다니엘: 종아리는 쇠요.

코러스(A): 그 발은 얼마는 쇠요, 얼마는 진흙이요.

다니엘: 왕이 보신즉… 손대지 아니한 돌이 나와서 신상의 쇠와 진흙의
　　　　발을 쳐서 부서뜨리매… 그 신상이 다 부서져… 타작마당의 겨
　　　　같이 다 바람에 날려갔나이다. 그러나 우상을 친 돌은… 태산
　　　　을 이루어 온 세상에 가득하였나이다.

왕　　: 놀랍구나… 놀라워! 기억이 생생이 나는구나… 너는 내 꿈을 정
　　　　확하게 내게 알려주었구나… 네 이름이 다니엘이라 했나…? 네
　　　　이름의 뜻은 뭐냐?

다니엘: 하나님은 심판자라는 뜻이옵니다.

왕　　: 놀랍구나, 놀라워..! 그래… 그래, 네 하나님 같이 놀라운 신은
　　　　일찍이 없었도다!

다니엘: 폐하, 이제 그 꿈을 해석하겠나이다….

왕　　: 오, 그래, 어서어서 해석해 보려무나….

다니엘: 왕이시여, 폐하께서는 왕들 중의 왕이시라… 하늘의 하나님이
　　　　나라와 권세와 능력과 영광을 폐하께 주셨나이다…. 왕께서는
　　　　그 신상의 금 머리시니이다.

왕　　: 그래? 내가 금이라… 그럼 그다음… 은,… 은은 뭐냐?

다니엘: 다음에는 금이 아닌 은의 나라, 곧 왕보다 못한 나라가 일어날

것입니다.

왕　　: 그렇지, 그때… 내가 내 왕국의 미래를 걱정하고 있었지…. 오호
라… 그렇다면… 그다음 놋쇠는…?

다니엘: 세 번째는 왕보다 못한 놋의 나라가 일어나 세계를 다스릴 것입
니다. 네 번째는 강하기가 철 같은 나라가 뭇 나라를 부서뜨리
고 일어날 것입니다.

왕　　: 참으로 놀랍구나… 그래, 그다음의 발과 발가락의 나라는… 무
엇을 의미하느냐?

다니엘: 그들은 얼마는 진흙이요, 얼마는 쇠였으니… 얼마는 든든하고
얼마는 진흙처럼 부서질 만한 것이며… 발가락 역시 얼마는 쇠
요…. 얼마는 진흙이라…. 폐하께서 쇠와 진흙이 섞인 것을 보셨
는데… 민족과 민족이 서로 섞일 것이나, 피차에 합하지는 않을
것입니다.

왕　　: … 그 이유는 무엇이냐?

다니엘: 그것은 쇠와 진흙이 합하지 아니함과 같사옵니다.

왕　　: 기막힌 해석이로다…! (사이)… 그렇다면… (사이) 사람이 손대지
아니한 돌이 산에서 나와… 모든 신상을 파괴한다는 것은 무슨
뜻이냐?

다니엘: 그것은 하늘의 왕이신 하늘의 하나님이… 금이나 은처럼 인간
의 손을 대지 아니한… 한 왕국을 하나님이 친히 세우겠다는
뜻이옵니다.

왕　　: 그래? 그런데… 그 말은 나를 두렵게 하는구나. 그런데 그 나라
는 언제 이루어지느냐…? 내가 죽고 난 뒤, 오랜 뒷날이 분명하
겠구나….

다니엘: 그렇사옵니다…. 먼 훗날의 이야기이옵니다. 그러나 반드시 그
　　　　 말씀대로 되는 줄 아옵소서.

왕　　 : 그렇다면, 그 나라는 변함이 없는 영원한 나라냐?

다니엘: 그 뒤에는 꿈이 없었으므로… 그러할 것입니다.

왕　　 : 호, 그래서 사람이 손대지 아니한 돌인가? 하나님이 친히 깨부
　　　　 신다는 뜻인가?

다니엘: 그렇사옵니다.

왕　　 : 그렇다면, 모든 왕조의 흥망성쇠가 전능하신 하나님 손안에 있
　　　　 다는 뜻인가?

다니엘: 정확하게 그러하옵니다.

왕　　 : 놀랍도다. 참으로 놀랍도다. 다니엘아, 너와 함께 하는 신은 참
　　　　 신이로다. (그는 왕의 자리에서 내려와… 다니엘 앞에서 엎드려 절
　　　　 을 한다.)

다니엘: (놀라 왕을 만류하며) 폐하! 저는 미천한 폐하의 종일 뿐입니다.

왕　　 : 그렇지 않다. 네 몸은 나의 종일지 몰라도 네 영은 신들의 신인 참
　　　　 신과 교제하는… 거룩한 자로다… (일어서며)… 참으로 놀랍구나…
　　　　 너의 하나님은 모든 신들의 신이요, 모든 왕들의 주재시로다!

코러스(합창): 네 몸은 종일지 몰라도, 네 영은 하나님과 함께 하는 자로
　　　　 다! (세 번 반복한다.)

(코러스도 다니엘에게 머리를 숙이며 절한다. 서서히 암전되면서 그들은
다 코러스석으로 돌아간다. 다시 조명이 들어오면 바울과 장폴이 그 장
면 지켜보고 있다가 대화를 시작한다.)

장 폴: 저게… 나의 죄와 무슨 상관이 있소?

바 울: 똑똑한 당신이니… 알아맞춰 보시오.

장 폴: 나는 다니엘이 아니요….

바 울: 그렇지요…. 당신은… 마치 저 느부갓네살 왕 같은 사람이요.

장 폴: 무슨 소릴 하는 거요? 나는 저 왕 같은 그런 꿈을 꾼 적이 없소.

바 울: 누구나 자신의 왕국에서 왕 노릇을 하지요…. 더구나 당신같이 똑
       똑한 사람들은… 당대의 사회에서 큰 영향력이 있는 왕이지요.

장 폴: 나는 폭압적인 전체주의를 싫어하오.

바 울: 그러면서도… 공산주의를 옹호했더군요….

장 폴: 그렇게도 많은 사람들을, 자기 동족조차 그렇게도 많이 죽일 줄
       은 몰랐소. 공산주의가 지식인의 아편이라던… 아롱, 레이몽 아
       롱… 그 친구가 나보다 옳았어…! (혼잣말로) 유일하게 나보다 뛰
       어난 녀석이지…. 그가 수석이었을 때 나는 낙제했지…. 물론 그
       다음 해에 나도 수석을 했지만… 어쨌든 그는 나를 비웃었어…!
       정직한 좌파는 머리가 나쁘고… 머리가 좋은 좌파는 정직하지
       않다…. 공산주의 본질을 모른다면 머리가 나쁜 것이고, 알고도
       추종한다면 거짓말쟁이라고 했었나…?

오네시모: 자신의 거대한 왕국을 세우려는 사람들은 반드시 다른 사람
       들을 죽이게 되어 있답니다.

장 폴: (돌아보며)… 그 왕국이 올바른 왕국이면… 무슨 상관이 있겠
       소…?

오네시모: (웃으며)… 당신이 말한 것처럼… 타인이 지옥이면 나도 타인에
       게는 지옥이지 않겠습니까…? 그러니까 인간은 서로에게 모두
       가 지옥인 셈이니…. 지옥인 인간이 세운 왕국이 지옥인 것은…

너무도 당연한 것이 아니겠습니까?

장 폴: 나도 다른 사람에게 지옥이라고…? 그게 내가 저 지하에 있는
　　　이유요?

오네시모: 그건 일부에 지나지 않을 겁니다.

장 폴: 나는 죄,… 나의 죄를 보여 달라고 했소. 여기서 내 사상이나, 작
　　　품에 관한 토론을 하고 싶은 마음은 없소. 더구나 사상의 자유
　　　를 가지고 죄라니…!

바 울: 그렇군요…. 당신은 죄, 죄인을 보여 달라고 했지요…. (그는 소파
　　　에서 일어나 책상 의자에 앉는다.) 장폴 선생… 보여드리리다. (사
　　　이) 방금 본 느부갓네살 왕의 그 꿈의 상징이 무엇을 뜻하는
　　　지…. 들어본 적이 있습니까?

장 폴: 들어본 적이 있긴 하오만… 그러나 누가 그런 신화 같은 이야기
　　　에 신경이나 쓰겠소? 그래도 기억이 나오…. 자랑 같지만… 나는
　　　기억력이 특별한 편이요…. 바벨론, 메데와 페르시아. 그리고 알
　　　렉산드 대왕의 그리스… 그리고 로마… 그리고 또 발가락 같은
　　　많은 여러 나라들의 연합… 그것이 모두 인간이 세운 왕국의 흥
　　　망성쇠를 뜻한다고 들은 적이 있소. 뒤에 느부갓네살 왕이 꾼
　　　네 마리 짐승의 꿈도… 그것을 상징한다고 들은 적이 있소…. 여
　　　긴 역사책은 없나…? (그는 일어나 책장을 둘러본다.)

바 울: 그렇소…. 왕이 뒤에 꾼… 짐승의 꿈에서도 하나님은 장차 올 여
　　　러 왕국의 흥망성쇠를 알려주었지요.

장 폴: (책을 둘러보며) 그냥 꿈 이야기이지…. 그것을 실제로 믿으란 말
　　　이요?

바 울: 놀랍지 않소? 당신이 살았던 시대보다 무려 2천5백여 년 전부터

당신이 살았던 시대까지 일어날 일을 누가 그렇게 정확하게 예
언할 수 있겠소? 바벨론, 페르시아, 그리스, 그리고 로마까지.
어떻게 왕국의 흥망성쇠 그렇게 정확하게 누가 알 수 있었겠소?
더구나 왕이 잊어버린 꿈을 알아맞히고, 또 그 꿈을 정확하게
해석한 것이 어찌 인간 다니엘의 능력이겠소.

장 폴: … 나는 그저 대수롭지 않게 여겼소. 그저 꾸민 이야기로 치부
했소…. 그런데 사람이 손대지 아니한 돌이 신상을 깨부신다는
것이 흥미롭군… 손대지 아니한 돌이라… (그는 서재의 책을 훑
어본다. 한 권의 책을 빼든다.)… 여긴 내 책은 단 한 권도 없군….
저 시끄러운 영국 놈의 책도 없는 것 같군…. (사이)… 〈단순한
기독교〉라…? 어디서 들어본 적은 있는 것 같아…

바 울: 그 책은 많은 사람을 주님께 인도하는데 기여했지요…. (사이)…
차 한잔하시겠소?

장 폴: 아, 여기 와서 가장 반가운 소리군요…. 내가 먼저 청하려고 했
는데…. 감사합니다만… 커피가 있으면 좋겠소만… 이왕이면 내
가 좋아하는 모카로….

바 울: 오네시모, 자네도 커피 한잔하시겠나?

오네시모: 제가 커피를 내릴까요?

바 울: (일어나며)… 여기 빌레몬 형제가 보내준 커피가 있어.

오네시모: 빌레몬 주인님이… 보내셨군요…. 선생님을 무척 사랑하고 존
경하셨지요.

장 폴: … 그런데 궁금한 게 있소. 왜, 이 책은 저 책장에 있는 거요…?
조금 전에… 사람을 살리지 못하는 책은 여기 없다지 않았소?
그럼, 이 책은 사람을 살렸단 말이요?

오네시모: 아, 사람을 살리는 분은 예수 그리스도 그분뿐이랍니다. 그런
데 그분을 전하는 책들도 도움을 주었기에… 거기 있답니다. 그
림과 음악도 있지요. 우리 바울 선생님보다 사람을 많이 살린
글을 쓴 분도 없답니다.

장 폴: 당신이 쓴 편지가 성경이 되었다는 말은 들었소만… 무척 자랑스
럽겠군요….

바 울: … 여기선 누구도 자기 자랑을 못한답니다…. 그저 감사가 있을
뿐이지요…. (그는 물을 끓이고, 커피를 간다.)

장 폴: 여기 빈 책장은 뭐요…? 훗날 쓰여질 책들을 위해 비워둔 건가?

오네시모: 잘 아시는군요.

장 폴: 그럼, 그림도 있소? 고흐나 렘브란트의 그림도 있소? 시스틴 성
당 천정화… 미켈란젤로의 그림도 있소?

바 울: 그렇소…. 렘브란트의 '돌아온 탕자'도 있소만… 당신은… 미켈란
젤로가 그의 그림에 자신을 어떻게 그려 두었는가를 아십니까?

장 폴: 시스틴 성당에서… 본 기억이 나서 물어본 거요…. 그는 누더기
같이 허공에 걸려 있었소….

바 울: 왜 자신을 그렇게 그렸는지…. 아시나요?

장 폴: 들은 것 같소…. 그는 하늘나라 저 3층에 올라갈 자격이 없다는
것을 그렇게 표현했다 들었소.

바 울: … 여기 모두가 다 그렇게들 생각하고… (하늘을 쳐다보며) 늘 감
사와 찬양으로 살고 있답니다… 헨델을 들어보시겠소?

장 폴: 아니, 아니요…. 나는 종교 음악을 싫어하오….

바 울: 커피를 내릴 동안… 그럼, 이 연극과 어울리는… 베르디는 어떻
겠소?

오네시모: 선생님, 베르디가 이 연극과 잘 어울리는 곡이지만… 조금 분
위기가 어두우니… 지금은 찬양이 어떨까요?

바 울: (장폴에게) 좋아하는 찬양곡이 있습니까?

장 폴: 나는 없소! 나는 어느 누구도 찬양해 본 적이 없소. 캐롤송이 듣
기는 좋았소만. 물론 생제르맹 성당에서 성가곡을 들은 적이 있
소…. 생제르맹 성당에서 우리는 강연도 하고 토론도 했지…. 그
앞에 카페 거리가 생각나는군… 아, 세느강이 보고 싶군…. 아
침마다 창을 열면 반짝이는 물결과 함께 세느강이 보였지…. 황
혼도 황홀했지….

오네시모: 존 뉴턴의 '어메이징 그레이스'가 어떨까요…. 잘 알려진 곡이
니… 다들 좋아할 것 같은데….

장 폴: 나도 들어는 보았소만…. 가끔 구토가 나긴 했지만…

오네시모: 구토라… 어디서 들어본 것 같군요….

장 폴: 내 작품 이름이기도 하답니다…. (책장을 뒤돌아보며) 저 많은 책
중에 내 작품이 한 편도 없다니… 안타깝군요.

오네시모: 조금 전에도 말했지만,… 죽은 글은 여기에 한 편도 없답니다.

장 폴: 그렇지…. 나는 죽었지…. 지하에 있지. 그래도, 내 연극이… 여
기서 공연되었다니… 감사하군요. (사이, 루이스의 책을 들어 보이
며) 그런데… 이 책, 이 책은 누굴 살렸소?

오네시모: 아, C. S. 루이스 선생… 조금 전에도 말씀드렸듯이… 그가 살
린 게 아니라, 주님을 잘 증거했기에 여기 있답니다.

(노래가 조용하게 흘러나온다.)

바 울: 어메이징 그레이스, 놀라운 은혜,… 많은 사람들… 특히 죄인들
이 좋아하는 곡이지요..

장 폴: 당신들이 살았던 당시에는… 이 노래는 없었을 텐데… 그렇지
않소?

바 울: (웃으며) 모든 선한 것은, 하늘에서 땅으로 내려간 것들이지요.
어메이징 그레이스도 그중에 하나일 뿐입니다.

장 폴: 그게 무슨 소리요?

바 울: 하늘에서 그 곡과 가사가 영감으로… 땅으로 내려갔다는 뜻입니
다. 〈베르디〉의 음악도 마찬가지구요.

장 폴: (비웃으며) 그럼, 악한 일들… 그 런던 타워의 소년이 한 행위나,
나치가 저지른 범죄… 처처에서 일어나는 악한 일들도 다 하늘
에서 내려온 것인가요?

바 울: (웃으며) 당신의 말 중에… 일부는 맞는 말입니다…. 정확하게는
그건 하늘이 아닌, 인간의 타락 때문이지요.

장 폴: 모든 좋고 선한 것은, 하나님 때문이고… 모든 악은 타락한 인간
탓이란 말이요…?

바 울: 불행하게도 그렇소…. 그런데 인간을 타락시키려고 먼저 유혹한
존재가 있었소. 당신도 들은 적은 있을 거요..

장 폴: (비웃으며) 사탄, 사탄을 말하려는 겁니까?

바 울: 그렇소. 사람들은 사탄을 없거나, 절대적인 악으로 생각하는 경
향이 있는데… 사탄은… 선에 대한 반역, 완전한 선에 대한 반
역자일 뿐이요…. 완전한 사랑에 대한 반역자, 완전한 정의에 대
한 반역… 완전한 진리에 대해 반대하는 자요…. 그래서 그의 이
름이 '반역자'란 뜻이지요.

장　폴: … 완전하다…. 완전한 것은 뭐요?

바　울: 완전한 것이 아니라, 완전한 인격, 흠결이 없는 완전한 분… 그
　　　　분은 온전히 거룩한 분이지요.

장　폴: 만약 인간의 타락이 사탄이라는 반역자 때문이라면… 그 놈만
　　　　제거하면 되지 않소? 그러면 세상이 완전한 천국이 되지 않겠
　　　　소?

바　울: (웃으며)… 그 사탄을 따랐던 사람 중에… 한 사람이 바로 나랍
　　　　니다.

장　폴: (약간 놀란다.)…

바　울: … 존 뉴턴을 아시나요?

장　폴: 이 노래 작사자 아닌가요? 그의 이름을 들어본 적은 있으나, 관
　　　　심을 가진 적은 없소.

바　울: 그렇겠지요. 당신 같은 철저한 무신론자도 드무니까요…. 그런데
　　　　한때 노예 상인이었던… 존 뉴턴을 통해서 하나님께서는… 노예
　　　　해방법안을 통과시키셨지요…. (오네시모에게) 하나님께서는 역설
　　　　을 좋아하셔서…

오네시모: 그런 일을 일일이 열거하지만… 끝이 없을 것입니다.

바　울: (웃으며) 나도 역설이네… 성도들을 핍박하고 죽이려고 하던 나
　　　　를 불러서… 성도들을 살리고, 내가 죽었었지.

오네시모: 사람들은 그런 하나님의 역설을 이해하지 못하지요.

바　울: 조에… 라는 생명, 이 세상의 생명이 아닌, 조에라는 영생의 생
　　　　명을 세상 사람들은 모르기 때문이지…. 그들에게 복음 전하는
　　　　것…. 그들에게 영생을 주시는… 주님을 전하는 것인데… 사람
　　　　들은 모르지….

오네시모: 짐승의 생명을 받아 태어나면 짐승이 되고, 사람의 생명을 받아야 사람이 되는 이치를… 사람들은… 저 하늘에까지 적용하지 못하지요.

바 울: 그렇지…. 하늘에서 내려온 아들의 생명을 받아야… 하늘나라에서 살게 되지….

장 폴: … 두 분 이야기가 쉬운 것 같지만… 어렵군요…. 그나저나 커피는 언제 줄 거요? 나는 모카를 좋아한답니다…. 아내와 함께 마시던 커피의 여왕인 모카 말이요.

바 울: 아, 곧 드리리다. 손님이 기다리고 있다는 것을 잠시 잊었군요.

오네시모: 선생님, 저는 산미가 있는 커피가 좋던데요.

바 울: 내가 입맛을 기억하고 있지…. 최고급 커피지…. (그는 커피를 드립으로 내린다.)… 게이샤 커피, 빌레몬 형제가 연극 중에 쉬면서 내려 먹으라고 보낸 거네.

오네시모: … 빌레몬 주인님은 이번 연극에는 동참하지 않으셨더군요….

바 울: 소품을 자진해서 담당하셨다네… 그래서 이렇게 좋은 커피를 준비해 주셨다네.

바 울: 자네도 산뜻한 것을 좋아할 거라고 하던데…?

오네시모: 원래 빌레몬 주인님이 산뜻한 걸 좋아하셨지요.

장 폴: 모카가 아니군… 그래도 산뜻하면… 상관없소만…

바 울: 모카보다 더 좋다는 분들이 많답니다. (오네시모에게 웃으며) 우리 땐 커피가 없었지 않나? 그리고 아직도… 주인님인가… 그 말버릇 언제 고치려나… 여기서는 주 안에서 모두가 형제자매가 아닌가?

오네시모: 바울 선생님과 빌레몬 주인님에게는…. 예전 호칭을 그대로

쓰려고 합니다.

바 울: 여긴 지난 세상과 다른… 세상이야….

오네시모: 그런데도 우리도 지금처럼 (주위를 둘러보며) 지상에 있을 때처럼, 가끔 연극을 하지 않나요? 무대를 꾸미고, 분장도 하고…. 합창 경연 대회도 하구요.

바 울: 물론 찬양 대회도 하지…. 관현악단도 모여 함께 연주하고, 시도 읽고 쓰며… 낭송도 하지…. 그런데 이번엔 연극이네. 조용한 재판극이네….

오네시모: 선생님, 저는 이런 행사가 은혜가 됩니다…. 지난 과거를 되돌아보는 행사는… 다시금… 감사를 새롭게 하거든요.

바 울: 물론이지…. 우리는 다 형편없는 죄인들이었지…. (커피를 내리며) 이렇게 드립으로 내리는 커피도 연극처럼 수동식이지…. 수동식이 운치가 있어. 물론 인간이 살아가는 삶이 가장 수동식이긴 하지만….

오네시모: 선생님, 커피 향이 좋습니다.

바 울: 그렇지? 이런 재미있는 일 중의 하나를 자네가 빼앗아 가겠다고 했나? 안 되지…. 손님들을 위해 커피를 내리는 이 작은 일이 나를 기쁘게 한다네. 그렇지…. 마치 이슬처럼… 장미꽃 위에 이슬처럼… 내게 작고 영롱한 기쁨이 내려온다네…. (음악이 〈저 장미꽃 위에 이슬〉이라는 찬송으로 바뀐다.)

오네시모: 저는 선생님을 만나 함께 일하는 것 자체가 큰 기쁨입니다…. (돌아보며) 그런데 주님은 왜 이런 무대를 꾸미라… 하셨을까요? 이렇게 초라한… 지상 무대를 꾸미라 하시다니… 그런데 음악이 바뀌었네요…. 선생님께서 좋아하시는 찬양이네요.

바　울: 음… 주님께 감사하세… 작은 내 마음의 소원을 들어주셨네…
(커피를 내려… 나누어 준다.)

오네시모: 감사합니다.

장　폴: 너무 오랜만에 맛보는 커피라… 모카는 아니지만, 다 손이 다 떨
리는군요…. 여긴 담배는 안 되나요?

바　울: 물론입니다. 당신은 담배와 술… 그리고 과로로… 몸이 약해지
지 않았나요? 시력도 잃었고…

장　폴: … 마음에도 눈이 있다는 것을 죽고 나서야 알았소.

오네시모: 선생님, 음악이 너무 좋습니다.

바　울: … 나도 그렇네… 어쨌든 이런 특별한 연극에 참여하기에… 우리
가 살아 있을 때는 맛보지 못했던 커피도 맛을 보지 않나… 대
재판장이신 주님께서 이런 연극을 하라 하신 무슨 뜻이 있으시
겠지.

오네시모: 아마 저 바벨론에 사는 사람들, 마지막 시대를 사는 사람들에
게 또 하나의 기회를 주시려는 연극이 아닐까요…? 마치…. (말
을 주저한다.)

바　울: 마치…?

오네시모: 느부갓네살 왕의 꿈처럼… 다니엘의 꿈 해석처럼… 말이죠.

바　울: 오, 그렇지…. 주님은 늘 계시를 하시지…. 꿈으로도, 말씀으로
도, 환경과 기후로도… 계시하시지.

장　폴: 커피가 너무 좋군요…. 〈카페 되 마고〉, 〈라 뤼 드뷔브〉… 〈카페
드 플로르〉가 생각나는군요. 〈레스 드우 마고〉에선 피카소와 헤
밍웨이도 만났었지. 그 친구 총구를 입에 갖다 대다니… (다시
책장으로 간다.) 카페에서 나는 글을 쓰곤 했지…. 아내와 인생과

문학과 예술을 나누기도 했지….

오네시모: 여기 오면, 누구나 지난 과거를 아쉬워하며… 후회를 한답니다….

장 폴: 그래도 다시 볼 수 있으니… 고맙군요. 육체에만 눈이 있는 게 아닌 게… 감사해… (커피를 한 모금을 마시며)… 저 지하에 있는 친구도… 이것을 맛보면 지하에 더 내려가고 싶지 않을 텐데… 그러나 실존, 나에겐 지금, 이 현실이 중요하지…. 지금, 이 현실이… 그런데, 조금 전에 계시… 계시라고 했나요?

바 울: 그렇소만…

장 폴: (불만스럽게) 그런데… 그분은… 왜 나에게는 계시하지 않았나요?

바 울: 그럴 리가 있소…? 당신에게도 수도 없이 계시했을 겁니다.

장 폴: 나는 느부갓네살 왕처럼 꿈을 꾼 적도 없소, 당신처럼 다메섹으로 가는 길에서 환상을 본 적도 없었소!

오네시모: 당신도 선생님께서 회심한 그때 그 일을 알고 있었군요.

장 폴: 바울의 회심은 누구나 아는 유명한 사건 아니요? 누군가는 당신이 유럽으로 여행한 것을 두고 유럽의 문명을 싣고 왔다고… 그러지 않았소?

바 울: 과찬이요. 나는 주님의 종으로 심부름하러 유럽을 건너간 것에 지나지 않소.

장 폴: 고생도 많이 했다는 소문도 들었소.

오네시모: 선생님의 고생은 이루 말로 할 수 없을 정도였지요…. 그 고난 중에는 저의 일도 포함이 되어 있구요.

장 폴: 나도 당신의 그 점을 이상하게 생각했소…. 당신 같이 당대의 학

식도 있고 신분도 높은 천재가… 왜 그 많은 지식과 그 영광을
버리고 그 자칭 하나님의 아들이라는 젊은이를 따른다고 그런
고난을 선택했는지 이해가 잘 안되었소…. 물론 깊이 생각하진
않았소만…

바 울: 그 고난, 다 주님의 은혜일뿐이요.

장 폴: 고난이 은혜라니… 말장난하지 말아요!

오네시모: 말장난이 아니랍니다…. 이 연극도 어떤 계시로 준비하셨는지
도 모르죠…. (장폴에게) 당신과 당신 같은 사람들에게 주시는
하나님의 마지막 기회일지도 모르지요….

바 울: 주님은 신비스런 분이지…. 저번에도 무대를 세상의 재판석으로
만들라 하신 적이 있었지. 열두 배심원이 있는 무대를 만들라
하셨지. 그땐, 베드로 사도가 나왔지…. 워터게이트 사건의 콜
슨 이야기지….

장 폴: 워터게이트 사건은 알겠는데… 콜슨, 콜슨은 누구요?

바 울: 아, 그 사건, 기억하고 있군요.

장 폴: 내가 죽기 전… 몇 년 전에 미국에서 일어난 사건이니… 또렷이
기억하지요. 세상이 떠들썩했지요.

오네시모: 척 콜슨 이야기는 뒤에… 당신을 위해 다시 언급이 될 것입니
다. 그분의 책도 저기 꽂혀 있답니다.

장 폴: … 나를 위한다고 했나요?

오네시모: 그렇습니다.

바 울: 콜슨 이야기 만들 때, 자네도 그 무대를 만드는데 거들지 않았
나…. (장폴에게) 장폴 선생… 커피 더 드릴까요?

장 폴: 감사합니다…. (바울은 그에게 커피를 더 부어준다.)

장 폴: (일어서며)… 고맙습니다…. 커피는… 커피 향기는 나를 '생제르
맹 데프레'의 거리와… 아내와 함께 자주 가던 카페들을 떠올리
게 하는군요…. 오, 이런 세상이 있었다는 것을… 미리 알았더
라면…!

바 울: 그렇지요…. 육체의 눈에 보이는 게 전부가 아니지요…. (오네시모
에게)… 자네 잠은 잘 자지?

오네시모: (웃으며) 농담은 여전하시군요.

바 울: 여기를 마치 지상의 무대처럼 꾸미고, 마치 이전 세상처럼 무대
를 꾸미라 하셨으니…. 이전 세상 사람들처럼 물어보는 거네. 세
상 사람들은 커피를 마시면 잠을 잘못 잔다는 사람들이 더러 있
지…. 그러나 여기는 그런 일이 없어.

오네시모: 그 당시에는 커피도 없었지요.

바 울: 물론이지. T.V도, 자동차도, 비행기도 없었지. 컴퓨터, 휴대폰도
없었지. (그에게 커피를 더 부어준다.)

오네시모: 감사합니다…. (냄새를 맡으며)… 흠… 정말 좋습니다…. (맛을
보며)… 아, 여기는 맛이나 향미가 줄어드는 법이 없습니다….
세상 사람들은 오해를 하지요. 모든 것이 천국에서 먼저 시작된
것을 잘 모르지요…. 모든 선한 것은 하늘나라에서 땅으로 내려
간… 지혜로 된 것인 줄을 잘 모르지요…. 물론 커피도 그중에
하나구요….

바 울: 그렇지…. 지상은 천국의 그림자지! 철학자 중의 철학자인 플라
톤이라는 양반도 그 비슷한 이야기를 했었지…. 그 양반은 적어
도… 제대로 된 순서는 알고 있었지.

오네시모: 그런데 사람들은 그것을 거꾸로 이야기하지요…. 지상이 먼저

고, 천국은 인간이 환상 속에 만들어 낸 이야기라고… 하지요.

장 폴: 그 소리… 마치 나 들으라고 하는 소리 같군요.

오네시모: 느부갓네살 왕의 꿈을 통해서… 세상 왕국의 흥망성쇠를 먼저 보여주신 분이… 당연히 이 세상 왕들보다 먼저가 아니겠습니까?

장 폴: 나보다 먼저 그분이 있었다는 뜻이요?

바 울: 그렇소…. 다른 사람들은 말할 것도 없고 물론 모든 사람들보다 먼저 있는 분이지요…. 주님은 과거와 현재, 미래를 한꺼번에 다 보시지요. 세상에서 일어나는 일 중, 주님께서 모르는 것이 없소. 조금 전에 다니엘 이야기에도 그것이 잘 나타나 있지요. 하늘의 하나님은 세상 왕국들의 종말까지 다 알고 계시지요….

오네시모: 선지자 모세에게는 가시나무 불꽃 가운데서… 스스로 계신 분이라고 자신을 계시하셨지요. 사망과 죽음이 없는 분, 알파와 오메가이신 분이시지요…!

장 폴: 그런데… 그런데 그런 분이… 왜… 나에게는 계시하지 않았을까요?

바 울: 조금 전에도 말씀드렸다시피… 당신에게도 수도 없이 계시하셨을 것이요.

장 폴: 나는 음성을 들은 적도 없고… 느부갓네살 왕처럼 꿈도 꾼 적도 없소. 나는 내가 내던져진 존재인 줄로만 알았소.

바 울: 내던져진 존재, 그래서 내 본질은 내가 정한다. 당신의 그 사상 때문에 자살한 젊은이가 많다는 것을 아시오?

장 폴: … 지하 감옥에서 가끔 나타나 나를 원망하는 눈빛으로 나를 바라보고 가끔씩 나타나는 영혼들이 있었소…. 나는 저 지하로

내려가고 싶지 않소. 다시 시간을 되돌릴 수 있다면…! (결연히)
그러나 나의 의도는… 누구나… 스스로 자신의 존재 의미를 찾
으라는 뜻이었소. 다른 뜻은 없었소.

바　울: 당신의 그런 말이… 타락한 천사… 뱀의 유혹과 닮았다고 생각
하지 않소?

장　폴: 뱀, 무슨 뱀 말이요?

오네시모: 성경의 창세기에 나오는 뱀 말입니다.

장　폴: 그것, 신화 아니요? 나 같은 지성인에게… 그따위 신화를 믿으라
는 말이요?

오네시모: 그건 신화가 아니랍니다.

장　폴: (웃으며) 오랜만에 웃어보는군요…. 누가 도대체 창세기를 썼다는
거요? 모세? 아론? 아니면 아담이 썼다는 거요?

바　울: 모세요.

장　폴: (더 크게 웃으며) 그럼 모세가 하나님이 천지를 창조하는 것을 옆
에서 지켜보았다는 거요? 그리고 뱀이… 뱀이 말을 한다는 것을
믿으라구요?

바　울: (조용히)… 당신에게 질문을 하나 해도 되겠소?

장　폴: 물론이요.

바　울: 혹 당신의 어머니가 당신을 낳을 때, 당신이 어머니 곁에서 당신
이 태어나는 것을 지켜보았소?

장　폴: 무슨 소리요?

바　울: 말 그대로요. 당신이 태어나는 것을 어머니 곁에서 지켜보았느냐
고 묻고 있소.

장　폴: 어느 아기가 자신이 태어나는 것을 지켜볼 수 있단 말이요?

바 울: 그럼, 당신은 당신의 어머니가 어머니인 줄을 어떻게 아나요?

장 폴: 어머니가 나를 낳았다고 하시니까요….

바 울: 그렇소. 모든 피조물은 하나님이 자신을 만드는 것을 볼 수 없소…. 아기가 어머니가 자신을 낳는 것을 볼 수 없듯이 말이요….

장 폴: 흠. 그렇군요…. 그럼… 어떻게 아나요?

바 울: (단호하게) 사랑 때문이요! 어머니는 아기에게 젖을 먹이며… 끊임없이 아기에게 눈을 맞추며 사랑하지요…. 그것을 계시라 하오. 일반 계시이긴 하지만, 아주 특별한 계시라오. 자기가 낳은 아이에게만 보내는 특별한 계시지요…. 어머니가 아기를 낳으면… 젖이 나게끔 하는… 것이 어찌 사람 스스로의 능력이겠소…? 그런 하나님의 계시를 통해서… 당신도 자라났지요. 어머니가 아기에게 젖을 먹이는… 아름다운 장면을 다시 보고 싶지 않소?

장 폴: 오, 물론입니다. 사람이 만들 수 있는 가장 아름다운 장면 중의 하나지요.

오네시모: 오, 장폴 선생, 사람이 아니라… 하나님이 하신 일이랍니다.

(영사막에 어머니가 아기에게 젖을 먹이는 장면이 나온다. 그리고 아기가 잔디 위를 뛰어다니는 장면과 푸른 초원과 하늘, 사진을 찍는 가족… 일상의 모습들… 그리고 비둘기를 쫓다가 넘어지는 아기… 우는 아기 등)

장 폴: 오, 나에게도 저런 날들이 있었소…. 그러나 내겐 너무 짧았습니다.

바 울: 바로 저게… 계시랍니다….

장 폴: … 그러니까 사랑 때문에… 아기가 어머니의 사랑이라는 계시 때문에 어머니를 안다는 당신의 말은 내가 받아들이겠소…. 그러나 하나님의 사랑은 어떻게 알 수 있소?

바 울: 자연을 보면 알 수 있소. 당신은 어릴 때… 젖먹이 때… 일찍 아버지를 여의고, 어머니와 함께 외할아버지 댁에서 자랐지요…. 사랑도 받았지만 눈치도 보고 자랐소. 그리고 어머닌, 재혼을 했소. 물론, 당신은 어머니의 사랑을 많이 받지 못해 외롭고 고통스러웠소. 때로 마치 버려진 존재처럼 느꼈소…. 그럼에도… 모든 사랑은 하나님으로부터 온 계시지요…. (영사막에 영상이 사라진다.)

장 폴: (비웃듯이) 그럼, 아버지가 일찍 죽은 것, 어머니가 재혼한 것, 그것도 계시인가요?

바 울: … 해와 달도 당신을 향한 하나님의 사랑이요. 모든 사랑은 하나님의 사랑을, 작은 계시를 반영하고 있소…. 어머니가 존재한다는 것 자체가 계시요…. 그리고 당신의 뛰어난 재능도 하나님의 계시요…. 왜냐하면, 그 재능도 당신이 스스로 만들지 않았지 않소…? 그건 선물이었지요.

오네시모: 먹고 마시는 것, 숨 쉬는 것, 걷는 것, 잠을 자는 것, 말하는 것, 친구와 같이 어울리는 것….

바 울: 당신의 글 쓰는 재주도…

장 폴: 제길, 모든 게 계시요, 선물이군…. 그렇다면… 내가 왜 저 지하에 있어야 한단 말이요…. 그것도 계시요?

바 울: 하나님의 섭리를 벗어나는 것은 아무것도 없소. 그런데 당신이

주장하는 것처럼… 당신은 자유의지를 가지고 이것저것을 선택할 수 있소…. 결혼을 할 수도 있고, 안 할 수도 있소. 결혼을 하여 일생을 같이 살 수도 있고, 당신처럼 계약 결혼을 할 수 있소.

장 폴: 섭리 속에 자유… 라… (사이)… 그럼 그것 때문에 내가…?

바 울: 당신이 지하에 있는 이유 말이요?

장 폴: 그렇소. 그게 내 죄요?

바 울: 당신의 죄는 그보다 더 크답니다. 당신은 아담처럼, 하나님 대신에 뱀을 따랐소…. 당신은 아담처럼 순서를 바꾸었소…. 말하자면… 일종의 반역이지요.

오네시모: 사람들은 뒤집는 것을 좋아하지요. 순서를 바꾸는 것 말입니다.

장 폴: … 나는 순서를 뒤집은 적이 없습니다! 내 조국을 반역한 적도 없소!

오네시모: 당신이 할 소리는 아닌 것 같군요…. 그래서 당신을 두고 왕이라고 하지….

장 폴: 나는 왕이 아니요…. 나는 느부갓네살 왕 같은 사람은 더더구나 아닙니다. 나는 꿈도 잘 꾸지 않는다니까요. 나는 누구를 강제로 억압해 본 적도 없소. 노예를 동원해 공중정원을 만든 적도 없소. 아내에게도 선택의 자유를 주었소.

오네시모: … 내가 질문을 하나 해도 될까요?

장 폴: 뭐든 물어보시구려…. 내가 아는 것은 다 대답해 드리리다.

오네시모: 당신은 역사를 인정하오?

장 폴: 물론입니다. 자랑스런 프랑스 역사에 자부심을 가지고 있지요. 한때 나치 독일에 나라를 빼앗긴 치욕스런 역사도 있지만…

오네시모: 당신은 독일군의 포로가 된 적이 있지요?

장 폴: 불쾌한 경험이지요…. 그 경험이 〈출구 없는 방〉이라는 작품을 쓴 작은 동기이기도 합니다.

오네시모: 타인이 지옥이다…. 그 작품에서 당신이 남긴 유명한 말이지요…. 그런데 당신도 다른 사람에게는 타인이지 않소?

장 폴: 그렇지요.

바 울: 그럼, 당신은 그 사람에게는 지옥이겠네요.

장 폴: … 조금 전에도 그런 소리를 하더니…. 내 사상의 자유에서 나온 생각일 뿐이요.

바 울: 그럼, 지옥과 천국 중에 어느 것이 먼저일 것 같소?

장 폴: 그런 건, 생각해 본 적이 없소.

오네시모: 그럼, 선과 악 중에 어느 것이 먼저일 것 같소?

장 폴: 음… 선이 먼저일까? 아니면… 둘이 공존하나?

오네시모: 그럼, 진리와 거짓 중에는 어느 것이 먼저이겠소?

장 폴: 그건 진리가 먼저지요…. 진리가 없이는 거짓이 어찌 존재할 수 있겠소? 진리가 없으면 거짓도 존재할 수 없지요. 뉴스를 보아도 알 수 있지 않소? 거짓은 항상 진리를 왜곡하는 것으로 뒤에 나타나지요.

바 울: 그렇소.

오네시모: 그럼, 생명과 죽음 중에… 어느 것이 먼저이겠소?

장 폴: 그것도 쉽군요…. 생명이 먼저지요…. 생명이 있어야 질병과 죽음도 있는 게 아니겠소? 프랑스의 위대한 파스퇴르 선생이 그것을 증명하지 않았나요….

바 울: 옳은 대답이요…. 아름다움과 추함 사이에도 아름다움이 먼저지요. (화병에서 꽃을 뽑아 들고 잠시 냄새를 맡다가 다시 꽂는다.)

선과 악 사이에도… 선이 먼저고, 천국과 지옥 사이도 마찬가지요. 천국이 먼저랍니다. 이 꽃처럼… 싱싱한 꽃이… 시든 꽃보다 먼저지요.

장　폴: … 일리가 있는 추론이군요…. 그런데 단순히 천국과 지옥이 있다는 그것이 내가 저 지하에 있는 이유는 아닐 것 같은데… (사이, 놀라며)… 그렇다면, 그걸 모르는 게… 죄란 말이요? 천국이 먼저라는 것을 모르는 것이 죄란 말이요?

바　울: 죄를 그리스어로 '하마르티아'라고 하지요.

장　폴: … 하마르티아… 나는 극작품도 쓴 사람입니다. 조금 전에 공연했다는 〈출구 없는 방〉 그것도 내 작품이지요…. 나는 그리스 고전 희곡도 연구하고 읽어 보아… 그런 걸 좀 알고 있지요…. 하마르티아란… 도덕적 결함이자. 과녁에 딱 들어맞지 않는다는 뜻이지요.

바　울: 그렇소…. 하마르티아란…. 과녁에 딱 들어맞지 않았다는 뜻이지요…. 지금 우리가 커피를 마시고 있는데…. 만약 커피에 누가 독약을 2% 정도로 탔으면… 당신은 그 커피를 마시겠소?

장　폴: 누가 그런 걸 마시겠소…? (사이)… 그렇다면… 내가 2%의 독이 든 커피라는 뜻이요?

바　울: 당신은 죄를 보여 달라고 했소.

장　폴: 그렇소.

바　울: 천국은 완전한 사랑, 완전한 생명, 완전한 진리… 완전한 아름다움…. 마치 독이라고는 전혀 없는 완전한 곳이랍니다.

장　폴: 완전한 커피, 완전한… 물… 그러니까 완전한 진리, 완전한 선, 완전한 아름다움만이 천국에 합당하다는 뜻인가요?

바　울: 그렇소…. 그래서, 죄인은 천국에서는 하마르티아요.

장　폴: 천국에 딱 들어맞지 않는 존재…. 그게 죄인이군요…. 그러나 나는 그런 곳이 있는 줄 몰랐소. 그런데 모르는 게 죄는 아니잖소?

바　울: 천국은 장소만이 아니요…. 인격… 즉 영혼의 상태를 말하기도 합니다.

장　폴: 그렇다면… 내가 천국에 딱 들어맞지 않는 내 영혼이… 완전하지 않다는 것이… 내가 저 지하에 있는 이유라 그 말이요?

바　울: 그렇긴 하오만… 그것은 반만 맞는 겁니다…. 뱀을 따른 아담 이후에… 인간 중에는 완전한 인간은 단 한 사람도 없소…. (사이) 아무도 천국에 딱 들어맞는 사람은 없소. (일어서며) 단 한 분을 제외하고는 말이요…. 당신은 죄를 보여 달라고 했지요…. 다시 느부갓네살 왕의 죄와 그리고 또 한 사람, 진짜… 죄인을 보여 드리지요.

(합창단 쪽 조명이 서서히 밝아진다. 어느새 느부갓네살 왕은 왕관을 쓰고 높은 왕좌에 앉아 있다. 그는 거만하게 세상을 굽어보고 있다. 근위대장이 들어와 그에게 고한다.)

왕　　: 알아보았느냐?

근위대장: 예, 폐하. 그 노랫소리는 히브리에서 붙잡아 온 노예들이 부르는 노래였습니다.

왕　　: 게으른 놈들이나 노래를 좋아하지…. 그런데 노래의 내용이 뭐냐…? 반역을 도모하는 내용은 아니더냐?

근위대장: 예, 폐하, 그들의 고향을 그리워하는 노래였다고 합니다.

왕　　　: 누구나 고향을 그리워하지…. 그래서 내가 고향을 그리워하는
　　　　　왕비를 위해 저 놀라운 공중정원을 만들지 않았느냐?

근위대장: 왕비께서 폐하께서 지으신 그 공중정원을 심히 기뻐하시는 줄
　　　　　압니다.

왕　　　: 물론이고 말고…! 왕비의 향수병도 치유된 것 같아… 짐도 기쁘
　　　　　게 생각하오.

근위대장: 감축드립니다.

왕　　　: 그들의 노래를 당분간은 금하지 마시오…. 왜냐하면… 그들이
　　　　　수고한 공중정원 가까운 강가에서… 고향을 그리워하며 노래를
　　　　　부를 수 있는 자유 정도는… 누릴 수 있어야 하지…. 노예들에
　　　　　겐 숨통을 좀 튀어 주어야 반역할 꿈을 꾸지 못하는 법이지….
　　　　　그런데 그 노래 곡조가 어찌 좀 구슬프더구나… 그 노래를 지은
　　　　　놈이 누구냐? 그놈을 알 수 있느냐?

근위대장: 그러실 줄 알고, 수소문하여 노래를 가르치던 놈을 붙잡아 왔
　　　　　나이다.

왕　　　: 오호라. 지혜롭고 충직한 그대에게 상급이 있을 것이다.

근위대장: 황공하옵니다…. 그자가 밖에서 폐하의 부르심을 기다리고 있
　　　　　나이다. (나간다.)

왕　　　: 히브리 노예들 중엔 지혜로운 자가 많으니… 기이한 민족이로
　　　　　다…. 공중정원에서 들었던 그들의 노래가 잊혀지지 않는구나.
　　　　　벨드사살이라는 다니엘도 그렇고 그의 세 친구들도 놀라운 인
　　　　　물들이지…. 나는 지금도 그들의 이름을 잊을 수가 없구나. 사
　　　　　드락, 메삭, 아벳느고야… 내가 어찌 불길 속에서도 타지 않던

너희들의 이름을 잊을 수 있겠느냐….

코러스3(신하): 그들은 폐하의 자비로 바벨론 지방에서 높은 대접을 받고 있사옵니다.

왕　　: 그렇지…. 내가 그들에게 자비를 베풀었지. 그들은 그런 대접을 받아도 마땅하도다…. 너희들도 보았지?

코러스3: 폐하. 무엇을 말씀하시는지…?

왕　　: 두라 평지의 풀무불 말이다.

코러스3: 아. 그 일…! 그러나 우리는 제대로 보지 못하였사옵니다.

왕　　: 그러나 그들이 불타지 않고 머리털 하나 상하지 않고 살아 나온 것은 보았지 않느냐?

코러스: … 그러하옵니다.

왕　　: 나는 그때 똑똑히 보았노라. 나는 그 뜨거운 풀무불 속에서도 타지 않았던 그들과 또 한 사람, 신의 아들과 같은 그 모습을… 잊을 수가 없구나…

(이때, 근위대장이 음악가를 데리고 등장한다.)

왕　　: 아리옥아. 너도 그 두라 평지에서의 일을 기억하느냐?

근위대장: 아. 예… 폐하, 폐하가 가는 곳이면 언제나 저도 함께 있었사옵니다.

왕　　: 그렇지. 그대는 충직한 나의 신하로다…. 그런데 너는 내가 불 속에 들어가면, 너도 나와 함께할 수 있겠느냐?

근위대장: 폐하, 말씀을 거두어 주소서. 그런 일은 폐하께 일어날 리가 만무하옵니다.

왕　　：물론, 그런 일은 일어날 수 없지. (음악가에게)… 너도 사드락과 메삭과 아벳느고를 아느냐?

음악가：물론입니다. 풀무불 속에서도 살아난… 소문이 자자한… 그들은 우리들의 형제들이옵니다.

왕　　：… 너의 이름은 무엇이냐?

음악가：저는 세상이 부를 그런 이름은 없습니다.

왕　　：무슨 소리냐?

음악가：굳이 말씀드리자면… 저의 이름은 시인이요, 음악입니다.

왕　　：이름이 시인이요 음악이라니… 나를 놀리는 것이냐?

음악가：황공하옵니다. 폐하. 저는 하늘이 영감으로 주는 시와 음을 받아서… 그것을 노래로 부른답니다. 그래서 사람들은 나에게 그런 이름을 지어주었습니다.

왕　　：오호라. 내 꿈을 해석한 다니엘도 그런 비슷한 소리를 했지…. 내 꿈을 하늘에서 알려주었다고… 그는 첫 번째 꿈은 물론 두 번째… 나의 큰 나무의 꿈도 그만이 해석할 수 있었다…. 나는 그 꿈을 지금도 잊지 않고 있다… 왕 중의 왕인… 내가… 왕좌에서 쫓겨나… 소처럼 풀을 먹을 것이라고…. 내 몸이 하늘 이슬에 젖고, 내 머리털이 독수리 털과 같게 될 것이라고… 그것을 행하시는 이는 지극히 높으신 천지를 지으신 하나님이라고… 누가 이 세상을 다스리는 줄을 나에게 보여줄 것이라고… 말했지…. 그리고 공의를 행하고 가난한 자를 돌보아 죄악을 사함 받으라고… 그리고 일곱 때가 지나면 회복시킬 것이라고… 네가 말하는… 하나님도… 바로 그 다니엘의 하나님이냐?

음악가：폐하. 저는 다니엘님에게 비할 바가 못 됩니다. 물론 사드락과,

메삭, 아벳느고님과도 비교할 바가 못 되옵니다…. 그러나 한 가
지 분명한 것은 하나님이 말씀하셨으면 말씀대로 이루어진다는
사실입니다.

왕　　: 그런데 너의 하나님은 왜 너희들을 지키지 못하였느냐? 나는 너
희 민족을 통해서 이상한 기적을 경험했다…. 그래서 너희들을
노예 중에서도 특별히 대해 주었고, 또 특별히 너희들을 관찰하
였다. 그러나 너희들은 나의 노예에 지나지 않았다. 너희 신이
그토록 놀라울진대… 왜 너희들은 나의 포로가 되었느냐…? 너
희들은 너희 하나님께 무슨 큰 죄를 저질렀느냐?

음악가: … 왕이시여… 우리 민족이 왕의 포로로 잡혀와 강가에서 고향
을 그리워하며 슬픈 노래를 부릅니다. 왕께서도… 그런 노래를
부르지 않게 되길 바랍니다.

왕　　: … 내가 슬픈 노래를 부른다? (비웃으며) 누가 나의 왕궁, 나의
왕국을 허문다는 말인가…? 나는 많은 나라를 정복했노라… 공
중정원은 물론이고, 내가 이 큰 성 바벨론을 내 능력과 권세로
건설하여 도성으로 삼았다. 이 바벨론 도성이 나의 영광을 나타
낸 것이 아니더냐? (음악가에게) 너희 음악을 내게 들려다오. 나
는 이 도성에서… 너희 포로들의 슬픈 운명을 노래하는 음악을
들으며… 나는 나의 영광을 자축하리라…!

(그는 왕좌에 앉는다. 모두 코러스석으로 돌아간다. 음악가가 지휘하는
가운데 코러스는 〈히브리 노예들의 합창〉이라는 노래를 함께 부른다.
배경막에는 〈히브리 노예들의 합창〉을 노래하는 뉴욕 메트로폴리탄 오
페라 합창단 모습이 잠시 뜬다. 그 음악이 조금씩 크게 들려오는 가운

데 서서히 암전된다. 막의 영상도 꺼진다. 사이. 다시 바울 쪽에 조명이
들어온다.)

장 폴: … 저것이 나와 무슨 상관이요?

바 울: 당신이 바로 저 바벨론의 왕인 줄 모르겠소?

장 폴: 나는 권위를 미워했소. 폭력을 쓰는 나치와 같은 권력을 미워했
다오…. 그런데 나에게 왕관을 쓴 바벨론의 왕이라니…! 가당치
않소…!

바 울: 공중정원과 바벨론 왕의 이야기 들어본 적은 있소?

장 폴: … 들은 적은 있소. 마치 바람결에 들은 것 같기는 하지만,… 그
왕이 체험한 기적이… 실제라고는 전혀 생각하지 않았소…. 아
니, 오히려 비웃었소. 누가 뜨거운 불속에서 타지 않고 살 수 있
다는 것을 믿겠소?

오네시모: 이사야 43장 2절!

장 폴: 무슨 소리요?

오네시모: 네가 물 가운데로 지날 때, 내가 너와 함께할 것이라.

바 울: 네가 불 가운데로 지날 때, 타지도 아니할 것이요. 불꽃이 너를
사르지도 못하리니.

오네시모: 대저 나는 여호와 네 하나님이요….

장 폴: 그만, 그만! 그만들 하시구려…

바 울: 당신은… 듣긴 들었으되, 바람결처럼… 가볍게 취급한 것이겠지
요…. 저 왕도 하나님의 경고를 바람결처럼 가볍게 들었소. 게다
가 교만도 떨었소…. 그는 참된 창조주, 온 우주의 왕의 경고를
멸시했소…. 그래서 여호와 하나님의 말씀대로 마침내… 소처럼

풀을 먹는 병에 걸려… 자신이 왕인 것도 다 잊어버리고… 짐승처럼… 밤이슬에 젖고… 소처럼 풀을 먹었소…. (사이)… 그렇다면 누가 참된 왕이겠소?

장 폴: 나는 바벨론 왕의 죄가 아닌,… 내 죄에 대해서 논하고 싶소.

바 울: 우리는 지금 그것을 이야기하고 있는 중이요.

장 폴: … 왕의 자기 자랑… 교만, 그게 저 왕의 하마르티아요?

오네시모: 이제… 조금씩 말이 통하는군요.

장 폴: 역대 왕들 치고 교만하지 않은 왕이 어디 있겠소…? 그런 죄 말고…. 진짜 나의 죄를 보여주시오.

바 울: 그렇지 않아도… 또 한 사람, 죄인을 보여준다고 했지요…. 또 한 사람… 죄인은… 다니엘이요.

장 폴: (놀라며) 하나님의 영감을 받아 왕의 꿈을 해몽하는… 그 다니엘도 죄인이라는 말이요?

바 울: 죄인 정도가 아니라, 죄 덩어리요.

(코러스에서 다니엘이 앞으로 나온다. 그는 무릎을 꿇고 기도하기 시작한다. 코러스도 다니엘과 같이 기도한다. 조명은 다니엘 근처에 집중된다. 바울은 무대를 거닐고 있다.)

오네시모: 바벨론이 멸망하고, 바사 왕 고레스 3년에 그에게 일어난 일이요. 그가 헷데겔 강가에서 기도하고 있었지요.

장 폴: (바울에게) 무엇을 빌었나요?

바 울: 노예가 가장 원하는 것이 무엇이겠소?

장 폴: 자유…! 그러나 자유를 원하는 것이… 죄는 아니겠지요….

바 울: 그렇소….

장 폴: 그럼… 그의 죄는 무엇이요?

바 울: 그는 기도하다가… 그는 눈을 들고 하늘을 보았소. (조명이 환상
적인 조명으로 바뀐다.) 그는 한 사람, 세마포 옷을 입은 한 사람
을 보았소, 그의 허리엔 우스바 순금 띠를 띠었소.

장 폴: 환상을 본 것이요?

바 울: 그렇소.

장 폴: 그가 본 환상을… 지금 실제라고 말하고 싶은 거요?

바 울: (허공을 우러르며) 그의 몸은 황옥 같았소…. 그의 얼굴은 번개빛
같고, 그의 눈은 횃불 같았소.

코러스(A집단): (경배하며) 그의 몸은 황옥 같고

코러스(B집단): (경배하며) 그의 얼굴은 번개 빛 같고

코러스(전체): (경배하며) 그의 눈은 횃불 같고

바 울: … (경배하며) 그의 팔과 발은 빛난 놋과 같고

코러스: (경배하며) 그의 말소리는 많은 사람들의 합창 소리와 같았소.

다니엘: (일어선다.) 이 환상은 나 다니엘이 홀로 보았고, 나와 함께한 사
람들은 이 환상을 보지 못하였어도, 그들이 떨며 도망하여 숨
었습니다.

(코러스는 떨며 눈을 가리며 다니엘과 서로의 뒤, 그리고 무대 여기저기
로 숨는다.)

다니엘: 그러므로 나만 그 헷데겔 강가에 홀로 남았습니다. 그런데… 이
크고 놀라운 환상을 볼 때… 내 몸에서 힘이 빠졌고, 나의 아름

다운 빛이 변하며… 썩은 듯하였습니다…. (그는 조용히 쓰러지며)… 나의 힘이 다 없어졌습니다.

(서서히 암전. 사이. 다시 조명. 소파에 앉아 있는 장폴. 책상에 앉아 있는 바울, 그 곁에 서 있는 오네시모)

바　울: (성경을 오네시모에게 건네주며 장폴에게)… 여기 다니엘서 10장에 기록되어 있으니… 확인해 보시겠소?

장　폴: 나는 성경을 믿는 사람이 아니요…. 그러나 그게 사실이라고 칩시다…. 그런데 기도하다가… 자신이 썩은 듯하다니… 기도하는 게 죄는 아니잖소?

바　울: (웃으며) 물론입니다.

장　폴: 그러면 다니엘의 죄는 무엇이란 말이요?

바　울: 당신은… 본질을 못 보고 있소.

장　폴: 제길… 본질, 그 놈의 본질… 나는… 나의 본질을 내가 정하오!

오네시모: … 실존이 본질에 앞선다…? 순서를 바꾼… 당신의 철학이지….

장　폴: 나는 세상에 내던져진 존재인 줄 알았소. 어머니도… 나를 내던진 것 같았소. 그래서 내가 나의 본질을 스스로 정했소.

오네시모: 당신은 집에서 모기와 거미를 본 적이 있소?

장　폴: 무슨 엉뚱한 이야기요?

오네시모: 당신 집에 사는 모기나 거미가… 당신이 사는 집의 의미를 당신처럼 알겠소?

장　폴: 벌레들이 무슨 집의 의미를 안다고 그러시오?

오네시모: 당신과 아내, 혹은 친구들과 나눈 철학이나 문학적인 대화의
　　　　 의미를… 거미나 모기가 알았을까요?

장　폴: 무슨 말장난 하시오?

오네시모: 거미가 이 집은 내 집이다. 내가 살고 있으니… 내 집이다. 그
　　　　 래서 당신이 살고 있는 집의 의미를 거미나 모기가 정한다면…
　　　　 이 집은 모기들의 왕국이다…. 라고 정한다면… 당신은 어쩌겠
　　　　 소?

장　폴: (웃으며) 여기 오니 웃을 일도 있군요…. 하하… 벌레들이 무
　　　　 슨…? (웃다가 깜짝 놀라며)… 아니, 그러면 내가 모기나 거미 같
　　　　 은 벌레라는 거요?

바　울: (중얼거리듯)… 버러지 같은 너 야곱아…!

장　폴: 나는 버러지가 아니요, 나를 모독하시 마시오!

바　울: … 하나님이 야곱을 향해 하신 말씀이지요…. 저도 그분 앞에서
　　　　 는 마치 버러지 같았소….

오네시모: 집의 본질은 거미가 정하는 것이 아니고, 그 집을 지은 당신
　　　　 같은 집주인만이 안다는 뜻이지요. 당신이 물과 공기는커녕…
　　　　 이 우주를 지은 것은 아니잖습니까?

장　폴: …

바　울: 더구나 당신은 전제가 잘못되었소. 당신은 내던져진 존재가 아니요.

장　폴: … 그럼 인간은 뭐요…? 인간이 존재하는 무슨 목적이 있다는
　　　　 것이요.

바　울: 집을 지은 목적을… 누가 가장 잘 알겠소?

장　폴: 목수… 집을 지은 목수, 집주인이… 잘 알지요.

오네시모: 우리 주님도 목수였지요…. 내 아버지 집에 거할 곳이 많도다.

내가 너희를 위하여 거처를 예비하러 가노니… 그러셨지요.

바 울: 물론이요…. 창조주만이 창조한 목적을 알지요…. 당신도 작품을 창작하는 사람이니… 잘 이해할 줄 아오. (사이)… 다니엘의 이야기로 돌아갈까요?

장 폴: 아니, 아니, 잠깐만… 그러니까 나는 내가 스스로 지은 존재가 아니다. 그렇지…. 부모를 통해서 태어났지…. 그렇다고 부모님이 나의 본질을 말해 주진 못하오. 나는 아버지 얼굴도 모르고 어머니는 재가했소, 나는 늘 눈치를 보며 살았소….

바 울: 주님께서 당신의 그 상처를 깊이 아파하시기에… 이런 특별한 기회를 주신 것이라고 생각하오…. 그러나, 사람의 본질, 그건 부모도 정할 수 있는 문제도 아니요…. 당신도, 부모도 피조물에 지나지 않소…. 총명한 당신이니 곧 알게 될 거요…. 다시 다니엘의 죄를 보여 드리겠소.

장 폴: 그렇지…. 항상 현실, 지금의 실존이 중요하지…. 그런데 죽음 후에도… 영혼이 살아 있는 이 현실, 이 어두운 현실은… 나도… 어쩔 수가 없구나… 내 마음대로 할 수 없구나…!

(조명은 다시 다니엘에게 비친다.)

다니엘: (조용히 코러스에서 나와)… 이 환상은 나 다니엘이 홀로 보았고, 나와 함께한 사람들은 이 환상을 보지 못하였어도, 그들이 떨며 도망하여 숨었습니다. 그러므로 나만 그 강가에 홀로 남았습니다. 그런데…. 이 크고 놀라운 환상을 볼 때… 내 몸에서 힘이 빠졌고, 나의 아름다운 빛이 변하며… 썩은 듯하였습니다….

코러스(합창): (조용히) 나의 아름다운 빛이 변하여… 썩은 듯하였습니다.

다니엘: (조용히 쓰러지며)… 나의 아름다운 빛이 변하여… 썩은 듯하였습니다. 나의 힘이 다 없어졌습니다.

코러스(A): 나의 아름다운 빛이 변하여 썩은 듯하였습니다.

코러스(B): 나의 아름다운 빛이 변하여 썩은 듯하였습니다.

(서서히 암전된다. 다시 바울과 장폴. 바울은 계단 중간에 앉아 있다. 장폴은 성경을 펼쳐 읽고 있다.)

바 울: 당신은 다니엘의 죄를 보았소? 아니, 그가 죄인 그 자체임을 보았소?

장 폴: 도무지 이해할 수가 없어… 환상을 보고, 도망가며 숨은 사람들은 뭐며… 자신의 아름다움이 썩은 듯하였다니… (책을 덮으며) 그 환상 속에 인물은 도대체 누구란 말이요? 느부갓네살 왕이 풀무불 속에서 보았다는… 신의 아들… 그 사람, 아니 신의 아들이… 실제 한다는 말이요…? 당신은 여기 성경에 기록된 그런 실제가 있다고 나에게 말하고 싶은 거요?

바 울: 나도 그를 만났소. (왕좌가 있는 계단으로 올라가며) 나도 당신처럼 왕이던 때가 있었소.

장 폴: 나는 느부갓네살 왕 같은 정복자가 아니요.

바 울: … 나도 당신처럼… 왕이던 때가 있었소. 왕, 내가 최고인 왕인 때가 있었소. 당신을 보면, 마치 나의 젊은 시절을 보는 것 같소…. (조명이 조금 어두워진다.)

(사이, 코러스는 자리를 배치한다. 그중의 한 명이 스테반을 가운데 끌고 와서 무대 중앙의 대제사장 발 앞에 내친다. 다시 극중극의 자리에 밝은 조명.)

코러스4: 이 사람이 모세와 하나님을 모독하는 말을 하는 것을 우리가 들었소.

코러스5: 나도 들었소. (코러스4에게) 당신도 들었지.

코러스6: (고개를 끄덕이며) 물론이여… 이놈은 신성모독죄를 지은 놈이여…!

코러스(대제사장역): 조금 전에 네가 한 말에 네가 책임을 져야 할 것이다. 반복해서 묻는다. 네 말을 후회하지 않느냐? 제정신으로 하는 소리냐?

스테반: 사실입니다. 나는 나의 증언을 뒤집을 생각이 없습니다. (사람들을 둘러보며)… 그래, 그렇지…. 너희 조상들이 선지자 중 누구를 박해하지 않은 적이 있었더냐? 의인이 오시리라 예고한 자들을 그들이 죽였고, 이제 너희는 그 의인을 잡아 준 자요…. 그 의인을 살인한 자가 되었도다!

(사람들은 스테반을 향해 욕을 하며 이를 간다. 바울이 벌떡 일어난다. 조명 하나만 스테반에게 떨어진다.)

스테반: (하늘을 우러르며) 보라…! 하늘이 열리고 인자가 하나님 우편에 서신 것을 보노라!

(사람들은 귀를 막고, 큰 소리로 발악을 하며, 그에게 달려들어 그를 무대에서 몇 바퀴 돌린 후, 다시 내동댕이친다. 그들이 돌팔매질을 할 때 겉옷을 벗는다. 그중 한 사람이 옷을 모아, 계단 아래에 두며 바울에게 옷을 맡긴다.)

코러스4: (바울에게) 당신도 이 모든 일에 증인이요. 잘 지켜보고 있으시오.

바 울: 알았소. 걱정 마시오.

코러스5: 저놈은 죽어 마땅한 놈이요.

바 울: (당연한 듯 확신에 차서 고개를 끄덕인다.)

(사람들은 계속해서 '죽어라. 죽어라. 이 신성모독을 한 자여! 지옥에나 떨어져라!' 외치며 돌팔매질을 한다. 사울이 어느새 일어서서 그것을 웃으며 바라보고 있다. 긴 사이. 조명이 약간 흐려진다.)

스테반: (기진하여)… 주, 예수님… 내 영혼을 받으소서!!! (사이) 오, 주님… 이 죄를 저들에게 돌리지 마옵소서!

(그를 내려다보던 바울이 그의 말을 듣고 깜짝 놀란다. 스테반 쪽의 조명이 꺼지고, 바울 쪽에 조명. 그는 놀란 표정으로 스테반의 순교 장면을 내려다보고 있다. 서서히 암전. 다시 조명이 들어오면 모두 자기 자리로 돌아가 있다. 바울만 맨 아래쪽 계단에 앉아 있다.)

바 울: … 당신은 나의 죄를 보았소?

장 폴: 아니, 누구의 죄를 말하는 거요? 저 사람… 성경에 나오는 순교했다는… 그 사람 아니요…? 그의 죄명을 나에게 묻는 거요?

바 울: 아니요…. 나의 스데반의 죄가 아닌, 나의 죄를 보았느냐고 물었소.

장 폴: 당신은 아무 행위도 하지 않았지 않소? 자기 조상이 섬기는 하나님의 신성을 모독한 자니… 죽어 마땅한 놈이 아니겠소…. (사이, 놀라며) 그렇다면, 마음으로 짓는 죄도 죄란 말이요…? 그리고 만약 당신도 죄인이라면… 어떻게 이런 곳에… 아니, 저 3층에서 살 수 있단 말이요?

바 울: (계단에서 내려오며) 나는 그때까지도 당신처럼 죄인인 줄을 몰랐소…. 나는 잠시 놀라긴 했소…. 나는… 스테반의 얼굴이 천사같이 빛나는 것을 보았소…. 죽어가는 사람의 얼굴이 천사 같이 밝게 빛날 수 있다니…! 나는 잠시 혼돈스러웠소…. 더구나… 그가 죽을 때 한 말이 나를 놀라게 했소….

장 폴: …?

바 울: 이 죄를 그들에게 돌리지 마옵소서…! 그랬소….

장 폴: … 놀랍군요…. 죽어가면서… 자신을 죽이는 자들을 용서하는 기도를 하다니…

오네시모: 예수님도 그러셨지요.

장 폴: … 그분은 좀 특별한 분이긴 하지요.

바 울: 그저 특별한 분이 아니요…. 정확하게는 그분은… 그분 말 그대로의 그분일 뿐이요.

장 폴: 무슨 말이요?

바 울: 그분은 그분 주장 그대로의 그분일 뿐이요.

장 폴: 그가 뭐라 주장했는데요?

바 울: 성경을 제대로 읽어보지 않았나 보군요…. 들어보시겠소?

장 폴: …

(코러스는 장폴을 가운데로 두고 빙 둘러선다.. 바울과 오네시모는 그 장면을 바라본다.)

코러스5: 하나님이 세상을 이처럼 사랑하사 독생자를 주셨으니 이는 그를 믿는 자마다 멸망하지 않고 영생을 얻게 하려 하심이라.

장 폴: (손사래를 치며) 잠깐, 잠깐만요…. (바울을 돌아보며) 그… 독생자가 누구요?

바 울: … 당신은 그분에 대하여 단 한마디도 들으려 하지 않군요….

오네시모: 그래서 선생님은 믿음은 들음에서 난다고 말씀하셨지요.

장 폴: 아니, 아니, 들겠소…. 그러나 의심이 들면 질문을 할 수 있는 게 아니겠소?

바 울: … 당신이 묻고 싶은 것이 무엇이요?

장 폴: 독생자… 독생자라 했는데… 창조주 하나님에게도 독생자가 있소?

바 울: 좋은 질문이요…. 창세기에 보면… 하나님께서 인간을 만들 때, 우리들 형상을 본따서 만들자… 그러셨습니다.

장 폴: 우리들…? 복수 말이요?

바 울: 그렇소…. 하나님의 나라는 사랑의 나라입니다. 혼자만 존재할 때, 누가 누구를 사랑할 수 있겠소? 사랑에는 두 인격 이상의 존재가 필요하지요. 우리는 조금 전에 어머니와 아기를 말했지

요…. 아기와 어머니 사이에 흐르는 것이 사랑이라는 인격의 흐름… 사랑이라는 흐름이 있지요. 당신은 타인이 지옥이다. 타인의 시선이 지옥이다라고 했는데… 그러나 천국은 타인이 천국이요, 타인의 시선이 사랑입니다. 하나님은 당신의 지극히 사랑하는 아들, 독생자 예수 그리스도를 타락한 인간을 위해 인류에게 내어주신 사랑의 시선이랍니다.

(코러스가 노래할 때, 영사막에 가시 면류관 쓴 예수 그리스도의 영상이 뜬다.)

코러스(노래한다.):

　　　꽃을 지으신 이가 꽃보다 아름답고
　　　그 꽃을 보라고 눈을 지으신 이는
　　　얼마나 그 눈길이 깊고 고울까.
　　　내 눈길 그분께로 이끄시는 이는
　　　얼마나 오래도록 나를 꽃처럼 바라보셨을까.
　　　나의 간절한 시선을 그토록 원하신 그분은
　　　십자가 슬픈 눈길로
　　　얼마나 오래도록 나를 간절히 내려다보셨을까.
　　　나를 지으신 이가 나의 눈길을 기다리며
　　　온 세상 꽃들 너머, 별들 너머로
　　　나의 마음 하나 얻기 위하여
　　　십자가 위에서 뜨거운 피를 흘리며
　　　그토록 나를 바라보고 있는데…

장 폴: 십자가, 십자가 이야기를 하려는 것이요?

바 울: 그렇습니다. 예수 그리스도는… 당신을 향한 하나님의 사랑의
시선입니다.

장 폴: 아니, 제가 궁금하게 생각하는 것은… 조금 전에 독생자를 주셨
다는 그 말을 누가 한 것이요? 그 글을 쓴 사람이요? 예수 그리
스도요?

바 울: 요한의 입을 통해 한 말씀이지요.

장 폴: 예수님이 직접 한 말이라는 증거가 어디 있소?

바 울: 성경을 의심하는군요.

장 폴: 바울 선생. 생각해 보시오. 하나님의 독생자… 그건 예수님의
제자 중 한 사람, 요한이 한 말이지 않소? 예수가 스스로 그렇
게 말했다는 증거는 없지 않습니까?

오네시모: 성경은 성령의 감동으로 된 글이랍니다.

장 폴: … 성령, 성령… 들어는 보았소. 그렇다면 하나님의 영, 곧 성령
이 실존한다는 것이요?

바 울: 그렇소…, 성령님은 예수님의 영이기도 합니다…. 사랑의 영이
요, 진리의 영이십니다.

장 폴: 어쨌든… 지금도 존재한다는 것이요?

바 울: 악이 있는데… 어찌 선이 없겠소…. 어둠이 있는데 어찌 빛이 없
겠소…. 지옥이 있는데… 어찌 천국이 없겠소….

장 폴: 나는 체 게바라 같이 거대한 악에 맞선 사람들을 존중했소….
또한 세상의 거대한 악을 미워했소.

오네시모: 그러면서도 공산주의를 지지하다니…

장 폴: 그땐 몰랐소. 그렇게 많은 사람들을 죽일 줄은… 몰랐소….

바 울: 아까 오네시모 형제가 물었던 질문을… 내가 다시 묻겠소…. 악
이 먼저이겠소? 선이 먼저겠소?

장 폴: …?

바 울: 선을 전제하지 않고는… 악은 존재하지 못하답니다. 마땅히 존
재해야 할… 선이 없다는 것… 그것 때문에 사람들은 악에 분노
하지요…. 런던탑의 소년 이야기도… 마땅히 있어야 할 선함이…
그 소년에게는 없었다는데 있습니다.

장 폴: …

바 울: 사랑을 전제하지 않고는… 미움을 말할 수 없답니다.

장 폴: … 빛을 전제하지 않고는… 어둠을 알 수 없듯이 말이요?

바 울: 그렇소…. 당신도 인정했듯이… 진리를 전제하지 않고는… 거짓
도 존재할 수 없답니다.

장 폴: …

바 울: 당신이 쓴 '출구 없는 방'이라는 그 지옥 이야기는… 천국을 전제
하지 않고는 불가능한 것이 아니겠습니까?

장 폴: …

오네시모: 너희는 표적과 기사를 보지 않으면 도무지 믿지 아니하리라.

장 폴: 갑자기 표적과 기사라니…? 아니, 나는 나의 이성을 믿소…. 당
신들은 나의 이성적인 의심을 비웃는 것입니까?

오네시모: 표적과 기사 없이는 믿지 않을 것이라는… 말씀은… 예수님이
왕의 신하의 아들을 고치기 전에 하신 말씀이요.

장 폴: 왕? 어느 왕 말이요?

바 울: 당시 갈릴리 지방을 다스리던 헤롯 안티파스를 말하오.

장 폴: 성경에는 기적이 많이 기록되어 있다고 알고 있소만… 그걸 믿으

라는 거요?

바 울: 주님은 그저 말씀만 하셨지요…. 왕의 신하가 '주여, 내 아이가 죽기 전에 내려오소서,' 그러자… 예수님은 '가라 네 아들이 살아 있다' 그러셨죠…. 그리고 그 즉시 나았다는 것을 곧 알게 되었지요. 그래서 그 신하와 온 가족들이 다 믿었다고 했소.

장 폴: 그런 이상한 증거 말고… 다른 증거, 다른 이성적인 증거는 없소?

오네시모: 성경에 기록된 것 외에도… 수많은 증거가 있지요.

코러스1: 38년 된 병자를 비롯하여 수많은 병자들을 고쳤소….

코러스9: 문둥병자를 고치고 날 때부터 장님을 눈뜨게 하고…

코러스2: 물을 포도주로 만들고… 오병이어, 칠병이어의 기적을 베풀어 수천 명을 먹였소….

코러스3: 죽은 자를 세 사람이나 살렸소.

코러스4: 물 위를 걸었소.

코러스5: 풍랑을 잠잠하게 했소.

코러스6: 군대 귀신도 쫓아내었소.

바 울: 십자가 죽음을 예언하고 사흘 만에 부활할 것을 예언했소. 그리고 실제로 부활했소. 그리고 제자들에게 성령을 보내주실 것을 약속하고… 하늘로 승천하시고… 약속대로 오순절 날 성령을 보내주셨소…. 더 무슨 증거가 필요하겠소? (영사막에 그리스도의 영상이 사라진다.)

장 폴: 기적과 표적 말고… 이성, 이성적인 증거 말이요….

바 울: 만약, 당신의 어머니가 어머니인 것을 이성적인 증거로 증거하면, 나도 증거해 주겠소….

장 폴: …?

바 울: 당신은 물은 어떻게 마시오? 이성적으로 무해하다는 것을 확인한 후에 마시오? 아기 때, 엄마의 젖이 무해하다는 것을 확인한 후에 먹었소? 외할아버지가 진짜 내 할아버지인가를 확인하고 그 집에서 살았소? 날마다 먹었던 음식은 어떻게 먹었소? 일일이 확인하고 먹었소? (사이) 나는 그분을 직접 만났소…. 아니, 그분이 나를 만나 주셨소…. 다메섹으로 가는 길 위에서…. 나를 만나 주었소…. 저 다니엘처럼 말이요…. 생각해 보시오. 다니엘의 시대에 다니엘을 만나 주신 분, 아브라함의 시대에 아브라함을 만나 주신 분, 욥을 만나 주신 분, 이사야와 엘리사와 엘리야와 수많은 선지자를 만나 주신 분이… 나를 만나 주었소…. 그게 무엇을 뜻하겠소? 누구나… 지금도 그분을 만날 수 있지 않겠소…? 시공을 초월해 있는 분, 그래서 그분의 말씀처럼… 그분은 알파와 오메가… 처음이자 마지막인 분이요.

장 폴: (중얼거리듯)… 그 흔한 예수… 이야기… 교회나 성당에서 늘 듣는… 묵고 묵은 이야기… 여기… 내가 죽은 후에도 또 들을 줄은 몰랐소…. 그 흔한 예수 이야기…! 여긴 좋은 것도 있지만, 가끔 역겨워, 구토가 나온다니까….

코러스8: 당신은 그분처럼 병자들을 고치고, 죽은 자를 살릴 수 있나요?
코러스7: 당신은 그분처럼 당신의 탄생과 죽음이 예언되어 있었나요?

코러스6: 당신이 여자의 후손으로, 유월절의 어린 양으로, 피 흘리는 어린 양으로 왔나요?

코러스8: 누가 당신의 죄를 씻을 수 있나요?

코러스7: 죄를 대속하는 어린 양으로 오신 분을 거절하다니….

코러스11: 당신의 죄를 용서하기 위해 희생 제물로… 오신 분을 거절하다니….

코러스10: 성막과 성전이… 이스라엘의 모든 절기가 그분의 일생을 증거하는데…

코러스12: 성경이 그분을 증거하는데…

코러스1: 당신도 그분처럼 이렇게 말할 수 있나요?

코러스(합창): 너희가 영생을 얻기 위하여 성경을 연구하거니와 이 성경이 곧 내게 대하여 증거하는 것이니라!

코러스(합창): 그러나 너희가 영생을 얻기 위하여 내게 오기를 원하지 아니하였도다!

코러스(합창): 나는 길이요 진리요 생명이다!

코러스(합창): 나는 부활이요 생명이다!

바 울: 내가 온 것은 양으로 생명을 얻게 하고 더 풍성히 얻게 하려는 것이라.

오네시모: 하나님은 예레미야 선지자를 통해서 만물보다 거짓되고 심히 부패한 것은 사람의 마음이라고 했소….

바 울: 그렇소…. 다니엘이나… 욥이나… 이사야나… 다들 그것을 깨달은 것뿐이요. 하나님의 빛 아래에서 만물보다 부패한… 자신의 마음을 본 것에 지나지 않소.

장 폴: 그게 내가 저 지하에 있는 이유라는 말같이 들리는군! 사람의

본질이 만물보다 부패했는데… 무슨 소망이 있겠소…?

오네시모: 그러나 당신을 위해서도… 예수님의 십자가의 피가 흘려진 것
이요….

장 폴: 그만, 그만…! 성경이 사실이라는 것을 나에게 억지로 믿게 할
수는 없소. 우리 시대에 역사적 예수 운동이라는 것이 있었다고
들었소…. 내 외가 친척 중에 아프리카로 가서 의료를 베푼 그
유명한 분도 그렇게 말했소. 성경에서 기적은 빼야 한다. 인간의
이성이 이해할 수 없는 것은 다 빼야 한다. 그러니… 몇 가지만
남았소…. 산상수훈 같은 그분의 윤리만 남았지…. 그건 인정하
오…. 인류 역사에 그런 탁월한 가르침을 베푼 사람은 없었소.
그러나… 그가 하나님의 아들이라고? 그가 영생을 준다고…?
그것을 믿으라는 것이요?

바 울: (웃으며) 다시 묻겠소…. 당신의 어머니를… 그 잘난 이성으로 알
수 있다고 생각하나요?

장 폴: … 어머니는 재혼했지요,… 나는 외가댁에서도 눈치를 보았고,
의붓아버지의 눈치도 보며 살았소….

바 울: 마음이 아프오만… 어쨌든… 어머니를 어머니인 줄은 어떻게 알
았소?

장 폴: … 무슨 소리요…? 내 어머니이니까…. 어머니이지요.

바 울: … 모든 아기는 엄마의 품속에서 엄마의 젖을 먹으면서… 사랑
을 받으면서…. 자기 엄마를 알아가지요…. 이성은 그 뒤에 따라
오는 것이요…. 솔로몬의 유명한 판결을 생각해 보시오…. 그게
어머니요. 어머니는 아기를 위해 어떤 희생도 마다하지 않소.

장 폴: 그러나 내 어머니는… 나를 위해 전적으로 희생하진… 않았소,…

바 울: 그러나, 어머니는 자식을 잊을지라도, 하나님은 자녀들의 이름을 손바닥에 새겼다…고 했습니다.

장 폴: 자라선 어느 정도는 어머니의 처지를 이해했소만… 이름을 손바닥에 새겼다고 했소?

바 울: 그렇소. 다메섹 도상에서 나를 만나 주신 분… 자비와 긍휼로… 나에게 오신 분… 나도 그때… 내 안을 보았소. 나는 버러지 같은 야곱이었소…. 다니엘처럼… 썩은 듯한 내 심령… 욥처럼… 먼지와 티끌 같았던 나를 보았소…. 이사야 같이 내 입술은 부정했소…. 아니 목구멍까지 부패하고 부정했소…. 나도 요한처럼, 다니엘처럼 죽은 듯이… 완전한 그분 앞에 엎드려질 수밖에 없었소….

장 폴: 그럼,… 당신의 마음도 그렇게 부패했는데… 어떻게 구원을 받았소…?

바 울: 십자가요….

장 폴: 또 그 십자가… 또 십자가 타령이군… 다른 것은 없었소? 이를테면 탁월한 가르침이나 사상 혹은 계시 말이요….

바 울: 굶주린 자에게는 물과 음식이 필요하오.

장 폴: 그럼,… 굶주림 자체가 죄란 말이오?

바 울: 굶주림 자체가 죄가 아니라, 굶주림을… 다른 것으로 채우는 것이 죄요…. 하마르티아가 그런 뜻이요. 만약 당신이 영원한 생명, 조에라고 말하는 영생이 필요하다면… 조에라는 영생에 대한 굶주림이 있으면… 영원한 생명으로 마음을 채워야 하오…. 사람의 마음은 하나님의 집으로 만들어졌답니다. 그게 인간을 창조한 하나님의 목적입니다. 그러나 하나님을 거부하는 사람들

은… 그 공허한 심령에 하나님의 대체제로… 여러 가지 우상을 섬기며 살아가지요….

오네시모: 그래서 하나님은 예레미야 선지자를 통해서 이렇게 말씀했소….

코러스(A): 내 백성이 두 가지 악을 행하였거니와

코러스(B): 곧 그들이 생수의 근원 되는 나를 버린 것과

코러스(합창): 스스로 웅덩이를 판 것인데… 그것은 물을 가두지 못할 터진 웅덩이니라

코러스(합창): 터진 웅덩이니라. 터진 웅덩이니라…

바 울: 그렇소. 사람의 마음은 터진 웅덩이요…. 부와 명예로도… 채울 수 없소…. 바벨론 땅에서는 그 갈증을 채울 수가 없소…. 모두 잠시 있다가 빠져나간다오…. 영혼을 가진 사람에겐… (사이) 영원한 영의 생명, 조에라는 생명만이 필요하오.

코러스(합창): 일시적인 쾌락으로도… 그 마음을 채우지 못한답니다.

코러스(합창): 술과 노래로도… 여행과, 맛있는 음식으로도 채우지 못하오.

코러스(합창): 성의 쾌락도 마약도… 일시적일 뿐이요…. 손으로 움켜쥔 물처럼 다 빠져나간다오.

코러스(합창): 문학도 철학도… 어떤 예술로도… 심지어 도덕으로도 안 되오…. 다 빠져나간다오. (사이)

오네시모: 그래서 주님은 말씀하셨답니다.

코러스7: 나는 생명의 떡이니 내게 오는 자는 결코 주리지 아니하리라.

코러스8: 나를 믿는 자는 영원히 목마르지 아니하리라.

코러스10: 내가 곧 생명의 떡이니라.

코러스11: 인자의 살을 먹지 아니하고 인자의 피를 마시지 아니하면

코러스9: 너희 속에 생명이 없느니라.

코러스12: 내 살을 먹고 내 피를 마시는 자는 영생을 가졌고, 마지막 날
에 그를 다시 살리리니

코러스(합창): 내 살은 참된 양식이요, 내 피는 참된 음료로다.

오네시모: 내 살을 먹고 내 피를 마시는 자는 내 안에 거하고 나도 그의
안에 거하느라. 요한복음 6장의 말씀이요.

바 울: 주님은 말씀하셨소…. 모세가 광야에서 뱀을 든 것같이… 인자
도 들려야 하리니… 이는 그를 믿는 자마다 영생을 얻게 하려
하심이라.

(배경 막에 십자가를 지고 오르는 예수, 그리고 손과 발에 못 박히는 예
수, 십자가 위에서 가시 면류관에서 흘러내리는 피.)

바 울: 나는 충격을 받았소…. 다니엘처럼… 욥처럼… 아니, 수많은 성
도들처럼… 충격을 받았소. 나는 십자가에서 나를 사랑하여…
나에게 돌아오라며… 내 죄를 씻으며 피를 흘리는 하나님의 마
음을 보았소…. 엄마처럼,… 죽어가는 자식, 잃어버린 자식을 위
하여 피를 흘리고 살을 찢는… 하나님의 마음을 보았소…. 하나
님이 울고 있었소…. 흐느끼고 있었소…. 얼마나 많은 성도들이
그분의 형언할 수 없는 사랑을 깨닫고… 비로소 무너졌는지 아
시오…? 그분을 만나면… 우리가 얼마나 악한 존재인가를 깨닫
게 되오…. 완전한 하나님의 사랑 앞에 우리가 얼마나 악하고 비
열한 존재인가를, 아니 우리 안에 뱀과 같은 존재가 산다는 것
을 깨닫게 되오…. (잠시 말을 끊는다.)

장 폴: …?

바 울: 그리고 동시에… 그 썩은 듯한… 뱀과 결탁한 죄인을 무한한 사
       랑으로 품으시는… 어머니보다 크고 넓고 깊고 높은… 하나님
       의 사랑과 긍휼을 깨닫게 된답니다.

(이때, 코러스 중 한 사람이 오네시모에게 편지를 전해준다. 파스칼의
편지다.)

오네시모: 선생님, 편지입니다. 파스칼 형제의 편지입니다.

바 울: 오, 사랑하는 형제 파스칼….

장 폴: 파스칼…? 혹, 내가 아는 그 사람이요?

바 울: 당신의 나라, 프랑스가 자랑하는 천재지요.

장 폴: 파스칼 선생도 저 3층에 있나요?

바 울: 당신이 여기 온다는 소식을 듣고, 파스칼 형제가 당신에게 편지
       를 보냈소. 읽어 보시겠소. (편지를 장폴에게 건네준다.)

장 폴: 프랑스가 낳은 대천재이신… 위대한 파스칼 선생께서 나에게 편
       지를… (감격하며 읽는다.)

코러스1: (편지를 대독하듯이) 형제여… 내가 경험한 분을 자네에게 소개
       하네. 나는 1654년 11월 23일 저녁 10시 반부터 다음날 새벽 12
       시 30분까지 하나님을 만났다네. 그것을 기록한 것을 자네에게
       보내네. 그 기록은 지금도 프랑스 국립도서관에도 보관되어 있
       다네. 나는 이 체험보다 더 놀랍고 소중한 체험을 한 적이 없네.
       그래서 양피지에 정서하며 평소 내가 잘 입는 옷 안쪽에 꿰매어
       깊이 간직했네… 형제여 내가 왜 그랬겠나…?.

장 폴: … 나의 이 체험은 거짓 없는 진실이며, 내가 쓴 〈팡세〉도 이 체

험을 바탕으로 한 것일세… 부디 주님께서 그대에게 긍휼을 베
푸시길 기도하네…. (사이) 여기 시처럼 된 글이 있군….

아브라함의 하나님, 이삭의 하나님, 야곱의 하나님.

철학자의 하나님이 아닙니다…. 이게 무슨 뜻인가요?

코러스(합창): 불, 아브라함의 하나님, 이삭의 하나님, 야곱의 하나님 철
학자의 하나님이 아닙니다.

장 폴: (읽는다.) 확신, 확신, 감격, 기쁨, 평화. 예수 그리스도의 하나님…?

코러스(A): 예수 그리스도 하나님, 그리고 나의 하나님, 그리고 너의 하나님.

코러스(B): 너의 하나님은 나의 하나님이 되리라.

코러스(A): 하나님 이외에 이 세상과 온갖 것에 대한 일체의 망각.

장 폴: … 하나님은 오직 복음서에 가르치신 길에 의해서 알 수 있을 뿐
입니다.

코러스(합창): 인간 혼의 위대함이여! 의로우신 아버지여!

장 폴: … 세상이 아버지를 알지 못하여도 나는 아버지를 알았습니
다…. (머리를 저으며) 그만. 그만… 파스칼 선생이 도대체 내게
무슨 말을 하고 있는 거요…?

바 울: 그는 당신에게 죄를 가르치고 있는 것이요.

장 폴: 그의 편지에는… 하나님과 예수 이야기뿐인 것 같은데…

오네시모: 당신의 죄를 보려면, 반드시 그분을 먼저 만나야만 합니다. 파
스칼 형제님처럼, 욥처럼, 바울 선생님처럼 말이요.

장 폴: 나는… 파스칼의 이야기가 아닌, 바울 선생,… 당신의 이야기를
듣고 싶소. 나의 이름도 폴, 바울이지 않소?

바 울: 그렇군요…. 나는 당신을 볼 때, 마치 나의 젊은 시절의 모습을
보는 것 같았소…. 마치… 내가 회개하지 않았던 때의 완고했던

나를 보는 것 같았소. 그래서 이 연극을 통해서 과거의 폴과 거듭난 폴이 전쟁을 치르는 것 같다는 생각도 들었소…. 그런데 당신에게 물어볼 것이 하나 있소. 하나님을 만난 모세나, 욥이나, 이사야나, 다니엘이나 파스칼이나…. 모두 시대가 다른 사람들이요. 그런데 같은 체험을 했다는 것이 이상하지 않소?

장 폴: 그런 건 생각해 본 적이 없소…!

바 울: 이제 생각해야만 하오. 당신이 죽기 전에 깊이 생각했으면 좋았을 텐데… 그럼에도 하나님께서 특별한 은총을 지금 당신에게 베풀고 있는 것이요!

장 폴: 내가… 내가 쓴 작품의 가르생처럼, 출구 없는 저 지하 감옥에 내가 갇힐 줄은 몰랐소.

바 울: 나도 당신처럼, 한때는 내 자아라는 감옥에 왕으로 갇혀 있었소. 그러나 사실은 우리는 모두 바벨론의 노예와 같은 존재요…. 바벨론에 붙들려온 히브리 노예들처럼, 이집트의 파라오의 노예들처럼 말이요…. 모든 인류는 죄의 노예… 사단의 포로요, 노예요…. 물론 나도 그 노예 중의 하나였소.

장 폴: … 그렇다면 어떻게 그 감옥에서, 그 노예 상태에서 빠져나왔소?

오네시모: 예수 그리스도!

장 폴: 또 그 사람 이야기요?

바 울: (웃으며) 그렇소…. 나는 유럽에 문명을 싣고 간 것이 아니라, 예수님의 복음을 싣고 간 것이요. 예수님의 영이 나와 동행한 것이지요.

장 폴: … 그 흔한 예수!

바 울: (웃으며) 그 흔한 예수라… 재미있는 표현이지만,… 무례하군요.

(사이) 하긴 나도 당신처럼 예수님을 증오한 적이 있었소…. (정색하며) 그러나, 그 흔한 예수를… 진짜 예수로 만나는 사람은 극히 드물다오…. (사이, 진지하게)… 참으로 드물다오…. 십자가에서 자신을 위해 피를 흘리는 예수를 만나는 사람들은… 참으로 드물다오.

장 폴: … 그럼, 아까 파스칼 선생님이 만났다는 그분이…

바 울: 그렇소…. 그분을 만난 기록을 남긴 파스칼 형제의 편지를 더 보시겠소?

코러스(A): … 영생은 곧 유일하신 참 하나님과…

코러스(B): … 당신이 보낸 자 예수 그리스도를 아는 것입니다.

코러스(A): … 영생은 곧 유일하신 참 하나님과…

코러스(B): … 당신이 보낸 자 예수 그리스도를 아는 것입니다.

바 울: 요한복음 17장 3절에서 예수님이 하신 말씀입니다.

장 폴: 요한복음? 사도 요한 말이요?

바 울: 그렇소. 사도 요한… 그는 유일하게 오래 살아남은 열두 제자 중의 한 사람이지요.

장 폴: 그 사람 말고, 다른 제자들은… 다들 예수 전하다가 죽었다고 들었소.

바 울: 장폴 선생… 그 제자들이 거짓을 만들어내고, 그 거짓말을 지키기 위해서… 모진 고난과 박해를 받고, 순교했다고 생각하시오?

장 폴: … 그들의 순교가 잘 이해는 안 되지만, 거짓을 지어내고 그것을 위해서 목숨을 걸 사람이 어디 있겠소?

바 울: 그렇소. 미국 워터게이트 사건에 연루되었던… 열두 명의 권력자들이 있었소. 그 사건을 토대로 여기서도 공연한 적이 있었지요.

장 폴: 그런 것도 공연하나요?

바 울: 그중에 한 사람이 닉슨 대통령의 특별 보좌관인 척 콜슨이요.

(코러스 중 한 사람이 척 콜슨 역을 맡아, 계단으로 올라가 중간쯤 걸터앉는다. 코러스는 워터게이트 사건의 역할을 맡아 한다. 그들은 서로 머리를 맞대고 의논하고 조용히 웅성댄다. 기자 역을 맡은 몇 명의 코러스는 그들을 빙 둘러가며 사진을 찍는다.)

코러스(콜슨): 우리 머리가 뛰어난… 열두 사람은 워터게이트 사건이 터지자, 우리들은 언론을 속이고, 검사들의 취조에 말을 맞추어 변명하고 잘 대처했소…. 우리 모두는 빈틈없이 준비했기에 자신이 있었소…. 그러나 조금씩 무너져 갔소. 영영 속일 수는 없었소…. 그런데 예수님의 열두 제자들은 무려 40년간 변함없이 그리스도의 십자가와 부활을 증언하고 다녔소. 심지어 그들은 부활을 전하는 데 목숨을 걸었소…. 왜 그랬겠소…? 십자가와 부활이 사람들에게 생명을 주기 때문이었소. 영원한 생명을 주기 때문이었소…. (사이)… 워터게이트 사건에 연루된 우리 열두 명은… 몇 년을 버틴 것 같소? …아니 몇 달을 버틴 것 같소…? 우리의 거짓말은 겨우 3주도 버티지 못했소. (사이)… 하물며… 하물며… 거짓을 지어내고… 거짓을 지키기 위해서 목숨을 거는 사람이 어디 있겠소?

바 울: 그는 감옥에서 회심하고 그리스도께 돌아왔소. 당신이 저 책장에서 뺀 책, (책을 집어 들며) 이 책을 읽고 감옥에서 읽고 그가 돌아왔소.

장 폴: (바울의 손에서 책을 뺏어든다.)… 이 책, C. S. 루이스… 〈단순한
　　　기독교〉… 말이요?

코러스(콜슨): … 40년… 아니 죽을 때까지 변함없이 그들은 진리를 전했
　　　소…. 그들은 예수님이 붙잡혔을 때는, 다들 도망을 갔소…. 그
　　　리고 부활의 주님을 만나고, 예수님의 말씀대로 그들은 성령을
　　　받고 나서는… 그들은 담대하게 복음을 전했소…. 그들은 예수
　　　님의 부활을 직접 체험하고, 주님의 말씀처럼 하늘로부터 임한
　　　성령을 받았던 것이 틀림이 없소…. 나는 사도들의 행적을 보고
　　　확신했소…. 그들은 우리가 보지 못한 것을 보았고, 체험했다!
　　　그러지 않고서는 저럴 수가 없다…! 나는 감옥에서 성경을 읽
　　　고, 루이스의 책도 읽었소…. 그리고 나는 회심하고 성령으로 거
　　　듭났습니다.

오네시모: 초대 교회에서만 약 400년간… 무려 3억의 순교자들이 있었
　　　소. 3억의 성도들이 배신하지 않고 순교했다는 것이 무슨 의미
　　　로 생각되시오? 더구나 당신이 살아 있을 때까지는 얼마나 많겠
　　　소?

장 폴: … 깊이 생각해 보진 않았지만…. 놀랍군요…. 나도 그 요한을
　　　만날 수 있을까요?

바 울: (웃으며) 여긴 아무도 죽은 자가 없소. 파스칼의 편지처럼… 영생
　　　은 곧 유일하신 참 하나님과… 하나님이 보낸 자 예수 그리스도
　　　를 아는 것이기 때문입니다….

코러스(콜슨): … 나의 거듭난 체험보다… 고난의 산증인이신 루마니아의
　　　범브란트 목사님의 체험을 소개하고 싶소…. 당신이 지지한 공
　　　산주의도 보게 될 거요.

(코러스는 워터게이트 사건을 끝내고, 리차드 범브란트 목사의 일을 증언하는 배역을 맡는다. 범브란트 목사 역의 배우가 앞으로 나선다. 다른 코러스도 감옥의 죄수들의 배역을 맡는다…. 그들은 스스로 가슴에 죄수 번호를 붙인다. 범브란트 역이 앞으로 나선다. 나머지 코러스도 그를 둘러선다.)

코러스(범브란트): 나는 리차드 범브란트입니다. 1909년생으로, 루마니아의 목사입니다. 루마니아에 공산정권이 들어선 후, 나는 체포되어 17년 동안 감옥에 있었습니다. 그들은 감옥에 수천 명의 기독교인을 투옥시켰고, 지하교회에 갇힌 교계 지도자들은 독방에 수감되었습니다. 나와 다른 사람들도 지하 9미터 감옥에 갇혔습니다. 그러나 우리는 주님을 배신하지 않았습니다. (잠시 암전되고… 겨우 촛불 같은 불빛 하나, 매우 어두운 가운데… 코러스는 무대를 감옥의 벽을 더듬으며 유령처럼 거닌다.)

코러스1: 시간이 지나자… 우리는 지하 9미터 감옥에서 해, 달, 별, 꽃을 한 번도 볼 수 없었습니다.

코러스2: 우리는 이런 것들이 존재한다는 사실 자체를 잊어버렸습니다.

코러스3: 우리는 성경책을 비롯해서 어떤 책도 허용되지 않았습니다. 종이나 펜도 허용하지 않았습니다. 우리는 쓰는 법을 잊어버렸습니다.

코러스4: 우리는 14년 동안 한 번도 여성을 본 적이 없었습니다. 어린이를 14년 동안 한 번도 본 적이 없었습니다. 독방의 간수와 고문 전문가 외에는 본 적이 없습니다.

코러스5: 우리는 아무 소리도 듣지 못했었습니다. 독방은 방음이 되어 있었습니다. 속삭이는 소리조차도 들리지 않았습니다. 우리는 아무것도 보지 못했고, 아무것도 듣지 못했습니다. 완벽한 침묵이 감방을 지배했습니다.

코러스6: 우리는 거의 먹지 못했습니다. 때로는 일주일에 빵 한 조각을 먹었습니다. 14년 동안 색채를 한 번도 본 적이 없습니다. 우리가 본 것은 감방과 우리가 입은 죄수복의 회색뿐이었습니다. 갈색, 파란색, 초록색, 분홍색이 존재한다는 사실을 잊어버렸습니다. 우리의 세계는 회색이었습니다. 수년이 그렇게 지나갔습니다.

코러스(범브란트): 그러던 어느 날 그 지하 감옥의 감방의 벽이 다이아몬드처럼 빛나기 시작했습니다. 바하나 베토벤의 음악을 들어봤고, 나폴리와 캘리포니아 같은 아름다운 장소를 가 보았지만 내가 캄캄한 지하 감옥에서 본 그런 아름다운 것은 본 적이 없었습니다. 그날 내가 들은 그런 아름다운 음악을 들은 적이 없습니다. 왕 중의 왕이신 예수님이 그날 우리와 함께 계셨습니다.

코러스7: 우리는 주님의 긍휼과 사랑으로 가득 찬 눈을 보았습니다.

코러스8: 그분은 우리의 눈물을 닦아 주셨고 우리에게 사랑과 용서의 말씀을 주셨습니다.

코러스9: 우리의 삶 속에 있었던 모든 악이 사라졌고 하나님의 용서를 받았다는 것을 깨달았습니다. 놀라운 날이 온 것입니다.

코러스10: 마치 신부가 신랑의 팔 안에 안겨 있는 것 같았습니다. 우리는 그리스도와 함께 있었습니다. 우리는 감옥에 있는 것이 아니었습니다.

(찬송가, 저 장미꽃 위에 이슬이 흐른다. 조명이 밝아지고, 코러스는 자기 자리로 돌아간다.)

장 폴: 놀랍군요…. 파스칼, 척 콜슨,… 그리고 범브란트라고 했나요? 그들의 체험이 놀랍군요…. 영생이라고 했나요? 오, 나는…. 나는 저 지하에서… 영원히 살기는 싫소.

바 울: 당신이 살아 있을 때에는 당신에게는 육체의 생명이 있었소. 비오스라고 하는 육체 말이요…. 그런데 지금 당신과 이렇게 대화를 할 수 있는 것은 육체를 벗어나도 인간에게는 영혼이 있기 때문입니다. 물론 주님의 특별 은총이기도 하구요…. 어쨌든 당신이 원하는 저 3층의 하늘에서 살려면… 다른 생명, 즉, 조에라고 하는… 하나님의 아들 예수 그리스도의 생명이 있어야 합니다. 어느 성도의 말처럼, 길이 없으면 걸어갈 수가 없고. 진리가 없으면 앎이라는 것도 없듯이… 생명이 없으면… 살 수가 없지 않겠소…? 당신이 저, 3층 영원한 하늘나라에 살려면… 3층에서 살 수 있는 생명… 반드시… 조에라는 생명이 있어야만 한다오…. 그 생명을 받는 것을 믿음이라고 하고… 또 거듭남이라고도 한답니다.

오네시모: 하나님은 당신의 사랑하는 독생자 아들을… 조에의 생명이 없는 인간들에게 그 생명을 부어주려고… 그분을 십자가에 매달리게 했소…. 그리스도의 생명…. 파스칼 형제가 말한… 그 조에의 영생 말이요.

장 폴: 그럼, 어떻게 그 조에의 생명을 얻을 수 있나요?

바 울: 유일하신 참 하나님과 그분이 보내신 예수 그리스도를 아는 것

이라고 하지 않았소.

장 폴: 그분을 아는 것… 지식에 관한 공부라면 나도 자신이 있소. 성경
　　　을 공부하면 되오?

오네시모: 머리의 지식도 필요는 하지만, 직접 그분을 만나야 합니다. 만
　　　나서 서로 교제하면서 아는 앎을 말합니다. 부부처럼 말입니다.
　　　그것이 영생입니다. 더러는 그분을 먹고 마신다고도 하지요.

장 폴: … 무슨 말인지 모르겠소….

오네시모: 당신의 아내와의 잠자리를 기억해 보시오…. 그런 친밀함을 말
　　　하오.

장 폴: 아내와 나는 계약 결혼을 했소. 결혼에서도 서로의 자유를 구
　　　속하지 않기로 했지요. 그래서 아내가 제자들과 동성애를 하든
　　　지…. 다른 남자를 만나 교제하든지…. 정직하게만 말하면… 서
　　　로가 존중해 주었소….

오네시모: 이상한 존중도 다 있군요.

장 폴: 우린 서로에게 정직했소. 나도 아내가 소개해 주는 젊은 여자와
　　　도 관계를 맺었소. 그러나 정직하게 서로에게 고백했소.

오네시모: 당신은 정직이라는 말로, 당신의 죄와 아내의 죄를 합리화했
　　　군요.

장 폴: 나는 지금 여기서도 정직하고 싶소….

오네시모: 좋은 마음가짐이요…. 그러나, 우리 하나님은 질투하는 하나님
　　　이시지요.

장 폴: 나는 성문제에 관한 한 편협하지 않았소.

바 울: 진정으로 사랑한다면… 질투하는 것이 당연하답니다.

장 폴: 나는 내 아내의 자유를… 특히 성적인 자유를 허락했소…. 물론

나의 자유를 위해서 그렇게 했지만, 아내도 동의했소. 서로에게 정직하기만 하면… 결혼은 유지된다. 그게 조건이었소.

바 울: 당신은 하나님보다 더 관대하다고 생각하고 있군요. 그러나 우리 하나님은 질투하는 하나님입니다. 사탄에게 빼앗긴 자녀들을… 불쌍히 여기고… 다른 것을 사랑하고 있는 자녀들을… 질투하는 하나님이 아니라면, 하나님은 절대로 그 아들을 보내지 않았을 것이요.

장 폴: … 질투… 어째 하나님에게 어울리는 단어는 아닌 것 같군요….

바 울: 참된 사랑은 반드시 질투하게 되어 있답니다.

장 폴: 나는 아내를 질투한 적이 없소…. 나는 그녀의 선택을 존중해 주었소.

바 울: 당신은 거짓말을 하고 있군요.

장 폴: 아니요. 정직하게 어떤 남자와 잠을 잤다고 하면, 우리의 관계는 유지되었소. 물론, 나도 그녀에게 정직했소.

바 울: 악한 일을 하고서… 그것을 정직하게 말하면… 그게 용서된다고 생각하오? 앞에서 우리가 말한 그 런던 타워에서 소년이 정직하게… 아이가 그저 미워 보여서 그 아이를 밀어 버렸다고 하면… 그게 용서가 된다고 생각하시오?

장 폴: 우리의 관계는 남에게 피해를 주지 않습니다. 솔직히 서로 즐기는 것을 서로에게 용납하는 것이기에… 다른 사람에게 피해는 없소. 그런데 아무 이유도 없이 아이를 밀어 버린 그 소년의 죄를 우리와 비교하다니… 불쾌합니다!

바 울: 당신 부부가 지은 해악이 큽니다. 더구나 모든 죄는 하나님에 대한 범죄가 먼저 그 바탕에 깔려 있답니다.

장 폴: … 그게 무슨 소리요?

바 울: 그걸 설명하려면… 인간의 마음을 이해해야 합니다. 제가 좀 설
　　　명을 해드려도 될까요?

장 폴: 전 원래 토론을 좋아합니다. 나는 항상 카페에서 글을 쓰고 토
　　　론을 했지요….

바 울: 원래 인간의 마음은 하나님의 거처였답니다. 하나님의 집으로
　　　지은 것이지요….

장 폴: 또, 성경 이야기겠군… 그래도 좋소. 듣겠소…. 계속하시오.

바 울: 하나님은, 인간과 진정한 관계를 원했습니다. 그래서 자유의지가
　　　주어진 것이지요…. 영혼이라는 말 속에는 자유의지를 포함하고
　　　있지요….

장 폴: 그 자유의지가… 지식의 나무냐… 생명의 나무냐… 하는 선택
　　　앞에 놓였겠군요.

바 울: 금방 알아듣는군요…. 주님께서 당신을 택한 이유를 알만하오.

장 폴: 누가 나를 택했다구요? 나는 내 발로 저 계단을 올라왔소.

바 울: (웃으며)… 그런 면도 있는 건 사실이요…. 어쨌든… 하나님이 있
　　　어야 할 인간의 마음을… 아담과 하와의 잘못된 선택으로 말미
　　　암아… 인간의 마음 안에… 하나님의 대적자, 사탄, 뱀을 받아
　　　들인 것입니다.

장 폴: 또 그 신화 같은 이야기를…! 그래서요?

바 울: 당신은 죽기 전에는 이런 곳이 있는 줄 몰랐지 않소?

장 폴: 그렇소만…

바 울: 인간은… 물과 성령으로 다시 태어나기 전에는… 자신 안의 뿌
　　　리 깊은 죄성, … (사이)… 그 놈을 뱀이라고도 하지요…. 이스라

엘 백성들이 출애굽을 한 후… 광야 생활에 지쳤소…. 그래서 그들은 그들을 애굽으로부터 구원해 낸… 하나님을 원망하기 시작했소…. 그러자, 하나님께서는 불뱀을 보내서 그들을 물어서 죽게 합니다…. 그러자… 그들은 하나님을 원망한 죄를 회개하며… 하나님과 가까운 모세에게 살려 달라고… 부탁합니다.

장 폴: 그 이야기 얼핏 들어본 적은 있소….

바 울: 그때, 하나님의 대답은…. 놋뱀을 장대 끝에 메달아… 물린 자마다…. 그 장대 끝의 놋뱀을 바라보라… 그러면 산다고 했습니다. 그리고 실제로 놋뱀을 바라보고는… 모두 다 살았습니다…. (사이) 아게 누구 이야긴 줄 알겠소?

장 폴: …

바 울: 예수님은 말씀하셨소. 모세가 광야에서 뱀을 든 것같이 인자도 들려야 하리니… 이는 그를 믿는 자마다 영생을 얻게 하려 하심이라.

장 폴: 예수님이 그 장대 끝에 달린 그 뱀이란 말이요?

바 울: 주님은 자신이 져야 할 십자가를 말씀하신 것이지요.

장 폴: 그럼, 창세기의 그 뱀이나…. 놋뱀… 등이 지어낸 이야기나… 그저 신화가 아니란 말이요?

바 울: 문제는 그 뱀에 물린 사람들은… 그 십자가에 달린 놋뱀… 즉 예수 그리스도를 바라봄으로 다 살아났다는 것입니다. 그냥… 산 것이 아닌… 영원한 생명… 프랑스가 자랑하는 파스칼도 받았다는 '조에'라는 생명을 받으며 살았다는 것입니다. 주님께서 십자가에서 자신의 살을 찢어… 피를 흘려… 우리의 죄를 다 감당하고… 우리를 하나님의 생명으로 다시 살린 것입니다. 죄로

멸망당해야 할 인생들에게… 이보다 더 귀하고 중요하고 선하고
진실하고 아름다운 소식은 없답니다….

장 폴: (혼잣말처럼)… 내가 뱀에 물린 사람이라구…? 내가…? 그게 내
가 저 지하에 있는 이유인가?

바 울: 그건 반만 맞는 것입니다. 뱀에 물린 이스라엘 백성들은 어떻게
했나요?

장 폴: 모세가 만든 놋뱀을 바라보았다고 했지요….

바 울: … 그런데 당신은 바라보지 않았소…. 지금도 바라보지 않고 있
소…. 그게 당신이 저 지하에 있는 이유요….

장 폴: 그런데… 그게 질투,… 질투와는 무슨 상관이 있소.

바 울: (화를 내며) 당신은 핵심적인 이야기가 나오면… 늘 본질을 회피
하고 있소….

장 폴: …

바 울: 물론. 질투와 상관이 있소…. 그것도 깊은 상관이 있답니다. 뱀
에게 물린 사람에게는 해독이 필요합니다. 예수님은 무죄한 분
이요. 하나님의 아들로, 성령으로 잉태된 분이랍니다. 죽어가는
생명에 대한 해독은 예수 그리스도의 십자가에서 흘린 무죄한
그분의 피, 그리고… 그분과 연합하는 것뿐이요…. 그분과 연합
할 때, 당신은 그분이 십자가에서 살을 찢고 피를 흘려 자신의
생명, 즉 조에의 영생을 주러 온 분임을 알게 될 것입니다. 인간
은 하나님에 대하여… 이미 죽은 자입니다. 그런 우리를 주님이
살린 것입니다.

(영상에는 죽은 사람들의 얼굴이 지나간다. 혹 이 연극이 프랑스에서

공연되면, 프랑스인으로 최근에 죽은 유명 인사의 얼굴과 죽은 간단한 사연이 영사막에 흐른다. 이 극이 우리나라(대한민국의 경우)일 경우에는 관객들이 알만한 사람들의 얼굴이 죽은 사연과 함께 흐른다. 긴 사이.)

장 폴: 죽음… 죽음보다 부조리한 것은 없어… 부조리… 카뮈, 그 친구는 어디 있소?

바 울: 그가 원하는 곳에 있을 거요.

장 폴: 나는 3층을 원하오….

오네시모: … 다니엘도 그분의 영광을 견디기 힘들었는데… 죄인은 3층에 올라가도 그곳에서 견디기가 지옥보다 더 힘들 것입니다.

장 폴: 그럼, 성경을 다 믿으면 올라갈 수 있소?

바 울: …

장 폴: … 동정녀 탄생… 그것도 꾸며낸 이야기가 아닌… 그것도 실제로 믿어야 하오?

오네시모: 어렵게 생각하지 마시오…. 전지전능하신 하나님이시니, 가능하답니다. 당신들은… 먼지에서 저절로 우연히… 동물이 생기고 사람도 생겼다고 하지 않소…. (단호하게) 만약…

장 폴: …

오네시모: (단호하게) 만약 모든 게 우연이라면서… 당신은 왜 그토록 자신의 주장을 옳다고 내세웠나요? 당신 아내와의 사랑도 우연이고. 당신이 그토록 혐오하는 나치의 만행도… 우연히 일어난 일이 분명할 터인데… 왜 우연한 존재들이 우연히 저지른 범죄에… 당신은 그토록 분노했죠? 모든 게 우연인데… 왜 〈출구 없

는 방〉 같은 지옥을 상징하는 작품을 썼나요? 지옥은 영혼을 가진 인간에게 책임을 묻는 것인데… 당신은 왜 그런 작품을 썼나요?

바 울: 당신도 인간은 거짓말조차도 '내 말은 참이다'라는… 즉 진리를 근거로 말을 한다고 인정하지 않았소.

오네시모: 우연이라는 주장도… '내 말은 참이다, 내 말은 우연이 아니며… 옳다'는 것을 근거로 말을 하지요.

바 울: 인간의 영혼은 진리를 벗어날 수 없답니다. 인간은 진리의 반대편에 서 있을 수는 있어도… 진리를 떠날 수는 없답니다. 지옥은 진리의 반대편에 서서… 진리가 온전히 실행되는 나라를 바라보는 것이기도 하답니다. 진리가 완전히 실행될 때, 진리의 반대편에 선 영혼들은 얼마나 고통스럽겠습니까? 완전한 사랑과 용서의 나라를… 그 반대편에 서서… 영원토록 바라보는 것이 얼마나 고통스럽겠습니까?

장 폴: 그럼, 질투, 그 질투도 진리를… 근거로 하는 질투입니까?

바 울: 물론입니다…. 진리는 비진리, 즉 거짓에 분노한답니다. 마찬가지로 참사랑은… 참사랑이 아닌… 유사한 사랑이나, 거짓 사랑에 분노한답니다. 하나님의 그 분노가… 그게 인류를 향한 하나님의 거룩한 질투요…. 그 질투가… 독생자 예수 그리스도를 이 땅에 보낸 것입니다.

장 폴: 나는 하나님의 사랑이, 긍휼이… 보냈다는 말은 들은 적이 있어도… 분노한 하나님이 보냈다는 말은 처음 듣는 것 같소….

바 울: 당신은 자녀가 없으나… 그래도 이해하리라 믿소…. 만약 당신의 딸이 뱀과 같은 나쁜 사람의 꼬임에 빠져… 창녀가 되어 거리에

서 몸을 팔고 있다고 생각해 보시오.

장 폴: …?

바 울: 그런데… 당신은 부유한데다가… 딸을 좋은 남성에게 시집을 보
　　　낼 수도 있는 능력이 있소…. 아니, 아니, 아직도 그 딸을 사랑
　　　하는 신사가 있소…. 당신 같으면… 그 딸을 어쩌겠소? 그냥 내
　　　버려 두겠소? 우연히 생긴 존재니… 우연히 살다 가겠지…. 그러
　　　고 말겠소?

장 폴: … 그럴 순 없지요….

바 울: 그렇소…. 부모라면 누구나 구해낼 겁니다. 딸의 빚을 다 갚아주
　　　고… 정결하게 하여… 그 신사에게 시집을 보내지 않겠소?

장 폴: 물론입니다. 그렇게 하고 말구요….

바 울: 그런데… 불행히도… 그 딸이… 꼬임에 빠져… 창녀로 사는 것이
　　　좋다고 합니다. 그럼 당신은 어쩌겠소?

장 폴: 강제로라도… 데리고 와야겠지요….

바 울: 데리고 왔는데… 또 나간다면 어쩌겠소?

장 폴: … 진심이 통할 때까지…. 계속해야… 겠지요….

바 울: 그렇소…. 호세아서에 그 이야기가 있답니다.

장 폴: 호세아? 호세아가 누구요?

바 울: 구원이란… 이름을 가진 사람이죠… 어느 날 그에게 하나님의
　　　말씀이 임하여… 그에게 말씀하셨답니다.

코러스(A): 호세아야, 음란한 여자를 맞이하여 결혼을 하라.

코러스(B): 아들의 이름을 이스르엘이라고 하라

코러스(A): 딸의 이름을 '로루하마'로,

코러스(B): 아들을 '로암미'라고 하라.

장 폴: 자녀들 이름에… 무슨 뜻이 있는 것 같군요.

바 울: 그렇습니다. 호세아는… 예수아… 예수와 같은 뜻이랍니다. 구원이란 뜻입니다.

장 폴: 나머진… 무슨 뜻이요?

바 울: 하나만 말씀드리지요, 로암미란… '내 백성이 아니다'는 뜻이랍니다.

장 폴: 나머지도 부정적인 이름일 것 같군요.

바 울: 그렇소. 그러나 하나님의 질투하는 마음을 몰라서… 그렇게 보일 뿐입니다. 하나님을 떠난 이스라엘 백성들에게… 하나님께서 그들의 죄악을 호세아와 음녀 고멜, 그 자녀들의 이름을 통해서 보여주고 계신 것입니다. 그럼에도 하나님은… 다른 남자를 찾아 떠난 음녀 같은 고멜을 다시 찾아오라. 그 여자를 다시 사랑하라…

오네시모: 호세아의 가정을 통해… 이스라엘의 음녀 같은 삶을 보여주고 있는 것이요…. (사이) 크게는 전 인류가 하나님을 떠난 음녀라는 것을 가리키고 있는 것입니다.

바 울: 그렇소. 예수님은 그 음녀같이… 뱀과 간음하고 있는 고멜과 같은 인류를 위해 그들의 죄를 십자가에서 대신하셨소…. (탄식하며) 아, 나도 그분의 빛 아래에서… 그 음녀가 나라는 것을 깨달았소….

장 폴: 당신 같은 사람이… 음녀라니요…? (오네시모에게) 당신도 그렇소?

오네시모: … (머리를 끄덕인다.)

장 폴: 그럼,… 나도 음녀란 말이요?

바 울: 그렇소. 인류는 하나님을 떠나 사탄과 간음하고 있는 음녀요…. 그래서 자신이 음녀라는 것을 깨닫는 것이… 곧, 은혜요.

장 폴: … 당신은 어떻게 깨달았소?

바 울: 당신이 비웃는… 그 흔한 십자가의 은혜요….

장 폴: 그럼 나 같은 사람은 어떻게 깨달을 수 있소? 내 아내는 고멜도
　　　아니고… 우린 자녀도 없었소….

바 울: 아니, 당신 자신이 고멜이요.

장 폴: 나는 남자요…. 고멜은 여자가 아닌가요?

바 울: … 하나님에겐 모든 인류는 여성적인 존재요…. 하나님의 사랑을
　　　받아들인다는 뜻에서 여성적인 이미지를 사용하고 있는 것뿐이
　　　랍니다.

장 폴: 좋소…. 어쨌든 그 말이 사실이라면, 그 말대로… 하나님과 고멜
　　　같은 인간 사이에 결혼과 같이 연합하는 일이 있어야 하는 것
　　　이 아니겠소?

바 울: 그렇소…. 좋은 질문이요. 하나님은 말씀하셨소….

코러스(A): 내가 네게 장가들어 영원히 함께 살 것이다.

코러스(B): 공의와 정의와 긍휼히 여김으로… 진실함으로 장가들 것이다.

코러스(합창): 나는 인애를 원하고 제사를 원치 아니하며, 번제물보다 하
　　　나님을 아는 것을 원하노라

장 폴: 그럼, 하나님이… 당신에게 장가를 들었나요?

바 울: … (일어나 걷는다.) 나는 여성과는 결혼을 하지 않았소…. 그러나
　　　나는 결혼했소.

장 폴: …?

바 울: 그날, 다메섹에서 나는 부활한 예수를 만났소. 아니 그분이 나
　　　를 찾아왔소. 그때 나는 살기가 등등했소…. 예수가 부활했다
　　　고, 예수가 선지자들이 예언한 메시아라고 유언비어를 퍼뜨리는

놈들을 다 잡아 죽이고 싶었소. 그래서 대제사장에게 체포 공문을 받아 가던 중에 다메섹 가까이 이르렀을 때, 홀연히 하늘에서 갑자기 눈부신 빛이 우리 일행을 둘러쌌소. 나는 땅에 엎드려졌소. 그리고 한 음성이 들렸소.

장　폴: 당신의 그 유명한 이야기는 대충 알고 있소…. 그 환상… 혹 착각은 아니었소?

바　울: 나도 다니엘과 비슷한 체험을 한 것입니다. 나 외에는 다른 사람들은 그 음성을 듣지 못한 것 같았소. 그러나 나는 분명히 들었소. 그때 나는 눈이 멀었소. 그래서 다른 사람이 나를 이끌어야만 했소. 그리고 주님이 보낸 아나니아가 나를 찾아와… 눈에 안수하고, 내 눈을 열어 주었소. 나의 교만은 완전히 깨어졌소…. 지난날의 나는 눈뜬장님과 같았소…. 그리고 나는 광야로 갔소…. 성경을 깊이 묵상했소…. 그분은 나를 인도했소. 나는 성경에서 그분을 가리키는 것을 처처에서 발견했소…. 그것을 그리스도를 미리 보여주는 예표. 그림자라고 하오.

오네시모: 선생님, 제가 선생님께 배운 것을 말씀드려도 될까요?

바　울: 물론입니다.

오네시모: 타락한 아담과 하와에게 하나님은 말씀하셨소, '여자의 후손은 뱀의 머리를 밟을 것이다'. 그리고 그들을 덮어주었던 짐승의 가죽옷… 그 짐승의 죽음은 죄인을 위해… 피를 흘린 어린 양이신 예수의 죽음을 미리 보여주는 것이랍니다. 출애굽할 때, 마지막 재앙 때 흘렸던 어린 양의 피… 그 어린 양의 피도 예수님의 십자가를 보여주는 것입니다.

바　울: 광야에서 높이 달린 놋뱀에서 나는 뱀 같은 나의 죄성을 보았

소. 그리고 뱀과 함께 높이 달려 피를 흘리는 어린 양 예수 그리
스도의 십자가를 보았소…. 성막에서 흘려졌던… 수많은 무흠한
짐승들의 피에서… 어린 양의 십자가를 보았소…. 절기에서도…
성막에서도… 그리스도의 피는 묻어 있었소.

오네시모: 선생님… 성막은 더 구체적으로 말씀하셔야…

바　울: 이제, 그만 됐소…. 저 동방에 대한민국의 독립운동가인 월남 이
상재 선생이라는 분이 있소.

오네시모: …?

바　울: 그분은 감옥의 마루바닥에 찢긴 채 걸려 있는… 성경 한 구절을
읽고… 회심했다오….

장　폴: …

바　울: 듣지 않으려는 자에게… 많은 이야기가 무슨 소용이겠소. 그럼
에도 한 가지는 더 들려주고 싶구려… 그분의 질투하시는 사랑
의 열심… 그 열심이 나를 만나 주신 것이며… 이 연극을 하라
하셨소. 바벨론의 포로들을 위해, 돌아올 사람이 아직도 있으
니… 마지막까지 공연하라 하셨소….

장　폴: (혼잣말로)… 질투… 하나님이 질투라니… 어울리지 않아…

바　울: 인간이 하나님의 영광을 드러내야 할 존재인데… 사탄과 교제하
며 악을 드러내는 존재가 된 것을 마음 아파하셨소. 딸이 창기
노릇하는 것을 아파하는 부모처럼 말이요.

장　폴: 좋소…. 당신들의 체험은 존중하오. 그런데… 왜 나에게는 그분
이 나타나지 않았을까요? 왜 그분의 음성을 내게는 들려주지
않았을까요? 왜? 왜…? 누구는 보여주고 누구는 건너뛰다니…
나는 저 지하가 싫소. 지하로 돌아가기 싫소….

바　울: 나도 모든 것을 다 알지는 못하오. 그러나 내가 아는 것은… 당신이 진정으로 그분을 원했다면… 영원한 것에 참으로 목이 말랐다면… 뱀에게 물린 자신 안에 있는 독으로 마음이 진정으로 고통스러웠다면… 자신의 죄성으로 인해… 아파하고 슬퍼했다면… 그분의 말씀에 귀를 기울였다면… (사이) 그분의 말씀이 참이 아니면, 거짓일 거라는… 단 두 가지 기준만으로도… 그분을 시험하고 그분에게 적용해 보았더라면… 당신은… 그분을 발견했을 것이오.

장　폴: …?

바　울: 예수님은 말씀하셨소, '나를 본 자는 하나님을 보았다'… 그분의 말씀이 참이 아니면 거짓이겠지요?

장　폴: … 미쳐서 그럴 수도 있지요.

바　울: 미친 것도… 거짓에 분류하면 되지 않겠소?

장　폴: 그건 그렇소만…

바　울: 당신은 그분이 미친 것 같소? 마치 과대망상증 환자 같소? 마치 느부갓네살 왕처럼… 자신이 소라고 여기는 병이 걸렸듯이… 자신이 뱀의 독에 물려 죽어가는 사람들을 치유하기 위해 하늘에서 내려온 하나님의 아들로 여기는… 자칭 메시아라는 정신병에 걸린 것 같소?

장　폴: 그럴 순 없소…. 미친 사람을 수많은 정상적인 제자들이 믿고 따를 리가 없소…. 더구나 거짓을 전하기 위해… 전 생애를 다하고… 목숨을 버린다는 일은 있을 수 없소.

바　울: 그럼, 일부러 거짓말을 했다는 것이요?

장　폴: 산상수훈에서 하신 것처럼… 인류 역사에 그분처럼 말할 수 있는 사람도 없소.

바 울: 그러면 그분은 무엇이겠나요?

장 폴: … 남은 건… 그분의 주장대로… 그대로이겠지요….

바 울: 바로 그거요…. 파스칼 형제는… 도박의 내기 이론으로도 그분을 믿는 것에, 거는 것이… 손해를 볼 게 없다고 논증했소….

장 폴: … 저 책장에서… 파스칼 선생의 〈팡세〉를 본 것 같소만…

바 울: 그렇소. 그 책도 저기 있지요…. 총명한 당신이니 생각해 보시오. 천국이… 있다… 없다… 당신은 어디에 걸겠소?

장 폴: … 흠… (잠시 생각하며 무대를 걷는다.)… '없다'에 걸었다가 '있으면' 망한 것이고 '없으면' 본전이군… 그렇다면… '있다'에 걸어야겠군요…. 천국이 없으면 본전이고… 천국이 있으면… 영원한 대박이 아니겠소…? 더구나 그것에 목숨을 건… 수천수억의 허다한 증인들도… 있으니…

바 울: … 그런데… 당신은 어디에 걸었소?

장 폴: (놀라며) 아,… 나는 뱀에게 걸었군요…. 당신들이 말하는 뱀의 거짓말에 걸었군요…. 네가 하나님같이 되리라… 네가 왕이다… 네가 너의 주인이다… 그토록 당신도 나를 왕이라고 하더니…

바 울: 그렇소. 사람은 하나님이 아니요, 왕도 아니요…. 인간을 두고 '네가 하나님과 같이 될 것이다'… 속삭이는 자가… 바로 뱀이요….

장 폴: (스스로 자조하며) 질병도 죽음도 피하지도 못하는 주제에… 내가 하나님이라니… 내가 왕이라니…! 풀 한 포기 만들지 못하는 주제에… 물 한 방울 만들지 못하는 주제에… 숨이 그치면 흙으로 돌아갈 주제에… 전능하신 하나님이라니…!

(그는 비틀거리며… 계단 아래에 가 높은 곳을 올려다본다. 다시 죽은 자의 사진들이 지나간다. 그러나 음악은 〈송축해 내 영혼(만 가지 이유)〉 찬양이 흘러나온다. 그는 계단 위를 천천히 올라간다. 계단 위에 왕처럼 걸터앉는다.)

장 폴: 나는 너무 늦었소…. 모든 것이… 아침마다 뜨는 해가, 지는 노을이, 봄, 여름이… 수많은 그리움을 담은 노래들이… 하나님께로 돌아오라는 소리로 듣지 못했소…. 그렇군요…. 그분을 찬양할 이유가 만 가지가 넘는데… 모든 것들이 하나님의 선물이었는데… 주제 넘었구려… 내 철학이 내 문학이 나를 구원하지 못했소. 나의 지성도 죽음 앞에선 사실, 아무것도 아니었소…. 그래서 죽음 앞에서 온 파리 시민이 다 알도록… 나는 두려움에 떨었소…. 찬양을 그치시오…. 나는 저런 찬양을 들을 자격도 없소…. 나에겐… 〈히브리 노예들의 합창〉… 그것도 과분하오…. (사이) 오, 길을 잃은 내 영혼아… 너에게는… 하늘 본향으로 돌아갈 길이 없구나… 너는 스스로 네 눈을 찔러… 길을 잃었구나…

(음악이 바뀌며, 〈히브리 노예들의 합창〉 음악이 흐른다. 무대 영사막에는 관객들이 알만한 죽은 사람들의 얼굴들이 계속 흐른다. 긴 사이. 음악과 영상이 그치자, 그는 비틀거리며 계단을 내려온다. 그리고 지하 계단 앞에서 멈춘다.)

장 폴: 죽음 앞에 서면, 교만해질 수가 없구나… 한 번 죽는 것은 사

람에게는 정한 이치요, 그 후에는 심판이 있으리니… (돌아보며) 바울 선생, 이제 다시 저 지하로 돌아갈 때가 되었나 봅니다. 그런데… 나에게 낸 그 질문의 답은 뭐요? 런던 타워의 그 소년의 죄는 뭐요?

바　울: 가인과 아벨이요.

장　폴: 그게 답이요?

바　울: 그렇소. 그 부모, 아담과 하와가 하나님을 떠나… 뱀과 간음한 죄가 그의 피를 따라 흘렀소. 가인과 아벨 사건은… 타락한 부모에 뿌리를 둔 모든 인류의 죄요 표상이요. 그 죄는 개인으로, 단체로, 민족으로, 국가적으로 반복되오. 언제나 그렇소…. 모든 인류 역사의 죄악은 언제나 그렇소…. 당신이 미워하는 나치, 그들뿐 아니라… 당신이 지지했던 공산주의자들이 자기의 동족을 죽인 원인도 마찬가지요. 그 모든 죄의 원형은 가인과 아벨이요….

장　폴: 그 뿌리는… 아담이고…

바　울: 그렇소. 그 뿌리는 뱀을 따라 하나님의 생명을 의미하는 생명나무를 버리고 하나님이 금지한 선악과… 지식의 나무 열매를 먹은 결과일 뿐이요. 그래서 모든 사람에게는 죄의 독이 퍼져 있소…. 사탄의 표상인 뱀이 제시한 지식나무의 열매는 생명을 주지 못하오…. 당신의 그 뛰어난 지식과 철학이… 당신의 죽음 앞에서 무슨 소용이 있던가요? 당신의 지식으로 영생을 얻은 사람이 한 사람이라도 있었나요?

장　폴: 그 불쾌한 기억… 잊고 싶었던 기억들… 저 지하에서 올라오는 음습한 기운처럼… 나쁜 기억들을… 다시 되살려 놓는구려…

바　울: 그래서 하나님은 타락한 인류를, 바벨탑을 쌓은 교만한 인류를
　　　　홍수로 쓸었소…. 우리가 볼 때는 사람 같지만… 끝끝내 사탄
　　　　편에 서서 돌아오지 않은 사람들은 하나님이… 보시기엔 끔찍
　　　　한 뱀이요…. 그리고 노아의 후손 중에서… 이스라엘을 택하고,
　　　　애굽 땅에 두게 함으로… 다시금 죄의 노예 상태가 어떠함을 그
　　　　들로 친히 겪게 하셨소…. 바벨론의 포로 된 것도 마찬가지 메
　　　　시지요…. 모든 인류는 죄의 노예다… 모든 인간은… 뱀에게 물
　　　　린 상태다…. 그 해독은… 그리스도의 피 흘리는 십자가뿐이
　　　　다…

오네시모: 그리고 당신이 자주 말한… B와 D 사이엔… C라는 초이스…
　　　　오직 '나'의 선택이 있었지만…

바　울: 그렇소…. 당신이 자주 말한, 버스(BIRTH: 탄생)와 데드(DEAD:
　　　　죽음) 사이엔… C라는 초이스가 있소만… 그 C가 누군지…. 이
　　　　제는 알겠소?

장　폴: … 크라이스트(CHRIST), '내'가 아닌… 예수 그리스도…! 그게
　　　　다니엘이 말한… 사람이 손으로 만들지 아니한… 뜨인 돌… 아,
　　　　그 뜨인 돌이… 예수 그리스도 그분이군요…. 그런데… 그 돌은
　　　　나를 깨뜨리지 않았소….

바　울: 물론이요, 한 번 죽은 자에게는 기회는 없소. 그러므로 이 연극
　　　　은 죽은 자들을 위한 연극이 아니요, (관객을 향해) 산 자들을
　　　　위한 연극이지요. 이 연극을 통하든지…. 문학이든 예술이든 어
　　　　떤 계기로든지…. 누구라도 마음에 깊은 금이 간 사람은… 지하
　　　　에 내려가지 않을 것입니다… 그리고 여기 당신처럼 자신이 지
　　　　하에 합당하다고 인정하는… 그런 마음을 하늘에서는… 상한

마음, 깨어진 마음이라고 부른다오.

오네시모: 가난한 마음이라고도 하지요.

장 폴: …?

바 울: 이사야 57장 15절의 말씀이… (하늘을 우러르며)… 하늘에서…
　　　내려왔소….

오네시모: (성경을 보며) 지극히 존귀하며… 영원히 거하시며… 거룩하다
　　　이름하시는 이가… 이와 같이 말씀하시되

(코러스는 장폴을 빙 둘러싼다.)

코러스(A): 내가 높고 거룩한 곳에 있으며

코러스(B): 또한 통회하고 마음이 겸손한 자와 함께 있나니

코러스(A): 이는 겸손한 자의 영을 소생시키며

코러스(B): 통회하는 자의 마음을 소생시키려 함이라

코러스(합창): 심령이 가난한 자는 복이 있나니… 천국이 그들의 것이요.

코러스(합창): 애통하는 자는 복이 있나니… 그들이 위로를 받을 것임이
　　　요….

(다시 〈히브리 노예들의 합창〉의 영상이 뜬다. 그러나 노래 소리는 들리
지 않는다.)

장 폴: (하늘을 올려다보며… 중얼거린다.) 저… 침묵하는 사람들을 통해
　　　서도… 그들의 슬픈 노래가 들리는구나… 하늘 본향 집으로 돌
　　　아가자고… 누군가에게 호소하는 노래로 들리는구나…

(그는 휘청거리며 관객을 향해 돌아선다. 그러다 그는 정지한다. 긴 침묵이 흐른다. 코러스가 장폴과 바울과 오네시모에게 박수를 치며 몇 걸음씩 앞으로 나선다. 극중극의 연극이 끝난 것이다. 오네시모도 합류한다.)

바 울: (박수를 치며, 무대 앞으로 나서며, 장폴의 역을 맡은 배우의 손을 잡아 무대 앞으로 이끈다.) 당신은 젊은 시절의 나를 많이 닮았소. 마치 나를 보는 것 같았소…. 그러나 이제 장폴과 폴, 바울의 전쟁은 끝났습니다.

여러분, 지옥은 장폴의 연극처럼 출구가 없는 것이 아닙니다. 자아에 갇힌 사람 그 자신에게 출구가 없을 뿐입니다. 하늘 문은 언제나 누구에게나 열려 있습니다. 닫힌 것은 당신의 마음입니다. 우리 대신 뱀처럼 높이 달린 예수 그리스도의 십자가를 바라보십시오. 자아라는 뱀에게 물려 죽어가는 당신, 죄에게 끌려가는 당신… 바벨론의 포로, 바벨론의 노예가 된 당신… 돌이켜 당신을 위해 십자가에서 피를 흘리고 있는 그분을 간절히 바라보십시오. (사이)

그리고 여러분은 극적인 반전을 기대하셨을 것입니다. 그런데 세상은 그분을 기준으로 B.C와 A.D로 나누었습니다. 여러분도 그분을 만나면 여러분의 생애가… B.C와 A.D로 나누어질 것입니다. 그러므로 그것보다 참된 인생의 반전은 없습니다. 아브라함처럼, 모세처럼, 다니엘처럼, 욥처럼, 바울처럼, 오네시모처럼, 파스칼처럼, 척 콜슨, 럼브란트 목사처럼 말입니다. 아니, 이름 없는 바닷가 모래알보다 더 많은 성도들처럼 말입니다. (돌아서

려다, 다시 돌아서며) 아, 한마디만 더 붙이겠습니다. 하나님은 하나님의 말씀을 연구하고 탐구하고 의심하는 자를 멸시하지 않으십니다…. 〈죄와 벌〉을 쓴 러시아의 대문호인 작가 도스토옙스키는 이렇게 말했답니다. '나의 믿음은 의심의 용광로에서 태어났다.'

(코러스도 모두 무대 앞으로 나선다.)

안녕히들 1층으로 돌아가십시오. 돌아가는 길에 넥타이를 맨 뱀, 핸드백을 든 뱀을 조심하십시오…. 그런데 혹 하나님의 은혜로 자신 안에 뱀이 살고 있는 것을 알고 날마다 십자가에 자아라는 뱀을 못 박는 분들은… 바벨론의 포로, 뱀의 노예가 된 분들을 불쌍히 여기며 기도하시길 바랍니다. 그리하여 언젠가 우리 모두… 3층에서… 바벨론의 노예들이 만든 공중정원이 아닌, 하나님이 그 자녀들을 위해 만드신 영원한 하늘집의 정원… 하늘나라의 공중정원에서 만나기를 바랍니다.

장 폴: 제가 맡은 배역의 장폴처럼, 영국의 저 백작처럼… 지하에서 만나지 않기를 바랍니다.

(그런데 갑자기 지하에서 투덜대며 올라오는 사람의 소리가 들린다… 쇠사슬 끄는 소리도 난다… 그는 이렇게 아래에서 외친다.)

소리: 어이… 장폴… 아직까지 안 내려오고 뭐 하고 있나…? 장폴… 소망을 버려… 그래 봐야… 거긴 1.5층이야… 3층이 아니라구…

속지 말라구… 너나 나나… 3층에 가긴 글렀어… 우린 지하가 제격이야… 우린 지하가 제격이라구…!

(모두 그 말에 아랑곳하지 않고 관객들에게 깊이 절한다. 암전. 〈히브리 노예들의 합창〉 서곡이 조용히 흐른다.)

－막이 내린다. (2024. 12. 23)

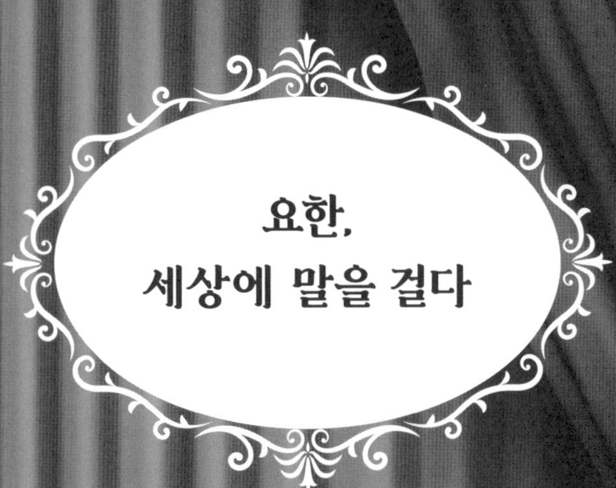
요한,
세상에 말을 걸다

〈등장인물〉

-남자(앞): 해설자

-남자(등): 사탄(질문자)

-요한

-존 레이크

-코러스12(남9, 여자3): 코러스는 여러 증인, 즉 다양한 배역을 맡기도 한
다. (요한과 존도 코러스의 배역을 함께 맡아도 상관이 없다.)

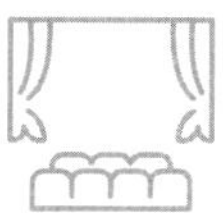

긴 침묵, 뱃고동 소리가 멀어져 가면서 막이 열린다. 무대 중간쯤 우편에는 약간 높은 동산 같은 언덕에 마른 작은 나무 한 그루가 서 있다. 좌측 뒤편에서 객석 가까이까지 무성한 포도나무 한 그루가 넝쿨을 이루고 있다. 포도나무 넝쿨 사이에는 문이 하나 있다.

남자(등)은 작은 나무 아래에서 등을 반쯤 기대어 바닥에 앉아서 바다를 떠나는 배를 바라보고 있다. 남자(앞)는 포도나무 근처 객석 가까운 쪽 긴 의자에 앉아 역시 바다 쪽을 바라보고 있다. 의자 옆엔 작은 테이블이 놓여 있다. 모든 코러스도 역시 같은 방향을 바라보고 더러는 손과 손수건을 흔들고 있다. 뱃고동 소리가 멀어져 간다. 코러스와 모두는 서서히 객석으로 돌아앉는다. 코러스 중에는 눈물을 훔치는 여자도 있다. 여자 코러스 중에는 양산을 쓰고 있는 사람도 두 사람이 있다. 삼삼오오 짝을 지어 잠시 서로 수군거리기도 한다. 그러나 여전히 남자(등)은 돌아앉지 않고, 등을 돌린 채다. 남자(앞)는 테이블에 놓여 있는 성경을 펴서 읽는다. 남자(등)는 깔고 앉은 신문을 두루마리처럼 말아서 일어선다. 그리고 운동하듯 목을 두어 번 꺾는다.

남자(등): 여기서도 바다가 잘 보이는군…. 그 두 친구는 영영 돌아오지
　　　　못할 길을 갔다지…?

남자(앞): … 그래, 못 돌아올지도 몰라.

남자(등): 왜 말리지 않았나? 그 부모는 뭐 하는 사람들인가?

남자(앞): 부모를 따라 옹기를 만들고, 목수를 했으니… 같은 직업이겠지.

남자(등): 해마다 사람들이 그날을 기념하여 이 언덕에 모인다지. (돌아보
　　　　며) 그런데 많고 많은 곳이 사람 사는 곳인데… 하필 노예야.

남자(앞): (성경을 내려놓으며) 노예가 아니면 그곳에 갈 수 없다고 했어.

남자(등): 나도 들었어. 농장주들이… 아무도 못 들어오게 한다더군. 이
　　　　름이 뭐였지?

남자(앞): 도버, 니치만.

남자(등): (팔다리를 흔들며)… 부모와 가족은 어쩌라고? 별난 놈들이야.

남자(앞): …

남자(등): 항구는 눈물바다였겠군. 그런데 그들이 무슨 말을 했다고 전
　　　　해 오던데…

남자(앞): 그날, 바람결을 뚫고, 똑똑히 들려왔지….

남자(등): 사람들이 그러더군. 죽음을 당하신 어린 양에게 그의 희생에
　　　　대한 보상이 있으라…! 이게 무슨 뚱딴지같은 소리야?

남자(앞): 눈물의 이별 후에… 도버와 니치만이 함부르크 항구에 남은 사
　　　　람들에게 작별의 손을 흔들며 한 말이라고 하네. 지금 그 공동
　　　　체에서는 전도를 떠날 때마다 그 말이 유행이 되었다 하네.

코러스: (조용히 서로의 얼굴을 마주 보며)… 죽음을 당하신 어린 양에게
　　　　그의 희생에 대한 보상이 있으라!

남자(등): 무슨 뜻인가?

남자(앞): 도버와 니치만은 헤른후트 공동체 일원일세.

남자(등): 들어는 봤어. 진젠도르프인가 하는 귀족이 세운 공동체라며? 그런데 왜 하필이면, 돌아올 수 없는 땅에 가는가… 무모하지 않나? 그리고 누가 보상을 받는다고? 질 좋은 옹기를 구워 사람들에게 파는 것… 비가 새지 않는 좋은 집을 지어주는 것도… 좋은 일이 아닌가?

남자(앞): 물론 그것도 좋은 일이지.

남자(등): 만약 그들이 옹기장이가 아니고, 목수가 아니었다면 말일세….

남자(앞): … 자네, 무슨 말을 하고 싶은가?

남자(등): 만약… 그들이 부자였거나 귀족이었다면…? 과연 떠날 수 있었을까?

남자(앞): … 넌 언제나 그 모양이지…. 그러니, 어린 양의 희생을 이해하지 못하지. 당시 영국과 덴마크의 농장주들은 노예들이 크리스천이 되면 자신들의 일에 방해가 될까봐, 선교 사역을 방해했네…. 그리고 복음을 들은 노예들을 교도소에 가두고, 전도자와 목회자들이 이 섬들에서 복음을 전하지 못하게 하고, 아예 머무는 것조차 금지했다네. 가끔 난파선이 올 경우에도 별채에서 사람들이 머물도록 하여 사탕수수와 코코넛 농장에서 일하는 노예들과는 접근 자체를 차단했다 하네.

남자(등): 그래서 그들은 그 불쌍한 노예들에게 접근하기 위해 노예로 몸을 팔았다는 말이지?

남자(앞): 그래. 마치…

남자(등): … 마치?

남자(앞): 그래, 마치… 예수님처럼 말일세….

남자(등): 예수님처럼? 이봐… (하늘을 가리키며) 저기, 그분은 하늘에서
　　　　오신 하나님의 아들이 아닌가?

남자(앞): 오, 자네가 웬일로 그리 쉽게 주님을 인정하나?

남자(등): 아니, 예수님이 노예로 이 땅에 오신 것은 아니지. 잘못된 것은
　　　　바로잡아야지…. 더구나 이 드라마는 다큐를 표방하고 있지 않
　　　　나?

남자(앞): 더 먼 곳에도 갔다네.

남자(등): 남아프리카에도 갔다지?

남자(앞): 응. 청나라, 페르시아, 그린란드 같은 북극 가까운 곳에도 파송
　　　　했어.

남자(등): 열매는 있었나?

남자(앞): 자네가 믿을는지 모르겠네….

남자(등): 다큐라며?

남자(앞): 다큐고 말고… 두 선교사는 허름하고 보잘것없는 거처를 제공
　　　　받았다네. 노예들과 함께 농장에서 낮에는 날마다 힘든 노역을
　　　　감당하면서… 노예들과 함께 살면서… 저녁에는 복음을 전하고
　　　　성경을 가르치는 일을 헌신적으로 했다네. (사이) 두 선교사의
　　　　희생적인 사랑은 흑인 노예들에게 감동을 주었다네.

남자(등): 더 이상 듣고 싶지 않아. 오히려… 무섭군. (신문을 흔들며) 세
　　　　상보다 무서워.

남자(앞): 뭐가… 무서워?

남자(등): 예수 믿는 것 말이야… 그리고 자네 혹, 말이야… 저기 관객들
　　　　을 꾀어내서… 먼 곳으로 파송하려는 것 아닐까… 하는 의문이
　　　　드네. 여기 신문에 보면, 사람을 유괴하여 장기를 파는 외국인

들이 붙잡혔다는군.

남자(앞): (웃으며) 역시 자네다운 발상이야… (일어서며)… 아, 그런데 극이 본격적으로 시작하기 전에 미리 관객들에게 말씀드릴 것이 하나 있어.

남자(등): 그럼, 이 극은 서사극인가?

남자(앞): 작가가 세상에 대해서 할 말이 많은가 봐.

남자(등): … 내가 그 대사 조금 아는데… 자네 거… 내가 해도 되나?

남자(앞): 이 부분은 연출가 선생도 허락하지 않았나.

남자(등): 재미있겠군. (관객에게 조금 다가오며)… 저, 방금 여러분들도 도버와 니치만처럼… 자발적으로 여기 죽음의 문을 들어오셨다는 사실을 아십니까?

남자(앞): 아니, 연극을 보러 왔는데… 죽음의 문을 들어왔다고? 그게 말이 돼?

남자(등): … 그런데 그게 말이 됩니다. 연극과 죽음은 매우 유사한 면이 많습니다. 일단 여기 들어오면, 여러분들은 죽은 사람 취급을 받습니다. 죽은 자는 말이 없지요. 마찬가지로 여러분도 여기서는 말이 박탈됩니다. 여기서 말을 하는 사람은 배우들뿐입니다. 여러분은 무조건 침묵해야 합니다. 마치 죽은 사람 취급을 받는 것이지요. 물론 영화관에서처럼 팝콘을 먹고 싶은 분도 있겠지만, 연극 공연 시에는 팝콘을 먹을 수 없습니다. 왜냐하면 배우들만 살아 있어야 하고, 여러분들은 죽은 사람처럼… 조용히 침묵하고 있어야 하기 때문입니다. 그래야 연극이 되기 때문입니다. (남자(앞)을 돌아보며)… 대사가… '너무 길어' 나머진 자네가 해…

남자(앞): 그러지…. 그리고 또 하나, 죽은 사람은 자신의 뜻을 마음대로 펼 수 없습니다. 그저 작가가 쓴 작품을 따라 배우들이 보여주시는 대로 바라보아야만 한다는 것입니다. 죽음도 그렇습니다. 죽은 자는 이제 자신의 뜻대로 할 수 있는 게 없습니다. 아무것도 할 수 없습니다. 그건 죽은 후의 심판과 많이 닮았습니다. 그렇지요…. 죽은 자는 이제 그 심판에 반항하거나 저항할 수 없습니다. 죽음… 그렇습니다. 이미 주사위는 던져진 것입니다… 배는 항구를 떠난 것입니다. 도버와 니치만처럼, 자발적으로 노예로 팔린 것입니다.

(그의 긴 의자에 앉는다. 그는 다시 성경을 펴서 읽는다. 그러다가 커피를 홀짝거리며 마신다. 긴 사이. 등을 돌리고 있던 남자(등)는 나무에 기대어 신문을 읽는다. 긴 사이. 기지개를 켜고, 그리고 목을 이리저리 꺾는다. 사이)

남자(등): 두 사람이 다시 돌아올 때까지…. 이렇게 기다려야 하나?

남자(앞): 아니, 증인들은 얼마든지 있네.

남자(등): 그런데, 좀 지루한 연극이라 생각하지 않아? 극적인 것이 없어.

남자(앞): 난 지루하지 않네. 재미있어.

남자(등): 흥, 난 성경을 근거로 한 내용이 재미있다는 놈 처음 봐….

남자(앞): 꿀보다 더 달다는 사람들도 있어.

남자(등): 미쳤군… 세상에 재미있는 일이 얼마나 많은데… 물론 끔찍한 일도 많지만.

남자(앞): 자네도 좋아하는 천상회의 장면도 여기 욥기에 나오는데… 자넨 욥기를 좋아하지 않나?

남자(등): 지금은 싫어.

남자(앞): 왜 싫어?

남자(등): 몰라도 돼.

남자(앞): 네가 왜 싫어하는지…. 나는 알지.

남자(등): 흥, 네가 어떻게 알아.

남자(앞): 네 정체가 폭로되니까… 싫어하는 거 아냐? (차를 마시며) 이제
　　　　 시작인데… 자네도 한잔하지…. 긴장도 풀 겸 말이야.

남자(등): 고맙긴 하지만… 잠이 안 오면… 힘들어… 이제 나를 소개해야지.

남자(앞): 누굴?

남자(등): (불쑥) 그래도 욥 이야기는 흥미가 좀 있어. (일어나 그에게 다가
　　　　 온다.) 하긴, 천상회의 장면은 내가 가장 좋아하는 장면이지….,
　　　　 (그를 등 너머로 곁눈질하며)… 어디쯤 읽고 있나?

남자(앞): 관종이군.

남자(등): 관종?

남자(앞): 관심을 끌고 싶은 종자 말이야…

남자(등): … (돌아서며) 틀린 말은 아니군… 그래도 자네가 먼저 시작해
　　　　 야지.

남자(앞): 뭘 말이야?

남자(등): 해설 말이야.

남자(앞): 굳이 해설이 필요할까?

남자(등): 다큐를 표방하고 있다며…?

남자(앞): 그건 순 작가 선생 생각이지…. 대본을 보니… 전혀 다큐 같지
　　　　 않아. 오히려 성극(聖劇) 같았어.

남자(등): 그건 그래… 나도 그런 생각이 들었어. 오히려 심리극에 가까운….

남자(앞): 심리극…? 맞아. 나도 그런 면도 있다고 생각했어.

남자(등): 우리 인물 이름도… 자넨 '앞'이고, 난 '등'이잖나? 이건 심리극이 틀림없어…. 아마 작가 자신의 심리극이 아닐까…? 지킬 박사와 하이드 같은… 자넨, 작자의 앞이고, 난, 그의 등, 그의 숨어 있는 어두운 면이 아닐까?..

남자(앞): 그런데 왜 나는 해설자고, 자넨 질문자일까…? (조용히) 그의 귀에 대고… 이 작가는 자넬 '하니, 사탕'이라고 불렀어… 여기 내 대본에는 그렇게 적혀 있어.

남자(등): 사탄이 아니고, 사탕이라고…? 여보게. 아무리 그래도 이름이 사탕이 뭐야? 그래서 이름을 바꾸어 달라고 했지. 페르소나, 파우스트가 어떨까 제안했는데… 거절당했어. 웃기는 작자지. 사탕이 뭐야…? 그러더니 사탄이 어떠냐고 했어. 나는 웃었어. 그런데 사탕보다는 사탄이 개성이 있다고 생각했지. 그런데 나처럼 점잖고 잘생긴 사탄도 있나…? 저기 저 여잔 파우스트의 순수한 사랑인 그레첸이라는 이름이 어울릴 듯한데… (그녀에게 다가가서 정중히 인사하고)… 저 잠시만 양산을 빌릴 수 있을까요? (그녀는 양산을 내준다.)… 감사합니다. 그레첸 아가씨. 친절하시군요.

남자(앞): 아가씬 줄 어찌 알았나?

남자(등): 쉿. (조용히) 애매할 땐, 아가씨라고 해야 좋아하지.

남자(앞): 이름은 어떻게 알았지?

남자(뒤): 그레첸. 대본에 쓰여 있어. 파우스트의 구원자라고… 자넨 밋밋한 해설자… 그대로지? 차라리 작가의 본명을 쓰던가 하지…. 하긴… 작가 이름이 좀 촌스러워… 초등학교 교과서에나 나오는

밍밍한 이름이지.

(남자(앞)는 무대 앞으로 나선다. 그는 이제부터 해설자의 역을 한다.)

해설자: 맞아. 나는 해설자 역을 맡은 개성 없는 배우지. 조금 전에 보셨다시피, 이름도 없어. 해설자? 그게 뭐야? '남자 앞'… 그건 또 뭐야..?

남자(등): 그래도 나보단 나아. '남자 등'이 뭐야? 그리고 내 이름이 사탕이야? 아니면 사탄이야…? 이 연극 제목처럼 '요한'도 괜찮은데… 파우스트 박사도 요한 게오르그 파우스트라구. 파우스트를 소재로 한 작가에도 요한 볼프강 괴테도 있지 않는가…? 나는 크리스토프 말로의 파우스트를 더 좋아하지만… 요한 파우스트 어때? 제길, 이름도 제대로 없는 등장인물도 있나? *(그레첸이라 부른 여자에게)* 그레첸 아가씨…! *(여자가 웃는다.)* 봐, 이름이 있는 게 얼마나 좋아?

해설자: 이름이 뭐 중요하겠어? 역할이 중요하지. 역할로 따지면, 자네가 나보다 더 매력적이지. 다른 배우들도 자네 역을 탐을 내었지 않나? 밋밋한 건… 내 역할이지. 그래도 우리는… 저기… 코러스보다는 나아. 그레첸 아가씨… 빼고 말이야.

남자(등): 그건 그래. 내가 자네 대사 좀 도와줄까?

해설자: 이젠 사양해…. *(관객에게 나서며)* 다큐멘터리 연극에 대하여 미리 말씀을 드리죠. 역사상 큰 논쟁의 여지가 있는 사건을 무대에서 재구성하면서… 그 사건의 겉모습이 아닌, 그 사건의 진실을 찾기 위한 드라마… 그래서 일반 드라마가 가지고 있는 허구

성보다는 사실적인 자료에 토대를 두고 있는 연극이… 다큐멘터리 연극입니다. 그래서 이 극에서는 다큐의 특성상 많은 증인들이 등장할 것입니다. 그리고 극적 효과를 위해서는 코러스를 등장시켰습니다.

남자(등): 다큐야? 다큐를 표방하는 거야?

해설자: 몰라, 둘 다… 맞는 것 같은데.

해설자: 제길 아무려면 어때? 어쨌든 이 작가 선생… 코러스를 매우 좋아해… 그런데 여기저기 이름이 없는 코러스야…

(코러스는 관객을 향해 손을 흔든다.)

해설자: 코러스가 많은 것은 사실입니다. 물론 코러스는 증인들로서의 역도 겸하게 될 것입니다. 저는 이 극을 이끌어 가는 해설자로… 이 연극의 각 장면마다 전지적인 시점으로 개입할 것입니다.

남자(등): 그래도 다 알지는 못하지….

해설자: 그건 그래. 내가 신은 아니니까…

남자(등): 누구에 대한 다큐인가도 말씀도 드려야지.

남자(앞): 벌써 눈치를 챘을걸. 도버와 니치만을 기꺼이 노예로 파송하게 감동을 주신 분에 대한 것이지….

남자(등): 나는 그분이 아직 오지 않았다에 한 표를 던지지. 우린 '고도' 같은 신을 기다리는 것에 익숙하지. 여기 마른 작은 나무가 있는데… 여기 이 부분은 고도와 비슷하지 않나?

남자(앞): 저기 무성한 포도나무는 어쩌고…? 하긴 자넨 늘 반대파지.

남자(등): 나는 노골적으로 반대지 않아… 나는 솜사탕 같은 안개야. 달

콤한 논리, 진리를 추구한다는 명목으로, 여기저기 의뭉스럽게
스며드는 걸… 좋아하지….

(남자(등)은 이제부터 사탄 역을 맡는다. 사탄 역을 맡을 땐, 얼굴의 한
쪽 눈가에만 붙는 얇은 가면을 쓴다. 가면은 조금 짙은 분장을 한 듯한
느낌이 들어서 얼굴인 듯 가면인 듯 어중간하게 보인다.)

사 탄: 이 세상에는 흥미 있는 주제가 얼마나 많이 있는데… 드라마를
      봐. 마약과 살인, 섹스와 돈과 명예. 정치와 권력, 부정부패…
      음모와 술수… 그런데 왜 하필이면… 예수인가?
해설자: 작가 선생은 예수 그리스도보다 흥미로운 주제는 없다… 고 하
      네. 그분을 만나보면 안다나…?
사 탄: 우릴 어디 먼 곳에 노예로 팔려고 그러는 것은 아닐까? 도버와
      니치만처럼…
해설자: … 예수 그리스도를 만났다더군. 음성을 직접 들었다더군.
사 탄: 할렐루야! 다니엘, 이사야, 에스겔 같은… 선지자가 나셨군!
해설자: 맞아, 에스겔이라나? 물론 에스겔 선지자처럼… 긴 소명을 받지
      는 않았데… 정확하게는 성령으로 오신 그분의 음성을 들었다
      는군… 그 강력하고 부드러운 음성은 다음과 같았다고 하네….
      음… 이제 보니, 자넨 사탕보다는… 역시, 사탄이 나아.
사 탄: 그렇지? 나도 그렇게 생각해…. 달콤한 사탕보다는 적대자, 참
      소자란 뜻이 있는 사탄이 더 낫지? 개성도 있어 보이고… 그런
      데… 어디까지 했나?
해설자: ‘그 여자가 죽으면 네 책임이다.’ 그랬다지?

사 탄: 맞아. 정말로 음성을 들었을까?

해설자: 작가가 대본에 그렇게 써 놓았네….

사 탄: 제길 대본에 마음대로 쓰면… 다야…? 대본에 있으니 무조건 믿
고 하라는 거야? 신이 따로 없어.

해설자: 성경도 비슷해.

사 탄: 제길… 그렇긴 하지…. 무조건 믿으라고 하지…. 그런데 정말로…
그런 일이 있을 수 있을까?

해설자: … 무슨 일?

사 탄: 하나님 음성을 듣는 일… 뭐 빛으로 보았다는 둥… 같은 일 말
이야. (사이) 그런데 말이야, 솔직히 말하면, 음… 나도 하나님
음성… 들어본 적이 있어….

해설자: 자네가? 우와, 웬일로… 그런 것을 다 인정하나?

사 탄: 그런데, (조용히)… 마약 하는 놈들도… 그런 비슷한 체험을 한다
더군… 환상을 본다더군!

해설자: 자네가 그러면 그렇지….! 그만하게! 마약 하는 놈들이… 다른
사람들을 위해, 노예를 구원하기 위해… 멀리 떠나는 것을 본
적이 있나?

사 탄: 아, 그건 그래… 다르겠지…. 아, (호들갑스럽게) 물론 달라… 다
르고말고. 나도 천상회의 때, 그분 음성을 들었어.

해설자: 우와, 천상회의라고…? 자네가?

사 탄: 그럼, 아까 자네가 읽고 있는 욥기에 나오지….

해설자: 아, 그렇군… 그래서 자네 역이 욥기에 나오는 사탄 역이지….
그런데… '그 여자가 죽으면 네 책임이다'…. 그 음성을 들은…
작가 선생은 투덜거렸다고 해. 내가 제수씨를 죽이는 것도 아닐

텐데… 왜 내 책임이야… 투덜댔다… 더군.

사　탄: 죽은 여자는… 작가의 제수씨군. (양산을 펴서 쓴다.)

해설자: 그렇다네. 갑자기 동생 집 근처를 지나다가 제수씨가 마음에 떠올랐고, 그리고 그런 음성을 들었다고 하네.

(그는 다시 의자에 앉는다. 차를 마시며 성경을 읽는다.)

사　탄: 음… 그날이 생각이 나는군… 그가 예수님의 음성을 들은 것, 인정해… 사도들처럼, 예수님의 영을 만났고… 그리고 하나님께서 그 여자에게 가서 복음을 전하라는 마음에 감동이 있었지…. 그때 내가 뭐라 유혹했는지…. 알아? (양산으로 그를 덮으며, 해설자의 귀에 대고)… 오늘만이 날이 아니지…. 날도 더운데… 귀찮게… 다음에 만날 때, 기회를 보아서 자연스럽게 전하면 되지….

해설자: 자네에게 적대자, 참소자라는 뜻의 사탄이라는 이름을 준 이유를 알겠군.

사　탄: 그는 가지 않았어! 인간은 참 쉬워… 몇 마디 달콤한 말만 속삭이면… 속아 넘어가지…. 그리고 보니 '사탕, 하니'라는 달콤한 이름도 괜찮겠는데… (그는 양산을 켠 채, 의기양양하게 걸어서 나무에 등을 돌리고 앉는다.)

해설자: … 몇 달 후인가 그 여자는 교통사고로 죽었지. 그리고 장례를 다 치르고 집으로 돌아왔을 때, 갑자기 오래전에 들었던 그 음성이 생각났대. '그 여자가 죽으면 네 책임이다'…. 그리고 그는 에스겔의 글에서… 그가 들었던 말씀과 비슷한 글귀를 발견했

대… 에스겔? 에스겔이 어떤 선지자지?

사　탄: 저기 누가 오는데…

해설자: 아. 에스겔…? 저 선지자가 첫 증인으로 등장하는군.

(코러스 안에서 선지자 에스겔이 등장한다. 그는 비스듬히 객석을 향해 무릎을 꿇고 하늘을 쳐다보고 있다. 조용하면서도 깊은 음악과 조명)

해설자: (성경을 보며) 여기 있군…. 에스겔은 바벨론 느부갓네살 왕의 포로로 잡혀 간 후, 5년이 되던 해 소명을 받았다. 그가 바벨론의 그발 강가에서 하늘이 열리고, 놀라운 영광의 하나님을 보았고… 그는 아브라함과 이삭과 모세와 여호수아에게 말씀하셨던 여호와 하나님, 그 하나님의… 권능 아래에 있었다….

(코러스는 A, B 두 집단으로 나누어 노래하거나 대사를 읊조린다. 그렇지 않을 때는 함께 노래하거나 읊조린다.)

코러스: 이르시되, 인자야 내가 너를 이스라엘 자손, 곧 패역한 백성, 나를 배반하는 자에게 보내노라. 그들과 그 조상이 범죄하여 오늘까지 이르렀나니…

코러스A: 이 자손은 얼굴이 뻔뻔하고 마음이 굳은 자니라. 내가 너를 그들에게 보내노니 너는 그들에게 이르기를 주 여호와의 말씀이 이러하시다 하라.

코러스B: 그들은 패역한 족속이라… 너는 비록 가시와 찔레와 함께 있으며 전갈 가운데 거주할지라도 코러스A: 너는 그들을 두려워하지 말라.

코러스B: 그들이 듣든지 아니 듣든지 너는 내 말로 고할지어다.

사 탄: (일어서서 무대 중앙으로 나오며 마치 랩을 하듯 조롱한다.)… 가령 내가 악인에게 말하기를 '너는 꼭 죽으리라' 할 때, 네가 깨우치지 아니하거나 말로 악인에게 일러서… 그의 악한 길에서 떠나 생명을 구원하게 하지 아니하면, 그 악인은 그의 죄악 중에 죽으려니와 내가 그의 피 값을 네 손에서 찾을 것이고 (돌아보며)… 작가 선생, 피 값에 겁을 먹었군…!

코러스B: 그는 죄 중에 죽으려니와 그의 피 값은 네 손에서 찾으리라!

코러스A: 네가 악인을 깨우치되, 그가 악한 마음과 악한 행위에서 돌이키지 아니하면,

코러스B: 그는 죄악 중에 죽으려니와 너는 네 생명을 보전하리라!

해설자: 작가 선생은 자주 말했어…, 성경에 기록되어 있는 에스겔 선지자 이야기는 이 작품을 쓴 작가가 받은 소명과는 비교할 수 없이 장엄하고 권능이 있는 것이라고.

사 탄: 나도 가끔 들었지…., (귀를 후비며)… 한 영혼이 죽으면 어디로 갈지 알고 있는 너는… 입을 벌려 (하품을 하며) 그들에게 말해야 한다. (랩을 하듯이) 어린아이가 위험한 절벽에서 놀고 있으면… (아이를 잡아당기는 흉내를 내며) 그 아이를 그냥 두어서는 안 된다. 뱀에게 물려 죽어가는 사람을 보면, (뱀을 발견한 듯 놀라며) 모른 척해서는 안 된다…. (양산으로 뱀의 머리를 찍는 흉내를 낸다.)

해설자: 그렇지. 사람이 그리스도의 십자가의 피에 죄를 씻지 않으면… 그는 지옥에 갈 것인데…. 너는 죄 사함과 하늘의 생명을 주는

예수 그리스도의 십자가를 그들에게 전해야 한다. 너는 그들이 듣든지 아니 듣든지…. 너는 부르짖어야 한다…. 그는 그렇게 해석했다지…? (사이)

사 탄: 오, 그 작가 선생, 도버와 니치만처럼, 정신 착란에 빠진 것은 아닐까? 그날 항구처럼 햇살이 너무 뜨거웠던 건 아니고? (양산을 펼친다.)… 아니면, 구세주 놀이를 하고 싶었던 것일까? (쪼그려 앉아서, 바닥에 글씨를 쓴다.)… 그 시절엔 마약이 없었나?

해설자: … 어찌, 센 반론이 없나… 했지…. 뭘 끄적이나?

사 탄: 예수님처럼 글씨를 한번 써 보았지…. 주님은 뭐라고 썼을까…? 난 언제나 구세주 놀이가 준비되어 있어… 그런데… 자네에게 불만이 좀 있어….

해설자: 뭔가?

사 탄: (가면을 만지며) 나를 좀 멋지게 소개했어야지. 적어도 파우스트 박사 같은… 구도자라고.

해설자: 이 친구. 저의 오랜 친구지요. 저의 그림자 같은 친구이기도 합니다. 의심, 불신. 혹은 호기심, 혹은 구도자인 척하는 저의 그림자입니다. 제가 작가의 대변인이라면, 이 친구는 작가를 미혹했던 친구이기도 하죠. 아니, 모든 사람들에게 깊이 숨어 있는 존재라고 할까요?

사 탄: 안개… 아무리 말해도… 사람들은 몰라. 안개처럼… 흐릿하지….

해설자: 넌, 그림자지….

사 탄: 나는 실존해. 네 말대로 모든 사람들의 안에 숨어 있지. (해설자의 등 뒤에 장난스럽게 숨으며)

해설자: 그렇게 노골적으로 이야기해도 되나?

사 탄: (크게 웃는다. 그러나 웃음소리는 들리지 않는다.) 물론이지. 아무
리 말해도 사람들은 몰라. (그는 자기 목을 꺾는다. 그는 대화 중
에 가끔 목을 꺾거나, 손가락을 꺾는 버릇이 있다.)

해설자: 그런데 이 존재는 생각보다 강력하답니다. 의심보다 강력한 힘
도 드물 듯이 말입니다. 물론 그의 다른 이름도 있습니다. 스스
로를 요한 파우스트 박사라고 불러달라고 하지만… 오히려 악
마, 메피스토 같은 놈이죠…. 파우스트라고 어림없는 소리죠.

사 탄: 내 이름을 내가 정하는데… 자네가 왜 불만이지?

해설자: 아이의 이름은 부모가 짓는 법이야.

사 탄: 나는 구도자야. 진리를 찾는…

해설자: 가끔 솔직할 때도 있군. 그렇지. 네 말대로… 진리를 찾는 척하
는 너는, 너는 결코 진리는 아니지.

사 탄: 세상엔 진리인 척하는 놈들이 너무 많아. 모두 의심해야 해. 모
두 위선과 가면을 쓰고 있지.

해설자: 그래, 그 이름이 너에게 적당해. 위선과 가면.

사 탄: 오, 페르소나, 고대 그리스 연극에서 배우들이 썼던… 가면에서
유래된 이름… 오, 고상한 이름, 페르소나! 그것도 내가 좋아하
는 이름 중 하나지.

해설자: … 가면, 가식… 위선…!

사 탄: 오, 너무 자신을 그렇게 비하하지 말게. 그게 자네 같은 '사람'이
라는 뜻의 '퍼슨'이기도 하다는 것을 알면서 왜 그러나? (고함을
지른다.) 이야호~~ (사이) 사실, 그런 가면은 필요 없어… 인간
자체가 가면인데. 이야호~~ 칼 융 선생 이야기도 해야지?

해설자: 온갖 지적인 유희를 즐기고 싶겠군. 넌, 그냥 가면이야. (사탄은

응답이라도 하듯이 가면을 벗었다 다시 쓴다.)… 좀 어렵게 말하면… 넌 나의 거짓 자아이지.

사　탄: 그래서 나는 자네의 페르소나, 즉 나는 그대의 분신인가? 그런데 이 페르소나가 팽창도 한다는 것도 아시나?

해설자: 야누스를 말하는군. 로마 신화에서 문을 상징하는 신이지. 처음과 끝, 시작과 변화, 이중성의 상징.

사　탄: 그럼, 내가 계속 팽창하면, 나는 그대의 야누스인가… 나의 야누스인가?

해설자: 나의 페르소나가 극단적으로 어둠 속으로만 팽창하면… 그럴 수도 있겠지…. 팽창의 끝은 어디지…?

사　탄: 몰라…

해설자: 그렇지, 자넨 그분처럼… 알파와 오메가가 아니지…. (사이)

(둘은 처음처럼 서로 돌아서서 앉는다. 각자, 신문과 성경을 보고 있다. 사이)

사　탄: 그런데… 친구, 욥 이야기하려고 나를 불렀지 않나?

해설자: 다큐에는 증인이 많이 등장하지…. 욥, 도버와 니치만. 존과 요한 등등…

사　탄: 존이나 요한이나… 같은 이름 아닌가?

해설자: 그건 그래. 독일 같은 나라에선 요한, 미국에선 존이지.

사　탄: 욥 이야기는 왜 피하나? 욥 이야기하면… 누가 따라 나오지…? 오, 욥, 욥, 욥…. 불쌍한 욥. 하나님께 버림받은 욥….

해설자: 욥이 왜 불쌍한가?

사　탄: 성경을 읽어 봐…. 욥이 고난을 당하는 이유가 너무 이상하지 않나…?

해설자: 이건 주님 이야기인데… 갑자기 욥을 왜 끌어들여?

사　탄: 욥기에도 하나님이 나오지 않나? 더구나… 욥의 잘못으로 그가 고난을 당한 것이 아니지 않나? 마치 예수님처럼… (랩을 하듯이) 욥, 욥, 욥…. 하나님의 노리개 욥. 불쌍한 욥…. 하나님의 어릿광대 욥…. 하나님이 미워하는 욥… 욥욥욥… 욥욥욥….

해설자: 그만해. 자넨, 욥기에 나오는 천상 회의의 그 장면을 재현해 달라고 조르는 것 같군.

사　탄: … 물론이지! 그 장면이 인간들을 미혹하기 좋은 그림이지. 인간은 하나님에 대하여 의심을 품어야 해. (조용한 음악)… 저기 하나님이 빛으로 등장하시는군… 아들들도 함께 오시는군. (눈부신 듯 과장하며) 오, 빛이신 하나님!

(둘은 잠시 물러나 어두운 가운데서, 구경꾼처럼 서서, 무대 우측 포도나무 사이의 문을 응시한다. 잠시 후, 강력한 조명이 문 근처에 쏟아진다. 물론, 하나님은 보이지 않는다. 그 주위에 흰옷을 입은 하나님의 아들들(코러스)이 하나님을 경배하며 선다.)

사　탄: 오, 나도 들여보내 주시게. 나도 한때는 그분의 천사장이었지 않나?

천사1: 대적자가 감히 여길 오려고 하다니!

코러스(목소리): 들여보내라. 스스로 존재하는… 나 여호와가 이곳으로 그를 오게 허락했다.

사 탄: (양산으로 앞을 가리며) 지극히 선하신 하나님께 감사드립니다.

코러스(목소리): 너는 지금 어디서 왔느냐?

사 탄: 말씀하지 않아도 다 알고 계시겠지만… 저는 땅을 두루 다니며 여기저기 다녀왔나이다.

코러스(목소리): 그렇지…. 너는 하늘보다 땅을 더 좋아하지…. 여기저기 돌아다녀야만 볼 수 있지…. 그래, 우스 땅에 살고 있는 내 종 욥을… 주의하여 보았겠지?

사 탄: 물론입니다. 저는 보통 사람들에게는 관심이 없습니다….

코러스(목소리): 그렇지…. 너는 언제나 사람들에게 의심을 심어주고, 믿음의 내 종들을 미워하여 그들을 어떻게든 넘어뜨리려고 하지…. 그래, 내 종 욥을 주의하여 보니… 어떠하더냐?

사 탄: 하나님이 자랑할 만한 친구이니… 내가 두 눈으로 두 귀로 그의 말과 행동을 세심하게 관찰하였나이다.

코러스(목소리): 그렇다면, 너도 알겠구나… 그와 같이 온전하고 정직하여 하나님을 경외하며 악에서 떠난 자가 없는 것을, 너도 알겠구나.

사 탄: 욥이 어찌 까닭없이… (양산을 걷고, 목을 두어 번 뒤로 젖히며)… 하나님을 경외하리이까?

코러스(목소리): 목을 꺾는 그 버릇은 여전하구나. 그래 또 무슨 트집을 잡고 싶으냐?

사 탄: 욥이 하나님을 경외하는 것은, 주께서 욥과 그의 모든 소유물을 울타리로 두르심 때문이 아니니이까? 주께서 그의 손으로 하는 모든 일에… 복되게 하시어… 그의 소유물이 땅에 넘치게 하셨기 때문에… (손가락을 호들갑스럽게 흔든다.)

코러스(목소리): 그래서 그가 나를 경외한다는 말이지….

사　탄: 그렇사옵니다. 인간은 배가 불러야 만족하고 감사하는 존재에
　　　　지나지…. (조심스럽게 혀를 꼬면서)… 않지…. 않나요…?.

코러스(목소리): … 그럼, 내가 원하는 것을 말해 보려무나….

사　탄: 오, 감사합니다. 이제 주의 크신 손을 펴서… 그의 소유물을 치
　　　　소서.

코러스(목소리): 그러하면?

사　탄: 그러하시면 틀림없이… 물질을 사랑하는 인간에 지나지 않는 욥
　　　　은 틀림없이… 주를 향해 욕을 할 것입니다.

코러스(약간 웃는 목소리): 그래? 그럼, 내가 그의 소유물을 다 네 손에 맡
　　　　기마…

사　탄: 고맙습니다만… 왜 친히 그를 치시지 아니하시고…?

코러스(천사 목소리): 교활한 놈! 하나님께서 악을 행하시는 것을 본 적이
　　　　있느냐…?

사　탄: (돌아서서 혼잣말로) 오, 나의 미혹이 통하지 않는 곳도 있어…!
　　　　하나님께서 악을 행하면서… 어찌 선하신 하나님이라 하겠는
　　　　가… 그렇지 않나?

코러스(목소리): 그러나 네놈이 그에게 악을 행하는 것은 허용할 수 있다.
　　　　그게 네가 원하는 바가 아니냐… 단, 그의 몸에는 손을 대지 말
　　　　라…

(천상회의 장면 쪽 조명은 암전된다. 사탄, 돌아서서 회심의 미소를 관
객들에게 짓는다. 그는 두어 번 목을 뒤로 젖히며, 두 손가락을 소리 내
어 꺾으며 환히 웃는다. 그러나 그의 웃음소리는 들리지 않는다.)

해설자: 너는 어찌 웃음조차 기분이 나쁘게 웃는구나. 너의 웃음은 참
된 웃음과 즐거움조차 대적하는구나.

사 탄: 내 이름이… 달콤한 미혹일 뿐 아니라, 대적자란 뜻이니…

해설자: 웃음뿐 아니라, 슬픔도 너를 대적하는구나.

사 탄: 나는 모든 것을 의심하고 대적하지…. 적대자… 참소자… 나는
그 이름이 좋아…

해설자: 언젠가… 마침내 모든 좋은 것이… 선과 진리가… 참사랑조차
너를 대적할 거야… 불꽃조차 너를 대적할 거야… 그래? 욥은
어떻게 되었나?

사 탄: 불꽃조차 나를 대적한다구? 무섭군. 무서워.

해설자: … 네 뜻대로 되었나?

사 탄: 아, 성경에 있는 그대로네… 큰아들의 집에 욥의 자녀들이… 모
여 음식을 나누어 먹으며… 포도주를 마실 때, 내가 스바 사람
을 시켜… 그 집을 약탈하게 했지…. 내가 칼로 종들을 죽이게
부추겼지….

해설자: 벼락이 떨어져… 양과 종들도 살랐고…?

사 탄: 갈대아 사람들을 시켜… 세 무리로 나누고… 낙타를 약탈하게
했지….

해설자: 마침내… 태풍이 불어… 집을 허물어… 그 자녀들을 다 죽이게
했지?

사 탄: 욥은 그 소식을 듣고… 겉옷을 찢고… 머리털을 밀고, 땅에 엎드
려… (분노하며)… 그때도 하나님을 예배했어… (목을 꺾는다.)

해설자: 욥이 뭐라 하던가?

사 탄: …

해설자: 말하고 싶지 않겠군…

사 탄: 그래… 욥은 왜 하나님을 욕하지 않았을까…? 나 같으면, 고래고래 고함을 지르며… 욕을 했을 텐데… 친구야… 생각해 봐. 욥의 그런 불행에 그의 잘못이 어디 있나? 모두 천상 회의에서 결정된 일이 아니었나? 여호와 하나님이 다 허락하신 일이 아니었나?

해설자: 그대에게 허락은 했지…. 그래서 그대가 원하는 그대로 되었지 않나? 그런데도 불만인가?

사 탄: 물론 내가 원했지…. 그렇다고 그분이 허락하지 않으면 되는 일이 어디 있는가…? 전지전능하신 그분의 허락이 있었는데도… 하나님을 욕하지 않다니…!

해설자: 누구나 알몸으로 왔다가… 알몸으로 돌아가지…. 욥이 그것을 잘 깨닫고 있었던 게지….

사 탄: 그래, 내 귀로 똑똑히 들었지…. 자네처럼 말했어… 주신 이도 여호와시요, 거두신 이도 여호와시니… 여호와의 이름이 찬송을 받으실지어다… 그랬지…. 그러니… (목을 돌리며) 내가 돌아버리겠더라고…

해설자: (웃으며)… 그래서… 정신병원에라도 가고 싶었던 게야?

사 탄: 나를 비웃는군… 우리들의 놀이터인 정신병원을 조롱하는군… 그러나, 포기할 내가 아니지. 흥…! 나는 하나님께 가서 또 졸랐지…. (사이)… 이제 그의 살과 뼈를 치라고… 살과 뼈를 치면… 틀림없이… 하나님을 욕할 것이라고…!

해설자: 하나님이 뭐라 하시던가?

사 탄: 내 의도는… 모든 궁극적인 책임은… 그분에게 있다는 것이지.

해설자: 자네의 의도나 생각은 중요하지 않네… 그래, 하나님이 뭐라…
하셨나?

사 탄: 그를 다시 내 손에 맡긴다고 했어… 그리고 그의 생명은 해하지
말라, 생명엔 손대지 말라… 했지.

해설자: 그렇지. 생명은 그분의 소관이지. 너는 질병은 가져올 수 있어도
생명을 줄 수도 없고, 또 네 마음대로 할 수도 없지…. 여기저
기를 돌아다녀야 하는 그런 한계를 가진 자신이… 미운 게지….
전능하신 하나님이 부러운 게지…. 자넨 발바닥부터 정수리까
지…. 종기로 그를 쳤지만… 그것도 실패했지?

사 탄: 나는 그가 자기의 생일을 저주하게 하는 데는 성공했지만… 그
가 태어나지 않았기를 간절히 원하는 데까지는 성공했지만…
(풀이 죽으며, 사이) 사실, 자네 말대로야… 나는 살릴 수는 없
어. 생명을 줄 수는 없지….

해설자: 생명에 기생하는 자신이 너무 싫겠군.

사 탄: 오, 친구, 내게 참으로 가혹한 말을 하는군. 그러나, 죽음도 강
력한 힘이라네… 그래서 나는 그의 아내를 부추겼지…. 남자에
게 마누라만큼 영향력 있는 존재가 어디 있나…? 하나님을 욕
하고 죽으라고… 그녀를 강력하게… 부추겼지.

해설자: '어리석은 여자의 말이라'고… 그게 돌아온 대답이었지…. 우리
가 하나님께 복을 받았은즉, 화도 받지 않겠느냐… 어리석고…
기가 찬 대답만 돌아왔지?

사 탄: 그래서 나는 또 그의 친구들을 부추겼지…. 그가 병실에 있을
때… 소식을 듣고, 친구들이 그를 위문하러 왔지….

해설자: 존과 많이 닮았군….

사 탄: 존? 갑자기 존이라니… 우린 욥 이야기를 하지 않았나?

해설자: 원래부터 존, 요한을 통한 주님의 이야기야… 네가 잠시 욥의 이
　　　야기로 비틀었지…. 하긴 욥 이야긴 인생의 고난에 관한 한 바
　　　이블이지.

사 탄: 바이블이 아니라… 진짜 바이블에 나온다고…! 나도 진짜로 성
　　　경에 나온다구! 욥, 욥기를 읽어봐…! (성경을 찾아 그에게 들이댄
　　　다.)

해설자: 네 놈은 자기 이야기라면 사족을 못 쓰지. 그래서 관종 소릴 듣
　　　는 게야.

사 탄: 그래 맞아, 그런데 진짜 관종은… 인간들이 아닐까? 왜 그들은
　　　내 이야기를 그리도 좋아할까?

해설자: 자네가… 주인공인 적이 한 번이라도 있었나?

사 탄: 오, 친구, 뭘 모르는군. 자넨 내가 없는 드라마를 본 적이 있나?
　　　내가 없는 인생을 본 적이 있나… 모든 살인과 전쟁과 악행과
　　　미움과 비극의… 모든 배후에는 내가 있지…. 모든 인류의 대학
　　　살과 사소한 미움과 다툼까지…. 그렇게 많이 등장하는 인물도
　　　있나? 요즘 넷플릭스인가? 드라마 창고가 있지? 거기에 내가 등
　　　장하지 않는 드라마가 하나라도 있던가? 마지막에 모든 게 죽음
　　　으로 끝나서 좀 그렇긴 하지만… 그래도 비장미는 있지. 안 그런
　　　가?

(사탄은 엎드리며, 우산을 총 모양으로 만들어 누군가를 저격하는 흉내
를 낸다.)

해설자: 자네가 욥을 자꾸 언급하는 게… 하나님의 천상의 회의에 참여하는 고상한 존재라는 것을 사람들에게 심어주고 싶은 게지.

사 탄: 오, 오해 말게… 너희들은 성경은 오류가 없다고 하지 않나? 성경에 분명하게 기록되어 있네… (성경을 보이며)… 여기 욥기에 분명하게 말일세… 히브리어로도 헬라어로도 영어, 불어, 한국어, 독일어… 러시아어… 저기 태평양의 피지어, 과테말라어로도… 이 세상의 거의 모든 언어로 분명하게 기록되어 있어.

해설자: 지구상의 모든 언어로 다 말하고 싶겠군.

사 탄: 물론이지. 어느 누가 감히 천상회의에 참여할 수 있겠나…? 오늘도 누군가를 한 놈 쏘아 죽여야겠지? (다시 엎드리며) 왕이나, 대통령 후보 같은 높은 위치의 사람이면 더 좋겠지!

해설자: 네 말에 일일이 대답하다가는…

사 탄: 길을 잘못 들 수도 있다? 그 말이지…. (총을 쏘는 흉내를 낸다. 그리고 아쉬운 듯 일어선다.)… 이런 제길…! 총알이 그의 오른쪽 귀를 스쳐갔다는군. 제길, 주님이 그를 보호하신 게야… (사이) 자넨 천상회의가 아니라도, 한 나라의 중요한 중대사를 논하는 회의에라도… 한 번이라도 참여한 적이 있나?

해설자: … 욥 이야긴 그만해… 이 이야긴 존과 요한 이야기지…. 하긴 그들도 현대판 욥이라고 할 수도 있겠군.

사 탄: 아, 그 재수 없는 그 자식들… 나는 요한, 존, 존슨, 요한슨… 다 싫어해… 물론 욥도 싫어… 하나님 믿는 자식들은 다 싫어! 1800년대 후반으로 돌아가는 것도 싫어!

(암전. 잠시 후 다시 조명. 1898년 4월. 어느 병실. 우측 나무 그늘 아

래, 병석에 누워 있는 여자, 제니 스티븐스는 존 레이크의 부인이다. 코러스 중에서, 의사와 간호사가 들어선다. 의사, 청진기를 제니의 가슴에 대고 듣다가… 청진기를 뗀다.)

의 사: 음… 결핵은 조금 차도가 있긴 하군요…. 그러나 아직도 심장 박동은 매우 불규칙합니다. 이런 경우, 자주 쓰러지기도 합니다.

존　 : 아내가 마루에 쓰러진 것을 여러 번 발견했습니다.

의 사: 여기 '솔트세인트마리'로 오신 것은 좋은 선택이었습니다… 호흡은 조금 좋아졌습니다만, 지금 의술로는 심장병은…

존　 : 선생님… 저는 병이라면… 정말 지긋지긋합니다.

의 사: 쉿… 아내 분이 들으시겠어요.

제　 니: (가녀린 목소리로) 저는 괜찮아요…. 저에게 하는 말이 아니에요.

존　 : 선생님, 32년간… 저의 집안에는 항상 병과 죽음의 그림자가 드리워져 있었습니다. 제 아내를 탓하는 게 아닙니다… 저희 집안에는 16명의 형제·자매가 있었습니다… 그런데 8명이 이미 병마로 죽었습니다. 생각해 보세요…. 저의 어린 시절을 생각하면… 병, 의사, 간호사, 병원, 영구차, 장례식, 묘지, 비석과 같은 죽음과 관련된 단어가 떠오른답니다. 한 아이가 아프고, 또 한 아이는 병원에 누워 있고, 한 아이는 장례를 치르고 있는… 그런 가정을 생각해 보세요.

간호사: 성경에도 그런 고난을 겪은 사람이 있지요.

존　 : (돌아보며) 욥을 말씀하시는군요…. 욥을 몇 번이나 읽었습니다만… 그러나 그는 한꺼번에 모든 것을 잃었지만, 부모님은 32년 동안… 병과 죽음을 마주해야 했습니다. 아버지와 어머니는 연이은 병과 자식들의 죽음에 가슴을 치며 통곡했습니다… 아들을 땅에 묻고 직장에 가야 하는 아버지, 끊임없이 찾아오는 병과 죽음을 마주하며, 혹 저 아이는 언제 발병할까… 저 아이는 언제 죽을까… 늘 가슴을 졸이며 아이들을 돌보아야 하는 어머니를 생각해 보세요.

의 사: 혹, 유전적으로… 무슨 문제라도?

존   : 부모님은 건강했습니다. 두 분 다 문제가 없었습니다. 부모님도 얼마나 많은 고민을 했겠습니까? 내가 무슨 죄를 지어서 그런 것은 아닐까… 조상 중에 누군가의 죄로 인한 저주는 아닐까…? 두 분은 교회도 잘 나가고 하나님을 신실하게 믿는 분들이었습니다. 제가 성경을 읽으면서 떠오르는 생각은… 도대체 하나님의 능력은 어디로 갔나? 왜 지금은 역사하지 않는가? 왜 지금은 병을 고치지 않으시는가? 예수 그리스도는 어제나 오늘이나 영원토록 동일하시다고 말씀하고 있지 않는가?

간호사: 히브리서 13장 8절이군요.

존   : 그렇습니다. 그러나 욥이 살던 시대는 예수님이 오시기 전이었지만, 지금은 아니잖아요? 지금은 은혜의 시대, 복음의 시대, 치유의 시대가 아닌가요?

간호사: 율법의 저주는, 예수님이 십자가에서 다 도말하셨다고 말씀했지요.

존   : 갈라디아서 3장 13절 말씀이군요.

의 사: 성경을 곧이곧대로 믿으시나요? 믿는 자들도… 다들 기적의 시대는 끝났다고 하지 않나요?

존   : (조용히) 그리스도께서 우리를 위하여 저주를 받은 바 되사…

간호사: 율법의 저주에서 우리를 속량하셨으니… 기록된 바 나무에 달

린 자마다 저주 아래에 있는 자라 하였음이라… 예수님이 십자
가에서 율법의 저주에서 우리를 속량하셨으니…

의 사: … 2천 년 전의 예수가 당신들의 죄 값을 다 갚았다고… 그걸 믿
나요?

간호사: 조금 전에도 말씀하셨지요? 예수 그리스도는 어제나 오늘이나
영원토록 동일하다고….

존　　: 예, 히브리서 13장 8절에서 분명하게 말씀하고 있지요.

의 사: … 성경은 과학이…

존　　: 물론 과학이 아니죠… 그러나 성경은 한 차원 더 높은 곳에서의
과학일 수도 있지요. 영의 차원, 전능하신 창조주 하나님의 차
원 말입니다. 더구나, 예수 그리스도는 어제나 오늘이나 영원토
록 동일하시다고 말씀하고 있지 않습니까?

의 사: 믿음이 위로를 주기는 하지요…. 거짓 위안도 효과가 없는 것은
아니듯이…

사　탄: (무릎을 탁치며) 그렇지! 위약 효과, 플라시보 효과라고 있지….
'나는 내가 좋다. 날마다 나는 점점 더 좋아지고 있다. 오늘이
일생 중에 가장 좋은 날이다.'… 거짓말이긴 하지만… 심리적인
효과는 있지.

의 사: 그러나 분명한 건, 현대 의학으로는… 부인의 심장병은 아직…
고칠 기술이 없습니다.

간호사: (존에게) 알렉산더 도위 선생을 한번 만나보시지요.

존　　: 아, 그분… 나도 알지요. 예전에 저도 관절염으로 고생했는데, 그
분의 사역지에서 동역하시는 어느 노인의 기도를 받고 말끔하게
나은 적이 있습니다. 22년 동안 몸 안에서 출혈로 고생하던 여

동생도 도위의 치유의 집에서 고쳤어요. 유방암으로 고생하던 작은 누나도⋯ 수술 흔적도 말끔하게 다 사라졌어요.

간호사: 그럼, 왜 지금은 그분의 집을 찾아가지 않나요?

존　　: 그렇군요. 신문사와 사업으로 너무 바빠⋯ 잠시 잊고 있었군요. 병상에 있는 큰 누나도 도위의 치유의 집으로 데리고 가야겠어요.

해설자: 믿음을 잃지 않은 한 친구가 저기 있네⋯ 십자가에서 부활하신 예수 그리스도를 믿는 친구⋯!

사　탄: (잠깐 놀란다. 목을 꺾으며 크게 웃으며) 오, 예수 그리스도⋯? 정말 두려운 분이지. (사이, 다시 목을 돌리며) 그런데 요즘 누가 그분이 어제나 오늘이나 동일하신 분이라는 것을 믿나? 사람들에겐 성경은 그저 책장에 장식품으로 꽂혀 먼지에 쌓여 있는 낡은 책에 지나지 않아. 게다가 믿는다는 사람들도 사실상 별다를 게 없어.

해설자: 하긴 자네같이 질병과 사망을 세상에 퍼뜨리는 존재가 존재한다는 것을 믿는 사람이 얼마나 되겠나?

사　탄: 그렇지⋯. 나는 늘 달콤한 의심으로, 때론 합리적인 의심으로 승리한다네. 사람들은 지능이 낮지. 나보다 한없이⋯ (손바닥을 밑으로 펴며) 아래지⋯. (우쭐거리며 벤치 위로 올라가며) 그리고 난 언제나 죄를 늘 그분이 하신 것으로 돌려 대지. 궁극적인 책임은 하나님께 있다고. 그러면 사람들은 금방 넘어져⋯ 물론 욥은 쉽게 넘어지지 않았지만⋯

해설자: 알렉산드 도위, 존 레이크는 승리했지.

사　탄: (벤치에서 뛰어 내려오며) 브라보! 도위와 존에게 축배를! 그들의

일시적인 승리에 찬사를 보내네… 자네가 알다시피 도위는 수많
은 치유를 했지…. 그리고 시온이라는 도시도 만들었지. 그러나
마지막에 실패했지…. 스스로 제사장인 척하다가… 실패했지.
나의 최종 무기가 뭔지 자네는 아나?

해설자: 알지…. 그 잘난 교만이지. 넌 언제나 교만을 부추기지….

사 탄: 잘 알고 있군. (건방진 표정으로) 그런데도 사람들은 알면서도 왜
넘어질까?

해설자: 안다고 다 이기는 것은 아니지…. 그래도 욥이나 존같은 사람은
언제나 있지.

사 탄: (웃으며) 그런 믿음의 사람들은 지금 어디 있나? 다… 죽었나 보
지?

해설자: 그래, 죽음이 그들을 삼켰지. 그러나 눈에 보이는 죽음이 전부
는 아니지. 죽는다고 반드시 죽음이 승리한 것은 아니지.

사 탄: 아하, 그런 시를 쓴 놈도 있지. 죽음이여 이제 네가 죽으리라!

해설자: (읊조리며) 오, 죽음이여, 그대의 그림자에 불과한 휴식과 수면
으로도 많은 즐거움이 흘러나온다면… 죽음이여, 영원한 휴식
인 그대로부터… 더 많은 즐거움이 흘러나오리라!

사 탄: 천재 시인 존 던! 언어유희지…. 그런데… 그놈 이름도 존이군…
재수 없는 존, 요한…! 그래도 멋진 표현인 것을 인정하지…. 정
곡을 찌른 말인 것도 인정하지…. 그럼에도 내가 죽음으로 승리
하는 이유가 궁금하지 않나?

해설자: 죽음이 승리라니… 또 말을 왜곡하는군. 자네의 계략은 징그러워.

사 탄: (웃으며) 그렇지. 나는 언제나 의심하지…. 의심을 심어주는 게
내 일이야. 그리고 사람들도 의심함으로 언제나 내 편에 서지….

그래서 진정한 자신의 주인이 누군지도 잊게 만들지…. 의심하
는 존재, 그래서 의심함으로 내가 자신의 주인인 줄 알게끔 만
들지…. 나는 은밀하지만 굉장히 강력해… (고함을 치며 환호한
다.) 이야호- 아담과 하와부터—모두 내 종들이지…. 나의 주체
할 수 없는 강력한 페르소나들이여! 나의 가면들이여! 교만을
사랑하는 나의 페르소나여!

해설자: 재수 없군!

사 탄: (웃으며) 그래, 그렇지만… 어떻게 하겠나? 그대의 페르소나인 나
에게 뭘 할 수 있겠나?

해설자: (걸터앉는다.)… 예레미야 2장 13절을 알고 있나?

사 탄: (그의 곁에 가까이 와서 귓가에 속삭이듯) 오, 친구여… 나는 그 말
씀보다 인간의 상태를 정확하게 표현한 구절도 없다고 확신하
네… 문제는… 주님은 그렇게 말씀하시는데… 사람들은 그걸 모
른다는 것이지. 물론 믿지도 않지.

해설자: 내 백성이 두 가지 악을 행하였나니… 곧 그들이 생명의 근원이
되는 나를 버린 것과 스스로 웅덩이를 판 것인데… 그것은 물을
가두지 못할 터진 웅덩이들이니라.

사 탄: 터진 웅덩이 증후군이지…. 빠져나가지. 손가락 사이로 물이 빠
져나가듯이… 움켜쥐고 또 움켜쥐지만… 허망하지…. 일시적인
쾌락은 다 빠져나간다네… 마침내 생명도 빠져나간다네…

(암전. 제니의 병실. 숨을 가쁘게 쉬는 제니. 성경을 읽으며 간호하던
존. 존의 친구 목사가 들어오자, 그들 맞이한다.)

목 사: 존, 좀 어떤가?

존　　: 여전하네…

(목사는 제니 곁에 가 앉아, 그녀의 손을 잡고 기도한다. 숨을 가쁘게 쉬는 제니. 잠시 후)

목 사: 존, 제니를 향한 하나님의 뜻이 무엇인지…. 생각해 보았나?

존　　: …?

목 사: … 제니를 이제 놓아주는 것이 어떻겠나? 죽음도 하나님의 선하신 뜻 아래에 있다네…

존　　: 친구여. 기껏 그 말을 하려고 먼 길을 달려오셨나?

목 사: 자네를 실망시키려는 것이 아닐세… 사람은 누구나 죽는다네… 그리고 죽음도 하나님의 주권 아래에 있지…. 시편에도 있지…. 여호와께서는 성도의 죽음을 귀하게 보신다… 고.

존　　: … 그러나 제니는 너무 젊지 않나?

목 사: …

존　　: 그럼, 왜 주님은 죽은 자들을 살리셨을까? 그것도 세 사람이나…

목 사: …

존　　: 하나님이 귀하게 보는 죽음을… 왜 예수님은 그 귀한 죽음에서 죽은 자를 살리고, 왜 죽음에서 부활하셨나? 사도 바울은 또 뭐라고 했나? '내가 확신하노니… 사망이나 생명이나 천사들이나 권세자들이나 현재 일이나 장래 일이나 높음이나 깊음이나 다른 어떤 피조물이라도 우리를 주 예수 그리스도 안에 있는 하

나님의 사랑에서 끊을 수 없으리라.'

목　사: 물론이지…. 주님은 우리에게 하나님의 사랑이라는 영원한 생명
　　　　을 주셨네. (사이) 그럼에도 인간은 누구나 죽네… 방금 자네가
　　　　말씀한 위대한 사도 바울도 결국은 죽었네… 내 말은 그런 위대
　　　　한 성도의 죽음을 하나님도 귀하게 보신다. 분명히 천국으로 인
　　　　도하신다는 뜻이지.

존　　: 물론, 제니는 천국에 가겠지. 그래도 나는 아직 제니를 보낼 마
　　　　음이 없네. 눈곱만큼도! (분노하며) 나는 죽음이 하나님의 온전
　　　　한 뜻이 아니라고 믿네. 부활하신 예수님은 어디 가셨나? 이 성
　　　　경이 가르치고 있는 것이… 죽음이 궁극적인 정복자는 아니지
　　　　않나? 도대체… 이 성경에서 말씀하신 하나님과 부활하신 예수
　　　　님은 어디 가셨나? (그는 성경책을 던진다.)

목　사: … 흥분을 가라앉히게… 성경을 함부로 대해서는 안 되지.

존　　: 미안하네… (그는 떨어진 성경을 집어 든다. 잠시 그는 성경에 눈이
　　　　고정된다.)… 여기 말씀에… (일어서며) 이렇게 기록되어 있군…
　　　　'하나님이 나사렛 예수에게 성령과 능력을 기름 붓듯 하셨으매
　　　　그가 두루 다니시며 선한 일을 행하시고 마귀에게 눌린 모든 자
　　　　를 고치셨으니… 이는 하나님이 함께 하셨음이라.'

목　사: 사도행전 10장 28절 말씀이군.

존　　: 그렇지? 분명히 주님은 마귀에게 눌린 모든 자를 고치셨다… 그
　　　　렇게 말씀하는데… 자넨 제니의 병이… 하나님의 뜻이라고 했
　　　　나?

목　사: 아니, 질병이 하나님의 뜻이 아니라, 성도의 죽음을 하나님이 귀
　　　　하게 보시고, 또 죽음조차도 하나님의 섭리 안에 있다는 뜻일

세…

존　　: (갑자기 생각난 듯) 누가복음 13장 16절…! (성경책을 찾는다.)… 여
　　　　기 있군.

코러스A: 그러면 열여덟 해 동안, 사탄에게 매인 바 된 이 아브라함의
　　　　딸을…

코러스B: 안식일에 이 매임에서 푸는 것이 합당하지 아니하냐….

코러스(합창): 사탄에게 매인 딸을 안식일에 푸는 것이 합당하지 아니하
　　　　냐….

존　　: 여기 분명히 쓰여 있어. 사탄에게 매인… 아브라함의 딸이라고…
　　　　그리고 안식일에 주님께서 그녀를 풀어주셨지…. 제니도 주님의
　　　　딸이지 않나?

목　사: 그건 그렇지….

존　　: 그런데 왜 이 말씀대로 믿지를 않나? 나는 성경을 던졌지만… 자
　　　　넨 말씀을 아예 쓰레기통에 버린 것이 아닌가?

목　사: …

존　　: 나는 제니의 죽음을 받아들일 수 없네! 사탄에게 매인… 하나님
　　　　의 딸, 제니를 사탄에게 내어줄 수 없네.

목　사: 사탄에게 내어주는 것이 아닐세… 욥을 생각해 보게.

존　　: …?

목　사: 욥은 고난이 끝난 후… 갑절의 복을 받았네.

존　　: 아이들이 다 죽었는데… 이 땅에서의 갑절의 복이 무슨 소용인
　　　　가?

목　사: 음… (거닐며) 들려주고 싶은 이야기가 있네… 어느 성자가 금식
　　　　기도 중에 하늘나라에 갔었네. 그런데 그곳에서 오래전에 죽은

아이가 있었네… 아이가 죽었을 때, 그 어머니는 애통하고 울고 불고했네… 그런데 그 어머니도 죽어서 천국에 갔는데… 장성한 한 청년이 와서 어머니라 불렀네… 그래서 누구신가 했더니… 어릴 때 죽은 요한 데오도르라고 했네… 데오도르는 어릴 때 죽은 아들의 이름이었네.

존　：성도는 죽음 이후에 하늘나라에서 살 것을 나도 믿네. 나도 제니 도… 성령으로 거듭난 하나님의 자녀일세… 그러나 아직 제니는 젊네. 자넨 우리 집안의 내력을 알고 있지…. 나는 결코 더 이상 죽음에게 내 가족을 빼앗기고 싶지 않네… 하나님께서 예수님 에게 주신 능력을 나에게도 주실 것을 믿네…. 물론 믿음의 도 위 형제에게도 기도도 부탁할 걸세…

목 사：존, 죽는다고 사탄에게 내어주는 것은 아닐세… 욥을 보게. 일 시적으로 사탄에게 허락은 하셨지만, 욥은 그의 죽은 자녀들을 천국에서 다 돌려받았다네.

존　：그러나 나는 거부하네. 나는 여기, 이 자리에서! 제니를 사탄으 로부터 돌려받을 걸세! 나는 그게 하나님께 더 큰 영광을 돌리 는 것이라고 믿네. 나는 여기서 다시 눈을 뜨는 제니를 만날 걸 세…. 아홉 시 반에… 아홉 시 반에!

(그는 그녀 앞에 무릎을 꿇고 기도한다. 괘종시계가 8번을 친다. 망연히 서 있는 사람들. 코러스는 예수님의 보혈에 관한 조용한 찬양을 부른 다. 병실 조명이 어두워지면서, 해설자와 사탄이 등장한다.)

해설자: 그렇군, 그렇게 그날도… 자네가 패배했군.

사　탄: 호흡이 그렇게도 급박했는데… 그녀는 곧 죽을 거라고, 모든 의
　　　　사가 포기했어. 동네방네 소문이 다 났어. 제니는 곧 죽을 거라
　　　　고.

해설자: 그런데 제니가 살아났어. 담대한 존의 믿음이 그녀를 구했네…
　　　　그것도 9시 반에.

사　탄: 그래도 시간까지 정하는 것은… 굉장히 무모한 예언이라고 생각
　　　　하지 않나?

해설자: 주님께서 성령의 충만함으로, 믿음으로 존을 가득 채웠기 때문
　　　　이 아니겠나?

사　탄: (귀를 막으며) 성령, 그 이름 부르지도 마!

해설자: 자넨 성령님과 예수의 피를 싫어하지…. 왜 그토록 그분의 정결
　　　　한 피를 두려워하나? 성령님이 임재하시기 때문이지?

사　탄: 그래, 나는 완전히 정결하고 거룩한 그분이 두려워… 그래. 두려
　　　　워! 그분 앞에서 내 정체가 다 폭로되기 때문이지. (사이, 웃으며)
　　　　그러나, 요즘 시대에 누가 성경을 믿나?

해설자: 자네도 더러 솔직할 때도 있군.

사　탄: (웃으며) 100% 거짓말만 하면 누가 내 말을 믿겠나? 그래서 언제
　　　　나 나를 멋지게 포장하고 싶었어… 나는 언제나 진리를 찾는 진
　　　　지한 구도자처럼 보이고 싶었지….

해설자: 파우스트 박사처럼… 말인가?

사　탄: 그래, 파우스트는 자랑스런 나의 페르소나지.

해설자: 또 시작이군. 모든 구도자의 답은… 예수 그리스도라네. 답은
　　　　이미 있는데… 다른 답이 있는 것처럼, 그래서 진리를 찾는 구
　　　　도자인 척하지 말게. 사람들에게도 구도자가 되라… 고상한 척

유혹하지 말게.

사　탄: 흥, 사람들이 자네 말을 믿을 것 같나?

해설자: 의심, 그게 자네의 전가의 보도이긴 하지….

사　탄: 솔직하게 말함세… 존, 그 친구가 나를 노려보며, 아홉 시 반이
라고 말하는 것 같았다네.

해설자: (웃으며) 그래? 그때 줄랑행을 쳤나?

사　탄: 존이 제니 앞에 무릎을 꿇고 하나님의 이름을 부를 때였지….
(하늘을 보며) 그리고 하나님의 능력이 제니를 관통했네… 나는
혼비백산했지…. 나의 졸개들과 질병은… 그 방에서 다 쫓겨났
네….

해설자: 정수리부터 발끝까지…. 하나님의 능력이 관통했겠지…. 욥과는
정반대로… 그러자 그녀의 마비 증세가 사라지고, 심장은 정상
으로 박동하였지…. 그 심하던 기침도 그치고, 그 높은 열도 정
상으로 돌아왔지…. 존이 믿음으로 정한 아홉 시 반에… (큰 소
리로) 마치, 예수님이 나사로를 죽음에서 불러낸 것처럼….

사　탄: 믿음, 그놈의 믿음…! 하나님이 역사하는 통로지….

해설자: 욥은 정수리에서 발까지 종기가 나서 기와로 긁었지…. 하나님
은 욥 같은 수동적인 사람이 아닌, 존 같은 능동적인 믿음의 사
람을 더 원하신 것은 아닐까? 더구나, 지금은 욥 같은 율법 시
대가 아닌, 예수님이 오신 이후의 은총의 성령 시대가 아닌가?

사　탄: 누가 그것을 구별할 수 있겠나? 사람들은 그런 따위에 관심이
없지. 혹 고난이 오면 모를까?

해설자: 누가 그러더군. 고난은 하나님의 확성기로 사람들을 부르는 소
리라고.

사　탄: 제길, 난 그런 해석에 질렸네.

해설자: 무슨 소린가?

사　탄: 친구여, 생각해 보게. 모든 악은 나의 탓이네… 그런데 왜 내가 한 질병이나 사고, 고통을 가지고… 그것을 통한 유익은 왜 다 하나님의 몫인가? 욥의 고난이나 제니의 고통은 내 탓이야… 그런데 그것을 통해 믿음이 깊어진 욥, 제니, 존과 마리아, 마르다, 나사로까지…. 모두 영광을 하나님께 다 돌리는가 말이지…. 왜 나에게 감사하는 인간은 하나도 없지?

해설자: 자네 말에도 일리가 있군.

사　탄: 그렇지? 오랜만에 내 말에 동의하는군.

해설자: 그런데 문제는…

사　탄: 문제? 무슨 문제?

해설자: 네가 자격이 없다는데 있지….

사　탄: 무슨 자격?

해설자: 감사받을 자격… 더구나 넌 감사가 무엇인지 모르지 않나?

사　탄: 그럴 줄 알았어! (사이) 그래서 고통을 배가해야 하는 거야. 그러면 하나님께 돌리는 영광도 더 커지겠지…. (비웃으며) 그런데 그런 믿음의 사람이 몇이나 되겠어? 근래엔 통 보지를 못했어. 그들이 그리워…

해설자: 존 같은 믿음의 성도들에게서 뺑소니를 칠 때는 언제구…?

사　탄: 아냐, 나도 가끔 그런 믿음의 사람을 만나고 싶다네…. 그런 사람을 만나면… 긴장감이 있다고 하지 않았나? 비장미가 있지… 영화나 연극이나, 모든 인생의 드라마에… 내가 없으면… 무슨 비장미가 있겠나? 고난과 죄악과 죽음이 없는데… 무슨 비장미

지…? 내가 없으면 고뇌와 철학도 없지…. 그래서… 나를 파우
스트 박사라고 불러주는 게 어때?

해설자: … 허세는 여전하군. (병실. 제니가 일어선다.)

제 니: 할렐루야. 하나님을 찬양합니다. 저는 치유 받았습니다.

(모두 놀라, 그녀 곁에 몰려든다. 그녀는 코러스 중 한 여인의 양산을 지
팡이 삼아 일어선다. 사탄은 쓴웃음을 지으며, 양산을 나무 아래에 던
져두고, 가면을 홱 벗으며 퇴장한다.)

해설자: (그의 등에다 대고) 실패를 인정하는 건가?

사 탄: (돌아보며) 의심은 언제나 인간을 따라다닌다는 것을 벌써 잊었
나? 의심처럼 나는 금방 돌아올 걸세. 모든 인간의 마음속에는
나의 페르소나가 있지. 어떤 인간은 극단적으로 나의 페르소나
가 팽창하여… 두 얼굴이 된다네… 야누스라고.

해설자: 잘 가게. (관객들에게 돌아서며)… 어쨌든 존의 기도로 제니의 죽
을 병이 고쳤다는 소문은 온 동네에 쫙 퍼졌습니다. 존이 운영
하는 신문에도 실렸습니다. 제니의 놀라운 기적과 함께, 물론
의사들의 다음과 같은 소견도 곁들였습니다. '의학적으로는 말
이 안 된다. 하나님의 기적이 아니고서는 설명할 길이 없다.' 여
러분, 당시는 1890년대였으니… 지금보다 믿음이 조금 더 순수
하던 시대였습니다. 그러자, 살아난 제니도 보고, 존에게 기도를
받고 싶어 하는 병든 사람들이 모여들기 시작했습니다. 마치 예
수님이 나사로를 살려냈을 때, 죽은 나사로를 보러 사람들이 모
여든 것처럼 말입니다.

(사탄, 이제는 우산을 쓰고, 풍선을 가지고 다시 등장한다. 풍선에는 의심, 질병, 고난, 미움 등의 저주와 관련된 이름이 적혀 있다. 그는 그것을 작은 나무에 매단다.)

해설자: … 빨리도 돌아오는군, 비도 오지 않는데… 비 우산에다… 그리고 웬 풍선인가?

사 탄: 내가 없으면 이 연극이 잘 될 것 같은가? 재미가 있을 것 같은가? 이 연극엔 별 장치도 없지 않는가…? 그래서 우산이라도 들고 나왔네… 비라도 오게. 연극이 비에 젖어 널부러지게. 폭풍이라도 불었으면 좋겠어.

해설자: … 존은 그 뒤에 남아프리카까지 가서… 그대의 일을 방해했다지?

사 탄: 존 레이크… 그 지독한 놈!

해설자: 왜 그를 그리 싫어하는가?

사 탄: 그 무서운 병균이 득실거리는 시체 더미에서도… 그들은 조금도 두려워하지 않았어. 그들의 손에 닿기만 하면 세균들이 다 죽었어.

해설자: 그리스도의 생명이 사망을 이긴 것이지. 주님의 약속대로… (사이) 그런데 풍선에 웬… 저주스런 이름들인가?

사 탄: 내가 없이는 드라마도 없어…. 세상의 모든 드라마에는 나의 페르소나들이 즐비하게 나오지. 물론… 안타까운 점은 있지….

해설자: 아, 나는 알겠네… 자네의 본모습이 안 나온다는 점이겠지…. 그게 안타까운 게지.

사 탄: 사람들이 나를 발견하면…

해설자: 질겁을 하겠지…. 그래서 사람들 안에서 안 들키게… 꼭 숨어

있을 수밖에 없는 거지. 그게 자네의 슬픈 운명인 게지….

사 탄: … 반드시 그런 것은 아니지…. 의심은 확신을 위한 것이기도 하지. 게다가 질병은 건강을 더욱 돋보이게도 하지.

해설자: 욥의 고난은…? 하나님의 축복을 돋보이게 하는 도구인가?

사 탄: 죽음은…

해설자: 생명의 존귀함을 돋보이게 하지.

사 탄: 비밀을 알았군.

해설자: 미움과 저주는…?

사 탄: 사랑과 축복의 존귀함을 깨닫게 하네. 그게 내 역할이지. 그런 면에서 나는 하나님의 어두운 측면에서… 그분의 페르소나일세….

해설자: 또 거짓말… 또 숟가락을 슬쩍 얹는군.

사 탄: (웃으며) 눈치가 여간 빠른 게 아니군. 그래도 여긴 내 편이 많을 걸세.

해설자: 하나님은 회전하는 그림자도 없으시네…. 자넨 전혀 빛이 아닐세….

사 탄: 물론, 아니지. 그런데 그림자가 없는데… 빛을 어떻게 알 수 있지? 어둠이 없는데… 빛이 무슨 소용인가?

해설자: 욥처럼, 존의 제니처럼… 아니, 더 캄캄한 어둠 속… 죽음 너머에 있었던 한 사람이 있었네.

사 탄: 흥, 누구 이야긴지 알지. 나사로. 죽은 지 나흘이나 지난 나사로. 천으로 둥둥 싸여 있는 바위 무덤에 있던 나사로. 저기 나사로의 누이들인 마르다, 마리아가 증인으로 등장하는군. 저기… 주님도 등장하시는군.

(예수는 포도나무 사이 문 앞에 선다. 조명이 그 위에 떨어진다.)

마르다: (코러스에서 나오며) 주께서 여기 계셨더라면 내 오라비가 죽지 아니하였겠나이다. 그러나 나는 이제라도 주께서 무엇이든지 하나님께 구하시는 것을 하나님이 주실 것을 아나이다.

예수(목소리): 네 오라비가 살아나리라.

마르다: 마지막 부활 때에는… 다시 살아날 줄을 내가 아나이다.

예수(목소리): (조용히) 나는 부활이요 생명이니, 나를 믿는 자는 죽어도 살겠고

코러스A: 무릇 살아서 나를 믿는 자는 영원히 죽지 아니하리라.

코러스B: 무릇 살아서 나를 믿는 자는 영원히 죽지 아니하리라.

예수(목소리): 이것을 네가 믿느냐?

마르다: (무릎을 꿇으며)… 주여, 그러하외다. 주는 그리스도시요, 세상에 오시는 하나님의 아들이신 줄 내가 믿나이다.

예수(목소리): 그를 어디 두었느냐?

코러스2: 맹인의 눈을 뜨게 한 이 사람이, 나사로는 죽지 않게 할 수 없었더냐?

예수(목소리): 돌을 옮겨 놓으라.

마르다: 주여, 죽은 지가 나흘이 되었으매 벌써 냄새가 나나이다.

예수(목소리): 내 말이 네가 믿으면 하나님의 영광을 보리라 하지 않았느냐.

코러스A: 내 말이 네가 믿으면, 내 말이 네가 믿으면…

코러스B: 하나님의 영광을 보리라 하지 않았더냐.

예수(목소리): (하늘을 우러러) 아버지여, 내 말을 들으신 것을 감사하나

이다. 항상 내 말을 들으시는 줄을 내가 알았나이다. 그러나 이 말씀을 하옵는 것은 둘러선 무리를 위함이니….

코러스: 곧 아버지께서 나를 보내신 것을 그들로 믿게 하려 함이니이다.

코러스: 그들로 믿게 하려 함이니이다.

예수(목소리): (손을 위를 향해 들고)… 나사로야, 나오너라!

(무대 안에서 베로 감싼 나사로가 걸어 나온다.)

예수(목소리): 풀어 놓아 다니게 하라.

(찬양 '할렐루야'가 서서히 들리는 가운데, 서서히 암전된다. 잠시 후 조명이 들어오면 무대 우측에 해설자와 사탄)

사 탄: '그들로 믿게 하려 함이니이다….' 무엇을 믿게 하려 했을까? 그리고 그 장면을 연극으로 반복한다고 해서… 사람들에게 믿게 할 수 있을까?

해설자: 중세 때는 연극으로… 복음을 많이 전했네.

사 탄: (웃으며) 나는 연극을 하는 배우 같은 인간들이 두렵지 않아. 누가 쇼를 두려워하겠나? 실제가 아닌데…?

해설자: 좀 솔직해지게. 그래도 저 믿음의 사람들은 두렵지?

사 탄: 시간이 해결하지.

해설자: 무슨 소린가?

사 탄: 저런 사람들은 어느 특정한 시대에 잠시 불꽃처럼 타올랐다가… 세월이 흐르면서 사라지지…. 요즘은 기적이 사라졌다고 믿는

게 대세지…. (비웃으며) 죽은 자를 열세 명이나 살린 스미스 위글스워드 같은 믿음의 사람들이 그립군. 나와 내 졸개들을 쫓아낼 믿음의 사람들이 그리워… 그 사람들은 나를 긴장하게 만들어. 비장미가 있어.

해설자: 곧 죽어도 큰 소리를 치는군.

사 탄: 어쨌든 사람은 결국은 죽음을 이기지는 못하지. 살아난 나사로도 결국은 죽었다는 것을 알아야 해. 죽음을 가져오는 내가… 비장미를 만들어내는 주인공이지…. 그렇지 않나? 오늘날 연극이나 영화를 봐… 나의 페르소나들이 얼마나 많은 비장미를 만들어내고 있는가! 그대는 의혹과 죄와 갈등이 없는 드라마를 본 적이 있나? 또 그걸 포장도 잘하지…. 마치 자신들이 구도자인 것처럼, 마치 파우스트 박사라도 된 것처럼… 내가 굉장한 사람 하나 소개할까? 마이스터 에크하르트라고… 독일의 신학자가 있지.

해설자: 아, 들어본 적이 있어. 아마 그의 본명도 요하네스 에크하르트일 걸.

사 탄: 오, 이런 빌어먹을, 또 요한인가? 사람들은 새 것, 새 사상이라 하면 껌뻑 넘어가지. 그러나 그도 구닥다리야. 천상보다는 땅의 신학자지…. 토마스 아퀴나스의 후계자라 할 수 있지.

해설자: 토마스 아퀴나스는 내가 좀 알지. 시실리의 벙어리 황소, 천재, 지독한 악필로도 유명하지. 아리스토텔레스를 끌어들여 인간 이성을 높인 신학자… 그런데 자네, 그 친구 말년에 말문을 닫은 이유를 알고 있나?

사 탄: 사도 바울, 요한, 어거스틴, 파스칼… 내가 가장 싫어하는… 예

수 그리스도를 체험했다는 놈들의 특징 중의 하나지.

해설자: 그도 유혹했나?

사 탄: (웃으며) 그가 수도사가 되려 할 때, 반대한 가족들이 그를 감금했어. 그리고 정말 아름다운 여자 매춘부와 함께 가두었는데도 아무런 일도 일어나지 않았어. 그는 난로에 넣어두는 불쏘시개를 들이밀며 '나가지 않으면 이걸로 너를 지지겠다.'라고 위협했지.

해설자: 그를 예수 그리스도의 증인으로 부를까?

사 탄: 그가 와도… 조금도 겁나지 않아. 그의 『신학대전』을 알고 있나?

해설자: 들어는 봤어.

사 탄: 유명한 책이야. 50권이지. 자네도 읽기를 권하고 싶군. (웃으며) 지루해 죽을 거야… 그런데 그가 『신학대전』의 완성을 조금 남겨두고 절필하지. 1273년 12월 성 니콜라오 축일 미사를 마친 후에 절필하였는데, 조수가 그 이유를 물었지.

해설자: 뭐라 대답했는데?

사 탄: … 나는 계속할 수가 없다…. 내가 이제껏 쓴 글들은… 내가 보았고 나에게 계시된 것에 비하면 한낱 지푸라기에 불과하다…. 그러면서, 그 이후에 평소에도 과묵했던 토마스는 정말로 말문을 닫았네. 그 좋아하던 글쓰기도 그쳤지.

해설자: 나도 알아… 지금도 살아 있는 예수 그리스도, 그분을 만났나 보군.

사 탄: 매우 논리적으로 하나님을 증명하던 그가 왜 말문을 닫았을까…? 그는 무조건 믿으라 하는 친구가 아니야…

해설자: 자네가 웬일로 그를 옹호하나?

사 탄: (비웃으며) 만약 우리가 이 대화를 하는 중에… 아퀴나스에게 나
타났던 그 예수 그리스도가 나타난다면…? 어떨까? 작가나 연
출가가 좋아할까? 또 관객들은 어떨까?

해설자: 흠… 어려운 질문이군.

사 탄: 그렇지…? 연극이 끝나고 난 뒤면 몰라도… 집에서 조용히 기도
하고 있을 때면 몰라도… 그러나 지금 당장은 안 된다…. (웃으
며 목을 꺾는다.) 그렇지…. 그게 미혹인 줄 알면서도… 인간은
안 되네. 그게 내가 늘 승리하는 이유 중의 하나라네…. 주님,
지금은 아니올시다…. 하하… (허공을 보며) 오, 하나님… 지금은
아니올시다…. 다른 사람들이 다 쳐다보고 있어요!

(코러스에서 에크하르트가 등장한다. 그는 무대 중앙에 선다. 코러스는
그를 둘러앉아 청중 역을 맡는다.)

사 탄: … 아까 말한… 그 에크하르트군. 그도 주님의 증인으로 초대했
나?

해설자: … 쉿, 그의 이름도 요하네스 에크하르트야…

사 탄: 요하네스…? 이런, 또 요한이야? 하나님은 자비로우시다… 하긴
인간은 하나님의 자비를 좋아하지… 그러나 흔한 이름에 지나지
않아.

해설자: 쉿, 조용히… 들어봄세.

에크하르트: 오늘 본문은 야고보서 1장 17, 18절입니다. 먼저 17절
을 읽겠습니다. "모든 좋은 은사와 온전한 선물이 다 위로부
터, 빛들의 아버지께로부터 내려오나니 그는 변함도 없으시

고, 회전하는 그림자도 없으시니라." … 여러분, 하나님의 본성은 좋은 것, 큰 것, 귀한 것을 주시는 분이십니다. 그게 하나님의 본성입니다. 하나님은 우주보다 고귀한 분이시며… 자신보다 못한 것을 주시는 분이 아니십니다…. 그러나 만약 여러분이 늘 여러분의 유익만을 구한다면, 여러분은 결코 하나님을 발견하지 못할 것입니다. 왜냐하면, 여러분은 우주를 창조하신 분, 가장 고귀하신 하나님을 구하지 않았기 때문입니다. 여러분은 하나님을 촛불처럼 사용하여 무언가를 찾고 있습니다. 그리고 무언가를 찾으면, 촛불을 던져버립니다. (사이) 여러분, 모든 존재는 무입니다. 왜냐하면, 모든 존재는 하나님의 현존에 달려 있기 때문입니다. 하나님께서 모든 존재들에게 눈길을 거두신다면, 피조물들은 사라지고 말 것이기 때문입니다…. 여러분, 하나님은 자신을 쏙 빼닮은 모습의 영혼을 지으시고, 그 영혼에게 하나님 자신을 주셨습니다. (사이) 하나님은 아버지이십니다. (코러스에게) 그다음 18절을 읽어주십시오.

코러스: 그가 그 피조물 중에 우리로 한 첫 열매가 되게 하시려고

코러스: 자신의 뜻을 따라 진리의 말씀으로 우리를 낳으셨느니라.

에크하르트: 여러분, 하나님은 낳는 분이십니다. 우리가 진리의 말씀인 복음을 듣고, 성령으로 우리는 위로부터 다시 태어났습니다. 하나님이 우리를 새로운 피조물로 낳으신 것입니다. 그래서 우리는 하나님의 자녀가 되어 이 자리에 있는 것입니다. 여러분, 위에서 내려오는 것을 받는 사람은 낮은 곳, 즉 아래에 있는 사람입니다. 그래서 주님은 말씀하셨습니다. 마음이 가난한 사람은 복이 있다. 그의 심령이 가난하기에… 하나님으로부터 오는

것을 받아들이는 사람인 것입니다. (사이, 그는 작은 나무에 달린 풍선의 글을 읽다가 풍선을 하나 찔러 터뜨린다.) 여러분, 일시적이고 천한 것에 마음을 빼앗기지 말기를 바랍니다. 하나님 아닌 일시적인 기쁨이나 쾌락으로… 하나님보다 천하고 비열한 쾌락으로 자신을 채우지 말기를 바랍니다. 하나님은 우리가 쓰레기통을 비우고 하나님께로 돌아오기를 바랍니다. 하나님은 우리가 세상 쓰레기의 악취에 역겨워하기를 바랍니다. 그래야 가장 좋은 것을 주시는 좋으신 하나님께 돌아올 수 있는 것입니다.

(청중들은 가볍게 아멘하여 화답한다. 그는 청중에게 가볍게 인사를 하고, 코러스 안으로 들어가 자리를 잡는다.)

사　탄: 저 말, 알아듣겠나?

해설자: 언제부터 자네가 해설자가 되었나?

사　탄: 중요한 것이 그게 아니잖나?

해설자: 뭐가 중요한데?

사　탄: 그가 자네에게 묻고 있네… 자네도 빛들의 아버지로부터 다시 태어나 그분의 자녀가 되었나, 아니면 되고 싶은가를 묻고 있지 않나?

해설자: 에크하르트는 그렇다 치고… 토마스, 그의 침묵은 무얼 말하고 있나?

사　탄: 둘 다 비슷해.

해설자: 무슨 소리야?

사　탄: 회전하는 그림자도 없는 분을 만나면… 다들 그렇게 변하지….

한때 나를 따르던 나의 페르소나들은 하나님을 만나 그렇게 하나씩 나를 떠났어. (가면을 벗으며) 가면을 벗기고 나의 추악함을 폭로했지…. 이 글을 쓴 작가도 그런 놈들 중 하나야.

해설자: 그렇게 자폭해도 되나?

사　탄: (다시 가면을 쓰며)… 그래도 비장미는 있어.

해설자: … 그럼 숭고미는 없나?

사　탄: 우와, 숭고미? 내가 가장 미워하는 숭고미… 나는 누구에게도 나의 찬양을 바치지 않아. 나는 언제나 비웃을 준비가 되어 있다네.

해설자: 그대의 비웃음은 늘 야비하지. 자넨 어떻게 그렇게 사나…? 좋은 것은 좋다, 나쁜 것은 나쁘다… 있는 그대로를 받아들이지를 못하는군.

사　탄: 정직 말인가?

해설자: 그래… 정직하고도 연관이 있겠군.

사　탄: 맞아… 자신에게 정직한 인간이 구원받기가 쉬운 것은 인정하네.

해설자: 구원? 토마스처럼 하나님을 만나는 것을 말하는가…? 그래서 침묵하는 것을 말하는가?

사　탄: 말이 많은 놈들도 많아. 말이 많은 놈들 중에는… 이단도 많지.

해설자: 또 물타기 하는군. 증인으로 나온 에크하르트를 폄하하고 싶은가 보지?

사　탄: 그래. (사이) 그런데 성경에는 뭐라 하는가? 놈들은 중요한 건 언제나 성경 말씀이라고 하지 않나?

해설자: … 놈들이라니?

사　탄: 원수들 말일세.

해설자: 구원받은 사람들이 자네 원수인가?

사　탄: 솔직히 말하면, 심한 적대감을 느낀다네… 정직하게 말해서…
　　　　그렇지, 나의 원수지….

해설자: 드디어 본색이 조금씩 드러나는군.

사　탄: 정직… 그걸 나에게 요구하는 것은… 마치 날더러 존재하지 말
　　　　라는 것과 같네…

해설자: 그게 그렇게 힘이 드는가?

사　탄: (불쑥) 내가 보여줄까?

해설자: 누구 말인가?

사　탄: 나의 증인들 말이야.

해설자: 여긴 그리스도의 증인들만 나오지 않나?

사　탄: 아, 물론이지. 그런데 나의 증인들에게도 주님도 함께 나오시지.
　　　　우린 생명에 기생하여 살고 있기 때문이지. 그러다 그들이 주님
　　　　을 만나면 그들의 정체가 폭로되지…. 사실, 주님만이 우리의 정
　　　　체를 폭로할 수 있지. 거룩함만이 추함이 무엇인가를 잘 드러내
　　　　지. 참된 아름다움만이 추함을 잘 드러내고, 지극히 선함만이…
　　　　악을 잘 드러내듯이 말일세.

해설자: 와우, 자네가 오랜만에 참말을 하는군… 그런데 왜 지금 그 말
　　　　은 하는가… 묻고 싶군. (사이) 그대의 증인은 저기 저 사람들인
　　　　가?

사　탄: 오, 나의 페르소나들이여, 참된 종교에 기생하는 위선의 바리새
　　　　인들이여.

(종교인의 특성을 나타내는 숄을 걸치고, 6명의 율법사와 바리새인들

이 코러스에서 무대 앞으로 나선다. 그들은 모두 우산을 펼쳐 든다. 사탄도 그들 사이에서 우산을 쓰고 돌아다닌다. 그 사이에 코러스에서 흰 옷을 입은 예수 그리스도가 등장한다.)

사 탄: (율법사 역으로 음성을 변조하여) 선생님, 율법 중에서 어느 계명이 가장 크니까?

예 수: 네 마음을 다하고, 목숨을 다하고 뜻을 다하여 주 너의 하나님을 사랑하라 하셨으니.

코러스: 이것이 크고 첫째 되는 계명이요.

예 수: 둘째도 그와 같으니 네 이웃을 네 자신처럼 사랑하라 하셨으니.

코러스: 이 두 계명이 온 율법과 선지자의 강령이니라.

예 수: (그들을 둘러보며) 화 있을진저, 외식하는 서기관과 바리새인들이여. 너희는 천국 문을 사람들 앞에서 닫고 너희도 들어가지 않고, 들어가려 하는 자도 들어가지 못하게 하는도다. (6명의 바리새인들은 우산으로 사람을 막는 흉내를 낸다.)

코러스: 화 있을진저, 외식하는 서기관과 바리새인들이여. 잔과 대접은 깨끗하게 하되 너희 마음 안에는 탐욕과 방탕으로 가득하게 하는도다. (6명의 바리새인들은 우산으로 그들을 가린다.)

예 수: 화 있을진저, 외식하는 서기관과 바리새인들이여. 회칠한 무덤 같으니 겉으로는 아름답게 보이나 그 안에는 죽은 사람의 뼈와 모든 더러운 것이 가득하도다. 뱀들아, 독사의 새끼들아, 너희가 어떻게 지옥의 판결을 피하겠느냐?

코러스: 뱀들아, 독사의 새끼들아, 너희가 어떻게 지옥의 판결을 피하겠느냐?

코러스: … 너희가 어떻게 지옥의 판결을 피하겠느냐?

(6명의 바리새인들은 우산을 접어서 예수 그리스도를 위협하며 찌르려
한다. 그러나 그들 사이를 유유히 빠져나와 남은 코러스 사이에 합류한
다. 나머지 코러스도 다 자리로 돌아간다. 사탄은 우산을 돌리며 그들
사이에서 빠져 나온다.)

사 탄: (관객들을 향해, 웃으며)… 뱀들아, 독사의 새끼들아. 너희가 어떻
게 지옥의 판결을 피하겠느냐?

해설자: 그만, 그만하게… 관객들이 바리새인들은 아니지 않나?

사 탄: 물론이지…. 관객들이 바리새인들은 아니지…. 그러나, 과연 그
럴까? 만약 예수님이 오늘 이 자리에 실제로 오신다면, 관객들
을 보고 무어라고 하실까?

해설자: 이야기의 중심을 다른 곳으로 돌리지 말게.

사 탄: 중심이 무엇이었지?

해설자: 정직함… 정직함을 자네에게 요구하는 것은 자네를 존재하지
말라는 것과 같다고 했지…?

사 탄: 맞아. 정직함. 나의 존재를 있는 그대로 정직하게 다 드러내면,
사람들은 졸도할 걸세…

해설자: 졸도는 그대가 해야지…. 왜 사람들이 졸도하나?

사 탄: 욥!

해설자: 욥…? 또 욥인가?

사 탄: 욥과 깊은 관련이 있어… 하나님은 욥의 친구 엘리후가 말을 한
후, 폭풍 가운데서 욥에게 말씀하시지. (해설자가 성경을 찾자, 넌

지시)… 욥기 38장이네.

해설자: 자넨 성경을 그렇게도 잘 아는데…

사 탄: 왜 하나님을 믿지 않느냐? 그 말이지?

해설자: … 아니, 아니, 계속해…

사 탄: (웃으며)… 몇 가지만 이야기하지. 하나님이 욥에게 창조주로서 질문을 하지…. 비에게 아비가 있느냐? 이슬방울은 누가 낳았느냐? 말의 힘을 네가 주었느냐? 말의 목에 흩날리는 갈퀴를 네가 입혔느냐?

코러스A: … 트집 잡는 자가 전능자와 다투겠느냐?

코러스B: 네가 내 공의를 부인하려고, 네 의를 세우려고 나를 악하다 하겠느냐?

해설자: 그런데, 그게 정직과 무슨 상관인가?

사 탄: 욥이 뭐라 하던가? 42장에 나와 있네… 5절과 6절을 읽어보게.

해설자: 내가 주께 대하여 귀로 듣기만 하였사오니… 이제 눈으로 주를 뵈옵나이다.

코러스: 내가 주께 대하여 귀로 듣기만 하였사오니… 이제 눈으로 주를 뵈옵나이다.

해설자: 그러므로 내가 스스로 거두어들이고 티끌과 재 가운데서 회개하나이다.

코러스: 그러므로 내가 스스로 거두어들이고 티끌과 재 가운데서 회개하나이다.

사 탄: 무슨 뜻인지 알겠나? 토마스 아퀴나스가 귀로만 듣던 주님을 눈으로 주를 본 게야… 욥처럼. (사이)

해설자: 음… 무얼 말하려는지 알겠네… 창조주 하나님을 만나면… 입

을 다물게 된다.

사 탄: 자신의 정직한 모습이 드러나지…. 그래서 인간은 자신에 대하여
       절대적인 절망을 하게 되네…

해설자: 그게 그대의 정직과 무슨 상관이 있나?

사 탄: 역시, 기대대로 못 알아듣는군…. 이야호! 진리와 거짓을 적당
       히 섞는 게 내 비법이지…. 그래야 헷갈리지…. (사이) 인간은 제
       눈앞에 비참한 일이 벌어져야… 자신의 비참함을 알게 되지.
       어떤 시인이 있었네. 그는 정직하게 다음과 같은 시를 썼네….

       제목은 〈독(毒)나무〉일세. (무대를 거닐며 읊조린다. 가끔 목을 꺾
       는다.)

       나는 친구에게 화가 났지
       내 분노를 말했더니 분노가 사라졌지
       나는 적에게 화가 났지.
       그것을 말하지 않았더니, 분노가 자라기 시작했지

코러스: 두려움 속에서 그것에 물을 주었지
       밤이나 낮이나 눈물로
       그리고 미소로 햇빛을 비춰 주었지!
       부드러운 위선과 가식으로

사 탄: 그것은 밤낮으로 자라나
       빛나는 사과 하나를 맺었지
       나의 적이 그 탐스러운 열매를 보고

그것이 내 것인 줄 알았지.

밤이 하늘을 가렸을 때
그는 내 정원으로 숨어들었지
아침에 기뻤지
내 적이 나무 아래 쓰러져 있는 것을 보고.

해설자: 윌리엄 블레이크로군. 그의 〈순수의 전조〉가 더 좋지 않나?

사 탄: 나는 〈독나무〉가 더 좋아.

해설자: 그의 판화는?

사 탄: 그가 만약 살아서… 아우슈비츠나 캄보디아나 르완다를 보았다면, 무엇을 그렸을까…? 해골을 그렸을까…? 그는 실제로 소가 된 느부갓네살 왕도 그렸네.

해설자: 에스겔의 골짜기에 가득한 뼈들도 그렸을 것 같은데…

사 탄: 그럴 수도 있겠군. 내 생각엔 아마, 양복을 입고 넥타이를 맨 뱀을 그리지 않았을까…? (일어난다.) 여긴 불편해… (작은 나무 아래로 가 앉으며, 우산을 펼친다.) 유명한 질문이 있네. 어떤 사람이 아우슈비츠에서 고통을 당하면서… 어떤 사람에게 물었네… ‘하나님은 어디 계시는가?’ 그러자 그 사람이 도로 그에게 물었다네… ‘인간은 어디 있는가?’

해설자: … ‘인간은 어디 있는가?’… 참된 인간은 어디 있는가…? 그런 뜻인가?

사 탄: 사람들은 끔찍한 전쟁이나 기근, 재난이 있으면… 다들 그렇게 묻지 않나? 이 재난과 전쟁 중에… 선하신 하나님은 어디 계시

는가? 인간은 모든 책임을 하나님께 돌리지….

해설자: 자네가 욥에게 끔찍한 고통을 주려고… 허락받지 않았나?

사 탄: 모든 인간의 죄는 내 탓이다? 나의 유혹 탓이다…? 그럼, 하나
님은 왜 그 고통을 욥에게 허락하셨나? 분명 거부하실 수도 있
었는데… 하나님은 욥의 생명에는 손을 대지 말라 하셨어. 그래
서 나는 그의 생명에 손 하나 대지 못했지. 하나님이 하지 말라
고 하셨으면 그건 나도 어쩔 수 없지…. 성경에… 욥기에… 분명
하게 나와 있다구!

해설자: 그건 사실인 것 같군.

사 탄: 자네도 나처럼 교묘한 문장을 쓰는군.

해설자: 무슨 소린가?

사 탄: 성경에 나와 있는 분명한 것을 가지고, 왜, 애매하게 말하는
가…?

해설자: 내가 그랬나? 나도 자네를 닮아 가는가 보군… 그런데, 친구. 하
나님도 우리에게 질문을 한다는 생각이 들지 않는가?

사 탄: 무슨 질문?

해설자: 참된 인간은 어디 있는가?

사 탄: 참된 인간이 있지…. 마음 안에 〈독나무〉가 없는 분… 죄와 악으
로 죽어가는 인간들에게 영원한 하늘 사랑과 영원한 생명을 주
러 오신 분… 자신의 살과 피로 죽어가는 사람들을 살리러 오
신 분… 그분이 있지….

해설자: 우와, 자네가 웬일로 그분을 바르게 소개하나?

사 탄: 상관없다네… 나는 자신이 있어. 자네가 여기서 100명, 아니 수
억의 증인을 불러내어 그분을 증거하게 할지라도… 나는 자신이

있어. 이보시게… 인간보다 사악한 존재는 없네. 자넨 르완다의 인종 학살을 기억하나? 후투족이 투치족을 죽일 때, 그들을 뭐라고 불렀는지 아나…? 바퀴벌레… 라고 불렀네… 그런데 하나님은 인간의 마음을 뭐라고 부르시는지 자넨 아는가?

해설자: … 자네가 마치 해설자 같군.

사　탄: (일어서며) 나를 질투하나? 그대의 마음에 어느덧 독나무가 자라고 있나? (웃으며)… 하나님은 이렇게 말씀하셨네. 예레미야 17장 9절 말씀이네.

코러스: 만물보다 거짓되고 심히 부패한 것은 마음이라…

코러스: 누가 능히 이를 알리요마는,

코러스: 여호와는 심장을 살피고 폐부를 시험하고 각각 그 행위와 행실대로 보응하나니.

코러스: 나 여호와는 중심을 보느니라.

사　탄: 하나님은 인간의 마음 중심을 보시는데… 인간은 자신의 마음 중심을 보지 못하네… 아니, 한사코 보지 않으려 발악을 하네…. 그 마음 중심에 누가 있겠나…? 그 중심에 하나님이 계시면… 인간이 어떻게 그렇게도 악하겠는가? 더구나 종교 전쟁보다 참혹한 것도 드물지.

해설자: 중세 마녀사냥 같은 것을 말하고 싶은가?

사　탄: 종교는 억압받는 자의 한숨이고, 심장이 없는 세상의 심장이고, 민중의 아편이지.

해설자: 신학 지망생… 칼 막스로군.

사　탄: 종교가 위로는 하지…. 그러나 어떤 변혁도 수행하지 못하지.

해설자: 그건 자네가 틀렸네. 요한 레오나드 도버와 데이비드 니치만은

스스로 노예로 팔려가서 많은 열매를 맺었네… 그는 사람들의
마음을 그리스도에게 인도했네… 사람들의 마음을 바꾸는 것,
그게 진짜 변혁이지.

사 탄: 도버의 풀네임이 요한 레오나드 도버인가? 니치만은 데이비드 니
치만이고?

해설자: 그렇다네.

사 탄: 또 요한이군…. 한 놈은 데이비드이고… 내가 싫어하는 이름이
군. 그들이 죽지 않고 돌아왔나?

해설자: 그들은 그곳에서 많은 열매를 맺었네. 노예들과 함께 살면서 선
교한 지 17년 만에 2천 명의 신자를 갖게 되었고, 1879년에 41
개 지부와 78명의 선교사를 세웠고… 36,698명의 신자를 갖게
되었다네. 1876년에는 흑인 목사 양성을 위한 신학교도 세웠네.

사 탄: (화를 내며) 존, 그 존 레이크도 그랬나?

해설자: 물론이지. 당시 남아프리카에서는 무서운 전염병이 돌았네… 그
래서 정부는 병자와 사망한 자를 위하여 일하는 사람들에게
는 1천 불의 돈을 주겠다고 했네…. 당시는 1910년경이었으니 제
법 큰 돈이지…. 그러나 존 레이크와 그의 팀들은 죽음을 무릅
쓰고 무료 봉사를 하였네…. 그들은 수많은 시체와 환자를 만졌
네…. 봉사자 중에는 전염이 되어 죽은 사람도 많았네… 그러나
존 레이크와 그 팀은 끄떡없었네… 놀란 어느 의사가 비법을 물
었네… 그가 뭐라 대답했는지 아는가? (존 레이크는 코러스에서
잠시 일어나 대답한다.)

존 레이크: 형제님, 예수 그리스도 안에 있는 생명의 성령의 법이 그 비
법입니다. 하나님의 영이 내 안에 흐르고 있는 한… 어떤 병균

도 나를 죽일 수 없답니다.

해설자: 실제로 그 의사는 죽은 자들의 허파에서 나온 균을 현미경으로 관찰했네… 병원균이 득실했지…. 그리곤 이제 그 균을 존 레이크의 손에 발랐네… 그리고 그 손에 발린 균을 다시 조사했네… 다 죽어 있었네… 그뿐 아니네…

사 탄: 듣기가 불편하군!

해설자: 그는 기도하며 두 교회를 섬겼네… 그는 교인들에게 정기적으로 뉴스레터를 발간하여 수천의 사람들에게 발송했네… 발송하기 전에 교회의 멤버들은 그 봉투 하나하나에 손을 얹고 기도하였네…. 어떤 일이 일어났는지 아는가?

사 탄: … 불편한 소식이겠군.

해설자: 수백 통의 답장이 왔네… 그들이 봉투를 여는 순간 하나님의 영이 그들에게 임했네… 강력하게 덮쳐왔다고… 그리고 병도 나았다고 했네.

사 탄: 음, 사도 바울의 손수건 사건이 재현된 것이라 말하고 싶겠군.

해설자: 사건이 아니라, 성령께서 그들의 믿음으로 보낸 편지를 통해 임하시고… 치유의 기적이 일어난 것이지.

사 탄: … 음, 존 레이크, 그가 지금도 살아 있나?

해설자: 결국 모두 죽었다… 모든 존, 요한, 요한슨, 요하네스 모두 죽었다… 이걸 말하고 싶은 게지? 그러나 그들은 모두 그리스도와 함께 하늘에 있네.

사 탄: (비웃으며)… 자네가 직접 보았나 보지?

해설자: 변화산에 예수 그리스도와 함께 누가 나타났나? 죽었던 모세와… 엘리야가 아닌가?

사　탄: (당황하며 손사래를 치며) 아, 그만, 그만하시지….

해설자: 변화산 이야기를 싫어하는군. 모세의 영은 죽지 않았네… 물론 엘리야도… 주님은 마귀의 일을 멸하러 오신 분이고, 또 온전케 하러 오실 것이네. 그중에 멸할 것 중 하나가 죽음이야.

사　탄: 이젠 노골적으로 나의 일을 멸시하는군.

해설자: 사람들은 다른 사람들에게서 어둠을 보네…. 그러나 자신도 어둠 속에 있다는 것을 이해하지 못하지…. 자네가 만들어내는 악을 알아채는 것은 쉬운 일이 아니지.

사　탄: (웃으며) 내가 악을 만들어낸다고?

해설자: 다른 사람들의 악을 제거한다고 하면서… 정작 자신 안의 악을 못 보게 하는 게 자네의 특기가 아닌가?

사　탄: 그런 말로서는 나를… 나의 정체를 폭로할 수 없네.

해설자: 알지. 잘 알아… (사이) 그러나 정말로 하나님의 아들이신 그리스도의 피로 다시 태어난 성도는 자신은 물론 세상을 변화시켰네.

(그는 벤치에서 일어나 거닌다. 작은 나무 아래에서 풍선이 터진 채 달려있는 나무를 쳐다본다.)

사　탄: 자네도 지식의 나무의 열매가 탐이 나나?

해설자: 넌 언제나 유혹하지…. 주님도 유혹했지?

사　탄: 흥, 유혹할 때 누가 그분을 나에게로 인도한 줄 아는가…? (사이) 성령에 이끌리어 광야로 가사… 그렇게 기록되어 있네…

해설자: 자넨, 하나님의 허락 없이는 아무것도 할 수 없군.

사 탄: 누가 그것을 성경에다 기록해 놓았겠나?

해설자: 주님이 제자들에게 말씀하셨겠지…. 믿음의 긴 여정에는 네 같은 악한 유혹자가 있다고… 그래서 조심하라고 기록하게 하셨겠지.

사 탄: (박수를 치며) 브라보! … 맞았어…. 세상, 육신, 마귀가 그들의 적이지.

해설자: 노골적이군.

사 탄: 상관없어…! 그러나 그걸 참되게 아는 사람이 많지 않다는데 문제가 있지.

해설자: … 자네, 그렇게 정직하게 말해도 되나?

사 탄: 정직… 조금 전에 우리는 정직을 다루고 있지 않았나…? 그런데… 하하, 누가 내 말을 믿겠나…? 내가 100% 거짓을 말하면 어린아이도 내 말을 믿지 않을 걸세… 진리와 거짓은 항상 섞어야 하네…. (낮게) 이보시게… 독약은 2%만 타는 걸세… 그래야 서서히 죽네…. 죄도 그러하네…. (사이) 더구나 만물보다 거짓된 인간의 마음이니… 정직하게 말해도 그 거짓된 그 마음 안에서 어떻게 정직이 오래 살아 있겠나?

해설자: 그러나, 하나님의 영으로 거듭난 성도가 있다네.

사 탄: (관객을 보며, 조롱하듯이)… 알지, 잘 알고말고… 그걸 부정하지는 않네. 그런데 문제는 거룩하신 하나님의 성령께서… 어떻게 만물보다 더러운 인간의 마음에 들어가 사실까…? 그게 가능할까…? 누가 돼지우리에 기꺼이 들어가 깨끗한 자신의 옷을 더럽힐까…? 누가 죄와 악이 가득한 인간의 마음을 자신의 거처로 삼을까…? 흠과 티라고는 하나도 없는… 정결하고 거룩한 분

이… 만물보다 거짓되고 부패한 인간의 마음을 자신의 아름다
운 거처로 삼을까…? 누가 더러운 창기를 하나님의 거룩한 신부
로 삼을까?

코러스: (조용히 일어나, 포도나무를 보며)

한 알의 밀알 속에서 세계를 보고

한 송이 들꽃에서 천국을 보라

손바닥 안에 무한을 거머쥐고

찰나 속에서 영원을 보라

해설자: 〈순수의 전조〉의 한 구절이군… 한 알의 밀알 속에서 세계를 보
라… 모든 것에는 창조주의 솜씨가 깃들어 있지…. 주님의 말씀
이 생각나는군.

사 탄: 밀알의 비유 말인가?

해설자: 한 알의 밀알이 죽어야 많은 열매를 맺지…. 주님이 그 밀알이셨
네… 블레이크가 그 비유의 진정한 뜻을 알았을까… 궁금해지
는군.

사 탄: 자넨, 십자가를 이야기하고 싶겠군. 어떻게 그것을 참아왔나?

해설자: 왜 피하고 싶은가?

사 탄: 그대도 나를 닮아 가는군… 나를 유혹하는군… 나의 교만을 부
추기는군.

해설자: 자넨, 예수님도 유혹하지 않았나?

사 탄: (화를 내며) 내가 아까 말했지…. 성령에게 이끌리어 광야로 갔다
고! 하나님이 인도하여 예수를 광야에서… 나와 만나게 했네.

(서서히 암전. 잠시 후 조명. 약한 불빛 아래에서 글을 쓰고 있는 사도

요한. 요한의 시종이 차를 가지고 들어온다.)

시 종: 저 선생님, 차를 준비했습니다.

요 한: 아, 고마워. (쓰던 손길을 멈춘다.)

시 종: 쉬어가며 쓰세요. (차를 따라 준다.)

요 한: … 자네도 같이 함께.

시 종: 감사합니다. (두 사람 차를 마신다.)

요 한: 좋군. 향긋해… 나는 이 차 향기가 좋아. 어머닌 잘 계시나…?

시 종: … 주의 모친께서는 이 차를 선생님이 좋아하신다고 갖다 드리
라고 하시곤, 기도하시다… 이젠 주무십니다….

요 한: 고맙군… 이제 글이 다 끝나가네…

시 종: 마가나 마태, 누가 선생이 쓴 글들이 이미 많은 성도들에게 읽히
고 있습니다.

요 한: (웃으며)… 그런데 왜 또 쓰느냐?

시 종: (당황하며) 아니, 선생님, 그런 뜻이 아닙니다.

요 한: 나도 알고 있어… 그런데 주님께서… 생명, 조에의 생명, 곧 영생
에 관해 쓰라는 강한 감동을 주셨다네.

시 종: 마가나 마태, 누가 선생님의 글에서 부족한 것을… 선생님께서
채우시는 것 같았습니다.

요 한: 부족한 게 아니라, 강조점이 다른 걸세… 그런 글이 있다는 것은
너무도 감사한 일이지…. 그러나 주님께서 더욱 직접적으로 하
늘의 생명에 관한 말씀을 하라 하셨네… 글자가 잘못된 부분은
없던가?

시 종: … 전혀 없었습니다.

요 한: 어머닌 뭐라 하시던가?

시 종: 선생님의 글을 읽어드리니, 너무 기뻐하셨습니다. 특히, 첫 부분
과… 결혼 잔치 부분을 들으실 때는 눈물을 보이셨습니다. 그리
곤 주님의 대제사장적인 기도 부분을… 몇 번이고 읽어달라고
하셨습니다. (읽는다.)… 내가 비옵는 것은 이 사람들만을 위한
것이 아니요.

코러스A: 내가 비옵는 것은 이 사람들만을 위한 것이 아니요. 또 그들
의 말로 말미암아 나를 믿는 사람들도 위함이니…

코러스B: 아버지여, 아버지께서 내 안에, 내가 아버지 안에 있는 것 같
이 그들도 다 하나가 되어 우리 안에 있게 하사…

코러스: 세상으로 아버지께서 나를 보내신 것을 믿게 하옵소서. (두 번
반복한다.)

요 한: (조용히 읊조리듯) 태초에 말씀이 계시니라.

시 종: 이 말씀이 하나님과 함께 계셨으니…

요 한: 이 말씀은 곧 하나님이시라.

시 종: 그가 태초에 하나님과 함께 계셨고…

요 한: 만물이 그로 말미암아 지은 바 되었으니, 지은 것이 하나도 그
가 없이는 된 것이 없느니라.

요 한: 아버지여, 때가 이르렀사오니 아들을 영화롭게 하사 아들로 아
버지를 영화롭게 하게 하옵소서.

코러스: 아버지께서 아들에게 주신 모든 사람에게 영생을 주게 하시려
고, 아들에게 만민을 다스리는 권세를 아들에게 주셨음이로소
이다.

사 탄: (코러스에 숨어서 조롱하듯)… 영생은 유일하신 참 하나님과 그가

보내신 예수 그리스도를 아는 것이니이다. 그렇지. 머리로 아는 지식이 제일 중요하지. 지식의 나무, 선악과를 알아야지.

요 한: (돌아보며)… 거기 누구야? 거기서… 누가 하나님의 말씀을 왜곡하고 있나?

사 탄: (코러스에서 빠져나오며)… 저, 요한은 속일 수가 없군. 나는 존, 요한, 요한슨 다 싫어! 요한 도브, 존 레이크, 존 던! 다 싫어!

요 한: 선악을 알게 하는 지식의 나무는 안 돼. 반드시 예수 그리스도, 그 생명나무여야 하네.

시 종: 그렇습니다. 선생님, 예수 그리스도는 무성하고 풍성한 생명나무이십니다.

요 한: 잊지 말게. 인생들에게 하늘 생명보다 중요한 것은 없네… 주님이 십자가에 달리신 것은 죄 사함만이 아니네… 살을 찢고, 피를 흘려, 우리에게 하늘의 생명을 먹이기 위함이지…. 사람들의 영혼은 굶주려 있네… 영원한 말씀과 하늘의 생명에 굶주려 있네…

사 탄: 지식은 왜 안 되지…? 오늘날 과학을 봐… 질병을 거의 다 잡았지 않나? 인간의 유전자 구조까지 다 파악하고 있는데… 곧 과학으로 영생을 줄 날이 곧 온다구… 더 이상 하나님은 필요 없지…. 과학이 신이야.

요 한: … 네 놈이군. 거짓의 아비…! (시종에게) 쳐다볼 필요도 없네. 무시하게.

사 탄: 오, 내 본질을 정확하게 알고 있는 분이 있어… 그래도 문제없어. 사람들은 내 말을 더 믿어. 요즘 세상에… 귀신이니, 사탄이니… 누가 그걸 믿나…? 미친놈, 광신도 취급을 받을 뿐이지.

(작은 나무 뒤로 숨는다.)

사 탄: (혼잣말) 그렇지…. 요즘 누가 하나님의 말을 믿나? 나도 그분이
지었지…. 그런데 나는 왜 그분을 의심할까…? 아니, 왜 의심하
게끔 만드셨을까?

요 한: 그리스 사람들은… 로고스의 진정한 뜻을 몰라.

시 종: 사람들이 하나님의 '말씀'을 이해하는 게 쉬운 것은 아닐 것입니다.

요 한: 자네도 그런가?

시 종: … 완전히 이해되지는 않지만… 그래도…

요 한: 어느 정도는 안다…? (웃으며) 자네는 자신을 무엇으로 표현하
나?

시 종: 말로… 내 생각을 표현하지요.

요 한: 그렇다네… 하나님도 자신을 로고스, 즉 말씀으로 자신을 표현
하시지…. 그 하나님의 말씀, 즉 하나님이 인간으로 이 세상에
자신을 표현하셨네. 예수 그리스도로… 자신을 드러내셨네. 내
가 그분과 함께 지내며, 그분을 보고 만졌네… 그러나 하나님의
빛이 세상에 왔으나 자기 백성들이 영접하지 않았다네.

시 종: 왜 영접하지 않았을까요?

사 탄: (활짝 웃으며, 혼잣말로)… 의심, 그 떠나지 않고 솟구치는 의심
때문이지.

요 한: 하나님은 사람들에게 자유의지를 주셨지. 다시 말해, 인간을 진
정한 인격적인 존재로 지으셨지…. 그게 진정한 창조지…. 마치
부모가 자식을 낳아 기를 때, 진정한 관계를 맺는 존재—자신과
닮은 자녀를 원하신 것과 같다네.

사 탄: (조용히) 그게 하나님의 큰 실수지…. 나 같으면 절대 순종하는

존재로 만들었을 거야⋯ 나에게 순종하지 않는 존재는 다 부숴
버려야지⋯. 꼴사납게 자유의지라니⋯ 힘들게, 번거롭게⋯ 그게
뭐야.

요　한: ⋯ 생명이라 하면, 사람들은 오해하지.

시　종: 아⋯! 그렇습니다.

요　한: 육신의 생명이 아닌, 하나님의 생명일세. 헬라어로는 '조에'라는
　　　 생명 말일세⋯ 그건 육신의 생명이 아닌, 생명 너머의 생명, 곧
　　　 영생일세⋯ 그래서 주님은 바로 그 생명에 대하여 쓰라는 감동
　　　 을 반복해서 주셨다네.

시　종: 그래서, 그 말씀으로 글 쓴 목적을 밝히셨군요⋯.

요　한: (일어서서 포도나무로 가며) 오직 이것을 기록함은 너희로 예수께
　　　 서 하나님의 아들 그리스도이심을 믿게 하려는 것이요, 또 너희
　　　 로 믿고 그를 힘입어 영생을 얻게 하려 함이니라. (포도나무를 만
　　　 지며)⋯ 주님은 말씀하셨네⋯ 나는 포도나무요, 너희는 가지라.
　　　 그가 내 안에, 내가 그 안에 거하면 사람이 열매를 많이 맺나니,
　　　 너희가 나를 떠나서는 아무것도 할 수 없음이라⋯ 내가 쓴 글을
　　　 통해 많은, 많은 사람들이 생명이신 그분을 만나게 될 걸세.

코러스: 나는 생명의 떡이니, 내게 오는 자는 결코 주리지 아니할 터이요.

코러스: 나를 믿는 자는 영원히 목마르지 아니하리라.

코러스: 내게 오는 자는 내가 결코 내어 쫓지 아니하리라.

코러스: 진실로 진실로 너희에게 이르노니, 믿는 자는 영생을 가졌나니.

요　한: 주님은 자주 말씀하셨네. 내가 곧 생명의 떡이니라.

코러스: (조용히 읊조리듯)⋯ 내가 곧 생명의 떡이니라.

시　종: 그래서 우리는 성찬식을 귀하게 여기지요.

요　한: 물론이지…. 그런데, 굶주린 기도, 믿음의 기도로도 주님을 얼마
　　　　든지 먹을 수 있다네.

시　종: … 아, 그렇지요.

요　한: 자네도 잘 알고 있군.

시　종: 선생님의 글을 읽을 때마다 은혜가 되었으니… 어찌 모를 수가
　　　　있겠습니까?

요　한: (웃으며)… 그렇군. 주님은 말씀하셨네… 그것도 자주… 사람들
　　　　에게 말씀하셨네… 내가 진실로 진실로 너희에게 이르노니, 인
　　　　자의 살을 먹지 아니하고 인자의 피를 마시지 아니하면 너희에
　　　　게 생명이 없느니라… 이 말씀은 가버나움 회당에서 가르칠 때
　　　　에 하신 말씀이네… 그런데… 그런데 이 말씀이 우리들 사이에
　　　　서도 걸림이 되었네.

사　탄: (박수를 치며) 브라보, 그게 정답이지! 인간에겐 그게 걸림돌이
　　　　되지.

시　종: … 우리들이라시면?

요　한: 제자들 말일세… 주님께서 승천을 말씀하시고, … 육은 무익하
　　　　다… 내가 너희에게 이른 말은 영이요, 생명이다… 그러시면서,
　　　　너희 중에 믿지 아니하는 자들이 있다… 그러셨다네… 그리고
　　　　(사이) 따르던 무리 중에 많은 사람들이 떠나갔네… 남은 제자
　　　　들은 열둘뿐이었네. 그때 주님은 우리에게도 물으셨네… 너희도
　　　　가려느냐?

코러스A: 너희도 가려느냐?

코러스B: 너희도 가려느냐?

코러스A: 내 말이 너희에게 걸림돌이 되느냐?

코러스B: 내 말이 너희에게 걸림이 되느냐?

시몬: (코러스에서 나와서 엎드린다.) 주여, 영생의 말씀이 주께 있사오니… 우리가 누구에게로 가오리이까…

시 종: 역시 시몬 베드로 선생님이시군요.

요 한: 그렇지. 그런데 난들 의심이 하나도 없었겠나?

시 종: 당연히 잘 믿으셨으니…

요 한: 아닐세… 사람이면, 그럴 수 없다네… 세례 요한 선생님도 의심하신 적이 있다네… 우리 힘으로는 안 되네… 주님께서 은혜를 베푸셔야만 하네. (해설자가 사탄의 뒤로 등장한다.)

해설자: (사탄에게) 혼자서 여기서 무얼 하고 있나? 무엇을 기웃거리고 있나…? 이제 나 없이 홀로 페르소나로 팽창하려나? 아니면 독립하여 요한 파우스트 박사라도 되려나?

사 탄: (불쑥) 지옥은 없어!

해설자: 하긴, 너는 진정한 생명이 없지. 그래서 늘 다른 생명에 기생하여 기생충처럼 살고 있지.

사 탄: 나를 모독하는군.

해설자: 네 졸개들, 귀신들이 돼지 떼에게로 들어가게 해 달라고 간청한 것 기억나나?

사 탄: 불쾌한 추억이지.

해설자: 조금 전에 요한 사도가 말씀하는 것 들었지? 오직 이것을 기록함은 너희로 예수께서 하나님의 아들 그리스도임을 믿게 하려 함이요.

사 탄: 또 그의 이름을 힘입어… 생명을 얻게 하려 함이니라.

해설자: 잘 알고 있군.

사 탄: 물론이고말고. 그러나 나는 그처럼 영원한 생명을 주지는 못하지. 그러나, 지식은 주네.

해설자: 철학과 사상으로 생명을 주지는 못하지. 더구나 그대가 주는 지식은 교만을 부추기지.

사 탄: 그래도 지옥은 없어!

해설자: 갑자기 왜 그러나? 갑자기 지옥이라니… 갑자기 두려운가?

사 탄: 천만에… 그러나, 사실 두렵네. 그러나 두렵지 않기도 하네… 거긴 내 친구들이 많으니까…

해설자: 누구보다 천국을 말씀하신 분이 있지.

사 탄: 예수 말인가?

해설자: 그렇지. 거지 나사로와 부자 이야기에도 나오지…. 나사로는 천국인 아브라함의 품에, 그런데 왜 부자가 지옥에 있지…. 이 말을 잘 기억하게… 그분이 있다면… 있는 것일세.

코러스A: 그분이 있다면 있고, 없다면 없지.

코러스B: 태초에 말씀이 있었으니… 그분의 말씀대로 천지가 있네.

코러스A: 선악을 알게 하는 나무의 열매는 먹지 말라. 네가 먹는 날에는 반드시 죽으리라.

코러스: 그분 말씀대로 선악과를 먹은 인간은 죽는다네.

사 탄: 금방 죽지는 않았어.

코러스: (단호하게) 하나님에 대하여… 죽었다네.

코러스: 영원한 생명이신 하나님과의 친밀한 사랑의 줄이 끊어졌다네.

사 탄: 아니지. 하나님과 관계가 끊어진… 나도 이렇게 살고 있네…, 내

가 하늘에서 쫓겨나기 전에… 욥을 참소하던 천상회의가 그리워.

코러스: 그대는 하나님의 아들을 죽였지.

사 탄: 내가? 아니야…! 사람들이 죽였지…, 유대의 종교 지도자… 가룻 유다… 본디오 빌라도… 로마 병정들… (사이) 이런 말은 정말 싫지만, … 더구나 저 고상한 척하는 무리들은… 하나님 아버지가… 죄인인 자기 같은 사람들에게… 자기 아들을 내어주었다고 말하지 않는가?

해설자: 로마서 5장 8절이네.

코러스: 우리가 아직 죄인 되었을 때… 그리스도께서 우리를 위하여 죽으심으로 하나님께서 우리에 대한 자기의 사랑을 확증하셨느니라.

사 탄: 그렇지…. 그럼, 누가 예수를 죽게 내주었지? (코러스 한 사람 한 사람을 붙들고, 이리저리 뛰어다니며)… 누가 예수를 죽게 만들었지? 나는 그가 죽지 않기를 바랬어…. 물론 죽기도 바랬어. 그가 십자가를 지지 않기를 바랬어. 물론 죽이고 싶었어. 그래서 그들을 부추겼지. 그런데 어쨌든 그는 십자가에서 죽었네. 그는 이렇게 기도했네…. 아버지여, 만일 아버지 뜻이거든 이 잔을 내게서 옮기시옵소서. 그러나 내 원대로 마옵시고 아버지의 원대로 되기를 원하나이다…. 잔… 십자가를 지는 쓴 잔을 그도 원하지 않았네… 그런데 그는 하나님의 뜻대로… 잔을 마셨네….

코러스: 그 잔이 우리를 구원했네… 그 거룩한 피가 우리의 모든 죄를 다 씻었네.

사 탄: 내 질문을 이해 못하는군.

해설자: 자넨 하나님의 역설을 이해하지 못해. 한 알의 밀알이 떨어져

죽어서 많은 열매를 맺는 그 놀라운 역설을!

사 탄: 어쨌든 그 아들 예수를 십자가에 못 박게 한 범인은 하나님 아버지가 아닌가? 욥을 나에게 내어준 분도 그분이 아니던가? 그런데 왜 책임을 나에게 묻지? 애초에 하나님이 허락하지 않았으면 될 일 아닌가?

해설자: (사탄을 향해)… 너는 사랑의 역설을 이해하지 못해. 너는 이기적인 저차원에서는 머리가 좋으나, 사랑과 희생이라는 고차원에서는… 거의 백치요, 저능아지. 등신!

사 탄: 저능아라고 등신이라고? 내 지능이 너보다 몇 배나 높을 걸?

해설자: 너는 지능만 높지…. 감성 지수, 도덕 지수, 영성 지수… 이런 차원 높은 것에서는 빵점이지.

코러스1: (읊조리 듯)… 마귀의 머리로 독생자를 죄인들에게 내어주는 하나님의 희생을 어떻게 이해할 수 있을까?

코러스2: 도브와 니치만이 스스로 예수 생명을 전하기 위해… 노예로 팔려간 것을 어떻게 이해할 수 있을까?

코러스3: 마귀의 심장으로 자신의 심장을 찢는 하나님의 큰 사랑을 어떻게 이해할 수 있을까…?

코러스4: 한 알의 밀알이 죽어서 수많은 열매를 맺는 것을 해마다 보면서도… 마귀는 모른다네. 꽃이 피고 지는 것을 보면서도 모른다네.

코러스(합창): 밀알은 땅에 떨어져 죽어야만 열매를 맺는다는 것을 모른다네.

코러스(합창): 그 한 알의 밀알이… 하나님의 아들, 예수… 그리스도의 십자가라네….

사　탄: 어리석은 놈들! 죽으면 끝인 것을… 속지 말라구… 죽으면 끝이라구! 그래서 난, 매일 죽는 천국보다… 단 한 번 죽는 지옥이 더 좋아!

해설자: 천국보다 지옥이 더 좋다…? 농담이겠지?

사　탄: 오, 친구, 생각해 보게. 예수님이 분명하게 말씀하셨네… 생생하게 기억하네… 마태복음 16장 24절일세. 마가복음 8장, 누가복음 9장에도 있지.

코러스A: 예수께서 제자들에게 이르시되, 누구든지 나를 따라오려거든…

코러스B: 누구든지 나를 따라오려거든.

코러스A: 자기를 부인하고 자기 십자가를 지고 나를 따를 것이니라.

사　탄: 누가는, ‘날마다.’… 날마다라고 말했네… 날마다 자기를 부인하고 제 십자가를 지고 나를 따라야 한다고 했어. 십자가는 죽음 아니던가? 날마다 죽어야 한다… 얼마나 끔찍한 요구인가?

해설자: 네가 불쌍해…!

사　탄: 내가 불쌍하다고…? 자기를 잃어버리고, 그저 멍청하게 살아 있는 곳이 천국 아닌가? 내 자아가 죽어서 사라지는 천국보다, 내가 생생히 살아 있는 지옥이 더 좋은 것이 아니겠나…?

코러스: 그래서 너는 언제나 죽지 않으려고, 기생충처럼 살고 있지. 다른 생명에 기대어. 인간의 마음에 기대어… 기생충처럼.

사　탄: 나는 너의 페르소나야. 나를 무시하는 것은 곧 너를 무시하는 것이라구!

해설자: 나의 거짓 자아… 가짜 자아여!

사　탄: 거짓이 없으면, 진리의 가치를 모르지. 죽음이 없으면 생명의 가치를 모르지…. 그래서 나는… 진리의 또 다른 얼굴이지. 두 얼굴의 야누스처럼.

해설자: 죽어도 '자아'를 포기하지 못하는… 사탄답군…. 그러나, 나는 죽기로 결심했네.

사 탄: 그대가 죽는다구…? 자살이라도 하겠다는 건가…? 그건 하나님도 싫어하시는 죄일 텐데… 나를 어떻게 포기하겠다는 건가…? 자넨 그게 가능하다고 생각하나?

해설자: 예수 그리스도의 십자가에 내 자아를 못 박기로 했네.

사 탄: 이런 미친! 이보시게, 우리가 할 일이 있지 않는가? 요한 파우스트 박사처럼 진리를 찾아야지…. 우린 구도자가 아니던가…? 아직 우린 진리를 찾지 못했지 않는가?

해설자: 진리, 진리, 진리…! 네 놈이 말하는 진리는… 항상 네 자신이 아니던가? 넌 메피스토 같은 놈이지. 사탕발린 유혹자… 악마 말이야.

(그는 포도나무 그늘 아래의 벤치에 조용히 앉는다. 차를 마시며 성경을 펴서 읽는다. 사탄은 작은 나무에 걸린 풍선을 쳐다보고 있다.)

해설자: 이미 진리는 오셨네. 진리는… 그분일세… 그분뿐일세….

코러스: 내가 곧 길이요, 진리요, 생명이다.

해설자: 누가 이렇게 말씀할 수 있겠나? '내가 곧 길이다.'라고.

사 탄: 길은 여러 갈래지…. 산꼭대기에 이르는 길은 많아.

해설자: 그런 길이 아닐세…. 오직 한 인격… 완전한 한 인격… 흠도 티도 없는 무죄한 완전한… 한 인격…. 그분만이 하나님께 이르는

유일한 분이지.

사 탄: (돌아 나오며) 오, 친구… 나도 하나님이 주재하시는 천상회의에
참여한 적이 있다는 것을 잊지 말게.

해설자: 그대는 그대의 악을 허락받기 위해 거길 갔지…. 그런데 이번엔
그분의 아들을 죽였지.

사 탄: 내가 아니라네…. 그건 불의한 판정이네… 가장 공의로워야 할
분이 내릴 판정은 아니지…. 다시 말하거니와, 불의한 판정이
지…. 내가… 죽이지 않았어. 아니야… 사람들이 죽였지…. (해
설자의 성경을 빼앗아 그 구절을 찾는다.)… 고상한 척하는 무리들
은… 하나님 아버지가… 죄인인 사람들에게 자기 아들을 내어
주었다고 말하지 않는가? 아까 뭐라고 했나?

코러스: 우리가 아직 죄인 되었을 때… 그리스도께서 우리를 위하여 죽
으심으로 하나님께서 우리에 대한 자기의 사랑을 확증하셨느니
라.

사 탄: 그렇지…. 그럼, 누가 예수를 죽게 내주었지? (다시 코러스에게 가
한 사람 한 사람을 붙들고, 이리저리 뛰어다니며)… 누가 예수를 죽
게 만들었지? 나는 그가 죽지 않기를 바랬어…. 십자가를 지지
않기를 바랬어. 그런데 십자가에 죽는 것이 하나님의 뜻이 아니
던가? 그렇다면 왜 책임을 나에게 묻지? 애초에 하나님이 허락
하지 않았으면 될 일 아닌가? 빌어먹을 창조는 왜 했나…? 애초
에 의심과 반역조차 못하게끔 막았어야지…. 이제 와서… 나 같
은 피조물 탓인가…? 내가 타락한 천사라구? 누가 타락하게끔
허락했는데…?

해설자: 똑같은 소릴 반복하는군. 그대가 갈 지옥이나 구경하는 것… 어

때? 부자가 가 있는⋯ 지옥⋯ 어때?

사 탄: 흥, 저 지옥에 있는 부자도 나의 페르소나지. 탐욕과 무자비함.

해설자: ⋯ 잘 듣게⋯ 그것도 맞지만⋯ 더 깊은 뜻이 있네⋯ 성경은 전체적인 문맥에서 해석해야 하네.

사 탄: 전체 문맥⋯? 웃기는군. 누가 하나님의 계획의 처음과 끝을 알겠나⋯? 어느 누가⋯ 알겠나? 지혜로운 나도⋯ 욥을 그렇게 갑절로 복을 주실 줄은 몰랐어. 나 같은 지혜자도 끝을 몰랐던 거야.

해설자: 한 가지 물어봄세.

사 탄: 오, 나에게 질문인가? 무엇이 궁금한가?

해설자: 왜 지옥에 간 부자는 이름이 없을까?

사 탄: ⋯ 낸들 아나? 왜 이름이 없지⋯?

해설자: 그런데 나사로는 왜 이름이 있나⋯? 생각해 보았나?

사 탄: 몰라⋯ 왜 없지⋯. 부자에겐 왜 이름이 없지?

해설자: 너의 이름은 뭐지⋯? 하나님이 널 무어라고 부르시나⋯? 천상회의 때 이름을 무어라고 부르시나?

사 탄: ⋯

해설자: ⋯?

사 탄: ⋯ 내 이름을 부르지 않았어. 욥의 이름만 불렀어⋯ (사이) 그게 어때서?

해설자: 생각해 봐⋯ 넌 이름이 없다. 하나님 앞에서 이름이 없다는 것은⋯ 넌 천상회의에 참여할 자격이 없다는 뜻이지⋯. 넌 불청객이지⋯. 더구나 하나님에겐 넌 욥보다 못한 존재지⋯. 불쌍한 것이 욥이 아니라⋯

사 탄: … 내가 불쌍하다고? 내가?

해설자: 지옥에 있는 부자도 이름이 없어. 하나님 앞에 선 인간에게 이
　　　 름이 없다는 것은… 치명적이지…. 하나님과 친밀함이 없다…
　　　 하나님과의 친밀한 관계가 전혀 없다… 그래서 이름을 모르는
　　　 것이 아니겠나?

사 탄: 이름을 모른다고 지옥에 던지나?

해설자: 하나님의 아들, 예수 그리스도의 피에 죄를 씻고, 하나님께 돌
　　　 아온 자녀들은… 생명책에 그 이름이 기록되어 있다네. 나사로
　　　 의 이름도 기록되어 있었네… 그래서 나사로의 이름이 있었지.

사 탄: 그냥 상징적인 표현인 게 아니고?

해설자: 사람들도 아기가 태어나면, 호적에 올리지 않나?

사 탄: …

해설자: 자녀의 이름을 모르는 부모도 있나? 십자가에서 그 아들의 피
　　　 로 다시 태어나게 한 아들과 딸들의 이름을 모르는… 그런 하나
　　　 님이 어디 있겠나?

사 탄: … 내 이름이 생명책에 없다고…? 그럼, 사탄… 사탄은… 이름이
　　　 아닌가?

해설자: 적대자… 그건 이름이 아니지.

사 탄: 왜 이름이 아니면서, 나를 그렇게 부르나?

해설자: 부자처럼, 하나님을 대적하는 자들의 특징을 그렇게 말한 것에
　　　 지나지 않아.

사 탄: 상관없어…! 많은 사람들이… 나에게서 도망갔어도 아직 나에겐
　　　 수천, 아니 수억의 인간들이 아직 남아 있지…. 이제 내가 퇴장
　　　 할 때가 되었나 보군. 내가 없으면, 세상의 재미도 없고… 연극

도 곧 끝나지.

해설자: 물론이지. 죄악이 없는 연극, 갈등이 없는 드라마가 어디 있겠
　　　　나? 죄악이 없는 인간 세상이 어디 있겠나? 그러므로…

사　탄: …?

해설자: 그대가 사라지면, 지옥도 사라질 것이야. 그러나, 아직 두 증인
　　　　이 남아 있네.

*(코러스에서 작가가 등장한다. 작가가 등장하자, 사탄은 그와 바통 터
치하듯이… 작가를 흘겨 보며, 작가가 나온 그 자리에 코러스로 들어간
다. 작가는 해설자 곁 벤치에 앉는다.)*

해설자: 오래 기다렸습니다. 작가 선생님, 몇 가지 질문을 해도 될까요?

작　가: 물론입니다.

해설자: 당신의 작품 중에 이렇게 노골적으로 복음을 전하는 글은 처음
　　　　보았습니다. 대개 진리를 탐구하며 찾아가는 구도자적인 작품이
　　　　높은 평가를 받는다는 것쯤은 아실 텐데… 답을 정해 놓고 믿
　　　　어라는… 이런 식의 작품은 호평을 받지 못한다는 것쯤은 아실
　　　　텐데… 그런데도 이런 작품을 고집하시는 이유라도 있으신지요?

작　가: 서두에서 언급이 되었습니다만, 도브, 니치만처럼… 사람들에게
　　　　복음을 전하는 것보다 중요한 일은 없습니다.

해설자: 선생님도 도브나 니치만과 같은… 아니면, 사도 바울 같은 소명
　　　　을 받았다는 뜻입니까?

작　가: 천만의 말씀입니다. 저는 그분들의 신발 끈을 묶을 자격도 없는
　　　　사람입니다.

해설자: 어디서 들어본 말 같군요.

작 가: 아, 세례 요한이 예수님에 비교하여 자신을 그렇게 표현한 적이 있습니다. 자신은 예수님의 신발 끈을 묶을 자격도 없다고…

해설자: 도대체 선생님은… 어떤 체험을 하셨습니까?

작 가: 어머니는 무당이었습니다.

해설자: 아. 처음 듣는군요.

작 가: 무당에는 강신무와 세습무가 있습니다…. 세습무란, 부모로부터 그 직업을 물려받은 사람이고, 강신무란… 직접 신내림을 받아서 굿을 하거나 점을 치는 사람을 말합니다.

해설자: 그럼, 어머니께서는?

작 가: 강신무지요. 어릴 때, 죽은 형이 있었는데… 그 신이 왔다는 것입니다. 물론 저는 귀신을 한 번도 보지 못했습니다. (웃으며) 눈에 보이는 게 귀신이겠습니까?

해설자: 그럼, 예수님이 귀신을 쫓아낸 이야기는?

작 가: 아, 하나님의 아들의 눈을 피할 귀신은 없지요. 그리고 거라사 지방의 군대 귀신들도 하나님의 영으로 충만한 예수님을 한눈에 알아보았던 겁니다.

해설자: 그럼, (웃으며) 귀신들이 예수님의 증인으로 등장하는 것도 괜찮겠군요.

작 가: (웃으며) 그렇겠군요. 그런데, 관객들의 눈에 안 보인다는 게 문제겠지요….

해설자: 방금 언급한 거라사 지방의 귀신들린 그 광인이 예수님에게 달려와, 이렇게 외치지요.

코러스A: 지극히 높으신 하나님의 아들, 예수여, 나와 당신이 무슨 상관이 있나이까?

코러스B: 원하옵건대… 하나님 앞에 맹세하고 나를 괴롭히지 마옵소서…

코러스A: 때가 이르기 전에… 우리를 괴롭게 하려고 여기 오셨나이까?

코러스B: 우리를 무저갱으로 들어가라 하지 마시옵소서.

코러스: 우리를 무저갱으로 들어가라 하지 마시옵소서.

작 가: 성경엔 이미 그에게 "더러운 귀신아, 그 사람에게서 나오너라." 말씀하셨다고… 기록하고 있지요…. 그리고는 이름을 물으셨는데…

해설자: 군대라고 했다지요?

작 가: 레기온이라고… 로마의 한 군단을 가리키는 말입니다. 6천에서 만 명 정도 되는 한 군단이 레기온입니다.

해설자: 놀랍군요…. 그런 군대 귀신이 한 사람의 몸 안에 들어갈 수 있다는 것이… 그런데 왜 돼지에게 들어가길 원했을까요?

작 가: 중요한 것은… 한 사람이 정신이 온전하게 돌아왔다는 것입니다.

해설자: 그렇군요.

작 가: 예수님은… 귀신들린 한 사람을 구원하기 위하여… 갈릴리 호수를 건너 이방 땅으로 가서… 그 호수의 풍랑을 잠잠하게 하고, 한 인간의 영혼을 구원하셨다는 것이 중요합니다…. 오늘날에도 우리 어머니처럼, 악령이나 악한 귀신들에게 사로잡힌 사람들도 있지요.

해설자: 그럼 어머니에게 임한 그 귀신은… 쫓아내셨나요?

작　가: 그게 군대 귀신인 줄은 모르겠으나, 어머닌 다른 죽은 무당의
　　　　일을 보아주다가… 다른 귀신까지 들린 것입니다. 그래서 행동
　　　　이 평소와 좀 달랐습니다. 처음엔 정신병인가… 싶어 정신병원
　　　　도 갔으나… 나이가 60 넘으면 정신병에 걸리는 경우는 없다더
　　　　군요. 한의원도 가고 굿도 하고, 성당과 교회 분들이 와서 기도
　　　　도 해주었으나… 쫓아내지 못하고… 어머니는 결국 돌아가셨습
　　　　니다.

해설자: 그럼, 예수님께서 군대 귀신을 쫓아냈다는 기록은… 믿기가 힘
　　　　들지 않았나요?

작　가: 아닙니다. 귀신은 있습니다. 예수님은 거짓이 없습니다. 거짓을
　　　　말하면서 하나님의 아들이라는 것은 있을 수 없는 일입니다. 예
　　　　수님이 있다고 하면, 있는 것입니다.

해설자: 그럼 천국과 지옥도?

작　가: 물론입니다.

해설자: 선생님의 〈죽은 자에게 길을 물으랴〉는 글을 읽은 적이 있습니
　　　　다. 거기에 보면 아빌라의 데레사 수녀님의 지옥 체험과 부스 대
　　　　장의 천국 체험이 있던데….

작　가: 아빌라의 데레사는 가톨릭교회에서 교회 박사 칭호를 받는 수녀
　　　　입니다. 수녀원 개혁에 큰 공로가 있지요. 구세군을 세운 부스
　　　　대장의 천국 체험도 놀랍지요.

해설자: … 음… 죄송하지만, 혹, 환상을 본 것은… 아닐까요? 요즘 같
　　　　은 시대에….

작　가: 사도 바울도 그런 자신의 체험을 성경에 기록해 두었습니다….
　　　　혹, 마음을 보신 적이 있습니까?

해설자: 물론이죠…. (가슴을 펴며) 늘 제 안에 있지요.

작 가: 지금 저에게 보여 줄 수 있나요?

해설자: (당황하며)… 선생님도… 농담이시겠죠?

작 가: 누구나 마음이 있죠. 그러나 누구에게도 마음을… 보여줄 수 있
는 사람은 없지요. 하나님도… 굳이 표현하자면, 마음입니다. 거
룩한 마음. 죄인을 인간을 사랑하는 마음으로 충만한 마음, 거
룩한 영이라고도 하지요…. (사이) 저는 자식이 죽으면, 산에 묻
지 않고. 부모는 가슴에 묻는다고… 어머니는 그 상처로 인해,
그런가 했습니다. 그러다가, 아버지가 병중에 돌아가시고 난 후,
어느 날 어머니는 귀신을 모신 제단을 불에 태웠습니다. 그러시
면서 하시는 말씀이… 자기 아버지 하나 고치지 못하는 신이 무
슨 신이냐… 그러시면서… 굳이 필요하면, 내 몸에 실지…. 그랬
습니다.

해설자: 그럼, 어떻게 주님을 만났나요?

작 가: 성경에 이런 말씀이 있더군요. 너희가 악할지라도 자식이 좋은
것을 달라고 하면 주지 않느냐?

해설자: 그건 그렇지요.

작 가: 아들이 생선을 달라하는데 생선 대신 뱀을 주며

코러스: … 알을 달라하는데 전갈을 주겠느냐?

작 가: 너희가 악할지라도 좋은 것을 자식에게 줄 줄 알거든 (그에게 성
경을 건네준다.) 누가복음 11장입니다.

해설자: 저도 아는 말씀입니다.

코러스: 하물며 너희 하늘 아버지께서 구하는 자에게 성령을 주시지 않
겠느냐?

작　가: (일어서며) 저는 그렇지. 어머니에게 귀신이 들어오려고 그렇게
　　　 애를 썼다면,… 하나님 아버지께서 내 안에 안 들어오실 턱이
　　　 없다…. 성령을 안 주실 턱이 없다…. 그런 믿음이 왔어요…. 그
　　　 래서 반쯤 무릎을 꿇고, (무릎을 꿇는다.)… 교회에서 듣고 배운
　　　 대로 예수님의 십자가의 흘린 피로 내 죄를 덮어주시고, 내 안
　　　 에 들어와 달라고 기도했지요…. 그러자, 어떤 뜨거운 물방울 같
　　　 은 것이 내 마음에 후둑후둑 떨어졌어요…. 그리고 어떤 큰 손
　　　 이 내 안을 걷어냈습니다. 물론 방 안에는 아무도 없었습니다.
　　　 그리고 내 안에 죄가 보였는데…. 저는 충격을 받았습니다.

해설자: … 어떤 죄를 보았나요?

작　가: 제 마음이 죄 그 자체였습니다. 제 마음이 그렇게 악하고 끔찍한
　　　 줄 몰랐습니다. (사이) 그런데 그때, 제일 먼저 든 생각이…

해설자: …?

작　가: 제가 지옥에 던져져도 아무런 할 말이 없다는 것이었습니다. 저
　　　 는 지옥에 합당한 존재였습니다…. 제 마음이 그렇게 부패했습
　　　 니다. 그런데 동시에…

해설자: 동시에?

작　가: 제가 성령으로 거듭나서 구원받았다는 것을 알았습니다.

해설자: 놀라운 체험을 하신 것이군요.

작　가: 물론입니다. 성경이 믿어지기 시작했습니다. 물론, 전부 다 한꺼
　　　 번에 다 믿어진 것은 아니었습니다. 먼저, 예수님의 십자가에서
　　　 흘린 피에 대한 믿음이 왔습니다. 그런데… 하루아침에 천국을
　　　 걷는 것은 아니었습니다. 그리고 마음 안에 있던 옛 죄성이 가
　　　 만히 있지 않고, 반항하기 시작했습니다…. 사도 바울이 말씀하

신 것처럼… 육과 영의 싸움이 있었습니다. 그렇게 자아를 부인하며, 자아를 십자가에 못 박아 죽이면서… 주님은 여기까지 인도하셨습니다.

해설자: 그럼, 오늘 이 연극에 등장하는… 사탄이라는 등장인물은… 누구를 형상한 것입니까?

작　가: 물론, 저의 옛 자아입니다. 사도 바울은 그것을 '옛사람'이라고… 더러는 '죄'라고도 하고 때론 '육신'이라고도 불렀습니다.

해설자: 그럼, 진짜 사탄은 아니겠군요….

작　가: 그렇습니다. 사탄의 종노릇하던 놈이지요…. 분명한 것은 이 놈역시, 사람을 지옥으로 끌고 가는 유혹자라는 것입니다.

해설자: 그래서, '하니, 사탕'이라고도 이름을 붙였군요. 달콤하긴 하지만 매우 위험한…

작　가: 죄와 악이 주는 사악한 기쁨도 있지요. 죄는 인간을 유혹하며, 달콤하게 포장을 하지요. 물론, 영적인 부분은 저도 다 알지는 못합니다만… 그게 성경의 창세기에 나오는 뱀이기도 합니다. '모든- 인류 안'에 '자아'라는 이름으로 숨어 있는 놈입니다.

해설자: (놀라며)… 모든 사람 안에요?

작　가: 이사야 선지자가 하나님을 만났을 때, 장면이 성경에 있습니다. (그에게 성경을 찾아 건네준다.)… 여기 이 부분입니다.

해설자: …?

작　가: 웃시야 왕이 죽던 해에… 내가 본 즉 주께서 높이 들린 보좌에 앉으셨는데….

(조명은 포도나무 사이 문 앞으로 눈부시게 쏟아진다.)

코러스: 스랍들이 모시고 섰는데… 각기 여섯 날개가 있어 그 둘로는 자기 얼굴을 가리었고, 그 둘로는 자기 발을 가리었고, 그 둘로는 날며, 서로 불러 이르되,

코러스: 거룩하다 거룩하다 만군의 여호와여, 그의 영광이 온 땅에 충만하도다.

코러스: 거룩하다 거룩하다 만군의 여호와여, 그의 영광이 온 땅에 충만하도다.

작 가: 그때… 이사야가 무엇이라고 했습니까?

해설자: 화로다 나여 망하게 되었도다. 나는 입술이 부정한 사람이요, 나는 입술이 부정한 백성 중에 거주하면서… 만군의 여호와이신 왕을 뵈었음이로다.

작 가: 입술이 부정하다. 입술이 부정한 백성 중에 거주한다…. 그랬습니다. 이스라엘은 하나님이 택한 선민이었지만… 입술이 부정한 사람들에 지나지 않았습니다. 다니엘 선지자는 바벨론의 포로로 있을 때, 힛데겔 강가에서 그리스도의 본체의 모습인 인자 같은 이를 환상 중에 보고… 자신이 ‘썩은 듯’하다… 그랬습니다. 사도 바울은, 에베소에 보내는 편지에서 우리도 한때는 불순종의 아들 가운데 역사하는 영을 따랐다…. 우리도 하나님의 은혜로 구원받기 전에는 다른 사람들과 같이… ‘본질상 진노의 자녀’이었다. 고 했습니다.

해설자: 그럼 인간의 본질이 매우 악하다는…

작 가: 인간은 창조주 하나님을 만나야, 자신이 얼마나 끔찍한 죄인인가를 깨닫게 되는 것입니다…. 그런데…

해설자: …?

작 가: 그런데… 그게 은혜입니다.

해설자: 끔찍한 죄인임을 깨닫는 것이 은혜라니… 이해가 잘 안됩니다만?

작 가: 그래야, 예수 그리스도의 십자가의 깊은 의미를 바르게 이해하게 됩니다. 하나님이 죄인을 위하여 독생자를 보내셨구나. 죄인의 모든 죄를 다 주님에게 전가시켰구나…. 그래서 그 십자가에서 흘린 피로 내 죄가 다 씻겼구나… 십자가에 당신과 나의 죄를 대신하여… 무죄한 아들을 대신 못 박게 하신 하나님의 놀라운 사랑에 충격을 받게 되는 것입니다…. 어메이징 그레이스라는 노래를 아시지요?

해설자: 물론입니다. 노예 상인인… 존 뉴턴이 지은 시로 알고 있습니다만.

작 가: 저는 처음에 그 가사가 좀 이상하다 했습니다…. 은혜를 받았으면 '감사하다' 말하는 게 문법상 바른 표현인데… 놀라운 은혜라는 표현이 좀 이상했습니다. 그런데 주님을 만나고 나의 죄인 됨을 깨닫게 되자… 감사라는 표현으론 한없이 부족하고, 부족했습니다. 아, 그래서 나 같은 죄인 살리신 '놀라운, 놀라운 은혜'… 라고 할 수밖에 없었구나….

해설자: 아, 그래서 토마스 아퀴나스처럼 입을 다물 수밖에 없는…

작 가: 그렇습니다…. 도브와 니치만처럼… 예수 그리스도를 모르는 사람들에 대한 긍휼의 마음이 생기는 것입니다. 사탄의 종노릇하는 죄의 노예인… 우리 가운데… 하나님의 아들이… 십자가로 오신 것입니다. 하나님의 아들을 만나면 누구나 그 사실에 충격을 받는 것입니다.

(코러스, 어메이징 그레이스를 낮게 읊조리듯 부른다.) (긴 사이.)

해설자: 사실이라면 놀라운 이야기군요···. 하긴 천사도 눈과 발을 가려
야 할 정도라고 하니··· 이런 주님을 만나 그 사랑에 감동한···
도브와 니치만이 노예로 자신을 팔아서··· 떠났다는 게··· 조금
은 이해가 되는군요···. 참, 마지막으로 다른 증인이 한 분 더 있
다고 하셨는데···

작　가: 늙은 요한입니다···. 밧모섬에서의 사도 요한을 소개하기 전에,
하나님은 어느 시대에나··· 오실 수 있다는 것을 말씀드리고 싶
군요. 모세와 여호수아에게, 욥에게, 이사야와 에스겔에게··· 사
도 요한과 사도 바울, 도브와 니치만에게 그리고 저에게 오셨듯
이··· 누구에게나 오실 수 있습니다.

해설자: 그러면, 우리가 주님을 받아들이지 못하고 있는 이유가?

작　가: 거짓 자아라는 놈에게 속고 있기 때문입니다. 주님은 그놈을 거
짓의 아비, 이 세상의 임금이라 불렀습니다.

해설자: 음, 그래서 사탄을 그렇게 등장시켰나 보군요.

작　가: 그렇습니다. 그놈에게 속아, 지옥으로 끌려가고 있는 우리를, 죄
의 종으로 살아가고 있는 저와 여러분들을 위해··· 주님은 자신
의 생명을 주고 싶어 하십니다. 믿음이란 그분의 생명을 받아먹
고 마시는 것을··· 말합니다.

*(조명이 어두워진다. 밧모 섬의 요한이 포도나무 아래에서 기도하고 있
다.)*

코러스: 나, 요한은, 너희 형제요, 예수의 환난과 나라와 참음에 동참하

는 자라 하나님의 말씀과 예수를 증언하였음으로 말미암아 밧모라 하는 섬에 있었더니….

요 한: 주의 날에… 내가 성령에 감동되어 내 뒤에 나는 나팔소리 같은 큰 음성을 들으니

코러스: (목소리) 네가 보는 것을 두루마리에 써서… 에베소, 서머나, 버가모, 두아디라, 사데, 빌라델비아, 라오디게아 등 일곱 교회에 보내라.

(코러스는 일곱 촛대를 들고, 조용히 들어와 문으로 향하는 좌우에 설치한다. 일곱 촛대는 여기저기 놓여 빛을 발한다.)

요 한: 내가 몸을 돌이켜… (돌아본다.)… 나에게 말한 음성을 알아보려고… 돌이킬 때에 일곱 금 촛대를 보았는데… 촛대 사이에… 인자 같은 이가… 발에 끌리는 옷을 입고, 가슴에 금띠를 띠고.

코러스A: 그의 머리와 털 희기가 양털 같고.. 눈 같으며 그의 눈은 불꽃 같고…

코러스B: 그의 발은 풀무불에 단련한 빛난 주석 같고, 그의 음성은 많은 물소리 같으며

코러스: 그의 오른손에는 일곱 별이 있고 그의 입에서 좌우에 날선 검이 나오고, 그 얼굴은 해가 힘 있게 비치는 것 같더라.

요 한: (엎드리며)… 내가 볼 때에 그의 발 앞에 엎드려져… 죽은 자같이 되매, 그가 오른손을 내게 얹고, 이르시되.

코러스A: 두려워 말라. 나는 처음이요, 마지막이니 곧 살아 있는 자라

코러스B: 내가 전에 죽었었노라.

코러스A: 이제 세세토록 살아 있어….

코러스B: 사망과 음부의 열쇠를 가졌노니.

코러스: 그러므로 네가 본 것과 지금 있는 일과 장차 될 일을 기록하라.

　　(긴 사이)

요 한: (고개를 들고) 그분의 거룩한 임재가 저를 관통했습니다. 그분 앞
　　　에서 저는 죽은 자같이 되었습니다. 동시에 그분이 우리를 초대
　　　하는 하나님의 음성이 마음에 떠올랐습니다.

코러스: 오라 우리가 서로 변론하자 너희의 죄가 주홍 같을지라도 눈과
　　　같이 희어질 것이요.

코러스: 진홍 같이 붉을지라도 양털같이 희어지리라.

코러스: 오라 하시는 도다. 목마른 자도 올 것이요. 원하는 자는 값없이
　　　생명수를 받으라.

코러스: 수고하고 무거운 짐진 자들아, 다 내게로 오라. 내가 너희를 쉬
　　　게 하리라.

요 한: (머리를 들고) 저는 영광의 주님의 본모습을 보았습니다. 그
　　　리고 그 놀라운 사랑과 거룩한 임재에 압도당했습니다. (사
　　　이)… 그럼에도 한 가지만, 오직 한 가지만 말하라고 하면, 저
　　　는 주저 없이 하나님은 사랑이라고 말씀드릴 수 있습니다.
　　　(일어서며) 저는 전에 형제 바울이 고린도에 보내는 편지에서…
　　　사랑에 대한 글을 읽고 깊이 공감한 적이 있습니다…. 그런데
　　　그 사랑에다 내 이름을 넣어서 읽어 보았습니다. 어울리지 않았
　　　습니다. 그래서 주님의 이름을 넣어서 읽었습니다…. 그러니 그
　　　사랑이 제대로 주인을 찾은 것 같았습니다. 그렇습니다. 하나님
　　　은 사랑이십니다. 놀라운 사랑의 주인은 하나님이십니다. 주님

은 나 같은 죄인 된 인간, 나 같이 지옥에 합당한 인간에 대한 하나님의 사랑의 표현입니다. 죄인을 대신하여 독생자를 내어주는 사랑, 십자가를 지고 피를 흘리는 성자 예수님의 놀라운 사랑 말입니다.

코러스: 사랑은 오래 참고, 사랑은 온유하며 시기하지 아니하며

요 한: 주님은 오래 참고 주님은 온유하며 주님은 시기하지 아니하며,

코러스: 사랑은 자랑하지 아니하며 교만하지 아니하며,

요 한: 주님은 자랑하지 아니하며 주님은 교만하지 아니하며,

코러스: 무례히 행하지 아니하며 자기의 유익을 구하지 아니하며,

요 한: 주님은 무례히 행하지 아니하며 자기의 유익을 구하지 아니하며,

코러스: 사랑은 성내지 아니하며 악한 것을 기뻐하지 아니하며,

요 한: 주님은 성내지 아니하며 악한 것을 생각하지 아니하며,

코러스: 오라 우리가 서로 변론하자 너희의 죄가 주홍 같을지라도 눈과 같이 희어질 것이요.

코러스: 진홍 같이 붉을지라도 양털같이 희어지리라.

코러스: 오라 하시는 도다. 목마른 자도 올 것이요. 원하는 자는 값없이 생명수를 받으라.

코러스: 수고하고 무거운 짐진 자들아 다 내게로 오라. 내가 너희를 쉬게 하리라.

('사랑은 언제나 오래 참고'라는 합창곡이 흐른다. 그 찬양이 배경음으로 깔리는 가운데 전체 조명이 꺼진 후, 불이 들어온 일곱 촛대 사이로, 코러스는 붉은 천을 조용히 옷자락처럼 끌며 무대를 가로질러 간다. 그 붉은 천 위로 붉은 조명이 들어온다. 붉은 조명이 들어오면, 붉은 천은

하얗게 보인다. 멀리서 뱃고동 소리 조금씩 커지면 그들은 멀리 바다를 바라본다. 뱃고동 소리 멀어지는 가운데)

코러스: 죽음을 당하신 어린양에게… 그의 희생에 대한 보상이 있으라!

– 막이 내린다. (2025년 6월 25일)

요단 리버사이드 호텔

부제: 마지막 귀향(歸鄕)

〈등장인물〉

−김판사: 70대 초반. 김판출 판사. 전직 헌법재판관

−부 인: 하금주. 60대 후반. 성악가. 서울의 어느 여자대학 은퇴 교수

−안내인: 요한, 십자가의 성 요한

−선다싱

−데레사: 아빌라의 데레사

−코러스: (나머지 등장인물은 코러스와 겸하여 맡는다.)

〈장소〉

　요단 리버사이드 호텔

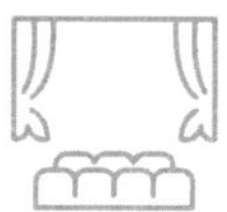

요단 리버사이드 호텔 로비. 막이 열리면. 어둠 속에서 잠시 침묵. 그러다 어둠 속에서 차의 불빛이 벽에 어지럽게 오고 간다. 그리고 급정거하는 끽— 소리. 그리고 차가 충돌하는 소리. 잠시 후, 벽에 비치던 차의 불빛이 서서히 꺼지면서… 무대의 조명이 들어오면. 무대 우측에서 두 명의 노년의 여행객이 안내자를 따라 약간 지친 기색으로 호텔에 들어선다.

김판출 판사와 하금주 성악가 부부다. 남자는 전직 판사, 아내는 성악가이며 여자대학의 은퇴 교수다. 두 부부는 약간 불안한 듯이 서서 주위를 둘러본다. 로비는 고급 레스토랑 같기도 하다. 무대 중앙에는 3개의 큰 테이블이 놓여 있고 각 테이블마다 의자도 4개씩 놓여 있다. 깨끗한 보가 식탁을 감싸고 있다. 식탁엔 접시와 나이프 등, 음식은 없지만. 식사가 준비된 상태다. 그리고 무대 중앙의 좌측에는 세로로 긴 창살의 십자가 모양의 창이 있다. 그 창을 통해 빛이 들어온다. 그 아래에 피아노. 그리고 중앙 계단을 통해서 2층으로 올라가는 낮게 설치된 양쪽 계단이 있는데, 두 계단이 만나는 중앙에 약간 넓은 곳이 있다. 그곳은 재판장석으로 사용된다. 우측 계단 아래에는 피고석 겸 증인석이 있는데, 특별한 것은 없고, 약간 높게 되어 있어서, 따로 구별되어 마련된 장소라는 느낌을 준다. 무대 우측 후면으로 손님을 맞이하는 데스크가 있고, 그 뒤로 일반 호텔 데스크의 장식이 있다.

(막이 열리면 안내인인 요한을 따라 남자와 여자가 호텔 로비에 들어선
다. 김판사 부부다.)

안내인: 여깁니다. 먼 길 오시느라 수고하셨습니다. 강을 건너기 전에…
여기서 잠시 쉬어갈 것입니다. 여기 잠시만 기다려 주세요. 두
분 수속을 좀 밟고 오겠어요. 두 분, 주민증을 좀 주시겠습니
까?
김판사: (앉으며)… 좀 앉아도 되겠소?
안내인: 물론입니다.
김판사: (중앙 식탁의 의자에 앉으며)… 여긴… 법정 같지 않은데… 마치
고급 식당 같군… (안내자에게 주민증을 건네주며) 아까 우리가
재판을 받아야 한다고 하지 않았나요?
안내인: 물론입니다. 그런데 재판도 순서가 있는 법이지요. 판사님이시니
잘 아실 텐데… 잠시 여기서 쉬면서 생각을 정리할 기회를 드리
는 것입니다.
부 인: (주민증을 안내인에게 건네주며 계속해서 주위를 돌아본다.)… 여긴

호텔 로비 같은데… 고급 식당 같기도 하구… 어머, 저 뒤에 강
이 흐르고 있나 봐… 갈대도 있고… (창가로 간다.)

김판사: 저기… 재판석 같은 것이 있기는 하군. 증인석도 있는 것 같고.
그런데 재판장은 누구죠? 누가 우릴 재판하죠? 누가 우릴 고소
했죠? 우리의 죄명은 뭐죠?

안내인: 그런 건 염려하지 않으셔도 됩니다. (주민증을 보며, 얼굴을 확인
한다.) 김판출 씨. 하금주 씨… 두 분… 맞군요…. 잠시 수속을
밟고 오겠습니다. (그는 호텔 데스크의 여성 안내인(데레사)에게 간
다. 그들은 서로 웃으며 반갑게 인사한다.)

데레사: 요한 형제님. 오늘은 특별히 즐거워 보이네요. (방 키를 그에게 건
네준다.)

안내인: 그럼요. 오늘은 오랜만에 특별한 손님들이네요.

김판사: (혼잣말로) 제길, 재판 서류에 지쳐 있는 것에서 해방이 되어 좋
았는데… 이렇게 경치가 좋은 곳에서도 또, 재판이야? 나는 은
퇴했다구. 게다가 내가 뭘 잘못했다고…? 나는 항상 공정하려고
애를 썼지.

부 인: (창가로 가, 호텔 창밖을 내다보며) 어머, 저기 갈대숲 봐. 저 새들
도 좀 봐요…. 어디서 보던 강가와 비슷해요…. 여보, 이리 와 봐
요…. 해가 지고 있어요, 저기 낙조를 보세요. 세상에… 이렇게
아름다울 수가…! 너무 아름답지 않아요?

김판사: (그도 일어서서 창가로 가며) 경치가 이렇게 좋은 곳이 있는 줄은
몰랐네… 정말 아름답군… 그런데 어디서 본 것 같긴 해.

부 인: 그렇지요? 저도 그 생각하고 있었어요…. 어디서 본 것 같았는
데… 아, 생각이 났어요…. 에덴 공원. 우리가 젊은 시절 낙동강

에덴 공원 강변에서 바라보던 을숙도의 노을과 비슷해요…. 저기 갈대숲 좀 봐요…. 요즘은 그곳이 많이 망가졌다던데… 저기, 철새 좀 보세요. 우리가 데이트하던 때가 생각나지 않나요?

김판사: … 우린 중매로 만나지 않았소?

부 인: 당신도 부산 출신이잖아요. 대학만 서울에서 나왔지 않나요?

김판사: 나는 시골 출신이요. 물론 자라긴 거의 부산에서 자랐으니… 부산 출신이나 마찬가지지. 사실, 다른 사람들이 물으면, 부산 출신이라고 하기도 하지…. 그래서 우린 대화가 유난히 잘 통했던 것 같았지…. 그러고 보니, 결혼 전에, 당신과 에덴 공원에… 두어 번 갔던 것 같소. 당신 그 카페에서 노래 부르지 않았소? 노래 제목이 뭐였지? 당시 유행하던 팝송 같았는데… 그 덕에 맥주와 커피를 공짜로 먹은 것 같은데…

부 인: 강변 카페. 갈대와 노을이 잘 보이는 카페였지요. 마침 피아노도 있군요.

김판사: 아. 그 이름이 기억나는군… 그때 부른 그 노래가 무엇이었더라?

부 인: 당시… 유행하던 영화 주제가였어요…. 〈결혼〉이었나?

김판사: 아, 그렇지. 〈스카브로 페어〉…. 당신이 가사 뜻을 가르쳐 주었지…. 나는 파슬리 같은 음식이 노래에 왜 나오나 했지…. 페어(Fair)가 시장이란 뜻이었나?

부 인: 박람회라는 뜻도 있어요. 장터라고 생각하면 돼요…. 시골 5일장 같은 거죠. (안내인에게) 저, 여기… (안내인인 요한이 돌아본다.)… 저, 혹, 음악을 들을 수 있을까요?

안내인: 두 분이 듣고 싶은 노래… 〈스카브로 페어〉이지요? (그렇다고 부

인이 고개를 끄덕이자)… 물론입니다. 금방 나올 것입니다.

(잠시 사이. 〈스카브로 페어〉라는 노래가 조용히 낮게 흐른다. 대화가
나올 때, 음악은 조금 낮아진다.)

김판사: 놀랍군… 이 호텔을 특별히 전세를 낸 것 같군… 서비스가 굉장
　　　하군… 어떻게 음악이 바로 나오지? 당신이 예약했나?
부　인: 아뇨… 전 당신이 예약한 줄 알았는데….
김판사: 여기엔 시도 걸려 있군…. 낭만적인 호텔이군…. (시를 읽는다. 부
　　　인도 같이 본다.) 〈황혼에 서서〉… 라… 바깥 풍경과 잘 어울리는
　　　데…

누군들 해 질 녘마다
황혼을 보면서 가슴이 뛰지 않았던가
왜 하루는 저렇게 붉게 물들며
서녘 하늘로 저물어야 하는지
무슨 아픔이 그리도 커서
저렇게 붉은 울음을 울며
하늘을 수(繡) 놓으며 저물어 가야 하는지….

부　인: 워즈워드를 모방한 것 같지 않아요?
김판사: 조금 다른 것 같은데… 우리도 젊은 시절엔 시를 많이 썼지….
　　　시화전 같은 것도 많이 보러 다니곤 했지. 여기 이 장소에 잘 어
　　　울리는 것은 시 같긴 해….
안내인: … 시가 마음에 드시나요…? 저의 그림과 저 황혼에 영감을 받

은… 시랍니다.

부 인: 어머, 죄송해요. 비판하고 싶어 그런 것은 아닙니다.

안내인: … 좋아하는 분들이 가끔 있기는 하지요, 두 분도 좋아해 주셨으면… 감사하겠지만… 우리 데레사 수녀님은 이 시를 정말 좋아하시죠.

(데스크의 데레사 수녀가 손을 흔들며 그들에게로 오며 시를 읊조린다.)

누구나 유년의 하늘에는

하늘가로 저무는 저 설레는 경이로,

가슴 두근거림으로

물들어 가는

그리움이 있지 않았던가

김판사: (시와 그녀를 번갈아 쳐다보며) 오, 정확해요…. 시가 꽤 긴데도…

데레사: 그럼 선생님께서, 저를 위해 그다음 구절을 읽어 주시겠어요?

김판사: 그러죠…

저 하늘도 누군가

애타게 그리운 사람이라도 있었던가 그래서 누구라도 볼 수 있게

저 하늘에 붉게 물들인 그리움,

저토록 붉게 풀어 놓았을까.

데레사: 황혼을 볼 적마다

하늘 애타는 그리움

방황의 끝 무렵에서야 나는 알았네

황혼이 팔을 벌리며

갈보리, 십자가 사랑으로 나를 덮어 왔을 때

나는 비로소 알았네… (사이)…

저… ‘하늘 애타는 그리움’이… 두 분을 여기로 초대한 것이랍니
다.

부 인: 저 하늘이… 황혼이 우리를 여기로 초대했다구요?

데레샤: 아니, ‘하늘 애타는 그리움’이요…. 황혼은 그 그리움을 담고 있
　　　죠… 달리의 그림도 그렇구요.

부 인: 누구라구요?

안내인: 아, 살바도로 달리… 라고… 유명한 초현실주의 화가죠.

부 인: 아, 들어본 것 같아요. 수염이 좀 독특한…

데레샤: 요한의 그림에서 영감을 받아 그린 그림이죠… 그래서 제목도 〈
　　　십자가의 성 요한의 그리스도〉랍니다….

부 인: 그 그림이 여기 있나요? 진품은 매우 비쌀 텐데…

데레샤: 진품의 주님이 여기 계신답니다.

부 인: 그게… 무슨 말씀이세요?

데레샤: 그분이 두 분을 특별히 초대했답니다…. 그래서 그 그림도 저
　　　하늘에서 내려올 겁니다.

부 인: 그림이 하늘에서 내려온다구요? ‘하늘 애타는 그리움’이 그 그림
　　　인가요?

데레샤: 비슷합니다만, 곧 알게 되실 겁니다. (그녀도 창가를 내다보다가)

오늘은 유난히 더 붉고 아름다워. 황혼을 보면, 주님의 십자가
가 생각이 나… 그래서 그 시가 좋아… (그녀, 데스크로 돌아간
다.)

김판사: (돌아보며)… 어쨌든 특별한 곳 같긴 해… 강변… 그런데 여기 이
호텔 이름도 강변인 것 같은데…

안내인: 요단 리버사이드 호텔이랍니다…. 이보다 더 좋은 곳도 많이 있
답니다. (데스크에서 받은 방 키를 각자에게 건네주며)… 두 분이
쉴 각각의 방입니다.

부 인: 우린 부부예요.

김판사: 왜 방을 따로?

안내인: 아, 재판은 각자가 받는 것입니다. 그리고 두 분을 위한 배려이
기도 하구요…. 각 방을 쓰게 하신 것을 곧 감사하게 될 것입니
다. 그리고 해가 지면, 다시 로비에서 모일 것입니다. 오늘은 여
기 오신 첫날이라. 저녁에는 다른 사람들이 심판받는 것을 참관
하게 될 겁니다.

김판사: 쉬라면서…? 그런데 재판을 받아야 한다고…? 그런데 다른 사람
들의 재판에 참관해야 한다니… 그게 또 무슨 소리요?

부 인: 로마에 오면 로마법을 따라야 한다고…

김판사: 내가 자주 애용하는 말이긴 하지만, 법은 일관성이 중요해… 그
런데 남의… 법을 따르려니… 귀찮고 성가시구만… 그래서 일관
성이 있어야 한다니까….

부 인: 당신 같은 유능한 재판장이…

김판사: 유능하긴 하지…. 그러나 귀찮은 건, 누구나 마찬가지군…. 그
런데… 여기가… 어디지? 여행 온 것 같은데… 당신 말대로 젊

은 시절에 보던 에덴 공원 같기도 한 것 같고, 아니기도 한 것 같고, 어쨌든 거기보다 훨씬 더 아름다운 건 사실이군… 그런데 우린 평소에 같이 여행한 적이 거의 없었는데… 좋은 곳에 왔 군. 당신이 외국에서 발표회할 때 딱 한 번, 외국에 같이 나간 것 같은데… 어디였더라? 로마였나, 베를린이었나?

부 인: 베를린이었죠. 당신도 헌법인가… 하는 국제 학술대회가 마침 겹쳐서… 같이 여행을 했죠. 아마 신혼여행 후, 처음이었을 거 예요.

김판사: 우린 서로 좀 바빴지. 그래도 국내에서 당신 발표회할 땐, 거의 다 참석했지…. 다른 동료들과 같이 말이야… 다들 나를 부러워 했지…. 미인에다가 아름다운 목소리를 가진 아내를 두었다고…

부 인: … 칭찬 고마워요….

김판사: 나는 칭찬할 줄 몰라. 사실대로 말한 것뿐이야.

부 인: 그러니 더욱 칭찬으로 들리네요.

김판사: 사실이라니까… (자신의 방 키를 보며) 그런데 당신은 몇 호야?

부 인: 202호예요.

김판사: 나는 201호야.

부 인: 왜 우릴 갈라놓죠?

안내인: 여긴 누구나 각 방을 쓴답니다. 이 호텔의 원칙이죠… 제대로 안내책을 읽지 않으셨나 보군요.

김판사: 책이라니, 무슨 책 말입니까?

안내인: 여기 호텔을 예약하실 때… 안내서가 있었을 텐데…

부 인: 우린 호텔 예약한 적 없어요. 더구나 각 방을 쓴다고 한 적도 없 구요. 그리고 어느 호텔인들 부부를 따로 나누는 법은 없지 않

나요?

안내인: 자세히 읽어보지 않았군요. 먼 여행을 하면서 예약을 하실 땐, 안내서를 잘 읽어야 한답니다. 자, 곧 해가 지면, 재판을 방청하게 될 겁니다. 여행길에 피곤하실 텐데… 잠시 올라가 쉬시지요. 곧 해가 질 겁니다.

김판사: 안내서라니? 무슨 소리야… 우린 예약한 적이 없는데…

부 인: 저도 예약한 적 없어요.

김판사: 이상한 호텔이야. 요단 리버사이드 호텔이라고 했지. (그는 주변을 둘러보며 이층 계단의 중앙에 올라선다. 그리고 계단 끝에서 이상한 듯 멈춘다. 음악도 멈춘다. 그리고 무엇인가 깨달은 듯)… 이상해… 여보, 그런데… (자동차 급브레이크 소리. 충돌 소리. 조명이 잠시 번쩍이다, 조금 어두어진다.) 여보… 우리 죽지 않았어…? 요단 리버사이드 호텔이라고 했지? 요단강 건너기 전, 강변 호텔이라… 우린 죽었어…! 교통사고로…! 당신이 운전했지 않나? 내가 귓병으로, 이석으로 어지러우니… 위험하다고… 당신은, 놀라지도 않는군…

부 인: 저도 이상하다고는 생각했지만… 그렇군요. 우린 죽었어요. 교통사고로!

김판사: … 그런데 계단 중앙에 웬 의자지? 마이크도 있군. 마치 재판석 같은데… 옛날 생각이 나는군. 당신도 마이크만 보면, 노래 부르고 싶다고 했지….

부 인: 그래요, 저도 아까부터 이상하게 생각했어요…. 우린 죽은 것 같은데… 왜 아무렇지도 않는가 했죠…? 살아있을 때보다 더 평안해요…. 죽음이 이럴 것 같으면… 죽음도 꽤 괜찮은 것 같네요.

김판사: (웃으며) 좀 더 일찍 죽을 걸 그랬나?

부 인: … 죽어서도 농담이 나와요? 하긴 그게 당신 매력이지…. 그런데
어느 미친놈이 우리 차를 들이박았죠?

김판사: 그놈은 안 죽었나…? (안내인에게)… 저, 우린… 죽었죠? 죽어서
이리 온 거죠?

안내인: (웃으며) 죽은 게 아니라, 분리된 겁니다. 사람들은 분리를 죽음
이라 부르지요.

김판사: 분리? 뭐가 분리되었나요? 세상과 분리된 걸 말하나?

안내인: 그것도 맞는 말이긴 해요…. 그러나 정확하게는 몸과 혼이 분리
가 된 겁니다. 그래서 매우 평안하다고 느끼고 있는 것이랍니다.

김판사: 그건, 그래요…. 그런데 불안하게… 심판은 무슨 뜻이요?

부 인: 히브리서에서… 사람이 죽은 후에는 반드시 심판이 있다 했어
요.

안내인: 그렇습니다. 부인께서는 안내서를 잘 읽으셨군요. 히브리서 9장
27절에… 한번 죽는 것은 정한 이치요…. 그 후에는 심판이 있
으리니… 그래서 누구나 심판을 받는답니다.

김판사: 안내서가 성경이란 말인가…? 그런데…. 우리만 받나…? 우릴
죽인 가해자는?

부 인: 그 사람 여기 없는 것 보니… 안 죽은 것 같군요.

김판사: 나쁜 놈 같으니라고. 신호를 지키지 않은 것 같애. 아마 음주운
전일 거야. 마약을 했는지도 모르지…. 우린 당신 대학 동문들
의 음악회 마치고, 저녁을 먹고 집으로 돌아가는 중이었지…. 당
신도 옛날 친구들 만나니… 좀 들떠 있는 것 같더니…

부 인: 아, 그러고 보니… 청중들이 많았죠… 성황리에 마친 것 같은

데…. 벌써 아득한 느낌이에요…. 그럼에도 생각은 분명히 나는
데…. 그럼, 죽은 지 얼마나 되었을까요? 우리 아이들은? 어떡
하죠? 아직 막내는 시집도 안 보냈는데… 저는 정치가 집안은
싫어요. 박 의원 아들도 마음에 들지 않구요….

김판사: 그만한 혼처도 없지.

부 인: 그래도 정치가는 싫어요. 다들 사기꾼 같아서 싫어요….

김판사: 음, 나도 그놈들에게서 압력을 많이 받아… 특히 정치적인 쟁점
이 있는 사안은 더 그래… 보좌관들도 안부 전화를 전하는 것
처럼 하는데… 마치 그 전화기 뒤에 기분 나쁜… 웃음소리가 들
리는 것 같다니까… 그놈들 죽어서 좋은 데 못 갈 거야.

부 인: 여보, 문제는… 우리가 죽었다는데 있어요.

김판사: 그렇지. 그런데 죽은 후에는 반드시 심판이 있다고 했지. 히브리
서라고 했나…? 나도 그 말씀을 어디서 본 것 같소만.

부 인: 아까, 저 안내인도 해가 지면, 여기서 누군가의 심판이 있다고
했던 것 같은데…

김판사: 혹, 저 안내인, 당신이… 아는 사람이요? 당신에게 매우 친절하
던데…

부 인: 아니요, 모르는 분인데…. 어쨌든 친절한 분 같네요.

김판사: 그건 그래… 그런데, 방이 다른데… 당신이 먼저 올라가서 샤워
라도 하시구려…

부 인: 당신은 여기서 뭐하게요? 누구 기다리는 사람이라도 있어요?

김판사: 질문이 어째 이상한 것 같소만.

부 인: 제 질문이 어때서요…? (잠시 놀라며) 아, 그러고 보니… 여기서
누굴 기다린다니… 누가 죽기를 바란다는 뜻으로 들리네요. 우

리 차를 박은 그놈이 죽기를 바랐나 봐요….

김판사: 하긴, 나도 죽기를 바란 놈이 있었어… 물론 그 생각이 오래가
진 않았지만… 어쨌든 여기선 속일 수가 없군. 당신에게 잘 보
이려고 거짓말을 하려고 해도… 갑자기 누군가가 내 양심을 100
배, 천배로 세밀하게 보는 것 같아서… 거짓말을 해서는 안 된
다는 느낌이 들어요. 사실, 당신의 속마음도 다 보이는 것 같아.

부　인: 사실, 저도 그래요…. 제 본심이 다 드러난다면… 부끄러워서 어
쩌죠?

김판사: 아, 재판할 때 말이요?

부　인: 예, 당신을 속인 것, 마음속으로 당신을 미워한 것, 저주한 것도
있어요.

김판사: 그건 나도 마찬가지요. 여긴 세상 재판과 다를 것 같아… 세상
재판은 행위만 보는데… 여긴 마음의 중심을 다 보는 것 같군요.

부　인: 그랬어요. 하나님은 마음의 중심을 본다…. 그러셨어요. 시편이
었나?

김판사: 시편은 아닌 것 같은데…

부　인: 아, 어린 다윗을 선택하실 때, 하나님이 하신 말씀이에요. 여호
와께서 사무엘 선지자에게 하신 말씀이에요. ‘내가 보는 것은
사람과 같지 아니하니 나, 여호와는 중심을 보느니라’.

김판사: 나도 들은 적이 있소…. 나도 법을 공부한답시고… 법을 알려면 성
경을 알아야 한다고 해서, 성당에서 신부님과 성경 공부도 하고…
친구들이 목사님을 초청하여 함께 성경을 공부한 적이 있소.

부　인: 성경과 법이 무슨 관련이 있나 보죠?

김판사: 그땐 잘 몰랐소만… 선배들이 그러니 그런 줄 알고 공부했어

요…. 그런데 지금은 알 것 같소…. 이상하군. 모든 게 선명해져… 갑자기 내가 지혜로워진 것 같소…. 법은 인격적인 존재에게만 해당된다는 것을 왜 이제 선명하게 깨닫게 되는 것인지…. 사람은 단순한 물질이 아니라… 인격적이며, 영적인 존재라는 것이 그것이 사람의 본질이라는 것을… (사이) 그런데 왜 살아 있을 땐 그렇게 깊이 있게 생각하지 못했을까? 늘 법전을 뒤지며 재판을 하며, 죄를 다루던 내가… 이 김판사가… 헌법재판관까지 지낸 이 김판출 판사가… 예전엔 그렇게 아둔했었나?

부 인: 당신만한 정직하고 학구적인 판사도 드물어요.

김판사: 나는 불신자였소. 아니 불가지론자였지.

부 인: 온통 물질로 된 세상에 살고 있어서 그랬던 것일 거예요…. 저도 신앙, 믿음 운운하면서… 사실은 믿음을 보지 않고, 집안이나 학맥, 직업을 따졌어요. 우리 딸아이 지혜 말이에요.

김판사: 나도 그랬소. 나도 속물이나 다름없었소…. 그리고, 나는 은퇴 전이나 은퇴 후에도 늘 그 재판만큼 후회되는 재판이 없었소.

부 인: 또, 그 여성 대통령 재판 말씀하시는군요.

김판사: 그건 재판이 아니라 마녀사냥이라고 부르는 게 나았을 것이요.

부 인: 당신 잘못이 아니에요…. 강 판사도 당신과 생각이 같았지만, 결국 여론에 굴복했지 않나요…? 시간이 지나 잊어버려서 그렇지만, 당시 여론 압박이 얼마나 컸는데요…. 당신이 잠을 한숨도 못 자고 뒤척이고 그랬지 않나요? 잠꼬대도 많이 했어요.

김판사: 그게 나를 화나게 하고, 부끄럽게 하고 있소…. 여론이 진리는 아니잖소?

부 인: 이제 와서 어떡하겠어요. 이미 엎질러진 물이고… 더구나 이미

우린 죽었어요.

김판사: 하긴… 이제 와 후회한들 무슨 소용이겠소…. 여기서도 재판정 같은 것을 보니… 옛 생각이 났을 뿐이요. (사이)… 그런데 여기서는 그런 왜곡된 재판은 없을 것 같다는 생각이 들어요. 아, 그나저나 이제 큰일 났소. 이 세상 사람들 중에 누가 양심에 흠이 하나도 없는… 사람이 어디 있겠소? 여기서는 내 양심이 나를 고발하고 있는 것 같소. 그래서 그 재판이 더 생각이 나는 것 같소만…

부 인: 그럼, 우리도 지옥에 가는 건가요?

김씨: 당신은 교회에도 다니고, 예수님을 믿는다 하지 않았소? 찬양도 많이 하지 않았소?

부 인: 그런데… 내 믿음이 가식적이었다는 생각이 들어요….

김씨: 나도 그렇소, 내 재판이 법과 양심에 따른 것이 얼마 없었다는… 자괴감이 들어요.

부 인: 그럼, 우린 어쩌죠? 우리 큰일 난 것 같아요. 무서워요. 각 방을 쓰라고 하니… 더 무서워요.

김씨: 그래도 일단 방에 가 봅시다. 여기 룰이 그렇다고 하니…

(두 사람, 계단을 올라가다가 망설인다. 뒤를 돌아보는데. 조명이 어두워진다.)

(긴 사이. 어둠 속에서 2층 창의 두 방에 불이 켜진다. 잠시 후, 갑자기
여자의 비명이 들린다. 그리고 남자의 고통에 찬 신음소리도 들린다. 조
명이 밝아지며 여자가 계단에 서서 방문을 돌아보며, 두려움에 떨고 있
다. 방의 불이 꺼진다. 남자도 두려워하며 방문을 열고 나와, 계단에 후
들거리며 선다.)

부 인: 세상에! 세상에…! 오, 이런… 세상에… 이럴 수가!

김판사: 이게 무슨…! 이게 무슨! (숨을 몰아쉬며) 어떻게 하나도 빠지지
　　　　않고…

부 인: … (호흡을 가다듬으며)… 당신도… 당신도 뭔가를 보았군요.

김판사: 세상에…! 어떻게 하나도 빠지지 않고, 다 영상으로 기록되어
　　　　있다니… 어릴 때, 아버지 지갑에서 10원짜리 몇 개 훔친 것까
　　　　지…. 뒷집 살구나무 열매 몰래 훔쳐 먹은 것, 동미네 밭에서 무
　　　　하나 뽑아 먹은 것까지…. 너무너무 많아서… 헤아릴 수도 없었
　　　　소…. 마음속으로 생각한 악하고 음란한 것들이 온 산과 들판
　　　　에 다 울리고, 나무잎과 새들과 돌들이 입을 열어 나의 죄를 고
　　　　발하는 것 같았소…. 소년 시절 보여준 것만 해도 그랬는데….

부끄럽고 수치스럽고 무서워서… 더 이상 볼 수가 없었소. 청년의 때나, 장년 시절은 도무지 볼 엄두가 나지 않았소. 그래서 입을 막고 속으로 비명을 지르다가 밖으로 나올 수밖에 없었소. 당신도… 당신도… 그랬소?

부 인: (고개를 끄덕인다.) 너무너무… 부끄러워요. 아까 안내자가 각 방으로 안내한 것이 얼마나 고마운지….

김판사: 나도 마찬가지요. 양심에 천만 볼트가 더 되는 빛이 비치는 것 같았소. 속에 있는 먼지나 티끌 같은 것이 하나도 드러나지 않는 것이 없었소. 온통 방 안의 벽마다 나의 모든 과거는 물론, 나의 양심까지 비추는 거울이 있어서… 모든 게 다 드러났소. 만약 이런 식으로 재판을 받는다면… 나는 절망이요. 아니, 모든 인간은 절망적일 수밖에 없을 것이요…. 대체 이런 온전한 것을 다 비추는 거울 같은 방, 맑고 깨끗하기만 한 거울 같은 세상이 있다니…

(두 사람은, 천천히 비틀거리며 계단을 내려와, 식탁 의자에 털썩 주저앉는다. 부부는 절망적인 표정으로 얼굴을 감싼다…. 조명이 조금 어두워진다. 긴 사이)

부 인: 여보, 정말 끔찍해요…! 우리가 그런 존재라는 것을 왜 몰랐을까요?

김판사: 쓰레기통, 아니, 더러운 하수구 같았어! 아니, 그보다 더했으면 더했지….

부 인: … 그럼, 이제 우린 어찌 될까요?

김판사: 나는… 스스로에게 판결을 내려야 할 것 같소.

부 인: 뭐, 뭐라고 내리실 건데요?

김판사: 구제불능…!

부 인: 그래도 혹, 좋은 점, 구제받을 만한 것은 없었나요?

김판사: 법원에 오면, 눈을 가리고 저울을 들고 있는 여인이 있소.

부 인: 디케 말이군요. 정의의 여신인 디케.

김판사: 그렇소, 그녀가 왜 눈을 가리고 있는 줄 아시오?

부 인: 외부의 선입견이나 편견에 흔들리지 않고, 마음의 눈, 양심으로
       만 판단하라는 뜻이라고 했어요. 당신이 자주 말했던 것 아니에
       요?

김판사: 그렇소. 저울은 어느 한쪽에 치우치지 않는 공명정대함과 균형
       잡힌 판결을 하라는 뜻이고. 칼은 단호하고 냉정한 결단을 의미
       하오. 오늘날은 법전이 그 칼을 대신하고 있소만….

부 인: 왜 그런 말을 하죠?

김판사: 난 소망이 없소. 내 양심은 결코 하나님의 정의의 저울의 그 무
       게를 이기지 못할 거요. 하나님의 그 단호한 정의의 칼을 나는
       비켜갈 수 없을 것이요.

부 인: 그렇게 정의의 칼날은 시퍼렇게 살아 있는데… 그걸 몰랐다니…!

김판사: 법을 전공했다는… 나도 몰랐소!

부 인: 우린 어찌 될까요?

김판사: … 사람 세상에도 법이 있는데… 어찌 다른 세상에는 법이 없었
       다고 생각했을까? 완전한 세상도 완전한 법도 없을 거라는… 그
       런 망상을… 가지고 살았다니… 눈에 보이는 세상이 전부인 줄
       알았다니…! 멍청한 놈 같으니라구! (사이)

아퀴나스 신부님을 모시고 성경 공부할 때, 그 신부님이⋯ 아우구스티누스, 어거스틴이라고도 하더군. 그 사람의 참회록에 대하여 말해 주던 게 기억이 나오. 여기 오니 모든 게 다 기억이 나는군⋯. 어거스틴이 배나무 열매 하나를 훔쳐 먹은 것을 회개하는 이야기였소⋯. 나는 속으로 비웃었소. 시골에서는 아이들치고 남의 밭에서 서리 한 번도 하지 않고 자라는 아이가 어디 있겠소⋯. 그런 걸 죄라니⋯ 그러나 어거스틴이 옳았소. 나는 악행을 보면, 어쩔 수 없이 악을 행한 것이 아니라, 나는 악을 즐기고 있었소⋯. 어거스틴처럼⋯ 죄를 즐기고 있었소. 악을 행하면서⋯. 죄를 즐기고⋯ 선을 비웃고 있었소⋯. 그런 수준의 내가 무슨 정의의 판결이라니⋯ 내 판결이 무어 그리 대단했겠소? (사이) 우리를 보고 속물이다⋯. 유전무죄라며⋯ 판사를 비웃는 세상의 말이 옳았소⋯. 나는 권력에 아부했고, 동료들보다 더 빨리 출세하고 싶었소⋯. 정의라는 것이⋯ 있다고 양심이 말하는 것 같았지만, 그 양심과 적당히 타협하는 것은 어렵지 않았소⋯. 내 동료 중엔 큰돈을 받고 재판을 거래한 친구도 있었으니⋯ 그 사람에 비하면, 나는 양반이지⋯. 그렇게 생각했소⋯. 나도 내 이익, 인맥과 청탁에 따라 적당히 재판을 한 적이 많았소. 양심도 서서히 죄에 적응해 갔지⋯. 그러고는 무슨 판사, 헌법 재판관, 대법관? 웃기는 소리요. 만약 내가 살아나, 나의 법복을 본다면⋯ 주저 없이 침을 뱉을 것이요. 아니, 누가 내 얼굴에 침을 뱉는다 해도 나는 아무 할 말이 없는 사람이요.

부 인: 그래도 당신은 존경받는 판사였어요.

김판사: 물론 나도 바르게 판결을 한 것도 있소. 물론 양심적인 재판관

이 없는 것은 아니요. 그러나, (사이)… 여기서는… 여기서는 그런 소리 마시오. 당신도 알다시피 여기서는 그런 말을 해서는 안 되오.

부　인: 그건 그래요…. 아, 내 신앙도… 내가 부른 찬양곡도… 가식과 위선이 가득했어요…. 주님을 찬양하면서도… 내가 찬양을 받고 있었답니다…. 박수 소리가 작으면 곧장 실망을 하고… 그러면서 제자들에게 노래는 마음으로 불러야 한다…. 특히 찬양은 더욱 그래야 한다…. 나는 찬양조차 입에 올릴 수 없는 죄인이었어요. 오, 이사야 선지자가 그랬던가요? 나는 입술이 부정한 백성 중에 거하면서… 만군의 여호와이신 하나님을 뵈었다…. 고. 나는 입술이 부정한 채로 찬양했더군요.

안내인: (데스크 쪽에서 등장하며) 일찍 내려오셨군요.

김판사: 당신은… 당신은… 알고 있었죠?

안내인: 아, 무얼 말하려는지 알 것 같군요…. 각 방을 쓴 것에 감사할 거라는 제 말에 감사했을 겁니다. 여기서는 그렇게 시작한답니다.

김판사: 무얼 시작한다는 것이요?

안내인: 재판 말입니다.

김판사: 아까, 다른 사람의 재판을 방청할 거라고 하지 않았소?

안내인: 물론입니다. 곧 그 재판도 보시게 될 겁니다.

김판사: … 보나마나… 그 사람도… 끔찍할 것 같군요.

안내인: 물론입니다. 세상에서 가장 끔찍한 재판이지요….

부　인: 무서워요…. 안 보면 안 될까요?

안내인: 반드시 보셔야 합니다. 당신들을 위한 재판이니까요.

김판사: 무슨 소리요? 우리를 위한 것이라니…?

(밖에서 소란스러운 소리가 난다. 로마 군인들이 한 죄수복을 입고 있는 죄인을 호송하며 들어온다. 부부는, 난데없는 풍경에 어리둥절하고 있는 가운데 암전. 잠시 후 다시 조명이 들어오면, 재판장이 재판장 석에 앉아 있다. 그는 법복을 입고 있다. 등장한 많은 사람들은 테이블에 앉아 법관 쪽을 바라보고 있다. 그리고 빌라도가 피고석에 서 있다.)

재판장: 오늘 심판받을 죄인의 이름은 무엇인가? 본디오 빌라도가 맞는가?

빌라도: 그렇소만, 나는 내가 죄인이라는 그 말엔 동의할 수 없소.

재판장: 당신이 그분을 죽이라고 한 최종 결정자가 아닌가?

빌라도: 나는 평화를 원했을 뿐이요.

재판장: 평화? 무슨 평화 말인가?

빌라도: 팍스 로마나 말이요.

재판장: 법은 정의, 진리에 의해 판정해야 하지 않는가? 법이 평화를 위하여 재판을 하는가?

빌라도: 화해의 재판도 있긴 하지요.

재판장: 그대는 질투와 시기와 불의에서 나온… 여론 재판을, 화해의 재판이라 부르는군. 그 자체도 진리를 왜곡한 죄라는 것을 모르나 보군.

빌라도: 나는 그에게 죄를 찾을 수가 없다고 분명히 말했소. 정의는 그가 무죄하다고 했소. 나는 그것을 대제사장들과 군중들에게 분명히 말해 주었소!

재판장: 죄가 없었다면, 왜 그에게 무죄를 선고하지 않았는가?

빌라도: 재판장님. 재판장님은 당시 나의 처지를 잘 모르고 있습니다. 제 처지를 헤아리지 않는 이 재판에 저는 결코 동의할 수 없습니다.

재판장: 당신의 처지가 뭔가? 알량한 자존심이 아니었던가?

빌라도: 모든 사람이 그가 죽기를 바라는 것 같았소. 그런데 나만 홀로 그들과 맞서야 했소. 그게 내 처지였소.

재판장: 그럼, 다시 옛날의 그 재판정으로 돌아가 보아야겠군….

빌라도: 수천 수만 번을 되돌아가도 저의 대답은 한결 같습니다.

재판장: 당신의 대답은 무엇인가?

빌라도: 무죄! 나는 무죄라는 것입니다!

재판장: 알겠소. 일어서시오. 당신이 이제 여기 와서 앉으시오. 그때로 되돌아가서 당신의 판결을 다시 재심해 보도록 하겠소.

(재판장은 법복을 그에게 입혀 준다. 빌라도는 재판장 석에 앉는다. 재판장은 피고석에 가 선다.)

코러스1: 재판장님, 이 사람은 우리 백성을 미혹하고 가이사에게 세금 바치는 것을 금하며 자칭 유대인의 왕이라 하더이다.

빌라도: 로마 황제에게 세금 바치는 것을 금하다니… 그래…? 그 죄인은 어디 있나…? 그 죄인이 보이지 않는데…? 그 죄인은 어디 있나? 그대들이 고발한 유대인의 왕. 예수 말일세…… 그는 어디 있나…? 여긴 없나…? 그럼, 나는 누구 보고 질문을 해야 하나?

코러스1: 나에게 하시게.

코러스2: 나에게 하시게.

(코러스 모두 일어서며 나에게 질문하라고 한다.)

빌라도: 어찌하여 그대들은 스스로 예수라 하는가? 진짜 예수는 어디 있는가…? 진짜만 답하게. 누가 진짜 유대인의 왕인가? 혹, 그대인가?

코러스1: 네 말이 옳도다.

빌라도: 한 사람, 그 한 사람은 어디 있소?

코러스2: 그분은 자신의 살과 피를 우리 같은 사람들에게 나누어 주었소. 그래서 수천수만 수억의 작은 예수가 탄생한 것이요. 우리가 그 작은 예수들이요.

빌라도: 작은 예수? 너희 마음대로 떠들어라. 하긴 궐석 재판도 있으니… 좋다. 그럼, 오늘은 누가 예수 역을 맡아 그를 대표하겠소?

재판장(강도): 제가 하겠소.

빌라도: 오호라, 그대는, 어쩐지 낯설지 않다… 했는데… 그대는 그와 함께 십자가 한편에 매달려 있던 강도가 아니던가…? 그런 죄인 주제에 감히… 재판장을 맡다니….

재판장(강도): 나도 그분의 은총으로 참으로 작고 작은, 작은 예수가 되었소….

빌라도: 무슨 작은 예수가 이리 많은가…? 좋아, 좋소. 상관없소. 어쨌든 나의 무죄만 입증하면 되지 않겠소? *(일어서서 거닐며)*… 나는 고민했소. 나는 그에게 죄를 찾으려 했지만, 그 사람에게는 죄를 찾을 수가 없었소.

코러스7: 무슨 소리요? 그가 온 유대를 다니며 가르치고, 갈릴리에서 시작하여 여기까지 와서 백성을 선동하였소.

빌라도: 나는 그가 갈릴리 사람인 줄 알고, 갈릴리 지역을 관할하는 헤롯에게 그를 보냈소. 마침 유월절을 지키려 예루살렘에 온 헤롯에게… 예수를 보냈소…. 그런데 헤롯도 그에게 죄를 찾을 수 없었는지…. 이상한 옷을 입혀 다시 내게 보냈소. 나는 또다시 그를 심문했소만… 그에게 죄를 찾을 수 없었소.

코러스8: 그를 죽이소서. 대신 바라바를 풀어주소서!

빌라도: 그래서 나는 그 사람들에게 물었소. 사람의 병을 고쳐주는 게 죄인가? 대답들 해 보시오?

코러스7: 그를 죽이소서!

빌라도: 귀신들린 자에게서 귀신을 쫓아내는 게 죄인가? 대답들 해 보시오!

코러스: 그를 십자가에 못 박으소서!

빌라도: 굶주린 자에게 기적을 베풀어 그들을 배불리 먹여준 게 죄인가? 대답들 해 보시오!

코러스: 십자가! 십자가에 그를 못 박으라!

빌라도: 죽은 자를 살린 게 죄인가? 죽은 나사로를 살린 게 죄인가… 대답들 해 보시오!

코러스: 십자가에 못 박으소서! 십자가에! 십자가에! 십자가에!

빌라도: 나는 그에게서 도무지 죄를 찾을 수 없었다! 그래서 그대들의 요구에 응하는 마음에 그를 엄청나게 매질을 하였다. 이제… 그를 풀어주겠노라.

코러스: 십자가! 십자가에 그를 못 박으라!

빌라도: 그러나, 나는 그때 외쳤소! 에케 호모! 보라. 이 사람이로다!

코러스: 그를 못 박으소서! 십자가에!

빌라도: (앞으로 한 걸음 나서며 두 손으로 제지하며)… 보시오. 군중은 미친 듯이 날뛰었소…. 나는 그가 무죄한 줄을 알았소. 더구나 나는 그와 같은 사람은 본 적이 없었소. 그래서 나는 그들에게 외쳤소, 보라, 이 사람이로다…! 내가 무슨 뜻으로 그렇게 말한 줄 아시오…? 이런 사람은 없다. 이보다 무죄한 사람은 없다…. 그러나 나의 호소는 군중들에게 삼켜지고 말았소…. 그러자 군중들은 말했소. 그가 자칭 하나님의 아들이라 말했다고… 고발했소…. 하나님의 아들? 나는 두려웠소. 그가 많은 기적을 베푼 이야기도 풍문으로 들었소…. 더구나 아내가 그에 대하여 꾼 꿈 이야기도 있고 해서…. 나는 두려웠소. 무죄한 자를 죽이는 것도 두려운 법인데… 만약 그가 하나님의 아들이라면… 그래서 나는 다시 그에게 물었소. 너는 어디로부터냐? 이 질문은 이런 뜻이요… 너의 기원은 어디냐? 너는 하나님이냐? 너의 주장대로 너는 참으로 하나님의 아들이냐…? (사이) 그러나 그는 대답이 없었소. 어쨌든 나는 다시 그를 풀어주고 싶었소. 그래서 나의 권한을 말해 주었소. 당신을 풀어줄 권한과 당신을 십자가에 못 박을 권한이 내게 있다고… 그러나 그는 엉뚱하게 이렇게 대답했소.

코러스: '위에서 주지 아니하였더라면 나를 해할 권한이 없었으리라… 그러므로 나를 네게 넘겨준 자의 죄는 더 크도다!'

빌라도: 그는 나의 죄보다 제사장들의 죄가 크다고 말하는 것 같았소. 어쨌든 그가 죄가 없는 것은 분명했소. 사람들은 질투와 시기로 가득 차 그를 죽이라고 했지만, 나는 무고한 그 사람을 죽일 수

는 없었소. 그래서 나는 그를 풀어주려고 애를 썼소. 그런 나에게 그들은 압박을 가했소. 나를 위협했소. 고래고래 고함을 질러대었소.

코러스: 그를 풀어주면 당신은 가이사의 충신이 아니다!

코러스: 자신을 왕이라 하는 자는, 가이사에게 반역하는 것이다!

빌라도: (그들을 다시 진정시키며) 그래서 나는 잠시 한숨을 돌리고… 다시 그들에게 말했소. 내가 너희 왕을 십자가에 못 박으랴? 그러자 대제사장이 말했소.

코러스1: 우리에겐 가이사 외에는 왕이 없나이다!

코러스: 우리에겐 왕이 없나이다! 우리에겐 왕이 없나이다! 우리에겐 왕이 없나이다!

빌라도: 보시오. 나는 그를 죽이지 않았소. 유대인들이 그를 죽인 것이요. 보시오. 이게 나의 죄에 대한… 나의 대답이요.

(그는 법복을 벗고 내려온다. 강도 역을 맡았던 재판장이 다시 그 자리에 가 앉으려다 사람들을 둘러본다.)

재판장: 오늘, 여기에 고위직에 있었던 판사 출신이 한 분 왔다던데… 저분 같군…. 당신의 의견은 어떻소? 여기, 저 빌라도는 죄가 있소? 아니면 무죄요?

김판사: (얼떨결에 놀라) 저, 저는… 성경을 잘 모릅니다. (사람들의 시선이 그에게 쏠린다.)

재판장: 아니, 방금 눈으로 보고 듣지 않았소?

김판사: (엉거주춤하게 일어서며)… 그는 제가 맡은 피고인이 아닙니다.

재판장: 아니, 누가 당신에게 그를 변호하라 했소? 당신이 알고 있는 법
으로 판단해 달라는 것뿐이요.

김판사: 사건과 법리를 세밀하게 검토해야 합니다.

재판장: 무슨 소릴 하는 거요…? 무죄한 사람이 죽었소. 그리고 그를 무
고죄로 고발한 사람들이 다수였소. 그래서 당시 재판을 맡았
던… 빌라도 총독이 그를 무죄임을 알면서도… 그를 십자가에
넘겨주었소. 더구나 온 세상이 이미 다 알고 있는 사건이요….
그런 빌라도가 죄가 없다는 말이요?

김판사: … 물론 죄가 없다고 할 수는 없습니다만… 그의 주장대로 당시
의 정황은 참작되어야 한다고 생각합니다.

재판장: 무슨 정황 말이요?

김판사: 여론 말입니다. 그가 너무 큰 압박을 받았다고 주장하고 있는
것 같습니다만…

재판장: 여론 재판으로 한 판결이 옳다는 뜻이요? 그럼, 진리와 정의는
도대체 어디에 쓰는 거요?

김판사: … 그런 뜻은 아닙니다.

재판장: 만약 여기서 당신을 여론을 물어, 당신을 재판한다면… 그래도
받아들이겠소?

김판사: …

재판장: 여러분, 여기, 저 사람은 빌라도를 풀어주자고 주장하는 것 같
은데… 그의 주장대로 여론으로 그를 판결해 보도록 하겠습니다.

김판사: (혼잣말투로) 아니, 무슨 재판을 이리 졸속으로…

코러스1: 재판장님, 저 사람은 우리를 '졸속으로' 재판하는 사람으로 취
급하고 있습니다!

코러스2: 나도 들었습니다. 우리를 이성도 없는, 이상한 사람으로 몰고 있어요!

김판사: 도대체… 이게 무슨…?

코러스3: 이 사람이… '도대체 이게 무슨?'… 이라고 말했는데… 그것을 말한 저의가 궁금합니다.

코러스4: 그래요,… 그의 저의가 궁금합니다.

코러스1: 우리를 모독하려는 것이 분명합니다!

코러스2: 맞아요…. 이 신성한 법정을 모독하고 있는 것입니다!

김판사: 저는, 그런 뜻으로 말한 게 아닙니다.

코러스3: 법정 모독에다…. 그런 뜻이 아닌… 다른 뜻, 다른 음모도 있다고 고백하고 있습니다!

김판사: 이게 뭐야…?

코러스1: 이게 뭐야…? 여러분, 똑똑히 들으셨죠…? '이게 뭐야?'… 우리 같은 인격적이고 영적 존재들에게… 그는 '이게'라는 말을 사용했습니다. 이게… 이것은 그것, 즉 사물을 가리키는 말입니다. 비인격적인 존재들. 돌과, 바위, 흙, 플라스틱… 책상과 의자… 같은 이런 물질적인 존재들에게 쓰는 말을, 이 신성한 법정에서 재판을 맡고 있는 우리들에게 사용했습니다. 인격적인 존재를 비인격적인 존재로 보는 시각이야말로… 인간에 대한 엄청난 범죄 행위입니다. 과거, 아우슈비츠에서 유대인을 학살할 때, 사람을 인격적인 존재가 아닌, '이것'으로 취급했습니다. 인간의 많은 범죄가… 인간을 인격으로 보지 않는데서 출발합니다. 사람을 '그것'으로 볼 때, 이미 그 사상 안에는 엄청난 죄악의 씨를 품고 있는 것입니다. 모든 무신론, 모든 유물론에는 인간을 비인격적인 존재로 보는… 거대한 악이 숨어 있는 것입니다…. 그러므로 여러분, 이 사람은… 천국에 들어가서는 절대 안 됩니다. 그러므로 그는 사형이 합당합니다. 그런데 그는 영적인 존재, 한 인격체로 여기 서 있으니… 그의 영혼을 죽일 수는 없는 노릇이니…. 그는 천국과의 영원한 격리가 필요합니다.

재판장: 지옥이 마땅하다는 배심원의 주장입니다. 다른 분은 없나요?

김판사: (부인에게)… 세상에! 여기도 세상과 별다르지 않군… (그는 주저 앉는다.)

코러스2: 재판장님, 그는 방금 이 신성한 곳을 저 타락한 세상과 똑 같다고 말했습니다.

코러스3: 그래, 나도 들었어!

코러스4: 나도 들었어! 우릴 빈정대는 것 같더군.

코러스5: 타락한 인간 세상과 아름답고 거룩한 하늘의 입구인… 여기가 똑 같다니… 이게 무슨 망발입니까?

김판사: (화를 내며)… 사실에 근거해서, 진리로 판단하라는 뜻입니다.

재판장: 당신은 그럴 자격이 없지 않소? 과거 당신의 판결도 진리로, 당신 나라의 법으로 한 판단이 아닌 것으로 알고 있는데… 당신도 그 여자 대통령에 대하여 해괴망측한 여론에 밀려… 여론 재판 했지 않소? 스스로 자신을 속이고 있군요!

김판사: 그것을 많이 후회했고, 지금도 후회하고 있습니다. 저기 빌라도 저분도 그럴 것이라는 생각이 드는군요…. 더구나 그는 인류의 구세주로 알려진 무죄한 분을 사형으로 판결하고 십자가에 매달아 못 박아 죽게 했으니… 그러나 그 여성 대통령이 완전히 무죄한 것은 아닙니다. 물론, 그 죄가 파면할 정도인가 하는 문

제가 있다고 주장하는 동료들도 있는 건 사실입니다. 물론 저도 그렇게 생각하고 있습니다. 그러나, 우리는 어쨌든 그 직위에서 파면했을 뿐, 예수님처럼 무죄한 분을 십자가에 못 박아 죽이지는 않았습니다.

코러스1: 저, 불의한 재판관놈!

코러스2: 저놈을 지옥 불에!

재판장: 그럼, 저 사람이 했던 것처럼, 진리가 아닌, 여론에 따라⋯ 저 사람을 지옥 판결을 내려야 마땅하다고 생각하는 걸로 알겠습니다.

김판사: 원, 세상에⋯ 그래도 여기서는 공정할 줄 알았는데⋯

코러스1: 재판장님, 저 사람은 조금도 회개하지 않고 있습니다. 우리가 사실을 날조하고, 진리로 판단하지 않는다고 법정을 모독하고 있습니다! 법정 모독죄에다 신성 모독죄를 추가해야 합니다!

김판사: 허참, 세상에 뭐 이런 재판이 다 있어?

코러스2: 방금 들으셨죠? '세상에 뭐 이런 재판이 다 있어?'⋯ 분명히 들으셨죠?

재판장: 물론입니다. 그럼, 그를 어떻게 할까요?

코러스: 그를 지옥에 보내소서!

코러스: 그를 영원히 격리하소서!

재판장: 모두 그걸 원하시오?

코러스: 그렇소.

재판장: 그대들의 여론을 따라⋯ 그를 영원히 격리하겠소만⋯ 그 전에 피고인의 마지막 최후 변론을 들어보기로 하겠습니다⋯. 피고인이 판결에 할 말은 없습니까?

김판사: 최후 변론? 재판장님, 재판은 사실에 기초해야 합니다. 여론 재
　　　판은 있을 수 없습니다.

재판장: 당신도 살아생전에 여론에 떠밀려 판결을 하지 않았나요…? 그
　　　런데 왜 당신은 지금에 와서 당신에 대한 여론 재판은 거부하고
　　　있는 거요?

김판사: 부끄럽지만… 저는 그 당시의 재판을 후회하고 있습니다…. 그
　　　런데 완전하게 진리만으로 판결을 해야 하는… 더구나 한 인간
　　　의 영원한 문제, 천국이냐 지옥이냐를 결정하는 그토록 중요한
　　　문제를 오직, 여론으로 판단하다니… 우리가 한 재판도 어느 정
　　　도는 법리를 갖추었는데… 여기는 오직 여론뿐이라니! 여기도
　　　성경에서 말하는 저 바벨론 세상처럼 부패했는가 보군요.

코러스1: 우와, 여기를 저 더러운 바벨론에 비교하다니!

코러스: (합창) 저 사람을 지옥 불에!

코러스: (합창) 저 사람을 지옥 불에!

재판장: 조용, 조용… 그럼, 당신은 여기 재판을 진리로 판단하길 원하
　　　시오? 그것을 더 견디기 어려울 수도 있다는 것을… 아까 201호
　　　거울 방에서 보지 않으셨소…? 당신 같은 죄인이 진리를 어떻게
　　　견딜 수 있겠소?

김판사: (입을 막는다. 그러다 결단한 듯)… 그래도… 좋습니다. 저는 지옥
　　　에 간다고 하더라도… 저는 진리의 판단을 받고 싶습니다.

코러스1: 우와, 진리…! 죄인에게 진리가 얼마나 무서운데… (코러스, 모
　　　두 웅성거린다.)

재판장: 피고인 빌라도!

빌라도: 예.

재판장: 진리까지 판단한 당신이… 다시 잠시 재판장을 맡아야겠소.

(빌라도는 재판장이 벗어 주는 법복을 입고, 다시 재판장 석에 앉는다.)

빌라도: 이 재판을 반복하는 것은… 나를 고통스럽게 하는구나… 그를
　　　　불러오라.

(사람들은 코러스 중에서 가시관을 쓴 선다싱(예수 역)을 끌고 온다.)

빌라도: 진짜 그분인가? 아니면, 작은 예수인가? 어쨌든… 좋소…. 그러
　　　　면… 네가 왕이 아니냐?
예　수: 네 말이 옳도다. 네 말과 같이 내가 왕이니라. 내가 이를 위하여
　　　　태어났으며 이를 위하여 세상에 왔나니, 곧 진리에 대하여 증언
　　　　하려 함이로라.
빌라도: 진리? 진리라고 했나?
예　수: 무릇 진리에 속한 자는 내 음성을 듣느니라.
빌라도: 진리가 무엇이냐…? 그대가 말하는 진리가 무엇이냐? 왜, 내 말
　　　　에 대답이 없느냐? 진리가 무엇이냐…? (그는 일어나 사람들에
　　　　게)… 여러분, 마치 그는, 내가 진리다…. 그렇게 말하는 것 같
　　　　았소…. 누가 그의 얼굴을, 그의 눈을 똑바로 바라볼 수 있겠
　　　　소…? 이 사람을 보시오. 에케 호모! … 세상에 누가 이런 사람
　　　　을 정죄할 수 있단 말이요? 그래서… 나는 그에게서 아무 죄도
　　　　찾지 못했소. 그는 단연코 무죄요!
코러스1: 진리가 무슨 필요가 있느냐? 그를 십자가에 못 박으라.

코러스2: 그를 십자가에! 십자가에… 그를 못 박으리라!

빌라도: (낮게) 이 마귀 새끼들 같으니라고…! 그러니, 제발, 이제 그만!

그만들 하시오! 더 이상 죄를 짓지 마시오, 죄 없는 그를 죄인이

라 하는 그대들의 죄는 도대체 누가 씻어 주겠소?

코러스: (비웃으며) 누가 우리의 죄를 씻는다 말인가?

코러스: (비웃으며) 누가 우리를 죄인이라 하는가?

코러스: 그를 십자가에 못 박으라!

코러스: 십자가에! 못 박으라!

(조명이 서서히 암전된다. 사람들은 두려워하며 주위를 돌아본다. 마치 골고다 언덕의 어둠의 장면을 연출하는 것 같다. 긴 사이. 어둠 속에서 못 박는 소리가 조용히, 그러나 점차 커지면서… 마치 멀리 기차 소리가 점점 가까워지듯이… 쿵쿵… 쿵쿵… 쿵쿵… 하고 들려온다. 쿵쿵 소리가 시작됐을 때, "아버지여, 저들의 죄를 사하여 주옵소서. 자기들이 하는 것을 알지 못함이니이다."라는 음성이 깊이 있게 조용히 들린다. 그리고 쿵쿵 소리가 무대를 가득 채울 때, 그 사이를 뚫고, "다 이루었다!"라는 음성이 크게 들린다. 이때, 십자가 창살에 매우 희미한 조명 한 줄기가 쏟아진다. 그리고 살바도르 달리의 〈십자가의 성 요한의 그리스도〉라는 그림이 천천히 내려온다. 〈주기도문〉 가사가 없는 곡조만 조용히 흐른다. 암전.)

(긴 사이. 다시 조명이 들어오면, 안내인과 데레사는 창가에서, 안내인
요한은 피아노를 치고, 데레사는 그 곁에서 노래를 부른다.)

데레사: (노래한다.)

　　바람이 분다

　　눈물이 난다

　　내 죄를 다 쓸고 갔다는

　　하늘

　　다 비운 마음

　　나로 그 마음 하늘 가득 채우고 싶다고

　　하늘 안마당까지

　　곱게 쓸어 두었다고

　　바람이 분다

　　내가 스스럼없이 돌아와도 된다고

바람이 분다

눈물이 난다

(김판사 부부, 문을 열고 나와 잠시 그들의 노래에 귀를 기울인다.)

김판사: … 조용하군. 이제 시끄러운 재판은 다, 끝났나 보군…. 다들…
어디론가 갔나 보군… 조용해…

부 인: … 그런데 이번엔 방에서… 견딜 만하더군요. 누가 감사하게도
거울에다 붉은 커튼을 쳐 놓았더군요…. 저분들이 그랬나?

김판사: 내 방도 그랬어요…. 내 과거가 너무 끔찍해… 아니, 우리의 본
질 자체가 죄 덩어리였소…. 내 안에 그런 끔찍한 악이 숨어 있
었다니!

부 인: 저도 그것을 보았어요….

김판사: 그런데 이번엔 식사하러 내려오라 하지 않았소…? 그런데 처음
듣는 노래군… 그런데 찬송가 같지는 않군. 그러고 보니… 저
기… 중앙 테이블에 우리 두 사람의 이름이 적힌 팻말이 있군
요…. 이 자린가 보네. (두 사람, 자신들의 이름이 쓰여 진 식탁에
앉는다.) 다른 사람 이름도 있군. (테이블의 이름을 보며) 선다싱,
데레사…?

부 인: 옆자리에도 누가 초대되었나 봐요. 브이 장군, 오를로프 장군…
이라고 이름이 적혀 있네요….

안내인: 아. 두 분 내려오셨군요. (피아노 치기를 그치며) 방금 두 분을 위한
노래였답니다. 주님께서 두 분께 세 편의 노래를 들려주라 하셨어
요…. 두 분을 위해 '눈이 내린다'는 노래도 준비되어 있답니다.

부　인: 어쨌든 감사하군요. 그런데… 방안에 붉은 커튼을 쳐 주셨더군
　　　　요….

안내인: 아까 재판극할 때… 설치했답니다. 주님이 하셨답니다.

김판사: 어쨌든… 덕분에 편히 쉬었습니다.

부　인: 그 노래… 들려주시겠어요? 눈이 내린다…? 라고 했나요?

안내인: 먼저 가사를 들려 드릴게요. (반주를 한다.)

데레사: (가사를 읊는다.)

　　　　눈이 내린다

　　　　눈물이 난다

　　　　저리도 곱게 내 죄를 덮으며

　　　　눈이 내린다

　　　　나로 인해 붉은 피 흘리던

　　　　하늘 그 사랑

　　　　곱디고운 그 마음

　　　　내 죄를 다 덮었다는

　　　　그 고운 소식 안고

　　　　오늘도 흰 눈이 내린다

　　　　그저

　　　　눈물이 난다

데레사: … 어떠세요?

부　인: … 누굴 용서하는 노래 같군요.

데레사: 하늘 용서를 받은 사람은… 모든 사물 하나에도 하나님의 사랑
　　　　과 은총을 느끼게 된답니다. 우리 십자가의 성 요한 형제님은…
　　　　모든 사물에서 그리스도를 발견한 분이세요…. 그래서 눈물이
　　　　많은 분입니다. 두 분도 곧 이 노래를 좋아하게 될 겁니다. 그리
　　　　고… 많은 눈물을 흘리게 될 겁니다.

김판사: (혼잣말처럼)… 그렇게 감동적인 시는 아닌 것 같은데…

안내인: … 여긴 억지로 강요하는 것은 없답니다.

부　인: 세 번째 노래도 있다고 했나요?

안내인: 예, 그건 아직 준비가 안 되었답니다. (그는 일어나 데스크로 간
　　　　다.)

부　인: … 무슨 말씀인지…?

안내인: 차차 알게 되실 것입니다. 제목은 말씀드릴 수가 있답니다…. 세
　　　　번째 곡의 제목은 '비가 내린다'입니다.

김판사: 바람, 눈, 비로군… 다 하늘에서 오는 것들이군… 어쨌든 감사
　　　　합니다. 특히 커튼을 쳐주셔서… 감사합니다…. 솔직히… 너무
　　　　부끄럽고… 두려웠어요.

부　인: (테이블에 앉으며 이름표를 보며) 선다싱? 들어본 이름 같아요….
　　　　데레사라는 이름은 하도 많아… 누군지 모르겠군요.

안내인: (데스크 쪽에서 물을 가지고 와 물을 따라준다.)… 식사가 나오기
　　　　전에… 목을 좀 축이세요…. 곧, 주님이 오실 겁니다.

김판사: 주님? 여기 호텔 주인 말인가요?

안내인: 당신들을 여기 잠시 초대된 분들입니다. 특별히 초대된 분들이
　　　　지요…. 주님의 큰 배려지요. 그런데 그 주님을 만나기 전에 먼

저 만날 분이 있습니다. 아, 저기 오시는군요.

선다상: (데스크 쪽에서 등장하며) 주님이 초대한 그분들이군요…. 앉아도 되겠습니까?

김판사: 물론입니다…. 그런데 어디서 뵌 분 같은데…

부 인: 조금 전, 재판에서 작은 예수 역을 맡았던 분 아니에요?

선다상: (앉으며)… 맞습니다. 조금 전, 재판에서 작은 예수 역이었지요.

부 인: 성함이 정말,… 선다싱이세요?

선다상: 그렇습니다.

부 인: 정말, 죽지 않고 살아계시는군요….

선다상: 무슨 말씀을 하는지 알겠군요. 주님이 그러셨죠… 하나님은 산 자의 하나님이시라고… 주님 안에서 늘 주님과 함께 산 성도들은… 육신의 죽음 이후에도 늘 그 영혼은 주님과 함께 살아 있답니다. 모세와 엘리야가 나타난 변화산을 생각하시면 될 겁니다.

부 인: 그런데… 머리는 괜찮으세요?

선다상: 아, 가시관 때문에 그러시는 것 같군요…. 여긴 상처가 금방 낫는답니다…. 그런데, 남편분은 법을, 부인께서는 성악을 전공하셨더군요.

부 인: 예, 그렇긴 합니다만… 저 옆자리에 초대된 손님들은…?

선다상: 아, 그 두 분은 뒤에 오실 겁니다. 그나저나 조금 전, 재판에서 조금 놀라셨죠?

김판사: …

선다상: 그건 선생님의 일생 중에 기억이 날 만한 사건을 배경으로 한 일종의 퍼포먼스입니다. 심판과 용서의…

김판사: 퍼포먼스라구요? 예수님과 빌라도와 유대인들의 이야기 같던
　　　데…

선다상: 하하. 선생님의 이야기로 들리지 않으시던가요? 선생님과 부인
　　　을 깨우기 위한 퍼포먼스 말입니다.

김판사: 우리를 깨운다구요…? 나를 비웃고… 나를 정죄하는 느낌은 들
　　　었소만….

선다상: 누구나 판단을 하며 살아가지요…. 선생님 같은 법관만 판단하
　　　신다고 생각하면 큰 오산이죠…. 그가 누구든 그가 판단하는
　　　대로 자신에게도 적용을 한답니다…. 천상의 법정에선 그게 법
　　　이랍니다.

김판사: 그럼, 육법전서 같은 것이 필요 없다는 말씀인가요?

선다상: 마음에 새겨진… 양심의 법보다 정확하고… 또, 무서운 법은 없
　　　답니다.

김판사: 그래요…. 거울의 그 방에서 나는 보았습니다.

부　인: 맞아요…. 끔찍한 것이 내 안에 있었어요!

선다상: … 누구나 그렇답니다. 그런데 자신 안에 그것을 본 사람은 복
　　　이 있는 사람입니다. 왜냐하면… 주님께서 보여주셨기 때문이지
　　　요.

김판사: 죄인임을 알게 된 게 복이라구요?

선다상: 그렇답니다. 주님의 은총이 아니면, 누구도 자신이 끔찍한 죄인
　　　임을 알지 못하지요. (사이)… 그런데 부인의 노래를 들으면서 식
　　　사를 하고 싶은데…

부　인: (놀라)… 여기서 노래를 부르라구요?

선다상: (웃으며) 아닙니다. 세상에도 녹음된 음악이 있는데… 여긴 더

음질이 좋죠… (안내인에게)… 부인의 음성이 담긴 찬양곡 한 곡
을 부탁드릴게요.

안내인: 곧 준비하겠습니다.

김판사: … 아깐… 바로 나오더니… (부인에게 조용히)… 〈스카브로 페어〉
말이요….

안내인: 아, 부인의 노래는 좀 시간이 걸릴 것 같습니다…. 올라온 게 있
는지 모르겠어요….

선다싱: 요한, 제가 좋아하는 커피도 부탁드릴게요. 참, 두 분께선 무슨
차를 좋아하시나요?

부 인: 식사 전에는 커피는… 좀… 식후에 마실게요….

선다싱: 아, 그렇군요. 순서를 잘 지키시는군요. 여기서도 순서를 그렇게
중요하게 여긴답니다. 그렇죠… 커피는 식후가 좋지요…. 그래서
진리도… 사랑보다 순서상 앞서지는 않는답니다.

부 인: 무슨 말씀이신지…?

선다싱: 조금 전, 빌라도의 재판정에서 진리를 다루었지요?

김판사: 그랬어요, 예수님에게 빌라도가 진리가 무엇이냐? 그렇게 물었
지요….

선다싱: 김판사님은, 진리가 무엇이라 생각하십니까?

김판사: (당황하며)… 정의, 정의로운 법, 법이 아닐까요?

선다싱: 물론 법과도 관련이 있지요, 그런데 사실, 진리가 무엇이냐는 질
문은 그 질문이 잘못된 것입니다….

김판사: 그럼, 어떻게 물어야 하나요?

선다싱: 바른 질문은 바른 답 못지않게 굉장히 중요하답니다…. 제가 물
어볼까요? 그 여자분, 키가 얼마나 되시죠?

김판사: 누구 말인가요?

선다상: 저는 모릅니다. 그 여자분 키가 얼마나 되죠?

김판사: 그런 질문에 어떻게 답을 할 수 있습니까? 누군지 구체적으로 말씀해 주셔야죠….

선다상: 그렇군요. 구체적으로 물어야 하지요. 질문을 할 때 구체적으로 정의를 해야 합니다. 더구나 인격을 가진 인격적인 존재에게 진리를 물을 때는…. 특히 궁극적인 진리를 물을 때는, '진리가 누구입니까? 아니면 당신이 진리입니까?'라고 물어야 하는 겁니다. 진리가 '그것'이 되면… 수학이나 화학이나, 물리적인 진리일 수는 있으나, 인격적인 진리는 아닌 것입니다.

김판사: 그럼?

선다상: 인격적인 진리는 '무엇'이 아니라, '어떤 분'이냐? '당신은 완전한 사랑과 완전한 정의의 마음을 가진 분이냐?'… 그렇게 물어야 하는 것입니다. 그래서 인격적인 진리인 그분은… 진리이기 이전에 먼저… 완전한 사랑입니다. 그런데 그 사랑이 완전하고 자신에게는 조금의 흠도 없어야… 진리와 정의를 주저 없이 주장할 수가 있지요. 그래서 순서가 중요하다고 말씀을 드리는 것입니다.

부 인: 좀 어렵군요.

김판사: 그런데… 완전한… 그런 분이 과연 있을까요?

선다상: 불완전한 인간, 아니 순서가 바꾸어 있는 사람들은 이해하기가 힘들지요. 더구나 그런 완전한 사랑을 가진 인격적인 존재를 한 번도 체험한 적이 없기 때문이지요.

김판사: 완전한 사랑…? 그래도, 부모님의 사랑이라면…?

선다상: 두 분도 부모님이죠? 아들 다니엘과 딸 지혜를 사랑하시죠? 그
런데… 완전하게 사랑하시나요?

부 인: 우리 아이들 이름은 어떻게 아시죠? (놀라) 그 아이들도 여기 와
있나요?

선다상: 하하… 그 아이들은 간절하게 기도하고 있답니다. 온 교인들도
기도하고 있고요.

부 인: 참… 우린 죽었지. (남편에게) 아이들과 교인들이 우릴 위해 간절
히 기도한다네요.

선다상: 죽음이라는 말보다 분리라는 말이 더 정확하답니다…. 몸과 혼
의 분리죠…

김판사: 아까 저분도… 그렇게 말하는 것 같았어…. 분리라고.

선다상: 세 가지 분리가 있답니다. 거룩한 영이신 하나님과의 분리… 그
것을 우리는 영적인 죽음이라고도 부르지요. 세상 사람들은 모
두 거룩한 영이신 하나님과 분리가 된 채로 태어난답니다…. 에
덴에서의 타락으로 분리가 된 것입니다…. 그리고 그 타락으로
육과 혼의 분리가 또 일어나지요. 그게 사람들이 말하는 죽음
입니다.

김판사: 그럼, 또 다른 죽음도 있나요?

선다상: …

김판사: … 있군요.

선다상: (고개를 끄덕이며) 영원한 분리가 있답니다. 하나님의 대적자인
사탄과 마지막 분리가 있답니다…. 그런데….

김판사: …?

선다상: 기어이 하나님께로 돌아오지 않고,… 타락할 때, 사탄을 자신의

주와 아비로 삼은 사람들은… 그 분리의 때에… 사탄과 함께 지
옥으로 떨어질 것입니다. 영원한 분리죠.

부　인: … 무섭군요!

선다싱: 무서운 정도가 아닙니다. 그래서 그 분리를 막고, 우리를 하나님
과 다시 연합시키려고… 하나님의 아들, 예수 그리스도께서 이
땅에 오신 것입니다…. 그리고 하나님과의 하나 됨을 막고 있는
그 죄악을 주님은 십자가에서 당신의 거룩한 피로 다 씻어 주신
것입니다…. 흠 없는, 완전한 사랑으로 말이지요.

김판사: 아, 십자가… 정말 완전한 사랑인가요? 정말 그런 사랑이 있나
요?

선다싱: 물론, 부모의 사랑도 완전하진 않지요…. 어느 정도지…. 완전하
진 않지요…. 그런데 저기… 강 건너 하늘나라에는 완전한 사랑
과 완전한 정의로 가득한 거룩한 인격적인 존재만 들어갈 수 있
답니다.

부　인: 완전한 거룩한 존재만 들어간다구요? (남편을 보며)… 그럼, 우
린…?

선다싱: (웃으며) 물어볼 필요도 없을 텐데요. 거울 방에서 이미 두 분이
가야 할 곳을 보여주셨을 겁니다. 그게 진리죠.

김판사: (놀라며) 맞아… 나는 보았지…. 정말 끔찍하더군!

부　인: (절망하며) 그렇군요…. 그럼, 우린… 희망이 없군요. (사이) 그럼,
우리는 여기서 희망 고문을 당하고 있는 겁니까?

선다싱: 이곳을 떠나기 전에 끔찍한 곳을 한 번 더 보여주실 것입니다.

김판사: 무엇을요? 누가 무엇을 보여 준다구요?

선다싱: (웃으며) 그런데 그보다 더 큰 은총도 드물 것입니다.

(데스크의 데레사가 수녀복으로 환복을 하고 등장한다.)

데레사: 물론입니다. 그보다 더 큰 은총은 참으로 드뭅답니다.

선다싱: 아. 데레사 수녀님. (일어선다.)

데레사: 선다싱 형제님을 만나 너무 기쁩니다. 주님의 특별 초대를 받은 두 분도 환영합니다. (김판사에게) 앉아도 되겠습니까?

김판사: 물론입니다. 그런데… 아까 시를 낭송하시고 조금 전에 노래를 부르시고,… 그리고 데스크에서 안내를 맡으신…?

데레사: 그렇습니다. 십자가의 성 요한과 저는 안내인 역을 맡았답니다.

데레사와 선다싱: (자리에 앉는다.)

부 인: 저, 죄송하지만… 어느 데레사이신가요?

선다싱: 제가 정말 존경하고… 사랑하는 아빌라의 데레사 자매님이세요.

부 인: 마더 데레사도 있고,… 예수의 작은 데레사도 있고… 해서…

데레사: (웃으며) 저도 원래는 예수의 데레사인데… 요즘은 아빌라의 데레사라고 부르더군요. 사실, 많은 데레사가 있답니다. 마리아처럼 많지는 않지만….

부 인: … 그런데 혹, 조금 전에 끔찍한 것을 보는 것, 그건 우리가 가야 할 지옥을 말씀하는 것 아닌가요?

데레사: (고개를 끄덕이며) 그렇습니다.

부 인: 그런데… 그걸 은총이라구요?

데레사: 물론입니다…. 그보다 큰 은총도 드뭅답니다.

(마침, 조용한 찬양이 흐른다. 찬송가 240장 － 〈주가 맡긴 모든 역사〉

의 1절이 흐른다.)*

선다상: … 마침 노래가 나오는군요. 부인이 부른 것 맞나요?

부　인: 제 목소리가 아닌 것 같군요.

선다상: (안내인에게) 요한 형제님, 부인의 음성은 없었나 보군요?

안내인: 죄송합니다만, 하늘에 올라온 하금주씨의 노래는 하나도 없었
　　　답니다.

부　인: 혹시나 했는데… 그렇군요. 제 마음이 진실하지 않았으니… 천국
　　　에서 제 음성을 들을 수가… 없군요. (사이) 그리고 보니, 삶 하
　　　나하나가, 음성 하나하나가 다 심판이군요…. 이런 세상이 있다
　　　는 말은 듣고는 살았지만,… 진짜로 있는 줄은 몰랐어요.

선다상: 성경을, 특히 예수님의 말씀을 농담으로 들으셨나 보군요?

부　인: 그런 것은 아니지만…

선다상: 이왕 천상의 아름다운 음악이 나오니,… 잠깐 노래를 감상하고
　　　대화를 나눌까요?

(그들은 잠시 침묵한다. 조용히 240장 노래 소리가 흐른다.)*

부　인: (조용히 고개를 숙이고 흐느낀다.)…

김판사: 여보…!

부　인: 주님, 제가 잘못했어요. 절 용서해 주세요….

선다상: 뭘 잘못하셨나요?

부　인: 전부 다요…. 전, 전심으로 주님을 사랑하지 않았어요. 저는 가
　　　장 중요한 계명을 무시했어요!

김판사: 가장 중요한 계명…? 마음을 다하고 힘을 다하고 성품을 다하
여 너의 주 하나님을 사랑하라는…?

데레사: 맞습니다.

부 인: … 아름다운 목소리로 노래는 불렀지만,… 사람들이 박수를 치
고 기뻐해 주었지만…. 전 가장 중요한 계명을… 가장 중요하게
생각하지 않았어요.

데레사: 고통스럽겠지만, 사실입니다…. 교회 안에서부터 주님은 외면 받
고 있습니다. 새로운 유형의 바리새인들이 교회를 가득 채우기
시작했답니다…. 사도 요한을 통해서, 마음을 열라고… 주님께
서 마음을 열라고 경고하지 않았나요?

부 인: …

데레사: … 사실, 사람들은 각자 자신 한 사람, 한 사람이 교회인 것을
잊고 있답니다.

김판사: 각자가 교회라니요?

선다싱: 모이는 교회도 있고, 흩어진 교회도 있답니다.

김판사: 교회는 사람들이 모인 곳이 아닙니까? 이름도 교회… 모일 회
(會)자를 쓰는데…

데레사: 각자가 주님의 성전이라면… 이해가 쉽게 될까요?

부 인: 무슨 말씀을 하려는지…. 저는 알겠네요….

데레사: 모든 진실한 성도는 주님의 사랑하는 신부이기도 하답니다.

김판사: 들어본 것 같습니다만…

데레사: 어거스틴이라는 분을 알고 있지요? 저도 존경하고 따르던 분이
지요…. 선생님께서 젊은 시절 법 공부할 때, 아퀴나스 신부님으
로부터 들었다는 그 어거스틴 말입니다…. 저도 생전에 그분의

글을 많이 읽고, 영향을 많이 받았지요. 그분이 그랬어요. '하나
님은 사랑하는 사람이 한 사람. 오직 한 사람밖에 없는 것처럼,
우리 각자를 사랑하신다.'

김판사: 하나님은 모든 인류를 다 사랑하지 않으시나요?

데레사: 물론이죠. 다 사랑하시지요. 그 누구도 지옥에 가길 원하지 않
으시지요.

김판사: 그런데… 각자 한 사람…. 한 사람… 구체적으로 사랑하신다구
요?

데레사: 아들과 따님인 다니엘과 지혜를 생각해 보세요. 두 아이를 뭉뚱
그려 사랑하시나요?

부　인: … 그렇진 않지요.

선다싱: 그렇습니다. 두 분을 여기로 초청한 것도… 각자의 방을 나누어
주신 것도… 두 분, 각자를 사랑하시는 하나님의 배려랍니다.

부　인: 저… 그런데… 아까… 우리가 지옥에 합당하다고… 보여주지 않
았나요…? 그런데도 우릴 사랑하신다구요?

데레사: 그렇습니다. (또박또박 말한다.)… 각자, 한 사람, 한 사람… 마치
당신 외에는 그 누구도 사랑할 사람이 없는 것처럼… 그렇게 한
사람, 한 사람을 사랑한답니다. 그래서 당신들을 여기에 초청했
구요.

김판사: 그게 무슨 말입니까? (약간 빈정되듯)… 그렇다면, 우리가 사고
로 죽은 것도 그 놀라운 사랑 때문이겠군요.

데레사: 지금은 이해가 잘 안될 겁니다만… 그렇습니다…. 진리를 품은
완전한 사랑…. 거짓됨이 전혀 없는 사랑이… 두 분을 여기로
부른 것입니다. 아까 저 시에서 노래한 하늘 애타는 그리움이…

두 분을 여기로 불렀답니다.

김판사: 믿을 수가 없어! (부인에게) 들었소? 그 놀라운 사랑을 보여 주려고 우리를 사고로 죽게 했다는군…!

부 인: 여보, 어차피, 돌아갈 수 없고, 더구나 이 분들이 거짓말을 할 것 같지도 않고… (선다싱과 데레사를 번갈아 돌아보며) 그런 놀라운 사랑… 하늘 애타는 그리움이라고 하셨나요…?. 저희도 그런 사랑을 받을 수 있을까요?

김판사: 여보, 우린… 그런 사랑을 받을 자격이….

부 인: 그래요. 잠시 잊고 있었어요. 그런데… 이상하게도 두 분 이야기를 듣고 있으면, 내가 사랑받고 용납 받고 있다는 생각이 들어요…. 당신도 그런 생각이 들지 않아요? 어째 두 분 다 예수님을 닮은 분 같다는 느낌이 들지 않나요?

김판사: 그래서… 작은 예수라고 했었나?

부 인: 저, 안내인에게도 너무도 친절한… 그런 느낌이 들었어요.

안내인: … 저를 부르셨나요?

데레사: 저분의 이름은 요한… 요한이랍니다…. 십자가의 성 요한이라는 분이지요. 지금 여기서 낮은 곳을 자원하여 우리를 섬기고 있지요….

안내인: 수녀님. 성 요한이라니요? 가당치 않습니다.

데레사: 지상에 남아 있는 교회에서는 그를 그렇게 부르지요…. 그는 시도 잘 썼답니다. 아까… 저기 걸려 있는… 시를 보셨잖아요? 저는 그에게서 영감을 받은 그 시를 다 외우고 있답니다.

　　돌아오라 너를 향한 내 마음,

이렇게 서녘 하늘에 붉은 피로 새겼으니

못 자국 난 손으로 하늘에 붉게 새긴 그 글씨
눈먼 내 마음 판에 지워지지 말라고
점자처럼 꾹꾹 눌러
십자가 그 깊은 상처로 피 흘려 하늘에 새기고
내 가슴에도 사랑 깊은 상처로 새기었누나

황혼을 볼 때마다
오늘도 누군가 그리스도 없이 홀로 붉은 서녘 하늘을 넘어 갔을까

이제 나도 황혼에 서서
하늘 강을 따라 서녘 하늘로
눈시울 붉게 흐르누나

안내인: 제가 그 시를 직접 쓴 건 아니랍니다. 제 그림이… 살바도르 달리라는 화가에게 영감을 주었고, 그리고 달리의 그림을 본 어느 시인이… 그 시를 남겼답니다. 물론… 달리는 제 그림을 보고 영감을 받아 그림을 그렸습니다. 하나님의 시점에서 십자가에 달린 아들을 내려다보는 그림이었지요…. 1951년 7월 5일. 그는 일기에 이렇게 고백하고 있습니다. (사이)

"내가 성 요한의 십자가를 그리고 있을 때, 문득 떠오르는 구성에 마음이 무너지고 말았다. 말로 표현할 수 없는 깨달음으로

나는 신들린 사람처럼 그 그림을 하나하나 그려 나갔다. 그리스도의 모습이 점점 완벽해지고 성스러워졌다. 이 어마어마한 사실을 발견하고는 입을 다물 수밖에 없었다. 곧장 무릎을 꿇고 감사 기도를 드리는 것 외에는 아무 것도 할 수 없었다."

데레사: 아마 이 시인도 이렇게 말할 것 같네요…. "제 시도 주님께서 주신 영감으로 지은 시일 뿐입니다…. 주님이 없었다면, 그 십자가가 없었다면… 황혼이, 그 그림이, 그리고 이 시가 무슨 의미가 있겠습니까?"

안내인: 그렇습니다. (사이) 그리고 여긴 누가 쓴 작품인가, 누가 작곡했는가, 누가 그렸는가… 구별하는 것이 별 의미가 없습니다. 여긴 작곡가에 상관없이 찬양을 함께 하듯이… 모든 칭찬과 아픔을 함께 합니다. 여기서는 작곡가나 화가를 질투하는 사람이 하나도 없답니다. 그들에게 마땅한 영광을 돌리고 함께 기뻐한답니다…. 물론 슬픔도 함께 나누지요. 그리고 모든 성도는 자신이 받은 그 모든 영광을 주 예수님께 돌려 드린답니다…. (사이)… 그런데 저는 생전에 주님의 형상을 보았다고 주장하는 사람들을 비웃은 적이 있었습니다. 그게 얼마나 잘못된 판단이었는지…. 저는 종의 종도 과분하답니다.

부 인: … 십자가의 성 요한… 아, 그 성화를 그렸다는…. 스페인의 살바도르 달리에게 영감을 준 그림을 그린 분… 하나님의 시각에서 아들을 내려다보고 있는….

안내인: 아… 예. 부끄럽습니다…. 조금만 더 대화를 나누고 계세요. 곧 성찬이 준비될 겁니다.

부 인: 감사합니다…. 그런데… (선다싱에게)… 좀 혼돈스럽군요…. 지옥

에 보내기 전에… 이렇게 마지막으로 죄인들에게 호의와 만찬을 베푸는가 보죠…? 그분이 베푸는 마지막 사랑인가 보죠…? 저기 마지막 황혼처럼… (창가를 바라본다.)

선다싱: 그럴 리가요…. 그분의 사랑은 끝이 없답니다. 그분 자체가 사랑이랍니다. 그런데 오늘 저는… 두 분과 같은 죄인으로 여기 왔답니다.

부 인: 선생님 같은 분이… 어찌….

선다싱: 부인께서는 복음을 잘못 오해하고 있군요…. 죄인만 천국에 들어간다는 것을 모르시나요?

부 인: 네?

김판사: 죄인은 감옥에 가야 하는 게 법인데…

선다싱: 아, 제가 말을 너무 줄였군요…. 자신이 죄인임을 알고, 예수님의 십자가에서 흘린 피에 죄를 씻은 사람만… 저 아름다운 강을 건너… 진주 문을 지나 아버지 집으로 들어갈 수가 있답니다. 주님도 '나는 의인을 부르러 온 것이 아니요, 죄인을 부르러 왔노라…' 그러셨지요.

부 인: 저도 그건 알아요.

데레사: 30센티.

부 인: … 무슨 말씀인지?

선다싱: 데레사 자매님께서 천국과 지옥의 거리를 말씀하신 것입니다.

부 인: …?

데레사: 머리와 가슴의 거리를 말하는 겁니다,

부 인: 아. 머리로 아는 것과 마음으로 아는 것을 말씀하시는 군요.

데레사: 그렇습니다. 사람들이 이 30센티를 내려오지 못해서… 지옥으

로 간답니다…. 가슴 아픈 일이지요.

부 인: 그렇군요…. 제가 그 30센티를 내려오지 않고, 의인인 척하고 살
았군요.

선다싱: 주님께서 저와 데레사 자매님을 두 분께 보내신 것은… 간증을
하라고 보내주신 것입니다…. 곧 성찬의 음식이 나올 것이니, 중
요한 것만 말씀드리죠. 저는 시크교도였습니다. 부모님도 시크
교도였구요. 그런데 제가 어릴 때 다니던 기독교 학교에서는 예
수님을 가르쳤습니다. 당연히 저는 믿지도 않았고, 거짓이라고
격렬하게 반발했습니다. 어머니가 돌아가신 후, 기독교의 교리
에 의하면 나를 그토록 사랑하던 나의 어머니는 지옥에 가야
했습니다. 그래서 더욱 반발했지요. 그래서 선교사들을 심하게
핍박했습니다. 성경과 기독교 서적을 찢고 불태웠지요. 기독교
를 박멸할 수 있는 모든 것을 다 했습니다. 그러나 반대급부로
우리 종교의 의례와 규율을 지키고… 더 열심히 수행을 했으나
마음에 기쁨도 평화도 없었습니다.

부 인: … 들은 적이 있어요.

선다싱: 저는 신에 대해서 고민했습니다. 정말 신이라는 존재가 있을까?
크리슈나가 신일까? 힌두의 신이 참신일까? 3일 동안 두문불출
하며 참으로 심각하게 고민하며 신을 원망했습니다. 그러다, 갑
자기 이런 생각이 들었습니다. 참신이 있기는 한가? 저는 드디어
결단을 했습니다. 참신을 만날 때까지 기도하겠다고… 그래서
새벽 세시에 일어나 목욕재계하고… 참신이 있다면, 나에게 나
타나, 올바른 길을 보여 달라고… 간절히 기도했습니다. 만약 그
렇지 않으면 새벽 5시 기차가 지나가는 철로 위에 머리를 얹고

자살하겠다고…. 이 세상에서 만족이 없으면 죽은 후, 내세에서 참 만족을 얻겠다고…. 저는 기도하고 기도했습니다. (사이) 그런데도 저에게 마음의 평화는 없었습니다…. 또 기도했습니다…. 30분이 더 흘렀습니다. 4시 30분이 되었습니다. 마침내 저는 절망에 빠졌습니다. (멀리서 기차의 기적 소리)… 그런데 갑자기 기도하던 방에 거대한 빛을 보았습니다. 나는 불이 났는가? 하여 주위를 둘러보았습니다. 그런 불이 아니었습니다. 그 불 속에서 저는 주 예수 그리스도의 형상을 보았습니다. 예수님은 힌두스탄 말로, 이렇게 말씀했습니다. "너는 언제까지 나를 핍박하겠느냐? 나는 너를 구원하러 왔다. 너는 올바른 길을 알고자 기도하면서 왜 그 길을 취하지 않느냐? 내가 곧 그 길이다."

부 인: … 놀랍군요. 사도 바울과 같은 체험을 하신 것이군요.

선다싱: 주님은… 천국 그 자체였습니다.

김판사: 예수님이 천국이라구요…? 천국은 저기 요단강 건너에 있지 않나요?

데레사: 요단강 건너편에도 예수님이 없으면, 그곳도 천국이 아니랍니다.

김판사: 그렇다면, 여기에 요단강 입구에 왜 호텔을 지어놓고, 천국에 들어갈 자격이 있는지… 심판을 하시는 건가요?

데레사: 선생님께선 여기가 심판하는 곳으로 보이시나요? 우리가 재판하는 사람으로 보이시나요?

김판사: 아닌가요? 그럼, 아까 빌라도의 재판은 무엇이었나요? 우리를 거울 방에서 벌거벗은 듯이 수치와 죄악을 다 드러낸 것은… 우리를 심판하기 위한 것이 아니었나요?

데레사: 하나님은 한 사람, 한 사람 각각을 그렇게 사랑한다고 말씀을

드렸죠?

김판사: 들었어요. 어거스틴이 한 말이라고.

선다싱: 사실입니다.

김판사: 뭐가요?

선다싱: 마치 당신 한 사람밖에 없는 듯이… 하나님이 당신을 사랑하여
여기로 불렀답니다. 물론, (부인을 쳐다보며) 주님에게는 각각 한
사람뿐인 듯이 말입니다….

안내인: 저 선생님. 성찬이 나왔습니다.

선다싱, 데레사: 아, 감사합니다.

(안내인 요한이 식탁을 차린다.)

선다싱: (일어선다.) 주님께선… 오병이어의 기적을 베푸신 후, 사람들이
자신을 찾는 것을 보시고, 이렇게 말씀하셨습니다. 너희가 나를
찾는 것은 표적을 본 까닭이 아니요, 떡을 먹고 배부른 까닭이
로다. 그리고 썩을 양식을 위하여 일하지 말고 영생하도록 있는
양식을 위하여 하라. 이 양식은 인자가 너희에게 주리니 인자는
아버지의 인치신 자니라.

김판사: 무슨 말씀인지…?

선다싱: 썩을 양식과 영생하는 양식이 있다는 말씀입니다. 썩을 양식은
오병이어와 같은 세상의 음식입니다.

김판사: 그럼 영생하는 양식은… 예수님 자신이라는 말씀입니까?

선다싱: 이제 쉽게 알아들으시는군요…. 그렇습니다. 사람들이 그럼 어
떻게 해야 하나님의 일을 할 수 있느냐… 그렇게 묻자, 하나님께

서 보내신 이, 곧 자신을 믿는 것이 하나님의 일이다. 그러셨습니다.

부　인: … 주님께서는 당신의 죽음을 기념하라시면서… 성찬을 베푸셨지요.

선다상: 그렇습니다. 성찬식은 주님의 피와 살을 먹는 것을 말합니다. 주님과 한 몸이 되는 것을 의미한답니다.

김판사: 가끔 교회에서 들었습니다. 이 빵과 포도주가 주님의 피와 살을 상징한다고…

선다상: 단순한 상징이 아닙니다. 두 몸이 연합하는 것입니다. 죄인이 주님의 십자가에 참여하는… 깊은 의미가 있습니다. 나는 죽고 내 안에 예수 생명이 사는 것을 말합니다.

김판사: …

부　인: 사도 바울처럼 말이군요. 갈라디아서 2장 20절처럼 말이군요.

선다상: 그렇습니다. 갈라디아서 2장 20절 말씀처럼… 저는 죽었고, 예수 생명을 먹으면서… 저는 살았습니다.

데레사: 저도 그랬습니다. 예수 생명이 없으면,… 저는 아무것도 아닙니다.

안내인: 저도, 저 그림도 저 시도… 아무것도 아닙니다.

선다상: 요한 형제님도… 우리와 같이 하시지요?

안내인: 아, 감사합니다…. 저는 저기서… 섬기렵니다.

(그는 빵과 포도주를 경건하게 받아… 창가로 가 그리고 빵과 포도주를 피아노 위에 놓고, 기도한다. 그의 모습은 실루엣처럼 보인다. 그가 기도할 때, 달리의 〈십자가의 성 요한의 그리스도〉 그림이 천천히 내려온다.)

선다상: 그럼, 데레사 수녀님, 두 분을 위해서, 성찬을 위해서 기도해 주
시겠습니까?

데레사: (일어선다.) 주님, 당신의 피와 살로 만든 음식을 주셔서 감사합
니다. 40에 하나 감한 매를 우리 대신 맞으시고, 살이 찢기시
고…. 십자가에서 피를 흘려… 우리에게 주님의 영원한 생명을
주심을 감사드립니다. 오늘은 특별히 김판출, 하금주 부부를 이
렇게 부르셔서… 주님의 피와 살을 나누게 하심을 감사드립니
다. 예수님의 이름으로 기도드립니다. 아멘.

선다상: 아멘.

부 인: 아멘.

김판사: (약하게)… 아멘… 그럼, 지금 우리는 성만찬을…?

선다상: 그렇습니다.

안내인: (조용히 성호를 긋고) 아멘. (그는 조용히 피아노를 연주한다. 곡은
〈주기도문〉이다. 음악은 무대를 조용히 감싼다.)

선다상: 주님께서 두 분을 용납하셨다는… 뜻으로 빵과 포도주로 식탁
을 차린 것입니다. (빵을 찢어 김판사와 부인에게 나누어 주며) 이
건 예수님의 몸입니다….

부 인: (빵을 받으며)… 제가 용서 받았다구요?

데레사: (웃으며) 그렇습니다.

김판사: … 그럼, … 저도 용서받았나요?

선다상: 물론입니다. (빵을 데레사에게 건네주고, 먹는다. 데레사도 빵을 뗀
다.)

김판사: 죄송하지만… 용서의 그 증거가 뭐죠…? 최종 판결문이라도 있
으신가요?

선다싱: 아, 역시 재판관다우시군요. 아까… 방 안에 두 번째로 들어갔
　　　을 때, 거울 방에 붉은 커튼이 처져 있었지요?

김판사: 예.

부　안: …?

김판사: 그것 때문에… 방 안에서 평안했습니다.

선다싱: 그 붉은 커튼, 갈라져 있는 그 붉은 커튼은… 예수님의 십자가
　　　에서 자신의 몸을 쪼갠 것을 의미합니다. 붉은 커튼, 그분이 흘
　　　린 피를 상징하는 것입니다. 그 붉은 커튼은 십자가에서 찢으신
　　　그분의 피가 당신들의 죄를 다 덮었다는 것을 보여주는 것입니
　　　다. 그렇습니다. 당신들의 죄 값은 주님께서 다 치렀습니다. 두
　　　분의 죄는 예수님께서 십자가의 피로 다 갚으신 것입니다…. 문
　　　제는…

김판사: …?

선다싱: 그 용서를 받아들이는가 하는 문제가 남아 있습니다.

김판사: 전, 용서도 구하지 않았고, 아무런 회개도 하지 않았는데…

선다싱: 아, 그건, 저도 그랬습니다. 저도 그날 밤, 주님께 용서를 구한
　　　것이 아니었습니다. 저는 그때 주님을 핍박하던 사람이었습니
　　　다. 더구나 선생님은 저처럼 주님을 핍박하지도 않았구요.

부　안: 제 찬양도 하늘에 올라간 것이 하나도 없다는데…

선다싱: 사도 바울 선생도 주님께서 만나 주셨을 때, 그는 회개한 사람
　　　이 아니었습니다. 오히려 그는 핍박자였습니다.

김판사: 그래도… 세상 재판에서는 회개하는 모습을 보여야, 재판에서…
　　　참작이라도 하는데…

선다싱: 사실, 주님의 은혜를 받지 않고는… 누구도 하나님의 뜻대로 회

개할 수 없답니다. 사람들은 후회는 하죠…. 만약… 만약… 사람들이 후회할 정도면… 천국에 들어갈 수 있다면… 주님께서 굳이 십자가에서 피를 흘리지 않으셨을 겁니다. (일어서서 포도주를 부어 나누어준다. 그리고 잔을 높이 든다.) '이 잔은 내 피로 세우는 새 언약이니…. 곧 너희를 위하여 붓는 것이라.' '내 살을 먹고 내 피를 마시는 자는… 영생을 가졌고, 마지막 날에 그를 다시 살리리니… 내 살은 참된 양식이요…. 내 피는 참된 음료로다. 아멘. (마신다. 데레사와 부인도 마신다…. 그리고 잔을 들고 머뭇거리고 있는 김판사에게) … 그 놀라운 사랑과 용서를 받아들이십시오.

김판사: 사후의 세상이 눈앞에 있는데… 어찌 받아들이지 않을 수가… 있겠습니까… 너무… 죄송하고 부끄럽고… 황송합니다…. (마신다.)

선다상: 감사합니다. 두 분은 최상의 선택을 하신 것입니다…. 회개는… 사실, 이제부터입니다…. 저 역시 그날 주님을 만난 이후부터… 가족으로부터 소위 말하는 왕따를 당했습니다. 그도 그럴 것이… 엊그제만 해도 성경을 불태우던 아들이 하루 밤에 변하여, 예수님이 구세주다, 하나님이다, 하면서 그분을 따르겠다고 하니… 아버지도 황당하셨을 것입니다…. 처음에는 저를 인내와 사랑으로 대하던 가족들도… 결국 저를 포기했습니다. 저는 집안의 모든 특권도 다 포기해야 했습니다. 그러나 조금도 미련이 없었습니다. 저는 가족들로부터 영원히 추방되었습니다. 아버지는 저에게 독이든 빵을 주고는 쫓아냈습니다. 가다가 먹고 죽으라고… 살아서 가족에게 불명예를 안겨주느니 죽는 게 낫겠다

고…

부 인: 저… 중간에 말을 끊어서 죄송합니다만…

선다싱: (웃으며) 괜찮습니다. 말씀해보세요.

부 인: 갑자기 마음이 뜨거워졌습니다.

데레사: 주님의 약속은 믿는 자에게는 정확하게 자신의 영광을 드러낸
답니다. (하늘을 우러러) 오, 주님, 감사합니다.

(조명이 서서히 어두워진다. 그 창에 달리의 그림인 십자가 달린 예수의
그림에만 조명. 안내인인 요한은 여전히 피아노 반주를 하고 있다.)

김판사: (말을 잇지 못한다.)… 아, 이런… 나 같은 죄인을…. (고개를 숙인
다.)

부 인: (그녀도 빵을 먹다 말고… 고개를 숙이고 흐느낀다.)

데레사: … 누구나 예수님을 만나면, 두 가지 충격을 받는 답니다.

김판사: (울먹이며)… 나 같은 죄인을…

데레사: 그렇습니다. 자신이 지옥에 합당한 죄인임을 깨닫게 되는 일이
일어납니다…. 그리고 동시에…

부 인: … 제가 구원받았어요….

데레사: 그렇습니다. 자신이 예수님의 피로 죄사함을 받고 하늘 생명을
받은 것을 알게 됩니다. 그게 구원입니다….

(긴 사이. 그들은 약간 어둠 속에서 조용히 식사를 한다. 부부는 흐느
끼느라… 거의 제대로 음식을 먹지 못한다. 그러나 십자가의 그리스도
의 그림은 뚜렷하다.)

선다상: 슬픔과 기쁨… 구원받은 기쁨, 자신이 죽어야 할 십자가에 주님
　　　이 대신 죽으셨다는 슬픔… 심령에 남아 있는 죄성 자체와의…
　　　긴 싸움이 있을 것입니다. 감사와 탄식, 기쁨과 슬픔, 이 두 감
　　　정은 일생을 두고 교차될 겁니다. 그리고 마지막으로 집으로 돌
　　　아오는 귀향에는 이런 여행객, 나그네를 위한 집은 없을 것입니
　　　다. 이제 하나님의 자녀가 되었으니… 아버지 집으로 바로 들어
　　　가게 될 것입니다…. (사이)
　　　처음엔… 누구나 그렇게 운 답니다. 저도 그랬고, 십자가의 한
　　　편의 강도도… 사도들도, 바울도, 어거스틴도, 오, 그 망나니 존
　　　번연도, 사기꾼인 조지 뮐러도… 그 흉칙한 노예상인이었던 존
　　　뉴턴도… 수많은 잃어버린 영혼들이… 하나님의 아들을 내어주
　　　는 큰 사랑을 깨닫고, 울고 울었습니다…. 그 눈물을 모으면, 갈
　　　릴리 호수가 가득 찰 것입니다…. 언젠가는 세상 바다를 가득
　　　채울 것입니다. 또한 죄에서 지옥에서 건짐을 받은 그들은 기쁨
　　　으로 환희에 차 그분의 사랑과 영광을 노래했습니다…. 그때도
　　　그들은 울면서 노래했답니다.

(주기도문의 합창곡이 흐른다. 조명이 조금 어두워진다. 안내인인 요한
이 일어난다. 그는 창가로 가 밖을 내다본다. 아빌라의 데레사 수녀도
일어서서 십자가 창틀 아래에 가서 창밖을 내다본다.)

안내인: 수녀님. 저기 멀리… 또 사람들이 오는군요….
데레사: 형제님, 조금 시간을 지체해 주세요…. 아직 제 간증이 안 끝났
　　　어요. 초대받은 두 분도 아직 오시지 않았구요.

안내인: 염려 마시고, 말씀을 다 전하세요.

데레샤: (자리로 돌아온다.)

선다싱: 이제부터… 그 감격과 감사를 잃어버리지 않도록 늘 자기를 부
인하고 자기 십자가를 지고… 깨어 기도하십시오. 그리고 오늘
의 체험을 다른 사람들에게 전하십시오. 주님이 이제 영원토록
두 분의 심령에 함께 하실 것을 약속하셨습니다.

데레샤: 주님께서 두 분에게 저에게 보여주고, 간증하라 하셨습니다. (사
이)… 이제 발밑을 한번 보시죠.

(두 사람, 데레샤를 향해 고개를 들다가… 자신들의 식탁 아래, 발아래
를 본다. 두 사람은 깜짝 놀라 의자 위로 올라앉는다.)

김판사: 세상에…. 지옥이! 내 발밑에 지옥이 불타고… 있어!

부 인: (동시에) 아악! 지옥불이… 발밑에 지옥불이…! 저기 사람들
봐…!

(조명이 붉게 변한다. 벽에 고통에 춤을 추는 사람들의 그림자들이 가
득 채운다. 긴 사이)

데레샤: 이것을 잊지 않게 될 겁니다. 돌아가셔서… 혹 세상 육신 마귀
의 유혹이 있을 때, 지금의 이 장면을, 발밑의 저 장면을 잊지
말기 바랍니다…. 두 분은 참으로 큰 은총을 받은 것입니다….
저도 어느 날 기도 중에… 제 영혼이 어디론가 끌려 내려갔답니
다. 저의 자서전에 상세하게 기록해두었으니… 세상에 나가서도

꼭 읽어보시길 바랍니다…. 하나님은 내가 세상 그대로 살았다면… 가야 할 곳을 보여주었습니다…. 내 평생에 잔혹한 고통을 겪은 적이 있지만… 결코 그것과 비교할 수 없었습니다. 제가 지옥의 밑바닥에 있을 때, 모든 소망이 다 사라졌습니다. 지독한 악취와 어둠… 그런데 신기하게도 다 보였습니다. 제가 그 체험을 하고 글을 쓸 때는 십 년이나 지난 후였지만…. 그때를 생각하면 모든 피가 다 얼어붙는 것 같았답니다.

부 인: (발아래를 보며)… 사라졌어요!

김판사: (아래를 보며) 그렇군. 사라졌어…! (데레사와 선다싱을 번갈아 보며) 지옥이 실제라니…!

데레사: 물론입니다. 천국도 실제입니다. 저는 주님의 은혜로 천국의 보좌도 보았답니다. 그런데, 지옥의… 그 짧은 지옥 체험이 늘 나를 깨어 있게 했답니다…. 주님을 만나지 못한 사람들은… 길거리를 걷고 있지만, 실제론 지옥의 불구덩이 위를 걷는 것과 같습니다…. 방 안에 침대 위에 누워있지만, 그 아래에는 지옥이 기다리고 있답니다. 차를 타고 여행을 가고 있지만… 그 아래에는… 지옥이라는 구덩이가 큰 입을 벌리고 있는 것과 같답니다. 오. 조나단 에드워드 같은 목사님은 어디 있는가요?

김판사: 무섭군요…. 그런데… 조나단 에드워드가 누구죠?

부 인: 미국의 대각성 운동을 주도한 목사님… 말인가요?

데레사: 그렇습니다. 우린 이 하늘나라에서는 하나님을 사랑하는 자들은… 교파를 초월하여 다 한 형제요 한 자매랍니다.

선다싱: 그분의 지옥설교가 유명하지요. 그날, 천국에서 천군 천사들과 우리도 모두 귀를 기울여 그분의 설교를 들었답니다.

데레사: 그분의… 그 설교 〈진노한 하나님의 손에 붙들린 죄인들〉이라는
그의 말씀이 많은 사람을 구원하는데…. 큰 도움이 되었답니다.

김판사: 그래도… 지옥… 지옥 이야긴… 너무 무섭군요….

데레사: 모든 혈관의 피가 다 얼어붙는 것과 같답니다…. 아니, 그림으
로 보는 것과 실체와의 차이보다 더 형언하기 어려울 정도로….
지옥의 공포는 실재랍니다.

부 인: … 수녀님은 어떻게 그렇게 잘 아시나요?

데레사: 조금 전에 말씀드렸다시피, 주님의 은총으로 어느 날 기도 중
에… 저는 지옥에 떨어졌답니다. … 지금처럼 그냥 발아래에 펼
쳐진 것을 구경하는 정도가 아니랍니다.

부 인: 세상에…!

데레사: 그 지옥 체험이 수도원을 개혁할 때, 큰 힘이 되었답니다. 두 분
에게도 마지막 귀향을 할 때까지 큰 힘이 될 겁니다.

김판사: (조심스럽게)… 이제… 내려가도 될까요?

선다싱: 물론입니다. 주님께서 두 분께 잊지 말라고, 특별히 데레사 자
매님을 보내어 환시로 간증으로 보여주신 것이니… 절대로 잊지
않기를 바랍니다.

(두 사람, 조심스레 의자에서 내려오려는데… 두 명의 장군이 입구를 통
해서 등장한다. 브이 장군과 오를로프 장군이다. 브이 장군은 오른손을
가슴에 대고 있다.)

브이장군: … 아직 제 이야기는 시작도 하지 않았답니다. (천천히 걸어와

옆 테이블, 자신의 이름이 있는 자리에 앉는다. 그는 늘 오른손을 가슴에 대고 있다.)

선다상: 아. 브이장군과 오를로프 장군도 초대했었지. (다시 의자에 앉으며) 러시아에 세 명의 장군이 있었습니다.

김판사: …? (엉거주춤하게 자리에 앉는다.)

선다상: 그들은 친구였습니다. 그중에 두 명은 지독한 무신론자들이었습니다. 브이 장군은 볼테르의 제자로 지독한 무신론자였고, (브이 장군은 자신임을 알리려 손을 든다.) 오를로프 장군도 무신론자였습니다. (오를로프도 손을 든다.) 그들은 어느 날 모스크바의 한 식당에서 식사를 했습니다. (푸른 조명이 두 장군에게 떨어진다.) (사이)

브이장군: 이보게. 오를로프…. 요즘 미친 놈들이 너무… 많아.

오를로프: 응? 누구 말하는가?

브이장군: 기독교인들 말이야. 지옥이 있다고 공갈을 치더군.

오를로프: 맞아. 죽으면 끝인 게지…. 자네가 존경하는 볼테르 선생의 말이 맞아. 다 헛소리지!

브이장군: 나도 당당하게 볼테르 선생의 제자답게 당당하게… 기독교인들을 비웃을 걸세.

오를로프: 자넨 무얼 해도 언제나 확실해. 딱 부러지지….

(두 사람 식사를 한다. 그러다 브이장군은 못마땅하다는 듯이… 안내인을 부른다.)

브이장군: 어이, 피아노. 그 음악 좀 바꾸어 주지 않겠소? 좀 청승맞지

않은 걸로.

안내인: 아, 장군님… 여긴 클래식…

브이장군: 알아, 단골인 내가 모르겠소…. 그래도 오늘은… 좀 듣기가 싫
구먼.

(반주가 그친다.)

브이장군: 조용한 게 차라리 낫군, 찬송가는 소음이야.

오를로프: 맞아. 차라리 군가가 낫지…. 근데 나폴레옹이 전쟁을 일으킬
거라는 소문이 있어.

브이장군: 나도 알고 있네.

오를로프: 그런데 혹 말이야… 만약 우리가 죽은 후에 내세라도 있으
면… 어떡하지?

브이장군: 자네답지 않군.

오를로프: 혹시 모르지 않나?

브이장군: 글쎄…

오를로프: 이렇게 하면, 어떨까…? 우리 중에 먼저 죽은 사람이… 저 세
상에 대하여 알려주기로 하면 어떨까?

브이장군: 오, 그것 좋은 생각인데…. 기가 막힌 아이디어야! 내가 만약
먼저 죽으면 자네에게 나타나 꼭 알려주겠네… 맹세하지!

오를로프: 나도 맹세하지!

(두 사람은 식사를 하다가 굳게 악수를 한다. 그리고 떠들썩하게 웃는
다. 조명이 어두워진다. 브이장군은 2층 계단에 올라가다 선다. 그에게

만 조명.)

오를로프: (어둠 속에서) 그러다 나폴레옹과의 전쟁이 일어났습니다. 내
　　　친구 브이장군은 그 전쟁에 참전했습니다. 그리고 3-4주가 지난
　　　어느 날, 저는 침대에 누워 있었습니다…. 그런데 갑자기 방 커튼
　　　이 확 젖혀지면서 두 발자국 떨어진 곳에 브이 장군이 오른손을
　　　가슴에 얹은 채, 서 있었습니다. 그리곤 이렇게 말했습니다.
브이장군: 이제 어떻게 하지? 지옥이 있네… 내가 거기에 있어! 이제 어
　　　떻게 하지?

(암전된다. 잠시 후 조명이 서서히 밝아지면서 오를로프 장군이 일어서
서 브이 장군이 서 있던 자리를 바라보고 있다. 그의 위에 조명. 그의
머리는 엉켜 있고 눈은 부릅뜨고 한 곳(브이 장군이 있던 곳)을 바라보
고 있다.)

오를로프: 그리고는 그는 사라져 버렸습니다. 저는 얼마나 큰 충격을 받
　　　았는지 모릅니다. 저는 그 길로 일어나 잠옷차림으로… 우리의
　　　또 한 친구였던… 모스크바 군사령관이었던 로스토프킨 백작
　　　에게 잠옷바람에, 슬리퍼를 신고 달려갔습니다. 뒤에 그 친구가
　　　말하더군요. 나의 머리칼은 곤두서 있었고, 눈은 부릅떴으며…
　　　얼굴은 백지장처럼 창백했다고…! 그랬을 것입니다. 나는 많은
　　　흉한 꼴도 많이 본 사람입니다. 시체도 많이 본 사람입니다….
　　　그러나 내 일생에… 그토록 무섭고 충격적인 일은 없었습니다!
　　　내 일생에… 그보다 충격적인 일은 없었습니다…. 그 모습은…

결코 잊을 수가 없었습니다. 눈만 감으면… 그의 절망에 찬 얼굴
이 떠올랐습니다…. 나는 미칠 것만 같았습니다.. (퇴장한다.)

(그가 퇴장한 후. 다른 사람들은 그에게 시선을 거두고 다시 정상적인
자리로 돌아온다. 사이)

선다상: 실제로 열흘 후에 브이 장군이 적진을 정찰하다가 가슴에 총을
맞고 그대로 즉사했다는 보고가 올라왔습니다.

(무대 우측 계단에 유령 같은 모습의 브이 장군이 오른손을 가슴에 얹
고 서 있다. 그의 독백이 무대 전체를 울린다.)

브이장군: "이제… 어떻게 하지? 친구여, 지옥이 있네… 내가 거기에 있
어! 이제 어떻게 하지?"

(사람들이 놀라, 다시 그를 쳐다본다. 그가 천천히 등을 돌리고 사라진
다.)

김판사: 방금 우리가 본 것은…? 그 사람의 영혼인가요?
선다상: 그렇습니다. 브이 장군과 오를로프 장군. 두 사람의 영혼입니다.
김판사: 그 사람… 저주를 받았군요!
선다상: 그러나 그 누구도 그를 지옥에 가라고 한 사람이 없답니다. 지
옥은 사람들이 스스로 선택하는 곳입니다. 사람들이… 자신의
뜻대로 되길 원하는 사람들은 지옥에 가고, 하나님의 뜻대로 이

루어지길 원하는 사람들은 천국에 간답니다.

김판사: 세상에! 자신의 뜻대로 살지 않는 사람이… 얼마나 되겠습니까?

선다상: 예수님을 만나면, 자신의 뜻, 자신의 마음이 얼마나 부패하고 악한가를 깨닫게 된답니다.

김판사: … 세상에서는 죄의 정도에 따라 형량이 정해지는데… 여기서 한번 지옥이면… 영원한 지옥인가요?

선다상: 아, 판사님다운 질문입니다. 세상은 죄의 정도, 죄의 경중에 따라 판결하지요.

김판사: 세상에는 사면제도도 있습니다만…

선다상: 죄는 누구에게 지었느냐에 따라 달라진답니다. 물고기를 잡는 것을 죄라고 하지 않습니다. 그러나 사람을 사냥하는 것은 큰 죄입니다. (사이)… 그런데 사람을 거역한 것도 아니고, 영원한 사랑과 진리이신 하나님에 대한 반역과 거부는… 영원한 사랑과 긍휼을 거부한 것입니다…. 그래서 그 죄도 영원하고 그 형벌도 영원하답니다.

부 인: 그럼, 우리가 만약 살다가 다시 실수라도 하면 어떡하나요? 다시 지옥에 떨어지나요?

선다상: 두 분은 이미 지옥의 형벌을 받았습니다.

부 인: …?

선다상: 예수님이 그 형벌, 두 분의 죄 값을 십자가에서 다 지불한 것입니다. 예수님이 지불한 그 죗값에는… 우리의 미래의 실수도 포함되어 있답니다.

김판사: 어떻게 그런 일이?

선다상: 여러분이 아직 예수님을 잘 몰라서 그런 것입니다. 그분은 알파

요 오메가요, 지금도 살아 있는 분이시요.… 세세토록 살아 있
어 사망과 음부의 열쇠를 가진 분이십니다. 그분의 피 값보다
더 무거운 죄는 없답니다.

김판사: 그건…. 불공정하지 않나요?

선다싱: 사람의 죄 중에 살인죄가 매우 큰 죄입니다. 그런데 어떤 사람
이 살인죄를 저질렀습니다. 그런데 하나님께서 그 아들의 생명
으로 그 죽인 한 생명의 값을 대신 치렀습니다…. 아. 돈으로 설
명하면 더 쉽겠군요. 10억을 빚진 사람에게 누가 대신 백억, 천
억의 돈으로 갚아주었습니다…. 그 빚이 남아 있나요?

김판사: 없지요…. 그렇다고 믿지 않는다고… 영원한 지옥불에 던지는 것
은…

선다싱: 부모에 대한 죄 중에 가장 큰 죄는.. 무엇이겠습니까? 아들이
길거리에서 싸움하는 것도 부모를 불명예스럽게 하는 죄고, 살
인죄도 부모의 얼굴을 못 들게 하는 죄입니다…. 그러나, 부모에
대한 가장 큰 죄는 '나는 부모가 없다'는 것입니다…. 누가 내 부
모냐? 누가 내 하나님이냐? 나를 창조한 자가 누구냐…? 누가
나를 용서한단 말인가…? 그 사랑을 거부하는 것보다…. 더 큰
죄, 더 교만한 죄는 없답니다.

김판사: 그렇군요….

선다싱: (안내인에게)… 요한 형제님… 이제 커피 타임을 갖는 것이 어떨
까요?

안내인: 아… 두 분께서 떠나실 때가 되었군요.

부 인: 다시 세상으로 돌아가야 한다는 뜻인가요?

선다싱: 그렇습니다. 여기까지 와서 다시 돌아가는 분들이 가끔 있답니다.

부 인: 싫어요. 여기가 더 좋은데… 왜 돌아가라 하시나요?

선다싱: 주님의 뜻입니다.

김판사: … 궁금한 게 하나 더 있습니다만…

선다싱: … 무엇이든 말씀하세요.

김판사: 우리를 구원해 주신 이유가 있을 것 같은데… 그게 궁금해요….

선다싱: 아, 저도 그런 질문을 한 적이 있었습니다. 그런데 정확하게는 저도 모릅니다. 주님의 지혜와 사랑으로 하신 일을 제가 어찌 다 알겠습니까…. 그런데 한 가지는 말씀을 드려도 될 것 같군요. 저도 처음에는 왜 나 같은 인간을 선택하셨을까…? 나에게 구원받을 만한 뭔가가 있었나? 그러나 아무리 생각해도 저에겐 없었습니다. 주님의 크신 긍휼 말고는 답이 없었습니다. 그러다, 한 가지를 깨달았습니다. 굶주림. 그건 굶주림이었습니다.

김판사: 무슨 굶주림요? 배고픈 것을 말씀하시는 것은 아닌 것 같은데…

선다싱: 주님은 마음이 가난한 자는 복이 있다 하셨습니다.

김판사: 산상수훈이군요…. 저도 그 정도는 압니다. 애통하는 자도 복이 있고, 의에 주리고 목마른 자도 복이 있다고 하셨지요.

선다싱: 그렇습니다. 저는 주님의 산상수훈을 이렇게 해석합니다. 하늘나라에 들어갈 사람들은… 저 바벨론 같은 세상 풍조에 만족하지 못한다…. 자신의 마음을 돈과 재물과 명예로 채워도 만족하지 못하는 사람들…. 하나님이 아니면 채울 수 없는 심령의 굶주림이 있는 사람들은 복이 있다고… 그런 굶주림에… 나는 굶주려 있다고 정직하게 울부짖는 심령에 주님은 응답하신다고… 생각합니다. 그래서 성경에 '목마른 자들아, 물로 나아오라'… 그러시는 것입니다.

김판사: 저에겐 그런 간절한 목마름이 없었던 것 같은데… 물론, 이 세상이 전부인가…? 죽으면 나는 어디로 갈 것인가? 그런 생각은 했었지요. 아내를 따라 교회에 가끔 나가도, 마음이 뜨거워지지는 않았지만… 가끔은 감동을 받는 일은 있었던 것 같군요, 어쨌든 이 세상이 전부가 아니다. 뭔가 더 있을 거라는 막연한 생각은 했던 것 같습니다….

선다싱: 주님의 부르심에는 후회가 없답니다. 살아가시면서 더 알게 되겠지요. 그러나 하나는 기억하십시오…. 여러분의 굶주림이 아무리 크다고 해도… 주님의 사랑과 궁휼이 없었다면… 그 배고픔 그 목마름…. 무슨 소용이 있겠습니까? (사이) 오늘 보여준 거울방, 빌라도의 여론 재판, 그리고 이 호텔과 데레사 수녀님, 십자가의 성 요한… 그리고 달리의 그림과 시…. 모두 두 분을 위한 주님의 배려입니다.

부 인: 그럼 우리를 위해 이 건물도 지었다는 뜻인가요? 아까 그분들도… 우리를 위해 기꺼이… 시간을 내고… 동원되었다는 뜻인가요? 지옥에서 두 장군도… 우리를 위한 것인가요?

선다싱: (매우 기뻐하며) 그렇습니다! 드디어 제 말을 알아듣기 시작하시는군요.

김판사: 세상에! 이런 호화로운 건물을 우리를 위해서… 지었다구요? 잘 믿기지가 않는군요.

부 인: 그럼, 천국도…?

선다싱: (웃으며) 더 말씀드릴 필요가 있을까요? 주님은 내가 너희를 위하여 거처를 예비하러 간다고 말씀하셨습니다.

김판사: 그럼, 이 건물이 임시건물이라는 뜻인데… 설마…

선다싱: 하나님의 사랑의 크기를 잘 몰라서… 그런 의문이 드는 겁니다. (사이) 제가 하나 물어볼까요? 이 세상에서 누가 제일 부자죠?

김판사: 과거엔 록펠러. 빌 게이츠… 지금은 일론 머스크인가요?

선다싱: 하하… 그것도 맞지만, 하나님보다 더 부유한 분은 이 우주에 없답니다…. 하나님은 언제나 부유하시죠. 모든 피조물이 다 하나님의 것이지요.

김판사: … 그렇군요.

선다싱: 그럼, 이 세상에 가장 가난한 사람은 누구일까요?

김판사: 아, 그렇다면, 하나님이 없는 사람이 가장 가난한 사람이겠군요….

선다싱: (박수를 치며) 그렇습니다! 예수 그리스도가 없는 모든 사람은.. 다 가난뱅이입니다…. 예수님을 만난 성도들이 한결같이 하는 고백이 있습니다.

김판사: 아, 무슨 말씀을 하려는지…. 알 것 같네요….

선다싱: 그 많은 재물과 명예와 권력이… 오히려 저주거리가 된 사람들이 많답니다. 아니, 사람들은 그것의 유혹을 이겨낼 능력이 없기에… 오히려 가난과 고통스런 삶이… 축복이 된답니다.

선다싱: 두 분은… 돌아가셔서 여기서 본 대로, 들은 대로 이야기해야 합니다.

김판사. 부 인: 물론입니다.

김판사: (돌아서며)… 저, 그 여자 대통령을 비롯하여… 제가 잘못 판단하고 재판한 모든 사람들을 찾아가서… 용서를 구해야 할까요…? 교통사고를 낸 그 친구에게 오히려 감사해야겠다는 생각이 듭니다.

선다상: (웃으며)… 용서에다…. 더하여 예수 그리스도의 사랑의 복음을
　　　　전하십시오.

부　인: 저, 선생님…. 이젠 눈물 없이는 찬양을 못 드릴 것 같네요…. 이
　　　　제 아무리 작은 모임이라도… 누가 박수치지 않아도… 아니 홀
　　　　로라도 주님을 노래하겠어요.

선다상: 두 분의 간증과 노래가 이제 하늘나라에도 울려 퍼질 것 같네요.

부　인: 참, 저희를 위해 준비된 세 번째 노래가 있었다고 했지 않았나요?

안내인: 아, 물론입니다. 자매님.

　　　(안내인 요한과 데레사는 피아노 곁으로 간다.)

안내인: 제목은…

부　인: 비가 내린다…?

안내인: 기억하고 계시는군요. (반주를 시작한다.)

데레사: (노래한다.)

　　　　비가 내린다

　　　　눈물이 난다

　　　　내 죄로 슬프다

　　　　하늘이 운다

　　　　내 죄를 씻으며

　　　　하늘이 운다

　　　　나를 적시며 하늘이 낮게 흐느낀다

눈물이 난다
내 마음도
비가 되어

어느 가난한 뜰에 눈물로 내릴 수 있을까
온 종일 하늘처럼 땅을 적시며
하염없이 울 수 있을까?

눈물이 난다.

(김판사 부부, 흐느낀다. 그들은 안내인 요한과 데레사와 선다싱을 배웅을 받으며 울면서 퇴장한다.)

선다싱: 잘 가요…. 언젠가 저 하늘 아버지 집에서 다시 만나요. 형제님,
　　　　자매님!
부　인: 나 같은 것을 자매님이라고…
김판사: 나 같은 것을 형제님이라고…
데레사: *(손을 흔들며)* 형제님, 자매님 십자가의 은총을 잊지 마세요. 그
　　　　리고 온 종일 하늘에서 땅을 적시며 내리는 비처럼 가난한 사람
　　　　들의 뜰에 눈물로 흘러내리시길…!

(긴 사이. 그들이 나가고 난 뒤 잠시 후, 바깥이 시끄럽다. 세 명의 군인이 호텔에 들어온다. 그들의 모습은 지쳐 있다. 전쟁터에서 죽은 세 명의 군인들이다. 그들은 테이블 중앙에 앉는다. 그들은 주위를 두리번거

린다. 그리고 잠시 후, 또 한 무리의 사람들이 들어선다. 데스크에 있는
요한과, 데레사가 그들을 불쌍한 듯이 쳐다보고 있다.)

안내인: (명단을 보며) 수녀님, 형제님… 오늘 전사한 군인들과… 때마침
　　　큰 비행기 사고가 있었답니다…. 주로 정치가들과 그 수행원들
　　　이라고 하네요.
데레사: 불쌍한 군인들이 또 왔군요…. 저 군인들을 죽음으로 몰아넣
　　　은… 그 정치가들이 함께 왔군요…. 늘 남 탓만 하는… 사람
　　　들… 사람들에게 증오심만 심어주는 사람들… 그럼에도 주님께
　　　서… 이 한 사람, 한 사람들을 어떻게 대하실까 궁금하군요….

(호텔에 들어온 사람들은 조심스럽게 그러나 무질서하게… 여기저기 자
리에 앉는다. 그러다가 일부 사람들은 달리의 성 요한의 십자가 그림을
조심스럽게 바라본다. 시를 읽는 사람도 있다, 나머지는 거만하게 앉아
있다. 십자가 그림만 남기고 조명이 어두워진다.)

막이 내린다. (2025. 9. 7)

요단 리버사이드 호텔

초판 1쇄　2025년 10월 31일

지은이　하창길
발행인　박남훈
교정/교열　김혜린
디자인　박효은
마케팅　이연실

발행처　도서출판 세컨리폼
제작대행　도서출판 지식공감
등록번호　제2015-000007호
주소　부산시 금정구 금강로279번길61 장전현대2차아파트 1706호
전화　051-753-1583
팩스　051-558-6770
이메일　pnahoo@hanmail.net

가격　20,000원
ISBN　979-11-986185-3-5　03810